Angela, Karina & Randy Alcorn

# Die Akte Jillian

Angela, Karina & Randy Alcorn

# Die Akte Jillian

Schulte & Gerth

Die amerikanische Originalausgabe erschien im Verlag
Multnomah Publishers, Inc.
unter dem Titel „The Ishbane Conspiracy“.

Aus dem Amerikanischen übersetzt von Karoline Kuhn.

Originally published in English under the title:
Ishbane Conspiracy, The

Published by Multnomah Publishers, Inc.
204 W. Adams Avenue, P.O. Box 1720, Sisters Oregon 97759, USA



Best.-Nr. 815 794
ISBN 3-89437-794-1
1. Auflage 2002
Umschlaggestaltung: Hanni Plato
Umschlagphoto: Bavaria
Satz: Die Feder GmbH, Wetzlar
Druck und Verarbeitung: Ebner & Spiegel, Ulm
Printed in Germany

# Widmung

Für Lucille Alcorn (1918–1981)
Die beste Mutter für Randy und Großmutter für Karina und Angela.
Ihre „Abreise“ hat ein großes Loch in unserem Leben hinterlassen!

Und für Adele Noren (1916–2001)
Die beste Mutter für Nanci und Großmutter für Karina und Angela.
Sie verließ diese Welt, kurz nachdem wir das Buch beendet hatten,
und ging in eine bessere ...

Lucille und Adele sind hier auf der Erde gute Freundinnen gewesen.
Und jetzt sind sie für immer zusammen –
bei dem, der sie geschaffen hat,
und an dem Ort, für den sie geschaffen wurden.
Dort, in der wirklich realen Welt.

Danke, liebe Großmamas, für eure Treue zu Jesus
und für eure unsterbliche Liebe für eure Familien.
Ihr habt unser Leben berührt und verändert und
wir können es kaum erwarten, euch wieder zu sehen!

# Dank

Wir möchten dem großartigen Team bei Multnomah Publishers danken.

Danke auch Officer Jim Seymour für seine Profitipps und Ermutigung.

Herzlichen Dank an Nanci Alcorn, die wunderbare Ehefrau und Mutter der Autoren! Danke auch an Dan Stump und Dan Franklin für ihre Liebe, ihre Ermutigung und ihre Gebete – und dafür, dass sie, so der Herr will, bald Angela und Karina ihre Nachnamen geben werden ...

Wir haben Ansichten und Einsichten verschiedener anderer Autoren einfließen lassen, insbesondere von Josh McDowell, Dawson McAllister und dem unvergleichlichen Steve Keels. Außerdem haben wir von Frank Perettis Kindheitserinnerungen in seinem Buch „Schrei meiner Seele" (Projektion J, 2002) sehr profitiert. Danke für deine Ehrlichkeit, Frank!

Die Idee zu der Korrespondenz zwischen Ishbane und Foulgrin in diesem Buch stammt natürlich aus C.S. Lewis' großartigem Klassiker „Dienstanweisung für einen Unterteufel".

Wir stehen außerdem tief in der Schuld des Gebetsteams, das uns treu durch die Zeit des Schreibens getragen hat. Sollte dieses Buch irgendeinen geistlichen Einfluss haben, dann ist das ein Ergebnis der Gebete dieser Brüder und Schwestern!

Vor allem möchten wir unserem Herrn Jesus Christus danken, der unsere Herzen mit Freude erfüllt und die falschen Versprechen des „Vaters der Lügen" entlarvt. Wir beten, dass Gott uns die Strategien des Feindes offenbart, damit wir nicht auf sie hereinfallen. Wir beten, dass die Leser dieses Buches sich selbst, ihre Feinde und Gott erkennen können!

# Ein Wort an seine Leser von Randy Alcorn

Die Hauptpersonen in diesem Buch sind 18, 19 und 20 Jahre alt. Es ist ein Buch über junge Menschen und die Kämpfe, die sie gegen die Kultur ihrer Zeit und die Feinde ihrer Seele ausfechten müssen. Doch es ist nicht nur ein Buch für Jugendliche. Es ist ein Roman, dessen Hauptpersonen nur zufällig jung sind. Vielmehr geht der Inhalt Menschen mit 30, 40 oder 60 Jahren ebenso viel an wie Jugendliche.

Können Teenager und Erwachsene ein und dasselbe Buch mit Gewinn lesen? Es gibt eine Menge Bücher, die Menschen aller Altersstufen begeistern. Ich denke da an C.S. Lewis' Narnia-Geschichten, den „Herrn der Ringe" von J.R.R. Tolkien oder auch andere Klassiker wie „Tom Sawyer und Huckleberry Finn", „Onkel Toms Hütte" oder „Der Fänger im Roggen". Ebenso ist „Der Herr der Fliegen" eine Geschichte *über* Kinder, aber keineswegs nur eine Geschichte *für* Kinder!

Ein junger Mensch kann es genießen, ein Buch über ältere Menschen zu lesen; Weiße können Bücher über Schwarze lesen, Frauen Bücher über Männer – und ältere Menschen Bücher über Jugendliche! Eine gute Geschichte zeichnet sich vor allem dadurch aus, dass sie den Leser in die Lebenswelt eines anderen Menschen mitnimmt und ihm mehr Verständnis für andere Menschen nahe bringt. Meine Töchter und ich hoffen, dass Eltern, Großeltern, Onkel und Tanten aus diesem Buch ein tieferes Verständnis für die Welt ihrer Kinder, Enkel und Neffen gewinnen.

Meine Töchter Angela und Karina haben gemeinsam mit mir dieses Buch geschrieben. Es war das erste Mal, dass ich ein Buch in Zusammenarbeit mit jemand anderem verfasst habe (außer einmal vor 15 Jahren mit meiner Frau Nanci), und es hat mir viel Freude gemacht! Wir haben über das Schreiben an sich diskutiert, Charaktere und Handlungsstränge erfunden, verworfen und neu ersonnen, uns gegenseitig angestachelt, zusammen gebetet und die Enttäuschungen, Blockaden und einfach die harte Arbeit des disziplinierten Schreibens miteinander geteilt. Angela und Karina waren wirkliche Co-Autoren, nicht nur Staffage. Ich möchte ihnen gegenüber meinen tiefen Respekt ausdrücken.

*„Wenn man eine Sache erkennen möchte,*
*ist es manchmal das Beste,*
*sich das Gegenteil genau anzusehen.“*
A.W. Tozer, *The Pursuit Of God*

# Kapitel 1

## 31. Dezember, 3:25 Uhr

Das Mondlicht warf seltsame Schatten in Jillian Fletchers Schlafzimmer. Jillian schob die Decke zur Seite. Sie lag auf dem Bett, todmüde, aber unfähig zu schlafen. Eine seltsame Vorahnung hatte sie beschlichen, und sie fragte sich, ob sie vielleicht einfach zu viele Horrorfilme gesehen hatte.

Ein Schauer lief ihr über den Rücken. Irgendwie konnte sie das Gefühl nicht loswerden, dass sie beobachtet wurde. Sie stand auf und ließ die Jalousien herunter; dann spreizte sie zwei der Lamellen mit ihren Fingern auseinander und spähte hinaus. Saß da jemand in dem großen Baum vor ihrem Fenster? Einen Moment lang meinte sie, ein Augenpaar aufblitzen zu sehen. Sie unterdrückte einen Aufschrei und trat zurück. Dann sprang sie wieder ins Bett und zog sich die Decke über den Kopf.

*

Die Digitalanzeige der Uhr zeigte kurz vor Mitternacht.

„Und wieder eine sinnlose Silvesterparty", sagte Jillian Fletcher und gähnte herzhaft.

„Entweder sind die Leute total besoffen oder sterbenslangweilig ... oder schon vergeben!", seufzte Brittany. „Wenn sich das nicht bald bessert, sollten wir gehen und uns eine andere Party suchen."

„Oder wir gehen einfach nach Hause. Ich bin so müde!"

„Nach dieser prickelnden Festivität hier wirst du vermutlich einschlafen, bevor du zu Hause ankommst. Du brauchst einfach etwas mehr Abenteuer in deinem Leben, Jillian. Und ich bin genau die Richtige, um dir dabei zu helfen. Warte eine Sekunde!"

Jillian ließ den Blick durch das Wohnzimmer von Adam Brotnovs Eltern schweifen. Es mussten um die 50 Leute dort sein. Die Besoffenen scharten sich in einer Ecke um Ty Lott und David Richards, kippten ein Bier nach dem anderen in sich hinein und lachten sich über nichts kaputt. Anscheinend hatten Adams Eltern kein Problem damit, dass Minderjährige in ihrem Haus Alkohol konsumierten ... oder sie mischten sich lieber nicht ein. Jillian beobachtete, wie Ty sich einen Joint ansteckte. Was ihre Mutter wohl sagen würde, wenn sie wüsste, dass ihre brave kleine Tochter auf so einer Party herumhing? Die meisten Eltern hatten keine Ahnung, was ihre Kids wirklich trieben. Ihre Mutter auch nicht.

Adam ging auf Ty zu.

„Wenn du kiffen willst, mach das draußen, nicht hier im Haus!“ Ty und David stolperten lachend die Treppe hinauf und aus der Tür. Vermutlich würden sie nicht zurückkommen. Jillian war erleichtert; so würde Mama zumindest nichts an ihren Klamotten riechen.

Im Erdgeschoss gab es drei Zimmer; in einem lagen sämtliche Jacken und Mäntel, das zweite war von ungeduldigen Pärchen belagert. Im dritten Zimmer ging irgend so ein Gruppending ab. Eine Hand voll Leute saßen im Kreis auf dem Boden, und Jillian nahm an, dass sie ein Rollenspiel machten oder so etwas. Die Tür war offen; sie trat näher. Ein ekelhaft süßlicher Geruch stieg ihr in die Nase. Die machten irgendwas New-Age-Mäßiges. Überall brannten Kerzen. Zwei Mädchen und ein Junge legten Tarot-Karten und interpretierten die Bilder. Jillian erkannte im Halbdunkel Ian Stewart, mit dem Brittany mal zusammengewesen war.

Etwas berührte Jillian am Ohr und sie fuhr herum.

„Lass uns reingehen“, sagte Brittany. „Das macht bestimmt Spaß!“

Jillian hatte eigentlich keine Lust dazu, aber sie folgte Brittany, die sich gleich mit in den Kreis setzte. Jillian hielt sich im Hintergrund.

„Dies ist die Karte des Magiers“, erklärte Skyla Stokes. Sie war mit Brittany befreundet und trug einen Haarschnitt, bei dem sich Jillian fragte, ob der Frisör sie wohl mit einer stumpfen Heckenschere bearbeitet hatte. Skyla beschäftigte sich schon lange intensiv mit Weißer Magie – Wicca, einer Form der Hexerei. Sie nahm diese ganze Sache ziemlich ernst und war Mitglied in einer Art magischem Zirkel, der aus 13 Oberstufenschülern bestand. Brittany hatte Jillian erzählt, dass Skyla einen Fluch auf Corrie Ward gelegt hatte, kurz bevor diese beim Skifahren verunglückt war. Und nun saß Corrie im Rollstuhl.

Skyla sah einen der Jungs an und sagte: „Okay, du hast den Magier gezogen. Das bedeutet, dass du ein Meister der Worte bist. Du hast hermetisches Wissen.“

„Was soll denn das sein? Klingt irgendwie nach Tupperware“, sagte der Junge und alle lachten.

„Es bedeutet, dass du ein Mediator-Kommunikator bist“, sagte Skyla. „Du bist ein Meistermanipulator der materiellen Welt. Du kannst Wunder vollbringen und Illusionen erzeugen. Du bist Hermes, Gott der Redner und Lügner. Jetzt zieh deine andere Karte.“

Er zog.

„Der Schwertmeister“, verkündete Skyla.

„Was bedeutet das?“

„Diese Karte hat mit dem brutalen Aspekt der Macht zu tun. Sie steht für Gewalt und Feuer.“

„Oooh“, machten alle, halb scherzhaft, aber Jillian spürte, dass sie nicht die Einzige war, die sich unwohl fühlte.

„Wer ist der Nächste?“

Jemand, den Jillian nicht sehen konnte, zog eine Karte.

„Du bist die Priesterin“, sagte Skyla.

Jillian stellte sich auf die Zehenspitzen, um das Mädchen zu sehen – es war Tara aus der Jugendgruppe. Ihr Vater gehörte zum Gemeindevorstand.

„Du hast das geistliche und intellektuelle Gesicht der *Anima*“, erklärte Skyla, „der weiblichen Natur der Seele. Du verfügst über uraltes weibliches Wissen und eine tiefe Verbundenheit mit den Kräften der Natur. Du kennst dich in den alten Heilkünsten aus und beherrschst die Naturmagie.“

„Echt? Ist ja cool!“, sagte Tara und wieder lachten alle. Es war wirklich spannend. Obwohl Jillian bei der Sache überhaupt nicht wohl war, wollte sie auch wissen, wie es weiterging. Skylas mysteriöse Stimme, die flackernden Kerzen ... na ja, zumindest war ihr jetzt nicht mehr langweilig!

„Zieh die zweite“, sagte Skyla zu Tara und diese drehte eine Karte um.

„Die Todeskarte!“, rief jemand und alle murmelten durcheinander.

„Huch, Vorsicht!“, sagte Ian Stewart scherzhaft. „Mord und Totschlag! Passt alle auf dem Heimweg gut auf!“

Alle lachten erleichtert; am lautesten hörte man Brittany und sie sah Ian dabei unverwandt an.

Jillian schlich sich aus der Tür und hoffte, dass Brittany es nicht merkte. Sonst würde sie sie wieder als paranoid bezeichnen. Vielleicht war sie das ja auch. Tod und Gewalt waren schließlich keine schönen Themen. Schon gar nicht, seit ihrem Vater das passiert war ...

Jillian wanderte ziellos umher, hörte das Gelächter, sah aber auch den leeren Ausdruck in vielen Gesichtern. Hatten die Leute hier wirklich Spaß oder taten sie nur so? Fühlten sie sich so einsam wie Jillian selbst? Sie wollte weg.

Die Party sollte eigentlich ein Fest sein, aber warum fühlte sie sich dann so leer? Und warum sahen alle um sie herum genauso wenig glücklich aus? Nur noch ein Halbjahr Schule, dann waren sie fertig. Aber was dann? Jillian wollte weg, irgendwohin. Etwas ganz anderes machen. Das finden, was ihr fehlte – was auch immer das war. Aber wie? Und wo? Jillian verstand einfach nicht, was falsch lief. Und sie hatte keine Ahnung, wie sie es ändern sollte. Auf was konnte sie sich eigentlich freuen? Sie seufzte. Ihre Wunschliste hatte nur zwei Punkte. Sie wünschte sich einen Freund, und sie wollte in ein anderes Haus umziehen. Das war es – sie brauchte eine neue Bezugsperson und einen neuen Ort. Ihre Aussichten auf Glück ließen sich auf zwei Fragen reduzieren: Wer und wo?

Jillian holte sich etwas Punsch und setzte sich abseits auf einen Stuhl. Sie starrte in den Raum, als wäre sie in einer weit entfernten Galaxie. Plötzlich wurde es stockdunkel. Die unheimliche Stille wurde von panischen Schreien durchbrochen. Einige Jungs nutzten die Gelegenheit, um Mädchen zu erschrecken und selbst so zu tun, als würde ihnen das alles nichts ausmachen. Jillian blieb einfach sitzen und kreuzte die Arme schützend vor ihrer Brust. Bald gingen die Lichter wieder an und allgemeine Erleichterung machte sich breit.

Nach zwanzig Minuten kamen Brittany und einige andere endlich aus dem Raum mit den Tarot-Karten. „Das war echt cool, Jillian. Die Lichter sind genau im richtigen Moment ausgegangen. Das mit den Tarot-Karten müssen wir zu Hause auch mal machen. Ich besorge uns welche!"

Jillian nickte nur, ohne zu sagen, was sie wirklich davon hielt. Eigentlich sagte sie Brittany nur sehr selten, was sie wirklich dachte. Brittany zerwühlte ihr freundschaftlich das Haar und Jillian piekste sie zur Strafe in den Magen.

„Au! Vorsicht mit meinem Waschbrettbauch! Diese Situps bringen mich noch um. Aber das ist halt der Preis, den man für einen perfekten Body zu zahlen hat!" Ihre Augen wanderten nach rechts. „Ah, da ist Ian."

Jillian folgte ihrem Blick zum Tisch mit dem Punsch, wo Ian gerade einen anderen Typen begrüßte. „Du hast immer noch eine Schwäche für ihn, was? Darum bist du auch überhaupt in diesen Tarot-Raum gegangen."

„Mein Interesse war rein metaphysischer Art", behauptete Brittany. „Na gut, vielleicht wollte ich auch wieder Kontakt zu Ian aufnehmen. Wir waren uns ziemlich nahe, weißt du ... bevor ich ... meine Probleme bekam. Dann hat er mich fallen lassen, als hätte ich Lepra. Na gut, das kann man ihm nicht zum Vorwurf machen. Ich war ziemlich durch den Wind. Hey, guck mal, mit wem er da redet."

„Den kenne ich nicht. Wer ist das?"

„Erinnerst du dich nicht mehr an Robbie Gonzales?"

„Nein! Das ist Rob? Mit den kurzen Haaren sieht er ganz anders aus. Ich habe ihn nicht mehr gesehen, seit er letztes Jahr abgegangen ist. Er geht auf die Portland State-Uni, oder?"

„Ja. Ian will nächstes Jahr auch dahin."

„Ob Rob wohl noch diesen schwarzen Schrotthaufen von Auto hat? Er sieht übrigens ganz gut aus, finde ich", meinte Jillian.

„Er sieht *super* aus! Wenn ich nicht größer wäre als er, würde er mich echt interessieren!"

„Also, ich bin *nicht* größer als er, und ich *bin* interessiert!" Jillian spürte, wie sie rot wurde, und sie merkte, dass sie mehr wie Brittany geklungen hatte als wie sie selbst.

„Schätzchen, in diesem Raum gibt es wohl niemanden, der noch kleiner ist als du! Okay", flüsterte Brittany, „lass uns kurz unsere Wirkung im Badezimmerspiegel checken, dann bewegen wir uns unauffällig in ihre Richtung."

„Gut, aber ich werde nicht mit ihm flirten."

„Wie? Ich denke, du findest ihn interessant? Warum willst du dann nicht flirten? Entscheide dich mal, Süße! *Ich* weiß jedenfalls, was ich will ... ich will Ian zurückhaben! Rob überlasse ich ganz dir!"

„Aber ich werde mich ihm nicht an den Hals schmeißen!"

„Ach, Jill! Du bist so schrecklich konservativ geworden, seit ..."

Jillian explodierte sofort. „Du redest von meinem Vater?!"

„So meinte ich das nicht. Ich meine, seit dein Vater so ... religiös geworden ist und so. Zuerst fandest du es ätzend, aber so langsam bist du voll drauf eingestiegen. Und dann ..."

„ ... dann ist er gestorben." Eine Träne rollte über Jillians Wange.

„Oh Mann, tut mir Leid. Ich wollte deinen Vater nicht ins Spiel bringen."

„Ach, was soll's. Ich *will* ja über ihn reden. Manchmal vergehen ein paar Stunden, ohne dass ich an ihn denke, und dann fühle ich mich ganz schlecht."

„Meinst du denn, er würde das wollen?"

„Vermutlich nicht."

„Genau. Er würde wollen, dass du mit deinem Leben weitermachst. Und er würde wollen, dass du mit Rob redest."

Jillian lachte über den logischen Sprung in Brittanys Ausführungen. „Ich bin einfach nicht in der Stimmung."

„Zeig mal dein Gesicht. Na also, nichts, was man nicht mit ein bisschen Make-up reparieren könnte. Komm, ich bring dich schon in Stimmung!"

Brittany griff nach Jillians Hand und zog sie hinter sich her. In einem früheren Leben wäre sie fröhlich mitgegangen. Sie war als lebhaft bekannt gewesen, fröhlich, immer für jeden Spaß zu haben. Doch seit dem Tod ihres Vaters bei dem Autounfall letztes Frühjahr war alles anders geworden. Der Schmerz wollte einfach nicht nachlassen ...

Sie hatte ab und zu in der Bibel gelesen und war in eine Jugendgruppe der Kirche gegangen, aber eigentlich nur, weil sie wusste, dass ihr Vater das gut gefunden hätte. Doch außer Lisa aus der Schule und dem Jugendpastor Greg und seiner Frau Kristi hatte sie dort nicht groß Kontakte geknüpft. Sie glaubte schon an Gott, irgendwie ... aber so richtig auf ihn eingelassen hatte sie sich nicht. Vielleicht wollte sie auch gar nicht, nach dem, was Gott ihrem Papa angetan hatte.

Sie gingen an dem riesigen Büfett-Tisch vorbei. Brittanys glattes Haar ging ihr beinahe bis zur Taille und schwang wie ein Pendel hin und her. Jillian musste grinsen. Sie waren wirklich total gegensätzlich!

Fünf Minuten später kamen sie wieder aus dem Bad und wanderten ganz unauffällig in Ians und Robs Richtung. Brittany platzierte sich vor der Bowleschüssel und tat so, als würde sie über einen wahnsinnig guten Witz lachen. Jillian schaltete schnell und stimmte in das Lachen mit ein.

„Britt?"

Brittany drehte sich in meisterhaft gespielter Überraschung zu Ian um. „Ian Stewart? Ich wusste ja gar nicht, dass du auch hier bist!"

Ian grinste. „Hast du mich denn nicht beim Tarot gesehen? Ich würde gern mit dir reden. Irgendwie fehlst du mir richtig. Erinnerst du dich noch an Roberto hier?"

„Klar. Hey, Robbie! Deine Frisur gefällt mir!“

Rob lachte unsicher.

„Hey, Jillian, du kennst doch sicher noch Rob Gonzales?“, sagte Brittany.

„Hallo, Rob“, nickte Jillian. Er lächelte sie an.

Ian deutete auf die große Couch. „Setzen wir uns doch.“ Brittany pflanzte sich sofort neben Ian und ließ Jillian nur noch einen schmalen Platz neben Rob frei.

„Wir wollten euch nicht stören“, meinte Brittany scheinheilig.

„Kein Problem. Für eine Party wurde unser Gespräch sowieso gerade zu ernsthaft, was, Rob?“

Jillian setzte sich vorsichtig und versuchte, Rob nicht zu berühren. Doch sie unterhielten sich so gut und natürlich, dass Jillian sich bald entspannte. Besonders mit Rob fühlte sie sich wie unter alten Freunden.

Brittany deutete auf einen Rauchquarz an Ians Halskette. „Was ist denn das? Den hast du neu, oder?“

„Das ist ein Osiris-Kristall. Ich habe ihn seit vier Wochen.“

„Und wer oder was ist Osiris?“

„Eine ägyptische Gottheit.“

„Glaubst du denn an so was?“, fragte Rob.

„Hm, ich glaube schon an irgendwelche höheren Wesen. Wir sind nicht allein. Es gibt Mächte, die uns beeinflussen ...“

„Da-dam, da-da-dam“, sang Brittany die Titelmelodie der Serie „Akte X“. „Interessierst du dich immer noch für dieses metaphysische Zeug, Ian?“

„Wenn ich nicht Basketball spiele, ja. Und wenn ich keine schöne Frau an meiner Seite habe.“

„Und wie gefällt es dir an der Uni?“, fragte Jillian Rob.

„Ach, wo wir gerade von Akte X sprachen – manche der Profs machen echt den Eindruck, dass sie von einem anderen Planeten kommen. Aber es gibt auch gute.“ Seine dunklen Augen funkelten. „Außer einem Haufen Lernstoff engagiere ich mich noch in einer Bibelgruppe für Studenten. Ist echt super.“

„Und wie ist das Campus-Leben so?“, wollte Jillian wissen.

„Klasse, solange man sich von den Drogen und dem ... dem anderen Zeug fern hält ...“ Er sah zu Boden. „Ich habe viele tolle Leute kennen gelernt. Und nächsten Herbst kommt Ian vielleicht auch hin und wohnt dann in meinem Wohnheim. Das wäre klasse und unser Basketballcoach würde ihn sicher mit Handkuss in die Mannschaft nehmen!"

Sie redeten noch eine ganze Weile über dies und jenes und Jillian vergaß alles um sich herum.

„Wie läuft dein Abschlussjahr bisher?", fragte Rob sie.

„Ach, ganz okay, aber ich bin froh, wenn ich es hinter mir habe. Ich will endlich raus und was Richtiges machen. Ansonsten ist alles bestens: Das Cheerleading macht Spaß, die Jugendgruppe in der Kirche auch und sogar die Arbeit ist ganz okay im Moment."

„Was arbeitest du denn?"

„Ich bediene im Red Robin. Donnerstagabends und immer mal am Wochenende. Da gibt's super Trinkgelder!"

„Das Red Robin, ja? Vielleicht komme ich mal vorbei", sagte Rob und schien leicht zu erröten. Er wandte sich an Ian. „Wann ist eigentlich dein nächstes Spiel?"

„Freitag. Gegen die Grants. Wird bestimmt ein gutes Spiel."

„Hey, da habe ich sogar Zeit."

„Super, dann kannst du auch Jillian beim Cheerleading bewundern", meinte Brittany. „Sie hat's echt drauf."

Jillian hätte Brittany gern erwürgt, aber die befragte Ian schon wieder zu diesem Osiris-Stein. Jillian sah wieder Rob an.

„Du hast eine Jugendgruppe erwähnt", sagte Rob. „Erzähl doch mal mehr darüber."

Jillian machte es wirklich Spaß, sich mit ihm zu unterhalten. Er schien ehrlich an ihr interessiert zu sein.

„Eine Minute vor zwölf!", schrie jemand.

„Was?"

„Es ist beinahe Mitternacht", sagte Rob. „Nicht zu fassen! Eben war es doch erst Viertel vor elf!"

„Wie die Zeit vergeht, wenn man Spaß hat!", meinte Ian.

„Komisch, zuerst fand ich das hier die blödeste Silvesterparty meines Lebens. Aber jetzt gefällt es mir auch richtig gut!", sagte Jillian.

Einige Leute hatten sich vor dem Fernseher versammelt, auf dem ein Countdown die letzten Sekunden herunterzählte: „Zehn ... Neun ... Acht ...", riefen alle im Chor.

Ian und Brittany wandten sich einander zu und küssten sich. Jillian sah aus dem Augenwinkel nervös zu Rob.

„Sieben ... Sechs ... Fünf ..."

Rob kam etwas näher und sie hoffte, dass er unter dem Make-up ihre Sommersprossen nicht sah.

„Vier ... Drei ... Zwei ..."

„Frohes neues Jahr, Jillian", sagte Rob.

Jemand drehte die Musik auf, Knaller flogen durch die Luft, irgendwer schlug lärmend auf Töpfe und Pfannen in der Küche. Jonathan von der Jazz-Band blies auf seiner Trompete und alle lachten. Jillian fühlte etwas, das sie schon seit Monaten nicht mehr empfunden hatte. Vielleicht war es Hoffnung? Zum ersten Mal seit dem Tod ihres Vaters war ihr tatsächlich nach Feiern zumute.

Rob füllte drei Gläser mit Punsch und gab sie Jillian, Brittany und Ian. Dann goss er sich selbst etwas ein und hob das Glas. „Auf vier Freunde und das Jahr, das vor uns liegt ... was auch immer es bringen mag!"

Die Gläser klirrten aneinander, wobei Ian ein wenig Punsch verschüttete. Sie lachten und tranken aus.

Ein Handy klingelte. Mehrere Leute griffen in ihre Taschen, doch es war Ians Telefon, das tatsächlich geklingelt hatte.

„Ja? Ty? Genau, ich bin immer noch auf der Party. Moment, Moment, rede doch nicht so schnell! Du hast den Notruf gewählt? Warum?"

Ian wedelte mit den Armen, um die Umstehenden zum Schweigen zu bringen. „David? Der war doch bloß total zu. So habe ich ihn schon oft gesehen. Warte – was hast du gesagt? Sag es noch mal. Ganz langsam!"

Alle hörten atemlos zu, während Ians Gesicht schneeweiß wurde.

„David ist *tot*?!"

## Brief 1

### Mein lieber hingebungsloser Faulgrin,

du bist also von deinem langen Besuch in der Besserungsanstalt zurück? Sicher hatte es einen hohen therapeutischen Wert. Beelzebub hat mich zu deinem Vorgesetzten ernannt und mich beauftragt, dich sehr genau zu beobachten.

Als ich gehört habe, dass du die Frechheit besessen hast, dich selbst „Lord" zu nennen, warum war ich da nicht überrascht? Schon vor Jahrhunderten warst du mein arrogantester Schüler.

Langweile mich nicht mit deinen Ausreden. Du behauptest, deine

Beleidigungen an Beelzebub waren nur eine Falle für deinen alten Studienkumpel Squaltaint? Solche politischen Intrigen interessieren mich nicht. Ich bilde meine Untergebenen in der hohen Kunst des Betrugs und der Zerstörung menschlicher Existenzen aus. Halte deinen Mund und tu deine Pflicht. Deine Erfahrungen mit diesen vier jungen Schädlingen könnten sich als hilfreich erweisen.

Lass uns einige Dinge klarstellen: Zunächst einmal hat Luzifer mir den Titel „Prinz" verliehen – ich habe ihn mir nicht selbst angedichtet. Zweitens gefällt mir dieser neue Auftrag nicht mehr als dir. Schließlich ist es ein gewaltiger Rückschritt für mich, von der Infiltration des amerikanischen Regierungsteams zu deiner Betreuung degradiert zu werden.

Ich spiele keine Spielchen, Foulgrin. Ich habe einen Job zu erledigen und das so schnell wie möglich, damit ich bald wieder in Beelzebubs inneren Kreis zurückkehren kann. Also leg dein übergroßes Ego ab und lass uns zur Tat schreiten!

Ich habe dein einleitendes Dossier über Jillian Fletcher gelesen. Du jammerst, dass du die Sprache und die Gefühle dieser jungen Frau nicht verstehst und ihren Musik- und Modegeschmack nicht nachvollziehen kannst. Doch um den Feind zu besiegen, muss man ihn kennen, lieber Foulgrin. Du musst sie studieren und analysieren – ihre Freunde, ihre Familie. Das wird dir die Anhaltspunkte geben, die du brauchst, um sie zu Fall zu bringen.

Was letztlich zählt, ist die große Linie: Bewegt sie sich weg von unserem großen Feind oder auf ihn zu? Was immer sie zu ihm zieht, muss ganz oben auf deiner Eliminierungsliste stehen.

Obwohl du Jillian nicht verstehst, gehst du davon aus, dass du Erfolg bei ihr haben wirst. Dabei hast du bei ihrem Vater Jordan Fletcher bereits kläglich versagt. Ja, ich habe seine Akte hier vor mir liegen. Willst du bei Jillian ebenso danebengreifen?

Hier heißt es, dass sein Leben und sein Tod uns Minuspunkte gebracht haben. Er hat viele Menschen zum Feind hin beeinflusst und der Feind hat schließlich sogar seine Beerdigung zu seinen Gunsten genutzt! Doch Kopf hoch – sein schlechter Einfluss auf Jillian hat ja jetzt ein Ende und außerdem gibt das Mädchen glücklicherweise dem Feind die Schuld an seinem Tod. Ein hervorragender Ausgangspunkt!

Die Neujahrszeit ist meine liebste Saison. Weihnachten hat man hinter sich, die Krippe und das Kreuz sind unter Tonnen von Spielsachen, Videos und schicken neuen Klamotten begraben. Doch es gibt immer noch die Gefahr, dass der Zimmermann aufsteht und die Menschen ihn erkennen. Der Feind hat diese unangenehme Eigenschaft, die Menschen manchmal durch unsere schöne Polsterung des Materialismus blicken zu lassen. Dann begreifen sie die beängstigende Bedeutung seines Kommens auf ihren dunklen Planeten. Doch solange das Baby in der Krippe bleibt, ist es nicht so schlimm. Aber wenn sie ihn gekreuzigt und auferstanden sehen, dann gnade uns Satan!

Das neue Jahr erregt immer neue Hoffnungen in diesen nutzlosen Säcken voll chemischer Reaktionen, die der Feind seine Ebenbilder nennt. Doch wir zerstören ihre Hoffnungen, bis sie zynisch werden und die Lust an ihren jämmerlichen Existenzen ganz und gar verlieren. Dann sterben sie und der Sieg ist unser. Das neue Jahr inspiriert außerdem unzählige gute Vorsätze, die meist jedoch noch vor dem ersten Februar gebrochen werden. Und das Beste: Alle ihre Versuche, sich selbst zu verbessern, lenken sie vom Angebot des Feindes ab, ihnen eine übernatürliche und dauerhafte Veränderung zu schenken.

Die Atmosphäre der Party scheint ganz in unserem Sinne gewesen zu sein – Alkohol, Drogen, Sex, Angeberei, Lügen und sogar okkulte Praktiken. Wunderbar. Der Traum eines jeden Dämonen! Und diese Partys laufen immer häufiger so ab, kann ich mit Fug und Recht sagen. Dass der eine Schädling an einer Alkoholvergiftung gestorben ist, ist sozusagen das Sahnehäubchen. Wir haben eine ganze Jugendkultur von Tod und Selbstzerstörung geschaffen.

Denk aber immer daran, dass der Feind unsere Siege gern in Warnschüsse verwandelt, die das Ungeziefer manchmal zum Nachdenken bringen. Es besteht immer die Gefahr, dass er diesen Tod dazu benutzt, um ihre Gedanken auf das zu bringen, was hinter den Dingen liegt.

Ich will von dir regelmäßige Berichte nicht nur über Jillian, sondern auch über die anderen drei Schädlinge! In der Zwischenzeit halte du sie immer schön abgelenkt. Ihre Eltern meinen ohnehin, dass ständige Action sie von jeglichem Ärger fern hält. Dabei hält sie sie vor allem davon ab, sich zu fragen, was in ihrem Leben fehlt. Gut so! Auf diese Weise wenden sie ihre Aufmerksamkeit niemals dem Feind zu. Zum Glück haben wir ja so viele verlockende Alternativen ...

Ich erwarte deinen ersten Bericht!

*Prinz Ishbane*

## Kapitel 2

## 4. Januar, 10:42 Uhr

Jillian ging mit Brittany durch das Eingangsportal der Friedhofskapelle. Sie schlenderten an der großen Stellwand mit Fotos, Sporttrophäen und Trikots vorbei. Brittany deutete auf ein Foto von sich, das sie neben David zeigte. David sah so lebendig darauf aus. Und jetzt ...

Ein blasser, großer Mann in einem dunklen Anzug geleitete sie in die Kapelle und deutete auf einige freie Plätze ziemlich weit vorn. Jillian sah auf ihre Uhr. Sie hätte jetzt eigentlich im Englischunterricht sitzen müssen, aber wenn ein Schüler beerdigt wurde – Jillian hatte das während ihrer Schulzeit schon fünfmal erlebt –, waren die Mitschüler selbstverständlich vom Unterricht freigestellt. Die Schule hatte schon eine richtige Wissenschaft daraus gemacht: Es gab Schulseelsorger, die einfühlsame Fragen stellten. Lehrer wurden geschult, was sie sagen und nicht sagen sollten. Doch irgendwie machte das alles die Sache kein bisschen besser. Trotz allem waren diese Kids nachher immer noch tot.

Jillian hörte gedämpfte Schluchzer, während sie sich setzten und die unangenehmen Augenblicke vor Beginn des Gottesdienstes ertrugen. Während Brittany angestrengt das Programm studierte, dachte Jillian über ihre Freundschaft nach.

Brittany Powell und sie hatten sich vor anderthalb Jahren bei einem Ausflug zum Wasserskifahren kennen gelernt. Brittany war gerade erst von Kalifornien hierher gezogen. Sie war groß und braun gebrannt, athletisch und klug, und sie hatte eine rasiermesserscharfe Zunge. Jillian war zwar niedlich, aber viel unauffälliger, und sie musste für ihre guten Noten viel härter arbeiten als Brittany für ihre hervorragenden.

So unterschiedlich sie auch waren, so wurden sie doch recht schnell unzertrennlich. Sie unterhielten sich über Jungs, gingen zusammen ins Kino, fuhren durch die Gegend, machten Einkaufsbummel und stellten alles Mögliche gemeinsam an. Einmal waren sie zum Beispiel nachts über den Zaun vom Freibad geklettert und waren im Mondlicht geschwommen. Bei jedem Geräusch im Gebüsch waren sie vor Angst fast gestorben. Solche Aktionen wurden immer von Brittany angeregt.

Das Thema Religion war ein wunder Punkt zwischen ihnen. Außer bei einigen anderen Beerdigungen und der Hochzeit ihrer Schwester hatte Brittany noch nie eine Kirche betreten. Sie verstand Jillians Interesse am Glauben nicht und fand es auch nicht gut. Was kein Wunder war, denn Jillian verstand es ja selbst oft nicht. Doch Brittany war immer für Jillian da gewesen. Sie hatte sogar ein wichtiges Volleyballspiel verpasst, um bei der Beerdigung von Jillians Vater dabei sein zu können. Der Trainer hatte sie angefleht, doch mitzufahren, aber Brittany war hart geblieben. So war sie eben – wild, ein bisschen verrückt und manchmal nervtötend, aber absolut loyal.

Plötzlich wandte Brittany abrupt den Kopf und alle Antennen gingen auf Empfang. Ian war hereingekommen, und Brittany winkte ihm, sich zu ihnen zu setzen. Jillian musste immer noch an diese unheimliche Sache mit dem Ouija-Brett denken, wenn sie ihn sah. Es war die furchterregendste Nacht ihres Lebens gewesen, damals in Ians Haus. Sie hatte immer noch Alpträume deswegen. Und das Schlimmste war gewesen, dass Brittany vier Wochen danach einen Selbstmordversuch begangen hatte. Jillian erschauderte bei dem Gedanken daran, und obwohl sie Ian anlächelte, fragte sie sich, ob die beiden wirklich gut füreinander waren.

Einen Monat nach Brittanys Suizidversuch war Jillians Vater gestorben. Das war eindeutig das härteste Jahr ihres Lebens gewesen! Nun saß sie hier, kurz vor Beginn ihres letzten Schulhalbjahrs, mit einer völlig ungewissen Zukunft vor sich. Und wieder begann alles mit einer Beerdigung. Das war echt grausam!

Sie bemerkte ein Paar mittleren Alters, der Mann in einem unmodernen Anzug, die Frau in einem hübschen Kleid. Sie starrten auf den Mahagoni-Sarg. Davids Eltern. Was mochte wohl in ihnen vorgehen?

Greg, der Jugendpastor von ihrer Gemeinde, stand auf und ging zum Mikrofon. Wahrscheinlich hatte man ihn gebeten, etwas zu sagen, weil er so viele Schüler von der Kennedy-Highschool kannte. Ob er aber David je begegnet war?

„Lasst uns beten“, sagte Greg. „Herr, dies ist ein schwerer Tag für uns, besonders für Davids Familie und Freunde. Wir brauchen deine Hilfe. Bitte öffne unsere Herzen heute für deine Wahrheit, Herr. Die Bibel lehrt uns, dass jeder Mensch sterben muss. Mach uns unsere eigene Sterblichkeit bewusst und hilf uns, uns das zu Herzen zu nehmen. Wir möchten so leben, dass wir eines Tages ohne Angst vor dich treten können. Wir möchten uns heute an David erinnern, der jetzt in einer anderen Welt ist. Wenn er uns noch etwas mitteilen könnte, bin ich sicher, dass er uns dazu aufrufen würde, für diesen Tag gewappnet zu sein. Wir bitten dich um Trost für Davids Eltern und Geschwister. Und wir bitten dich, dass du heute zu unseren Herzen sprichst. Im Namen Jesu, der der Weg, die Wahrheit und das Leben ist; Amen."

„Amen", hörte Jillian jemanden hinter ihr flüstern.

Die Lautsprecher plärrten das Lied „Higher" von der Gruppe Creed heraus, ein Song, in dem es darum ging, dass man sich nach einem anderen Ort sehnt, einer besseren Welt als der unsrigen. Obwohl Jillian merkte, dass es alles andere als ein christlicher Text war, konnte sie sich mit der darin ausgedrückten Sehnsucht gut identifizieren. Dass David sich aber um so etwas Gedanken gemacht hatte, wagte sie zu bezweifeln.

Ty Lott trat ans Mikrofon und las einen Nachruf auf seinen Freund vor. Er musste weinen, so wie sie alle, sogar Brittany. Der Schulleiter Chandler sagte einige nette Worte über David, obwohl jeder wusste, dass die beiden sich nicht hatten ausstehen können. Dann kündigte er den Prediger an: „Ich möchte Ihnen jetzt unseren Prediger heute vorstellen, den Pastor dieser Kirche hier: Bitte, Reverend Braun."

Ein schlanker Mann im schwarzen Talar und mit ergrauten Schläfen trat auf die Kanzel.

„Hallo und guten Tag", sagte er lächelnd, doch mit ernster Stimme. „Dieser traurige Tag führt uns zusammen in Erinnerung an unseren lieben Freund ...", er unterbrach sich und schaute suchend in seine Aufzeichnungen, „... David Richards. Er war ein fleißiger Schüler, ein hervorragender Sportler und ein geliebter Sohn. Alle, die ihn kannten, wurden von seinem Leben berührt. Wir werden unseren Freund ... äh, David ... niemals vergessen. Lasst uns beten und diesen Gottesdienst dem Gedenken an David widmen. Wer möchte, kann sich mir im Gebet zu dem göttlichen Wesen anschließen, wie auch immer er sich persönlich sie oder ihn vorstellt."

Jillian sah Brittany mit hochgezogenen Augenbrauen an.

„Total schräg!", flüsterte Brittany und rollte die Augen.

Reverend Braun zitierte ein Gedicht von Robert Frost, sprach von der missverstandenen Generation Davids und erzählte eine süßliche Geschichte, die Jillian schon mehrmals per E-Mail erhalten hatte. Er redete davon, dass man seinen eigenen Werten treu sein müsse, dass der

Tod nur eine Durchgangsstation in eine bessere Welt sei und dass David sich nun auf einer höheren Bewusstseinsebene befände. Weil David das Skifahren so geliebt habe, sollten sich alle im Winter an David und sein Leben erinnern. „David wird in unserer Erinnerung ewig weiterleben", schloss er dann.

Jillian hatte David nicht besonders gut gekannt, doch er hatte den Ruf gehabt, ein absoluter Partykönig zu sein, stark zu trinken und den Ehrgeiz zu haben, so viele Mädchen wie möglich innerhalb kürzester Zeit ins Bett zu kriegen. Er war mehrmals von der Polizei festgenommen worden und ganz sicher hatte man nie einen Hinweis darauf bemerkt, dass er möglicherweise an Gott glaubte.

Woher wollte dieser Typ also wissen, dass David jetzt an einem „besseren Ort" war?

Nach dem Gottesdienst gingen einige Leute nach vorn zu dem Sarg, hielten sich an den Händen und weinten. Jillian wandte sich ab; die Menge trennte sie von Brittany und spülte sie nach draußen. Wildfremde Menschen umarmten sie und sie zog sich schaudernd in die hinterste Ecke des Flurs zurück. Dort fand sie eine Tür mit der Aufschrift „Sonntagsschule, 3 bis 5 Jahre". Sie schlüpfte in den Raum und quetschte sich in einen kleinen roten Plastikstuhl.

Ihr fielen die Worte wieder ein, die der Pastor bei der Beerdigung ihres Vaters gesprochen hatte: „Alles hat seine Zeit, auch das Sterben ... niemand weiß, wann seine Zeit gekommen ist." Das hatte so grausam geklungen. Sie hätte am liebsten irgendwie mehr Kontrolle über all das ...

„Hey, ist alles okay?"

Jillian schrak zusammen und sah auf, direkt in Robs besorgte dunkle Augen. Sie versuchte, sich zusammenzureißen und cool auszusehen, aber es klappte nicht. Die Tränen strömten ihr nur so übers Gesicht.

„Oh, ich wollte dich nicht erschrecken." Rob kam näher, blieb dann aber unschlüssig stehen.

„Woher wusstest du, dass ich hier bin?", fragte Jillian.

„Ich hab dich eben rausgehen sehen. Du sahst ... ziemlich traurig aus. Ich dachte, vielleicht willst du reden."

„Nein", sagte sie, und dann: „Doch!"

Er lachte.

„War das deutlich genug?", grinste Jillian.

„Wie wär's, wenn wir in ein Café gehen? Irgendwohin, wo wir reden können, ohne zu ... reden." Er zwinkerte ihr zu.

„Okay. In diesem Zustand kann ich sowieso nicht in die Schule zurück."

### Brief 2

Mein hinterhältiger Foulgrin,

ich war hoch erfreut, dass dein Reverend Braun die Predigt gehalten hat. Das „göttliche Wesen, wie auch immer er sich persönlich sie oder ihn vorstellt" – wirklich grandios! Ganz in unserem Sinne!

Ich habe Brauns Akte studiert. Sie ist voller Memos von dir und Squaltaint. Der Typ ist genau mein Fall von einem Pastor! Seine Versicherungen, dass David an einem besseren Ort ist, waren goldrichtig. Der Feind benutzt immer wieder Beerdigungen als Plattform für seine Wahrheit. Dieser nervtötende Jugendpastor Greg hat das auch wieder versucht. Zum Glück konnte er nicht noch mehr Wahrheit in dieses eine kurze Gebet packen. Nicht genug, um die wunderbare verschleiernde Predigt von unserem Freund Braun zu neutralisieren.

Brauns Punkt war klar – wenn dieser Schädling, der nie einen Gedanken an den Feind verschwendet hat, in den Himmel kommt, dann brauchen sich die anderen auch keine Sorgen zu machen. Warum also noch groß darüber nachdenken? Warum so unangenehme Themen wie Reue, Bekenntnis, Vergebung ansprechen? Wenn David im Himmel ist, wird jeder, mit Ausnahme vielleicht von Hitler, Stalin und Mao, automatisch auch hineinkommen.

Natürlich wissen wir, was jeder im Universum weiß, außer diesen Dummköpfen auf der Erde: Die Hölle, nicht der Himmel, ist ihre Zukunft. In die Nichtraucherabteilung kommen sie nur durch eine kleine Reservierungsänderung: Der Feind muss sie zu sich ziehen. Sie müssen sein Geschenk annehmen. Sieh nur zu, dass sie das nicht begreifen! Immerhin haben sie von einem „Berufschristen" versichert bekommen, dass sie ohne weiteres in den Himmel kommen. Warum sich dann noch mit Jesus herumplagen?

Wir können zwar nichts erschaffen, aber immerhin infizieren! Braun ist ein hervorragender Infizierer. Sozusagen ein Viren-Mutterschiff! Der Gott, den er anpreist, ist alles und damit nichts. Seine Botschaft ist Rattengift mit einem Schleifchen drum. Er wäre ein hervorragender Dämon geworden!

Anscheinend werden sich Rob und Ian an Jillian und Brittany halten. Sie sollten sich also als nützlich für unsere Zwecke erweisen. Am besten schließt du dich mit den anderen drei Verführern zusammen, die wir auf diese Schädlinge angesetzt haben: Raketwist, Pendrag und Baalgore.

Ich werde dich zum Teamchef ernennen. Leite meine Nachrichten an R., P. und B. weiter. Und sorge dafür, dass ich diese Entscheidung nicht bereuen muss!

Mir scheint Brittany dein bestes potenzielles Werkzeug zu sein, um Jillian vom Weg abzubringen. Sie ist materialistisch und zynisch. Sie zieht Jillian von ihren geistlichen Interessen weg und verhindert, dass sie tiefere Freundschaften mit anderen Anhängern des Feindes schließt. Perfekt! Sie ist der Überzeugung, dass nur Psychopathen und Looser in die Kirche gehen. Na wunderbar! Wenn es etwas gibt, das diese jugendlichen Ungeziefer nicht wollen, dann Looser sein. Cool sein ist alles. Und dann Brittanys okkulte Erfahrungen! Sehr viel versprechend! Du solltest diese Interessen bei ihr wieder beleben! Deine Begegnung mit ihr am Ouija-Brett letztes Jahr und in dem Traum nach ihrem Suizidversuch waren Glanzleistungen deinerseits, von denen ich mehr sehen will! Allerdings ist dir Brittany lebendig mehr von Nutzen als tot, wenn du durch sie Jillian negativ beeinflussen willst!

Wende unsere übliche Strategie bei Jillian an – sie ist zwar unendlich alt und abgedroschen, aber sie funktioniert immer! Sie muss denken, dass sie mit ihrem christlichen Lebensstil und guten Taten Brittany hochziehen kann. Natürlich zieht ihre Freundin sie jedoch tatsächlich herunter. Da dies die von uns beabsichtigte Richtung ist und das Gesetz der Schwerkraft immer für uns arbeitet, ist Brittany für uns also extrem nützlich.

Unser Gegenspieler Amrael hat Jaltor auf Jillian angesetzt. Vergiss nie, dass Jaltor dich im Kampf um Jillians Vater geschlagen hat. Dieser Gedanke soll sich ständig wie ein Messer in dir drehen!

Rob ist der einzige Neue in dem Spiel. Er macht mir große Sorgen; kümmere dich bald um seine Überprüfung.

Nun, zumindest zwei der vier Schädlinge sind bereits auf dem besten Weg zur Hölle, sie brauchen nur noch hier und da einen kleinen Schubs von uns. Doch selbst die, die schon zum Feind gehören, kön-

nen wir blenden, ablenken und verwirren. Seine Kinder stehen immer auf unserer Hitliste ganz oben!
Lass uns gemeinsam das Quartett knacken!

Voll Vorfreude auf ihre Zerstörung,

*Prinz Ishbane*

## Kapitel 3
## 4. Januar, 12:32 Uhr

Rob drehte den Zündschlüssel seines schwarzen, tiefer gelegten Schlittens herum, doch der Motor jaulte nur auf, ohne anzuspringen. Er versuchte es noch mal, doch wieder nichts.

„Ich will nur Eindruck schinden", erklärte er Jillian, dann probierte er es wieder. Und wieder. Endlich sprang der Wagen an, und sie mussten beide lachen.

Rob fuhr Jillian zum Café Delirium. Sie bestellten einen Kaffee, dann setzten sie sich in eine Ecke, Jillian auf eine bequeme Couch und Rob auf den Stuhl gegenüber. Eine Weile plauderten sie eher oberflächlich, dann winkte das Mädchen hinter dem Tresen und Rob holte ihre Bestellung ab.

„Willst du wirklich nichts essen?", fragte Rob. „Es ist doch Mittagszeit."

„Nein, danke, nur den Kaffee. Also ... kanntest du David näher?"

„Nein, nicht wirklich. Ich war mit seinem Bruder Jarod in einer Klasse. War ein paar Mal bei ihnen zu Hause und hab dort auch David getroffen. Ich dachte nur, weil ich auf dieser Party war ..."

„Ja", nickte Jillian.

„Und du, wie gut kanntest du ihn?"

Sie zuckte die Achseln. „Wir sind zusammen in die Grundschule gegangen. Dann waren wir mal zusammen im Skiurlaub. Das war's aber auch."

„Ich finde es toll, dass du trotzdem zur Beerdigung gekommen bist", sagte Rob. „Bitte nimm mir die Frage nicht übel – aber warum betrifft dich sein Tod so sehr, wenn du ihm doch gar nicht nahe standest?"

Sie seufzte. „Vielleicht weil es nahe liegend ist, dass es mir auch passieren könnte, wenn es David passiert ist. Oder Brittany oder meiner Mutter oder ..." Sie lachte. „Meinen Bruder würde ich manchmal gern eigenhändig umbringen, aber ich möchte nicht, dass es jemand anderer tut!"

„Wir müssen alle einmal sterben", sagte Rob sachlich. „Aber es ist schade, wenn es so sinnlos passiert wie bei David. Ich habe meine Augen vor einigen Dingen verschlossen, die auf dieser Party liefen. Nur weil ich selbst nicht gesoffen oder Dope geraucht habe, war das ja noch lange nicht okay. Ich hätte was sagen sollen. Oder einfach gehen. Na ja, zumindest ist ja etwas Gutes daraus entstanden ..."

„Was denn?"

„Nun, ich hab Ian wieder getroffen. Und ... na ja, vielleicht neue Freunde kennen gelernt?" Er grinste sie an.

„Immer, wenn man denkt, jetzt läuft es besser, passiert irgendwas", sagte Jillian. „Ich habe echt die Nase voll davon, dass Leute sterben oder leiden. Das Leben ist wirklich nicht besonders witzig im Moment."

Rob nickte. „Manchmal geht es ziemlich rauf und runter."

„Bei mir geht's im Moment nur runter, fürchte ich!"

„Was meinst du? Ich meine, du bist intelligent, nett, du ..."

„Ja?"

„ ... na, du siehst nicht gerade abstoßend aus ..." Er grinste.

„Na, vielen Dank!"

„Hey, sorry. Ich wollte nur nicht klingen, als würde ich dich angraben. Ich finde, dass du sehr ... sehr süß aussiehst."

„Danke!" *„Wunderschön" wäre besser gewesen, aber „sehr süß" war auch nicht schlecht.*

„Also hat dich Davids Tod getroffen, weil er Salz in alte Wunden gestreut hat?"

„Sie sind noch gar nicht so alt. Mein Vater ist vor neun Monaten tödlich verunglückt."

„Oh Mann! Das tut mir total Leid! Jetzt erinnere ich mich auch; ich kannte dich damals nicht, aber ich habe davon gehört."

„Tja, wenn man es nur in der Zeitung liest, erscheint es einem nicht so real. Zehntausend Leute können bei einem Erdbeben in Indien ums Leben kommen, und ich bedaure sie für eine Minute. Danach geht alles wieder seinen normalen Gang."

„Während für diese Menschen nichts mehr normal ist."

„Genau. Ich wusste natürlich theoretisch, dass jeder einmal sterben muss. Aber als mein Papa umkam ..." Sie musste schlucken und er legte eine Hand auf ihre. Sie saßen eine Weile schweigend da, weil sie nicht weitersprechen konnte.

„Mein Bruder Guillermo ist vor vier Jahren gestorben", sagte Rob leise.

„Oh, wie schrecklich. Was ist passiert? Ich meine, wie ..."

„Er ... ach, nicht so wichtig. Wir standen uns sehr nahe. Er war nur ein Jahr älter als ich. Es war total schlimm; eigentlich ist es immer noch schlimm."

„Ich möchte irgendwann wieder normal leben. Meinst du, das geht?", fragte Jillian.

„Gibt es denn so etwas wie ein normales Leben?"

„Ich hatte mal eins. Es war manchmal ein bisschen langweilig, aber ich würde mich lieber langweilen, als mich so – so zerschmettert zu fühlen. Alles ist völlig außer Kontrolle geraten."

„Na ja, letztlich haben wir sowieso nie etwas unter Kontrolle. Wir können nur tun, was wir tun können. Wir ziehen nicht die Fäden. Es ist ein bisschen so, als würden wir auf einem großen Dampfer übers Meer fahren. Wir können an Bord bestimmte Dinge tun – spazieren gehen, essen, Sport machen, flirten. Aber den Kurs des Schiffes können wir nicht bestimmen. Auch nicht, ob ein Sturm aufkommt und die Wellen über uns zusammenschlagen."

„Hui, jetzt wirst du aber tiefgründig!", sagte Jillian. „Das ist eine gute Analogie. Aber ich würde mich gern als den Kapitän vom Schiff sehen oder zumindest als ein Crewmitglied. Ich meine, ein *bisschen* Kontrolle haben wir doch schon!"

„Aber nicht so viel, wie wir gern hätten. Sonst wäre mein Bruder noch am Leben. Und dein Vater. Und David."

„Manchmal mag ich diese Welt nicht!", sagte Jillian.

„Das kommt bei mir öfter vor."

„Na, das ist ja mal eine fröhliche Konversation!", kicherte Jillian. Rob lächelte, aber nur sehr halbherzig.

„Tja, was soll ich sagen? Dass es okay ist, dass David gestorben ist? Und dein Vater? Und mein Bruder? Es ist nicht okay. Es ist auch nicht das, was Gott wollte."

„Warum hat er es dann zugelassen?"

„Das ist die große Frage, nicht wahr? Wenn er allmächtig ist, hätte er es verhindern können. Die Bibel sagt, dass er einen Plan mit jedem Menschen verfolgt, der uns aber manchmal verborgen bleibt."

„Er könnte ihn uns doch zeigen, dann wäre alles verständlicher."

„Aber es heißt nun mal, dass die geheimen Dinge nur Gott etwas angehen. Und eins ist sicher: Gott ist kein Flaschengeist, der uns unsere Wünsche erfüllt."

„Wie meinst du das?"

„Er ist der Herr und wir seine Diener. Es ist nicht andersherum. Er tut nicht automatisch das, was wir uns von ihm wünschen."

„Das ist mir schon aufgefallen. Nimm zum Beispiel letzte Woche. Da lerne ich dich kennen und fühle mich zum ersten Mal seit neun Monaten nicht mehr total beschissen – und dann stirbt David. Einfach toll!" Sie sah Rob an. „Wie lange bist du schon Christ?"

„Vier Jahre. Zwei Tage nach Guillermos Tod habe ich endlich kapiert, dass ich gar nichts im Griff habe. Und ich wollte den kennen lernen, der am Kontrollknopf sitzt. Vielleicht war das eine von den guten Sachen, die Gott aus einer schlechten hervorgebracht hat."

„Du hättest dich prima mit meinem Vater verstanden", stellte Jillian fest. „Er ist ein halbes Jahr vor seinem Tod Christ geworden und das hat ihn unheimlich verändert. Du hättest ihm gefallen!"

„Ich freue mich schon darauf, ihn kennen zu lernen", sagte Rob. Eine Sekunde lang dachte Jillian, er hätte sie missverstanden. Dann begriff sie. „Du meinst ... im Himmel?"

„Ja."

„Dann wirst du auch deinen Bruder wieder sehen, was?"

Rob sah zu Boden und Jillian hätte ihre Worte am liebsten wieder zurückgenommen. „Ich fürchte nicht."

„Was war mit ihm?"

Rob sah auf die Uhr. „Oh je, schon so spät! Ich muss noch eine Menge erledigen. Komm, ich fahre dich nach Hause."

„Lass mich in Ruhe!", schrie Daniel.

Jillian nahm ihren kleinen Bruder Joey auf den Arm und wiegte ihn. „Oh je, er ist wieder auf *dem* Trip!", sagte sie leise zu sich selbst.

„Ich habe dich gewarnt!", zischte Diane Fletcher ihren Sohn an. „Wenn ich dich noch einmal auf einer dieser Websites erwische, nehme ich dir den Computer ab. Dies ist jetzt das dritte Mal. Es reicht!"

„Dazu hast du kein Recht! Es ist mein Computer!"

„Ach ja? Ich kann mich nicht erinnern, dass du ihn bezahlt hättest. Oder dafür gearbeitet. Du räumst ja nicht mal dein Zimmer auf. Die Benutzung meines Computers ist ein Privileg und Privilegien muss man sich verdienen. Dein Vater ..."

„Mein Vater ist tot!"

Die Worte hingen schneidend in der darauf folgenden Stille. Dann begann Diane zu schluchzen.

Jillian hatte es so satt. Sie gab Joey an ihre Mutter und sagte: „Ich gehe rüber zu Brittany." Von Ian und Rob, die auch dort sein würden, sagte sie nichts.

„Warte, bis ich mit deinem Bruder fertig bin", sagte Diane.

„Wir sind fertig", meinte Daniel.

„Lass uns später reden, Mama", sagte Jillian und ging zur Tür. „Brittany wartet auf mich."

„Ich bitte dich doch nur, ein paar Minuten auf mich zu warten! Brittany ist nicht der Mittelpunkt des Universums und du auch nicht!"

„Reg dich ab", murmelte Jillian.

„Was hast du gesagt, junge Dame?"

„Sorry, aber nur weil du mal wieder einen schlechten Tag hast, musst du das ja nicht an mir auslassen", gab Jillian zurück.

„Ich muss aber mit dir über etwas reden!"

„Britt wartet. Du hast dich auf einen Kampf mit Frankenstein Junior eingelassen und ich muss weg!"

„Nenn ihn nicht so", sagte Diane. Daniel stülpte sich seine Kopfhörer über und ging in sein Zimmer. „Wir sind noch nicht fertig miteinander, junger Mann!", rief Diane hinter ihm her.

Er knallte die Tür hinter sich zu. Joey begann zu weinen und Diane zitterte sichtlich, als sie versuchte, das Baby zu beruhigen. Jillian starrte sie nur an.

„Hör zu, Jillian", sagte Diane schließlich und hielt sie fest, als sie sich wieder zur Tür wenden wollte. „Ich habe dein Mittagessen im Mülleimer gefunden. Du hast nichts gegessen!"

„Ich hatte halt keinen Hunger!"

„Du wirst immer dünner! Da stimmt doch etwas nicht. Du musst mal zum Arzt."

„Ich darf nicht zu dick werden, sonst können mich die anderen Mädchen beim Cheerleading nicht mehr auffangen. Schließlich wollen sie nicht zerquetscht werden!"

„Bitte, Jillian, lass uns noch einmal zu dem Psychotherapeuten gehen!"

„Zu dem gehe ich auf keinen Fall. Das ist ein Vollidiot."

„Vielleicht, aber er ist ein geschulter Vollidiot und wir brauchen dringend Hilfe!"

„Warum?"

„Weil seit dem Tod deines Vaters alles sehr schwierig geworden ist."

„Aber es hilft doch nichts, nur darüber zu reden!"

„Doch, das tut es. Wir könnten auch zu jemand anderem gehen, Jilly. Wie wäre es mit Kristi, der Frau des Jugendpastors? Hast du sie eigentlich mal zurückgerufen? Sie wollte sich doch mit dir treffen. Vor einiger Zeit hast du mal gesagt, dass du sie magst. Vielleicht wäre sie die Richtige?"

„Vor allem wäre es jetzt das Richtige, schnell hier rauszukommen!"

„Bitte, Jillian, arbeite mit mir zusammen. Unsere Familie braucht Hilfe. Gottes Hilfe."

Jillian spürte, wie ihr die Hitze ins Gesicht stieg. „Wenn Gott uns helfen möchte, warum hat er dann Papa getötet?"

Sie rannte hinaus und ließ die Tür hinter sich zukrachen. Diane brach weinend auf der Couch zusammen, das Baby noch immer in den Armen.

## Brief 3

Lieber Faulgrin,

tief gehende Gespräche von der Art, die du mir geschildert hast, sind genau das, was du verhindern musst! Jillian und der Typ haben über Dinge mit Ewigkeitswert nachgedacht? Absolut intolerabel! Wir schütten sie mit Oberflächlichkeiten zu, um genau das zu vermeiden. Ich mag diesen Rob Gonzales nicht. Sieh zu, dass du ihn loswirst!

Andererseits bin ich sehr erfreut über diesen Familienkrach. Der Feind will, dass die Fletcher-Schädlinge durch ihr Leid zusammenfinden. Eine Zeit lang schien er damit auch Erfolg zu haben. Aber jetzt sind die posttraumatischen Flitterwochen vorbei!

Die Generation der Baby Boomer hat ihrem Nachwuchs genau das anerzogen, was sie selbst am meisten hassen. Es macht sie verrückt, dass ihre Kinder rebellisch und verwöhnt sind. Genau wie sie selbst – nur ohne Idealismus und Optimismus. Sie sind argwöhnisch und zynisch. Obwohl sie in der offensten und freiesten Kultur der Weltgeschichte leben, hängt eine dunkle Wolke über ihnen. Hoffnungslosigkeit. Darum denken sie nicht groß, sondern winzig. Und das macht es uns leicht, sie in unsere Fallen zu locken.

Ich liebe ihren Zynismus! Allerdings – wenn sie in der Welt keine Hoffnung finden, wenden sie sich vielleicht an den Feind. Sei also wachsam!

Es gibt kein nationales Ziel, das diese Generation zusammenhalten würde. Sie sind in kleine Interessengruppen zersplittert. Alles dreht sich um ethnische Fragen, Status und Geschlecht. Dadurch sind sie in ihrem Denken eng und zerrissen. Sie stehen allein da, und jeder andere ist ein Feind.

Dummerweise ist der Feind ein subversiver Opportunist. Wir müssen sie daher ständig mit zweitrangigen Ideen füttern. Ansonsten könnten sie durch den Nebel dringen und sich seinen vorrangigen Zielen zuwenden. Wenn sich unsere Alternativen als Sackgassen erweisen, müssen wir ihnen schnell neue bieten; und ehe uns die Ideen ausgehen, ist ihre Zeit längst abgelaufen!

Diese Generation ist voll angeschlossen – an Computer, das Internet, Telefone, Videos, Fernsehen, Musik. Aber vom wahren Leben, von ihren Eltern, anderen Menschen, dem Glauben und absoluten Werten sind sie total ausgeschlossen. Je länger sie im Internet herumhängen – oder einer ihrer anderen Ersatzrealitäten –, desto gestresster, einsamer und deprimierter werden sie. Es zerstört ihre Fähigkeit, mit wirklichen Menschen im wirklichen Leben zu kommunizieren. Schon gar nicht mit Erwachsenen. Wunderbar, denn unser Job ist es, die Generationen zu trennen. Überzeuge sie davon, dass sie einander nicht brauchen, dass sie sowieso niemand wirklich versteht, schon gar kein Erwachsener. Treib jeden nur möglichen Keil zwischen Jillian und ihre Mutter.

Und was Daniel angeht – je losgelöster dieser Schädling von sämtlichen zwischenmenschlichen Beziehungen ist, desto eher verfällt er in antisoziale Verhaltensweisen. Ganz in unserem Sinne! Er verbringt täglich viele Stunden allein. Seine Mutter denkt, dass er Zeit für sich braucht. Dabei bräuchte er ihre Zuwendung und Erziehung. Zum Glück haben wir viele Eltern davon überzeugt, dass es klug ist, sich nicht zu sehr in das Leben ihres Kindes „reinzuhängen". Genau das müssen wir auch Diane unterjubeln. Und glücklicherweise hat die verbotene Schwadron, der sie sich angeschlossen hat, noch nicht viel bewirkt, um ihr zu helfen!

Sie kündigt Daniel zwar an, ihm den Computer wegzunehmen, wenn er sich weiter auf Pornoseiten oder diesen morbiden Pages herumtreibt, aber jedes Mal wird sie doch wieder weich und tut es nicht. Vermittel ihr das Gefühl, dass es nicht gut ist, streng zu sein. Der arme Junge hat es sowieso schon so schwer, und er hat seinen Vater verloren. Er braucht eine lange Leine. Lang genug für uns, um ihn daran aufzuhängen!

Stell sicher, dass Diane keinen ernsthaften Versuch macht, in Daniels Welt einzudringen. Und sie darf keinesfalls die Unsicherheit erkennen, die ihn plagt. Oder die Dinge, die ihn anziehen. Die gehen nur uns etwas an, nicht sie! Lass sie versuchen, Regeln aufrecht zu halten, ohne die dazugehörige Beziehung zu pflegen, die den Regeln erst ihre Bedeutung gibt. Überzeuge sie davon, dass gelegentliche Besuche beim Therapeuten das Beste sind, was sie für ihre Kinder tun kann. Schließlich ist sie kein Profi, sondern nur eine arme berufstätige Mutter. Was hat sie ihren Kids schon zu bieten?

Und Jillian darf weder die Bedürfnisse ihrer Mutter noch ihre eigenen erkennen. Mach sie zum Mittelpunkt ihrer kleinen Welt. Lass sie in der Trauer über den Tod ihres Vaters verharren. Doch über den Schmerz ihrer Mutter darf sie nicht nachdenken! Überzeuge Jillian davon, dass ihre Mutter sie bloß kontrollieren und ihr allen Spaß verderben will.

Jillians Zorn auf den Feind dient uns sehr. Solange sie nicht uns oder der Welt an sich die Schuld am Tod ihres Vaters gibt, können wir das Ganze zu einer ausgewachsenen Verbitterung kultivieren. Besonders hilfreich ist es, wenn sie den Feind für alles Schlechte in ihrem Leben verantwortlich macht, ohne ihm für das Gute zu danken.

Mehr zu Ian und Rob in meinem nächsten Brief. Konzentriere dich in der Zwischenzeit darauf, Jillian aus dem Haus zu treiben. Überzeuge sie davon, dass ihre Freunde und besonders Brittany die Einzigen sind, die sie verstehen. Wer braucht schon eine Familie? Wir nicht!

Auf Ihren Untergang!

Prinz Ishbane

## Kapitel 4

## 6. Januar, 18:18 Uhr

Ian und die anderen Spieler seines Teams bereiteten sich auf das Spiel vor. Trainer Bramley rief sie im Mannschaftsraum zusammen, und sie legten sich auf die blauen Turnmatten am Boden.

„Das ist doch bescheuert", murmelte Josh und zog seine Socken hoch. „Wir sollten uns lieber aufwärmen!"

„Der Trainer weiß schon, was er tut", sagte Ian. „Die Profiteams tun das auch vor wichtigen Spielen. Es hilft einem, sich zu konzentrieren."

Als der letzte Spieler fertig war, schloss Bramley die Tür und dämpfte das Licht. Er legte eine esoterisch klingende CD auf und forderte die Jungen auf, sich zu entspannen. Beim ersten Mal hatte es viel Gelächter und dumme Bemerkungen gegeben, aber inzwischen waren sie es gewohnt und einigen gefiel es richtig.

„Beginnt bei den Zehen; die Muskeln anspannen, einen Moment halten und wieder entspannen", wies der Trainer sie an. „Jetzt arbeitet euch langsam euren Körper hoch. Anspannen, halten, loslassen. Wenn die Spannung euch verlässt, klären sich auch eure Gedanken."

Ian spannte und entspannte langsam jeden Muskel seines Körpers bis hinauf in die Haarwurzeln.

„Stellt euch bildlich vor, wie ihr euren Körper verlasst. Ihr seht euch aus einiger Entfernung dabei zu, wie ihr dieses Spiel spielt. Euch gefällt, was ihr seht. Ihr kriegt jeden Ball, blockt jeden Angriff. Niemand kann euch zu nahe kommen. Niemand kann euch aufhalten."

Ian sah alles in Zeitlupe. Sein Pässe kamen genau auf den Punkt, er war in der perfekten Position für die Rebounds und es gelang einfach alles. Es war sein Spiel.

Die Musik steigerte sich zu einem Crescendo mit Heavy-Metal-Musik, die der Trainer für einige der Jungs miteingebaut hatte. Ians imaginäres Spiel gewann an Tempo und er landete ein paar Slam Dunks, für die er im wahren Leben ein Trampolin gebraucht hätte.

„Okay, und jetzt kehrt langsam wieder in euren Körper zurück", sagte der Trainer und drehte die Musik leiser. „Ich mache jetzt das Licht wieder an."

Es war ganz still. „So", sagte der Trainer. „Und jetzt los! Zeigen wir's ihnen!"

Die Jungen sprangen auf, klatschten sich gegenseitig ab und riefen: „Los!" und „Tun wir's!" Dann joggten sie zur Halle hinüber.

Ian dribbelte den Ball ganz ruhig und sah zur Uhr hinüber. Noch 20 Minuten. Er könnte einen Drei-Punkte-Wurf versuchen, aber sein Manndecker war direkt hinter ihm. Er täuschte nach rechts an, dann bewegte er sich links an seinem Teamkollegen vorbei aufs freie Feld. Ein perfekter Pass. Ian hatte bisher das beste Spiel der Saison hingelegt, aber das würde nur in Erinnerung bleiben, wenn sie auch gewannen. Nur noch ein Punkt!

Die gegnerische Nummer 34 warf den Ball auf Mike Fitz, Ians Mann. Fitz bewegte sich absichtlich langsam, um Zeit zu schinden. Ian machte ihm Druck und wartete darauf, dass er zur Uhr sah. Das tat er dann auch und in einem Sekundenbruchteil der Unaufmerksamkeit hatte Ian ihm den Ball abgenommen.

Ian rannte los; als er über die Mittellinie stürmte, hörte er die Zuschauer zählen: „Vier ...", irgendwo an der Drei-Punkte-Linie kam „Drei ...", dann „Zwei ...". Als er den Ball geworfen hatte, ertönte „Eins ...", der Ball landete im Korb, und beinahe im selben Moment kam der Gong und ein Aufschrei aus dem Publikum.

Die Zuschauer strömten aufs Spielfeld. Er sah Brittany, die auf ihn zukam und wartete, während seine Teamkollegen ihn umarmten, ihm auf die Schulter klopften und Freudentänzchen aufführten.

„Super Spiel, Ian!"

Brittany schob sich an den anderen vorbei. „Das war unglaublich!", rief sie und küsste sein verschwitztes Gesicht.

„Danke, Britt."

Das Publikum begann sich zu lichten, und Ian holte sich sein Sweatshirt und hängte es sich um die Schultern.

„Hast du heute Abend schon was vor?", fragte Brittany mit hochgezogenen Augenbrauen.

Er lächelte. „Nichts, bei dem du nicht fest eingeplant wärest!"

Sie schlang ihm einen Arm um die Taille.

Rob und Jillian stürmten auf Ian zu. „Hey, genial gespielt!", rief Rob und schlug Ians ausgestreckte Hand ab.

„Toll, dass du gekommen bist, Mann!"

„Ich will dich ja nicht enttäuschen, aber du warst nicht die einzige Attraktion hier", sagte Rob und deutete auf Jillian in ihrer blau-goldenen Cheerleader-Uniform. Sie lief rot an.

„Sag mal, Ian", meinte Rob, „gehen wir noch irgendwohin?"

Ian sah zu Brittany, die ihm einen viel sagenden Blick zuwarf.

„Äh, ich glaube, ich möchte den Abend mit Brittany verbringen. Nur wir zwei allein."

„Aha, ich kapiere", sagte Rob. „Man hat uns abgeschossen, Jill. Tja, dann werden wir uns wohl allein amüsieren müssen, Chica. Lust auf ein Eis?"

„Das wäre klasse. Aber ich muss mich erst umziehen."

„Ja, ich auch", sagte Ian und umarmte Brittany.

Sie schubste ihn weg. „Das stimmt, und eine Dusche würde auch nicht schaden."

„Bis dann", sagte er und verschwand in Richtung Umkleidekabinen, während Jillian Brittany zum Damenumkleideraum zog.

„Ich komme gleich wieder!", rief sie Rob zu.

„Britt, was soll das?", schimpfte Jillian, noch ehe die Tür zu war. „Ich kann unmöglich mit Rob allein ausgehen!"

„Jill, hör dich doch mal selber reden! Da ist ein gut aussehender Typ, der mit dir ausgehen möchte. Und du bist sauer auf mich?"

„Ich bin nicht sauer. Nur nervös!"

„Na, es ist ja nicht so, dass du aussätzig wärst oder so. Du bist doch auch schon vorher mit Jungs ausgegangen. Und wenn mehr draus wird, ist das doch nett. Du hast doch auch schon mit einem Jungen geschlafen, oder?"

„Erinnere mich bloß nicht daran! Außerdem würde Rob so was nie tun!"

„Wieso, weil er religiös ist? Ach komm! Diese frommen Jungs sind die Allerschlimmsten. Sie tun so, als würden sie nicht mit dir ins Bett wollen, aber sie sind auch nur Männer. Manche stehen dazu und andere sind halt Heuchler. Aber wollen tun sie alle!"

„Bist du sicher, dass du wieder mit Ian zusammenkommen willst?", wechselte Jillian das Thema.

„Wir werden sehen, ob die Chemie noch stimmt."

„Denk dran, was los war, als ihr zusammen wart!"

„Das hatte nichts mit Ian zu tun", sagte Brittany und senkte die Stimme, als zwei andere Mädchen zu ihnen herübersahen. „Mein Leben war ein einziges Chaos. Du weißt doch, die Probleme meiner Mutter, dann mein Vater, der nach drei Jahren mit dieser wasserstoffblondierten Tussi aufkreuzt. Und das Ouija-Brett-Ding hat mich echt fertig gemacht. Es war nicht Ians Schuld, es war ja nur ein Spiel. Und mit meinem kleinen Stunt in der Garage hatte das wirklich nichts zu tun!"

„Britt, du bist fast gestorben! Das war kein Spiel. Ian hat uns in diese verrückte Ouija-Geschichte hereingezogen. Vielleicht wusste er selbst nicht, auf was er sich da einlässt. Ich meine, er macht einen netten Eindruck ... aber ich mache mir halt Sorgen um dich!"

„Entspann dich, Jillian. Ian ist erwachsen, ich bin erwachsen. Ich habe mein Leben jetzt im Griff. Das Medizinstudium ruft. Bald werde ich Menschenleben retten und fette Kohle machen. Du darfst dann auch mal meinen Jaguar fahren."

„Versprich mir nur, dass du nichts tust, was du später bereuen musst!"

„Ach, bitte, Miss Perfekt, keine Moralpredigt! Diese Jugendgruppe in der Kirche macht dich noch zu einem prüden kleinen Mauerblümchen. Ich werde heute Abend jedenfalls Spaß haben, und du hast meine offizielle Erlaubnis, dich auch ein bisschen zu amüsieren!" Sie warf einen prüfenden Blick in den Spiegel. Dann warf sie die Tür auf und ging hinaus.

Jillian duschte schnell, zog sich an und trat nach einem schnellen Blick in den Spiegel hinaus in den Gang. Rob lehnte an der Wand neben der Trophäenvitrine.

„Da bist du ja", grinste er. „Ich hab mich schon gefragt, ob du dich durchs Fenster davongemacht hast."

„Sorry, dass du warten musstest."

„Kein Problem. Aber jetzt los. Ich höre, wie ein Riesen-Eisbecher nach mir ruft!"

## Brief 4

*Mein verabscheuungswürdiger Foulgrin,*

ich habe mich sehr gefreut zu hören, dass Ian und Brittany miteinander geschlafen haben. Zwar haben die beiden schon lange ihre Unschuld verloren, aber fortschreitende Selbstzerstörung macht mir immer Freude. Es ist ein bisschen, als würde man von einer Blume die Blütenblätter abreißen, eins nach dem anderen ...

Früher war es harte Arbeit, sie ins Bett zu locken. Doch heutzutage nimmt uns ihre Kultur die ganze Mühe ab. Früher hieß es „kein Sex vor der Ehe", heute ist es nur noch: „Kein Sex, wenn ihr euch nicht wirklich liebt." Sie haben für alles ein Wenn.

Und „ich liebe dich" heißt heute: „Ich will das, was du mir geben kannst." Sehr schön! Für Brittany ist das Sicherheit und Ansehen. Für Ian ist es Sex. „Liebe" ist das Lieblingswort des Feindes, aber wir haben es seiner Bedeutung beraubt. Männliches Ungeziefer beteuert seine „Liebe", um Sex zu bekommen. Weibliches Ungeziefer gibt Sex, um „Liebe" zu bekommen. Ha!

Wir hassen die Ehe ja gerade deshalb, weil der Feind sie so liebt. Er möchte, dass sie dauerhaft ist, „bis dass der Tod uns scheidet". Aber verliebt zu sein ist nur ein Gefühl, das schnell vergeht. Für den Feind bedeutet Liebe etwas, was man tun muss. Für die Schädlinge ist es etwas, was sie empfinden. Und indem wir diese Diskrepanz zu unserem Vorteil ausnutzen, bringen wir das Chaos über sie!

Aber pass auf! Wenn die Schädlinge von unserer verzerrten „Liebe" allzu enttäuscht sind, fangen sie am Ende noch an, die wirkliche Liebe zu suchen.

Füttere unseren lieben Ian und die anderen weiter mit unserer sexuellen Propaganda. Zotige Fernsehsendungen und Witze sind ganz in unserem Sinne. Besonders für die jüngere Zielgruppe. Da fällt mir ein – es gibt in Brittanys Akte einige Hinweise auf eine mögliche lesbische Ausrichtung. Verliere diese Möglichkeit nicht aus den Augen!

Lass sie auf keinen Fall Wind von der Tatsache bekommen, dass verheiratete Paare den besten Sex haben! Denk daran, Foulgrin: Vor 100 Jahren war es unverheirateten Paaren praktisch unmöglich, unbeaufsichtigt Zeit miteinander zu verbringen. Wenig Freizeit, wenig Geld, keine Autos, keine Kinos, so gut wie keine Pornografie. Damals wurde noch Moral gepredigt – etwas, was heute netterweise total abgelehnt wird. Ja, auch damals ist es uns gelungen, einige von ihnen in die richtige Richtung zu ziehen ... aber es war wirklich anstrengend. Heute fallen sie uns wie reife Früchte entgegen.

Nur die christlich verseuchten Ungeziefer haben die Kraft, stromaufwärts zu schwimmen. Doch auch von ihnen begnügen sich viele mit Wassertreten. Wir haben sie so unterminiert, dass sie sich am

Ende doch mit den anderen treiben lassen. Und dann kommt der Wasserfall ...

Ian musste sich gar nicht erst auf die Suche nach schlechten Werten machen. Sie sind ihm ganz von selbst zugeflogen. Seine Eltern gehören zur modernen Sorte, sehr progressiv und liberal. Ihre gute Bildung ist ihre Religion. Und warum sollte Ian sich auf die Suche nach Gott machen, wenn er doch bei uns kleine Häppchen übernatürlicher Erlebnisse bekommt?

Seine Eltern haben ihm nie etwas versagt – außer echten Werten und Selbstbeherrschung. Keine Regeln. Keine Mithilfe im Haushalt. Keine Disziplin. Keine Konsequenz. Erstaunlich. Ich habe in seiner Akte gelesen, dass er sich letztes Jahr beim Schulball ein Zimmer für sich und seine Begleiterin gemietet hat. Beide Eltern wussten davon. Wie fortschrittlich! Mich hat am meisten die Stelle amüsiert, als Ians Vater ihm einige Kondome in die Hand drückte und sich selbst für diesen Akt moralischer Führung auf die Schulter klopfte.

Ach, diese kulturelle Verherrlichung der Lust – ist sie nicht wunderbar? All die Magazine, Filme, Fernsehsendungen und das Internet! Das reine Benzin auf die Flammen! Was könnten wir uns Besseres wünschen?

Die Bedeutung der Liebe zu verzerren war das Beste, was unsere Semantik-Abteilung bisher erreicht hat. Überzeuge sie davon, dass sie sich lieben, Foulgrin. Dann kannst du dies in eine sanfte Rechtfertigung für alles verwandeln, was wir uns Böses ausdenken!

Wir werden sie zerstören!

*Prinz Ishbane*

# Kapitel 5
## 10. Januar, 23:43 Uhr

Die volle Pillenflasche lag im Dunkeln ganz hinten in der Schublade unter den alten Fotoalben. Sie war bisher unentdeckt geblieben. Doch es war genug, um den Job hinter sich zu bringen. Das stand zumindest in dem Buch. Herzstillstand. Aber was, wenn die vielen Pillen einen Brechreiz auslösten, bevor das Gift in den Blutkreislauf gelangen konnte? Was würde passieren? Eine Fahrt ins Krankenhaus? Magen auspumpen? Ein unerträglicher Gedanke!

Es musste eine bessere Methode geben. Eine todsichere, im wahrsten Sinne des Wortes. Am besten eine, die nach Unfall aussah.

Einen Moment lang war klar, dass dies ganz falsch war, dass es zu vielen Leuten Schmerz zufügen würde. Die Pillen gehörten in die Toilette. Doch genauso schnell ging das Licht wieder aus und die Dunkelheit gewann die Kontrolle zurück.

*Nein, sei nicht so feige. Mach weiter mit dem Plan. Es ist das Beste so!*

Es musste bald geschehen, ehe noch jemand den Plan aufdeckte. Sehr bald!

*

„Mhhhmmm, das riecht gut, Jill", sagte ihre Mutter.

„Mit Omas Rezept kann ja auch praktisch nichts schief gehen!", sagte Jillian und holte zwei Bleche mit Plätzchen aus dem Ofen. „Nimm dir ruhig welche. Ich nehme den Rest dann mit zu Ian; wir wollen uns das Spiel ansehen."

„Kannst du auf dem Weg noch Milch einkaufen?"

„Sonst noch Wünsche?", murmelte Jillian.

„Wie bitte?"

Jillian zuckte die Achseln. „Ach, nichts."

„Weißt du", sagte Diane und schaute auf ihre Plätzchen hinab, „die erinnern mich an deinen Vater."

„Ja, er mochte sie am liebsten, wenn sie frisch aus dem Ofen kamen", sagte Jillian, stapelte die Plätzchen auf einen Teller und zwang sich, den Gedanken wieder loszulassen. *Ich muss hier raus!*

Diane nahm sich noch vier Plätzchen und erklärte: „Für Daniel und Daniel."

„Ich kann mich irgendwie nicht daran gewöhnen, dass Daniels bester Freund auch Daniel heißt!"

„Ja, wenn sie so dicke miteinander bleiben, sollte einer von ihnen den Namen ändern", lachte Diane. „Isst du denn kein Plätzchen?"

„Später."

„Hast du etwas zu Abend gegessen?"

„Machen wir bei Ian." Jillian sah auf die Uhr. „Das Spiel fängt um halb sieben an, ich muss los!" Sie schnappte sich ihre Tasche und die Kekse und warf auf dem Weg zur Tür noch einen schnellen Blick in den Spiegel. „Na super! Ich sehe aus, als wäre ich in einen Ringkampf verwickelt gewesen." Sie stellte die Sachen ab und eilte noch einmal nach oben, um sich etwas zurechtzumachen. Als sie wieder herunterkam, saß ihr Dalmatiner Nickerson mit schuldbewusstem Gesicht unter dem Tisch und ungefähr die Hälfte der Plätzchen war weg.

„Nickerson, du Mistvieh!", sagte sie, zog ihn am Ohr und sortierte dann die obersten Plätzchen aus, an denen möglicherweise Hundesabber hing. „Hier, noch ein paar Plätzchen für die Daniels", sagte sie und reichte sie ihrer Mutter.

„Oh, das ist lieb von dir, Kleines", murmelte Diane, ohne aufzusehen.

*Weint sie?*

Jillian tat so, als hätte sie nichts bemerkt, und eilte hinaus. Zum Glück waren noch zwei Dutzend Plätzchen übrig. *Meint sie etwa, sie sei die Einzige, die Papa vermisst?*, dachte Jillian grimmig. *Können wir nicht wenigstens mal einen Tag lang so tun, als wären wir normal?*

Die fünfminütige Fahrt schien ewig zu dauern. Als sie endlich bei Ian war, riss Jillian sich zusammen.

„Hallo", begrüßte Ians Mutter sie an der Tür. „Du hast den Anfang vom Spiel verpasst."

Jillian schlüpfte aus ihren Schuhen und stellte ihre Tasche ab. Dann ging sie in das riesige Wohnzimmer hinüber. *Wow, das ist ein Haus!* Brittany und Rob saßen jeweils am entgegengesetzten Ende der großen Ledercouch. Auf dem Tisch standen Chips, Popcorn und M & Ms. Jillian stellte ihre Plätzchen vor Rob ab und setzte sich dann auf das Sofa zwischen Brittany und Rob.

Rob sah ihr prüfend ins Gesicht. „Alles okay bei dir?"

„Ja, es war nur ein langer Tag." Sie verschränkte die Arme vor der Brust und starrte auf den Bildschirm, auf dem Werbung lief.

Ian öffnete eine Dose Dr. Pepper und nahm einen Schluck. „Wenn das jetzt ein Bier wäre, wäre der Abend perfekt!" Er nahm seine Baseballkappe ab und hängte sie über sein Knie.

Rob deutete auf Ians Haare. „Mann, kämmst du das Zeug eigentlich nie?"

„Du bist ja nur neidisch!", grinste Ian.

„Wenn ich solche Haare hätte, würde ich allerdings auch immer eine Kopfbedeckung tragen", gab Rob zurück. „Wann hattest du denn den letzten Ölwechsel?"

Ian bewarf ihn mit Chips. „Wenn du nicht zwei Köpfe kleiner wärst als ich, würde ich dir jetzt eine runterhauen!"

„Versuch's nur, Vogelscheuche!"

Das Spiel ging weiter und sie wandten sich wieder dem Fernseher zu.

Rob griff sich ein Plätzchen. „Hmm, lecker, Jillian!"

„Danke."

„Willst du keine?"

„Nein, ich hab schon beim Backen so viele gegessen!"

Viel zu schnell war das Spiel vorbei. „Na dann", sagte sie und stand auf. „Ich habe noch Hausaufgaben zu machen."

„Hey, es ist Samstag!", sagte Brittany.

„Ich weiß, aber morgen habe ich viel zu tun." Bevor noch jemand anfing, herumzudiskutieren, eilte sie hinaus und sagte Mrs. Stewart übertrieben fröhlich auf Wiedersehen.

Im Auto saß sie eine Weile einfach nur da und umklammerte das Lenkrad. Rob kam aus dem Haus und ging auf sie zu. Sie fuhr schnell los.

Main Street Park. Das sollte reichen. Sie hielt ein paar Blocks weiter an und gestattete sich endlich zu weinen. *Gott, ich verstehe das nicht! Warum hast du meinen Vater sterben lassen und mich nicht? Warum muss Mama so leiden? Warum ist Daniel so durchgeknallt? Warum fühle ich mich so leer? Wovor habe ich solche Angst? Ich kann mich nicht mal mit meinen Freunden amüsieren. Rob findet mich vermutlich total zickig. Was ist nur los mit mir?*

## Brief 5

*Mein übergebener Faulgrin,*

dein Hintergrundbericht über Rob Gonzales hat mich schockiert! In der kurzen Zeit, die er Christ ist, hat er schon eine sehr zielgerichtete Festigkeit entwickelt. Sei dir seines Einflusses auf Jillian und Ian stets bewusst!

Auf der positiven Seite bestätigen Baalgores Akten, dass Rob einmal ein Gangmitglied war. Das lässt auf üble Erinnerungen und schlechte Gewohnheiten schließen. Und das Beste: Er ist schon mit diversen Mädchen im Bett gewesen. Ja, ja, heute will er sich „für die Ehe aufsparen" (wie die religiösen Spinner das nennen), aber Baalgore und du könnt ihn mit vereinten Kräften davon überzeugen, dass es zu spät ist. Ihr müsst mit chirurgischer Präzision arbeiten. Erinnert ihn an die Vergnügungen der Vergangenheit, aber verdrängt die Gedanken an ihre zerstörerischen Folgen. Bringt ihn in brenzlige Situationen mit Jillian. Wenn die Chemie erst mal in Gang gekommen ist, wird es seinem Körper egal sein, ob er Christ ist oder nicht.

Es gibt da eine gewisse Dynamik in diesem Schädlingsquartett, die wir zu unseren Gunsten ausnutzen können. Doch nur allzu schnell kann auch die Waage in die Richtung des Feindes kippen. Halt also die Augen offen!

Wenn Jillian wirklich Christin ist, dann ist sie zum Glück uneffektiv, schlecht informiert und sehr leicht zu erschüttern. Alles, was du tun musst, ist den Status Quo zu erhalten. Natürlich hätten wir sie gern alle in der Hölle, aber wenn wir die Kinder des Feindes auch nur vom Dienst für ihn abhalten können, ist schon viel gewonnen!

Jillian tappt gerade in eine unserer beliebtesten Fallen. Sie merkt es noch nicht, aber sie steht am Rande eines Abgrundes. Bald wird sie herunterfallen. Sie findet einen gewissen Trost in ihrer Essstörung? Sie will es allen Recht machen? Halte sie weiter in dem Glauben, dass ihr Essverhalten das Einzige ist, was sie unter Kontrolle hat. Und währenddessen benutzt du es, um sie zu kontrollieren.

Wir umgeben diese jungen Mädchen mit Bildern von perfekten Körpern, damit sie ihr Leben lang versuchen, dünn zu sein. Dabei geht es gar nicht, so perfekt auszusehen, solange man in der realen Welt lebt. Sie wird nicht im perfekten Winkel und mit perfektem Licht fotografiert und man kann die Pickel bei ihr nicht wegretuschieren. Diese Models sind nichts als Kunstwesen, die innerhalb kürzester Zeit wieder von den Zeitschriftencovers verschwinden.

Nicht nur die männlichen Schädlinge haben wir mit unseren Bildern von schlanken, aber dennoch kurvenreichen und stets wollüstigen Frauen geködert. Auch die weiblichen sind darauf hereingefallen. Sie denken, sie müssten so aussehen, um Männer anzuziehen.

Nun ja, auch der Feind kennt das Vergnügen, das gutes Essen bringt. Er verspricht den Schädlingen dermaleinst in Charis sogar großartige Feste. Er bezeichnet sich selbst als „Brot des Lebens" und erzählt ihnen, dass sie ihre Sehnsüchte bei ihm stillen können.

Wir nehmen die Geschenke des Feindes und verwandeln sie in Flüche. Sie hungern sich zu Tode, um schlank zu sein. Oder sie kotzen ihr Essen wieder aus und fühlen sich danach grässlich. Es ist nur eine Frage der Zeit, bis wir sie am Haken haben. Wie Jillian.

Achte darauf, dass Jillians Zustand unser kleines Geheimnis bleibt. Lass sie nicht erkennen, dass sie in Sklaverei lebt. Wir sind immer im Dunkeln am besten!

Die gähnende Leere, die sie empfindet, ist ebenfalls deine Sache. Der Feind nutzt solche Gefühle, um das Ungeziefer zu sich zu ziehen. Du musst ihr Leben mit so viel Lärm und Ablenkung bombardieren, dass sie die leise Stimme des Feindes nicht hören kann. Wenn er ihr etwas zuflüstern will, bring sie dazu, das Radio einzuschalten oder den Fernseher, oder das Telefon abzuheben. Alles, nur nicht ihr Leben reflektieren, ihre Leere, ihre Sterblichkeit.

Ich war sehr erfreut, von den Selbstmordgedanken zu lesen, die du einem unser kleinen Projekte in den Kopf gesetzt hast. Damit kannst du im besten Fall gleich mehrere Leben ruinieren. Sie sitzen bereits im Fahrstuhl abwärts. Alles, was du tun musst, ist aufpassen, dass sie nicht mehr herausfallen.

Bald sind sie unser!

*Prinz Ischbane*

# Kapitel 6

## 27. Januar, 14:35 Uhr

Die Aufschrift auf der Pillenflasche war dieselbe wie vor einigen Tagen. Auch in dem Beipackzettel stand dasselbe. Die Überdosis konnte schnell eingenommen werden, ganz schmerzlos. Man schlief einfach ein und wachte nicht mehr auf; das war alles.

Was würden die anderen sagen? Ach, sie würden schon drüber hinwegkommen. Es war die Sache einfach nicht wert. Selbstmord war das Einfachste. Das Beste. Die einzige Lösung ...

*

„Was ist das, ein Rosenquarz?“, fragte Jillian und deutete auf Brittanys neue Halskette.

„Es ist ein Isis-Kristall. Ian hat ihn mir geschenkt. Es symbolisiert unsere vereinten göttlichen Kräfte. Cool, was?“

„Äh ... schon.“ Jillian sah Ian auf sie zukommen. Direkt hinter ihm kam Rob vom Parkplatz.

„Ich dachte, er wollte nicht kommen?“, meinte Brittany.

„Ja, er hat vorhin angerufen, dass er es doch schafft.“

„Jillian, der Typ ist hoffnungslos in dich verknallt!“, sagte Brittany. „Offensichtlich kann er ohne dich nicht mehr leben. Jetzt kämm dir schnell die Haare und los geht's!“

„Das kann dauern“, sagte eine Stimme hinter ihnen. Kelly Hatcher knöpfte sich ihre Cheerleader-Uniform auf. „Diese Locken müssen ja der reinste Alptraum sein, Jillian.“

Brittany warf ihr ein besonders süßes Lächeln zu. „Ja, wir hätten alle gern so perfektes Haar wie du, Kelly. Wobei ich nicht verstehen kann, warum du diese wundervolle blonde Pracht entstellst, indem du dir die Ansätze dunkel färbst!“

Kelly machte den Mund auf, dann schloss sie ihn wieder und wandte sich ab.

Jillian musste ein hysterisches Kichern unterdrücken. Nach einer schnellen Attacke auf ihre Locken gingen sie Arm in Arm hinaus in den Flur, um die Jungs zu begrüßen.

„Hey, Jillian, kann ich dir das abnehmen?", lächelte Rob und nahm ihren Rucksack. „Tut mir Leid, dass ich das Spiel verpasst habe."

„Kein Problem, Rob. Ich ..."

„Ach, wie süß! Zwei hoffnungsvolle neue Pärchen", ätzte eine bekannte Stimme hinter ihnen.

„Nicht schlecht, Kelly", sagte Brittany. „Du bist gar nicht so dumm, wie du aussiehst. Da fällt mir ein, eigentlich ist niemand so dumm, wie du aussiehst!"

Kelly starrte sie wütend an, noch mehr Jillian als Brittany. Brittany zählte langsam ab, während sie in die Runde sah: „Eins, zwei, drei, vier – nanu, da scheint mir doch jemand das fünfte Rad am Wagen zu sein. Danke fürs Kommen, Kelly, und auf Wiedersehen!"

Ian lachte und legte ihr einen Arm um die Taille. „Du hast ein schnelles Mundwerk!" Und er küsste sie.

„Darum liebst du mich doch. Jetzt kommt, lasst uns Spaß haben!"

Sie waren alle mit den Autos da, deshalb schlug Brittany vor, dass sie erst zu ihr fuhren und dort parkten. Sie stimmten zu, und so bog ein paar Minuten später Brittanys alter weißer Jeep in die Einfahrt, gefolgt von Ians grauem Mazda, Jillians rotem Toyota und Robs tiefergelegtem schwarzem Chevy.

„Also, ich fahre mit Ian und Rob kutschiert Jillian, okay?", sagte Brittany. Dann deutete sie auf das „Zu verkaufen"-Schild in der Seitenscheibe. „Jillian, das könnte deine letzte Chance sein, in diesem Schlitten zu fahren."

Jillian meinte, ein Zähneknirschen von Rob zu hören. „Wo fahren wir denn hin?"

„Also, ich bin am Verhungern", erklärte Ian.

„Dann lasst uns zu Giovanni fahren", schlug Brittany vor.

„Giovanni? Da fährt man ja eine halbe Stunde!", beschwerte sich Jillian.

„Ich weiß, aber das Essen ist toll. Und Ian und ich müssen sowieso noch besprechen, was wir nachher machen." Sie blinzelte Jillian zu. „Und ihr beiden habt bestimmt auch jede Menge Gesprächsstoff."

Damit stiegen sie ins Auto; Brittany und Ian vorneweg.

Bei Giovanni bestellten die Jungs jeweils eine Riesenportion Fettucine mit Hähnchenfleisch. Brittany nahm Lasagne und Jillian nur einen Salat, von dem Rob nachher noch die Hälfte aß.

„Wir werden uns bei Ian ein Video ansehen", verkündete Brittany nach dem Essen. „Aber Klein-Jillian muss ja früh zu Hause sein, also sagen wir dir wohl jetzt schon auf Wiedersehen. Ich ruf dich morgen an!"

Jillian und Rob gingen langsam zum Auto. Auf dem Rückweg fragte Rob: „Möchte deine Mutter, dass du um halb zwölf zu Hause bist?"

„Ja, und ich hab auch vergessen, ihr zu sagen, wo ich bin. Ich muss wohl nicht erklären, wie sehr ich mich aufs College freue ..."

„Eigentlich finde ich es ganz cool, dass deine Mutter sich Sorgen um dich macht. Ist doch okay, dass sie wissen möchte, wo du bist und wann du heimkommst. Übrigens, was machst du morgen Mittag?"

„Nach der Kirche? Da habe ich noch keine Pläne."

„Sollen wir was unternehmen?"

„Was zum Beispiel?"

„Weiß nicht. Irgendwas." Er klang wie ein kleiner Junge.

„Hey, irgendwas klingt gut. Das machen wir!"

Er tippte mit den Fingern auf dem Lenkrad herum. „Äh, weißt du, ich bin nicht sehr gut in so was", rasselte er dann herunter. „Ich mag dich sehr gern und ich möchte dich öfter sehen. Regelmäßig. Okay, ich hab es gesagt. Hat sich blöd angehört, was?"

Sie lachte. „Nein. Es klang schön."

Beide grinsten breit. Er ergriff ihre Hand und fuhr Jillian so langsam nach Hause, wie es nur ging.

## Brief 6

### Mein unerleuchteter Faulgrin,

du sagst, dass du die Sache mit dem Dating trotz meiner Erklärungen nicht verstehst. Nun, eine solche unverbindliche Beziehung kann für unsere Zwecke kontraproduktiv sein, wenn sie den jungen Schädlingen tatsächlich dabei hilft, sich auf eine Ehe vorzubereiten. Glücklicherweise ist das aber bei den wenigsten der Fall. Stattdessen verdreht das Dating ihre Perspektive. Sie töten damit ihre Fähigkeit ab, eine lebenslange Bindung einzugehen. Wenn sie lange genug am Büfett der wechselnden Verabredungen genascht haben, fällt es ihnen immer schwerer, eine Wahl zu treffen und dabei zu bleiben.

Man muss das Leben der Teenager-Schädlinge in einem weiteren Kontext sehen. Teenager sind ja sozusagen eine Erfindung des modernen Zeitalters. Sicher hat es auch früher junge Menschen zwischen 13 und 19 Jahren gegeben, aber diese waren in familiären Traditionen und Arbeit eingebunden. Die Adoleszenz war einfach nur der Übergang zwischen Kindheit und Erwachsensein. Graduell bekamen die jungen Leute mehr Freiheiten und mehr Verantwortung. Doch seit den 1950er Jahren haben Teenager eine sozioökonomische Identität bekommen. Plötzlich hatten sie ihre eigene Musik und ihre eigene Subkultur. Sie wurden zu einem Wirtschaftsfaktor, und natürlich haben wir davon profitiert.

Wenn wir sie in der Jugend erwischen, schlüpfen sie uns nur selten als Erwachsene aus den Händen. Unsere Strategie ist der des Feindes ähnlich: Schnapp sie dir, solange sie jung sind. Je älter sie werden, desto unwahrscheinlicher ist eine Veränderung. Wir beeinflussen ihre kleinen Entscheidungen, die dann zu Gewohnheiten und schließlich zum Lebensstil werden.

Wenn du an einem christlichen Schädling arbeitest, besteht das Ziel darin, ihn zu einer lediglich getauften, ansonsten aber baugleichen Version des normalen Menschen zu machen. Okay, vielleicht flucht er weniger und spendet mehr, aber das ist für uns nicht bedrohlich. Der Feind beruft sie dazu, radikal anders zu sein. Mit solchen Peanuts können wir daher gut leben. Die revolutionären Veränderungen sind es, die uns Sorgen bereiten.

Der Feind will nicht nur ein bisschen von ihnen. Er will alles!

Ian hat genug Berührungspunkte mit der Christenheit gehabt, um ihn völlig dagegen zu immunisieren. Wenn er einen Christen wie Rob trifft, denkt er sofort: „Das kenne ich schon." Was natürlich nicht stimmt. Er hat eine tiefe geistliche Sehnsucht. Bisher haben seine Begegnungen mit Christen ihn nicht spüren lassen, dass diese Sehnsucht gestillt werden könnte. Satan sei Dank! Er sieht sich also anderswo um. Perfekt!

Ian ist Sportler. Das kann nachteilig sein, wenn die Selbstdisziplin auf andere Lebensbereiche abfärbt. Oder wenn die Kameradschaft im Team in die Richtung der Gemeinschaft geht, die der Feind propagiert. Zum Glück hat der sportliche Erfolg bislang Ians Ego stark aufgebläht. Er ist zwar nicht so oberflächlich wie die meisten seiner Teamkameraden, aber genauso ichbezogen. Seine Eltern und Lehrer finden, dass er ein „guter junger Mann" ist. Das bedeutet nur, dass er kein Serienmörder ist, soweit sie wissen! Genau wie wir sie gelehrt haben, beurteilen sie die vom Feind verliehenen Begabungen und den Erfolg als viel wichtiger als Charakter und Werte.

Mit großer Freude sehe ich Ians Interesse am Okkulten. Es gibt keine bessere Hintertür in ihre Köpfe! Ich stimme dir zu, Foulgrin – es ist Zeit, das Ouija-Brett wieder hervorzuholen!

Wir haben die Kontrolle!

*Prinz Ishbane*

# Kapitel 7
## 4. Februar, 16:06 Uhr

Jillian und Brittany schlenderten durch die internationale Abteilung des Einkaufszentrums. Jillian gefielen die Teetassen aus China, die Körbe aus Guatemala, die Schokolade aus der Schweiz ... Immer wieder hatte sie das Gefühl, dass irgendwo dort draußen in der Welt der Ort war, für den sie geschaffen war. Paris? Die französische Riviera? Mailand? Venedig? Sie wünschte, sie könnte überall hinreisen. Irgendwo gab es den Ort ihrer Träume. Und den Mann ihrer Träume!

In letzter Zeit stellte sie sich immer öfter Rob an einem dieser exotischen Orte vor. Er hielt ihre Hand, während sie Baguettes und Kaffee genossen. Irgendwie schien er sehr gut in ihre Träume zu passen.

Nach dem Einkaufsbummel gingen sie zu Brittany. Ihr Zimmer war doppelt so groß wie Jillians und beneidenswert ordentlich. Im Vergleich sah Jillians Zimmer aus wie eine Kleiderkammer nach einem Raubüberfall.

Brittany nahm einen Kartenstapel auf. „Wusstest du, dass es über hundert verschiedene Arten von Tarot-Karten-Sets gibt? Skyla sammelt sie. Sie hat so um die vierzig. Einige sind echt toll."

Sie hielt Jillian drei Karten hin, von denen eine eine nackte Frau zeigte.

„Was ist denn mit der da?", fragte Jillian.

„Meine Güte, sei doch nicht so verklemmt! Die gehört halt dazu. Jetzt komm schon, zieh eine!"

„Nein, danke."

„Was denn? Hast du Angst, dass Gott dich mit einem Blitzschlag vom Himmel straft?"

„Nein, ich finde es nur nicht richtig."

„Du liest doch auch die Zettel in den Glückskeksen. Und dein Horoskop in Zeitschriften. Das ist genau dasselbe. Hier, ich ziehe eine, damit du siehst, wie das geht." Sie nahm die oberste Karte und sah sie an. „Karte 15, die Satans-Karte."

„Satan?"

„Ja, siehst du? Komplett mit Ziegenkopf und Hörnern." Sie zeigte

Jillian das Furcht erregende Porträt. „Jetzt mach keine Panik. Skyla sagt, dass der Satan für Feiern steht. Die Bedeutung der Karte ist, dass der Teufel dein Seelenfreund werden kann. Wenn du dich mit deinen Ängsten anfreundest, wirst du von ihnen frei. Ich finde die Karte echt gut."

„Ich weiß nicht, Britt ... der Teufel ist real, zumindest glaube ich das. Und ich möchte ihn ganz sicher nicht zum Freund haben!"

„Okay, okay. Jetzt bist du dran. Zieh eine."

„Nein."

„Ach komm, Jillian, es ist doch nur ein Spiel. Die Satans-Karte ist ja schon weg und kann dir nichts mehr anhaben. Jetzt zieh du eine. Es ist total harmlos. Sieh mal, ich höre mir ja auch deine Storys aus der Kirche an. Da kannst du ruhig auch mal ein bisschen auf mich eingehen. Wir sind doch Freunde, oder?"

Jillian seufzte, dann nahm sie die oberste Karte ab. Sie starrte darauf. Oben sah man die römische Zahl XIII, darunter war ein schwarzes Skelett abgebildet, das seltsam verkrümmt war und eine riesige scharfe Sense in der knochigen Hand hielt. Um seine Beine wand sich eine Schlange und davor saß ein Skorpion. Auf dem Schädel des Skeletts befand sich eine dunkle Krone.

„Karte 13. Die Todes-Karte."

Jillian wurde blass.

„Keine Sorge. Ehrlich gesagt weiß ich die Bedeutung nicht genau. Aber Skyla hat mal gesagt, dass der Tod nichts Schlimmes bedeutet, sondern nur zum normalen Kreislauf des Lebens gehört."

Jillian stand auf und ging zur Tür. „Britt, ich hab dir doch gesagt, dass ich damit nichts zu tun haben will!"

„Genau deshalb hast du bestimmt auch diese Karte gezogen. Die Tarot-Karten sind nicht wie eine Religion, wo dir jemand sagt, was du tun und lassen sollst. Sie sind auf deiner Seite, um dir zu helfen und dich zu eigenen Entscheidungen anzuregen. Jetzt setz dich wieder hin und lass uns weitermachen!"

Jillian seufzte erneut. Brittany reichte ihr den Kartenstapel und sie zog die nächste Karte.

*

Sie wollten gerade vom Parkplatz fahren, als sich ein schwarzer Honda Civic vor sie drängte und sie so scharf schnitt, dass Jillian hart auf die Bremse treten musste. Brittany, die gerade ihre Lippen nachziehen wollte, fuhr sich mit dem Lippenstift quer durchs Gesicht und fluchte.

„Diese ätzende Kuh Kelly!“, stieß Jillian hervor.

„Was ist denn eigentlich ihr Problem? Wart ihr nicht mal Freundinnen?“, fragte Brittany und wischte sich mit einem Taschentuch die Farbe vom Kinn.

Jillian drückte ausdauernd auf die Hupe. „Sie ist sauer, weil ... ach, das war lange, bevor wir beide uns kennen gelernt haben. Ich hab keine Lust, darüber zu reden.“

„Ach! Ich dachte, ich weiß alles über dich. Du hast wohl Geheimnisse vor mir, was? Los, ich will die ganze Story hören!“

„Sie hat mich gestern beim Üben wieder mal fallen lassen.“

„Das ist halt der Sport.“

„Na toll! Wärst du nicht auch sauer, wenn eine aus deinem Team dir mehrmals am Tag den Volleyball ins Gesicht knallen würde? Sie hat das jetzt in einer Woche dreimal gebracht! Das ist doch kein Zufall mehr.“

„Dann schlag doch mal zurück! Steht das nicht sogar in der Bibel: Auge um Auge, Zahn um Zahn?“

„Na ja, aber das ist im Alten Testament ...“

„Egal, aber es steht drin. Was hast du denn eigentlich Schreckliches gemacht, um in Königin Kellys Augen in Ungnade zu fallen?“

„Keine Ahnung, ehrlich!“

„Na, wie dem auch sei. Sie hat mein Styling ruiniert, und das muss gerächt werden!“

## Brief 7

Prinz Ishbane,

es schreibt dir dein ergebener Diener. Welche Ehre, dass unsere gemeinsame Arbeit wieder aufgenommen wurde! Du kannst dich auf mich verlassen, so wahr ich Foulgrin heiße!

Seit unserer letzten Zusammenarbeit vor einigen Jahrtausenden habe ich mir einen guten Ruf verdient. Allerdings rechne ich vieles von meinem Erfolg der Tatsache zu, dass ich einstmals zu deinen allwissenden Füßen gesessen und von dir gelernt habe!

In der Anlage findest du meinen sechzigseitigen Lebenslauf, der meine Erfolge in aller Kürze zusammenfasst. Auch meine Veröffentlichung „Foulgrins 66 Regeln der Versuchung" habe ich beigelegt, ein Klassiker, der dir sicherlich bekannt ist. Ich habe unzählige Verführer ausgebildet und einige unserer herausragendsten Agenten betreut. Daneben habe ich große Erfolge als Eshmon von Sidon gefeiert und nicht zuletzt als indianische Gottheit in den chilenischen Anden, wo mir – mit Verlaub – sogar Kinder geopfert wurden!

Ich bin unendlich dankbar, erhabener Ishbane, dass du mich als Projektleiter für die Überwindung dieser vier menschlichen Idioten eingesetzt hast. Allerdings muss ich sagen, dass die Fähigkeiten meiner drei Mitarbeiter sehr begrenzt sind. Besonders unfähig ist Baalgore, der wiederholt in seinen Bemühungen um diesen Rob-Schädling gescheitert ist. Ich sehe mich daher gezwungen, eine aktivere Rolle in der Annäherung an alle vier Projekte zu übernehmen, und bin sicher, dass du bald einen deutlichen Unterschied wahrnehmen wirst.

Ich bin erfreut dir mitzuteilen, dass Jillians Glaube zum größten Teil durch Osmose zustande gekommen ist, nicht durch persönliche Überzeugung. Da ihr Vater bereits tot ist und der Einfluss der Mutter immer geringer wird, sollte sie spätestens mit der Übersiedlung ins College ein leichtes Opfer für uns sein.

Jillian ist harmlos. Ihre unterentwickelte Persönlichkeit erfordert keine ständige Überwachung, sodass ich mich stärker auf ihre Freunde konzentrieren kann, die sie mit herunterziehen werden. Anders als ihr Vater ist Jillian nachgiebig und schwach. Ihre Passivität macht sie zu genau der Art von Ungeziefer, die wir schätzen. Sie wird widerstandslos mit dem Strom der kulturellen Konformität schwimmen.

Es bereitet mir großes Vergnügen, Jillian Angst einzujagen. Gestern hat sie mit Brittany einen Horrorfilm angesehen. Sie wollte eigentlich nicht, hatte aber auch Bedenken, Brittany vor den Kopf zu stoßen. Ich liebe diese Filme, weil sie sie einerseits desensibilisieren und andererseits für Übernatürliches öffnen – für unsere Art des Übernatürlichen, natürlich! Es ist wirklich erstaunlich, wie viele von ihnen uns bereitwillig Tür und Tor in ihr Unterbewusstsein öffnen!

Was Rob angeht – ich bin dabei, seine Geheimnisse und Schwächen offen zu legen. Baalgore lässt sich von seinen intensiven Studien des Verbotenen Buches und von seinem Engagement in die Verbotenen Gespräche zu sehr beeindrucken. Robs Engel Talon ist ein starker Gegner. Wäre ich nicht selbst so hervorragend, würde er beinahe eine Herausforderung für mich darstellen!

Natürlich werde ich Rob in sexuelle Verwicklungen mit Jillian hineinziehen. Das sollte genügen, um alles zu zerstören. Doch ich kämpfe nie nur an einer Front, sondern habe einen facettenreichen Plan.

Ich bin schon einige tausend Jahre dabei und habe viele Tricks im Ärmel. Du wirst mit meiner Arbeit hochzufrieden sein, da bin ich sicher. Ich werde dich nicht enttäuschen, großer Prinz Ishbane! Dann wird der Herr Beelzebub mich an meinen angestammten Platz zurückversetzen, nicht wahr? Ich stehe tief in deiner Schuld.

In tiefem Respekt vor deiner Königlichkeit,

Foulgrin

# Kapitel 8
## 10. Februar, 14:56 Uhr

Jillian streifte ihre Schuhe ab und warf sich auf die Couch. Freitagnachmittag, einfach wunderbar! Insgeheim hoffte sie, dass Rob vor dem Spiel noch anrufen würde. Gedankenverloren blätterte sie in einem Magazin und bewunderte die schmalen Hüften der Bademoden-Models. Wenn sie nur auch so aussehen könnte!

„Jillian, Liebes, könntest du mir einen Gefallen tun?", fragte ihre Mutter aus der Küche.

Jillian rollte mit den Augen. Immer wollte ihre Mutter irgendwas von ihr!

„Ja, Mutter?" Ihre Stimme war Ekel erregend süß, doch ihre Mutter merkte nichts.

„Ich weiß, du hast viel zu tun, aber ich muss Joey bei Ryan abholen und Daniel muss noch schnell etwas einkaufen."

„Und was hat das mit mir zu tun?", fragte Jillian.

Diane atmete tief durch. „Deine Zickigkeit nervt mich, Jillian. Leg die Zeitschrift hin und fahr mit deinem Bruder zum Supermarkt."

Jillian stand auf. „Aber Rob wollte anrufen, und wieso kannst du nicht am Supermarkt vorbeifahren, wenn du sowieso ..."

Ihre Mutter hob die Hand und ging einfach hinaus.

Jillian stampfte die Treppe zu Daniels Zimmer hoch und riss die Tür auf, ohne anzuklopfen. Sofort drückte er einen Knopf an seinem Computer und wandte sich mit entsetztem Gesicht zur Tür um.

„Was machst du denn hier? Hau ab!", keifte er. Wie üblich trug er schwarze Klamotten.

„Reg dich nicht künstlich auf. Ich tue dir einen Gefallen und fahre dich zum Supermarkt."

Sie ging zu ihrem Zimmer und holte ihre Tasche. Nach einem schnellen Blick in den Spiegel konnte sie nur hoffen, dass ihr niemand Bekanntes über den Weg lief.

Sie ging nach unten; kein Daniel zu sehen.

„Ich meine es ernst!", schrie sie nach oben. „In 30 Sekunden sitzt du im Wagen!"

Daniel beeilte sich, ins Auto zu kommen, und sie fuhr bereits los, als er noch mit einem Bein draußen hing. Schnell und gereizt fuhr sie durch die Stadt, raste über mehrere bereits rote Ampeln, machte gewagte Überholmanöver und fluchte über eine Baustelle.

„Was ist denn mit dir los?", fragte Daniel. „Angriff der Killerhormone, oder was?"

„Du kleiner ... ! Weißt du was? Mir reicht's. Ich drehe gleich um!"

Doch der Supermarkt lag bereits vor ihnen, und Daniel lächelte nur. Sie fuhr auf den Parkplatz und stieg aus. Und wer stand da beinahe vor ihr? Josh Waters, der Überflieger des Schul-Basketballteams.

„Hallo, Jillian!"

„Hey, Josh", sagte sie und klang völlig relaxed.

Joshs Blick wanderte zu Daniel. „Na, wenn das nicht ein kleiner Gruftie ist! Heute schon deine Blutkonserve gehabt oder muss ich mich fürchten?" Er lachte über seinen eigenen Witz, während Daniel etwas vor sich hinmurmelte.

„Was ist, sprichst du einen Fluch über mich aus oder was?", sagte Josh. „Sieh mich gefälligst an, wenn ich mit dir rede, du Freak!" Er schlug Daniel mit der flachen Hand auf den Kopf. Jillian tat so, als hätte sie nichts bemerkt, und ging auf die Supermarkttür zu.

„Lass mich in Ruhe", sagte Daniel.

„Hey, Josh!", rief eine Mädchenstimme und Jillian sah schnell zur Seite in der Hoffnung, dass das dazugehörige Mädchen sie nicht sah.

„Hey, Kelly!", sagte Josh und sah dann Daniel an. „Bis morgen in der Schule, du Werwolf! Vielleicht sollte ich dich mal wieder ein bisschen in die Mangel nehmen, was meinst du? Ich erwarte dich bei den Schließfächern ..."

Daniel sagte nichts und Jillian ging zu ihm. „Bist du okay?"

„Lass mich in Ruhe", wiederholte er mit roten Augen.

Jillian drehte sich auf dem Absatz um. „Gehen wir in die Kostümabteilung? Vielleicht haben sie ja noch ein paar Halloween-Sachen im Angebot!" Sie hörte selbst, wie grausam sie klang, aber sie war zu wütend, um sich darum zu scheren.

„Wie wär's denn mit der Tierfutterabteilung? Du isst ja nichts Normales mehr, vielleicht könnte dich ein bisschen Hundefutter ansprechen?"

Jillian zerrte an seinem T-Shirt. „Ich hatte doch beinahe vergessen, was für ein kleiner Egoist du bist. Ich tue dir einen Gefallen, und statt mir zu danken ..."

„Hey, Jillian!“

„Melissa! Hallo!“ Jillian ließ Daniels T-Shirt los. „Kennst du schon meinen Bruder Daniel? Daniel, das ist Melissa. Wir sind im selben Geschichtskurs.“

„Hallo.“

„Danny musste etwas einkaufen, deshalb hab ich ihn hergefahren.“

*„Danny?“*, fragte Daniel entsetzt.

Jillian piekste ihn in die Rippen und lächelte Melissa an. „Wir müssen uns unbedingt mal wegen dieser Hausarbeit treffen. Wie wär's, wenn wir ein Video dazu drehen?“

„Super Idee!“, sagte Melissa. „Alle anderen halten nur ein Referat. Mr. Black wäre von einem Video sicher total begeistert.“

Die Mädchen unterhielten sich noch eine Weile, während Daniel finster vor sich hinstarrte. Jillian fragte sich, warum er nicht einfach losging und sein Zeug zusammensuchte.

„Ciao, Melissa!“

Sobald Melissa außer Sichtweite war, kam Daniel zu Jillian und packte sie am Arm.

*„Danny?“*, wiederholte er.

„Was ist denn dein Problem?“

„Herzlichen Glückwunsch zu dieser umwerfenden schauspielerischen Leistung, Julia Roberts! Echt oscarverdächtig, diese Rolle in ‚Das Doppelleben der Jillian Fletcher‘! Du fluchst im Straßenverkehr wie ein Bierkutscher, du behandelst mich wie den letzten Dreck, und kaum taucht Melissa auf, bist du zuckersüß. Deine Freunde wissen gar nicht, wie Miss Perfekt wirklich ist, oder? Wenn du dich selbst mal sehen könntest! So eine Heuchlerin, es ist zum Kotzen!“

Jillian fiel keine schnippische Antwort ein.

„Was brauchst du, Daniel?“, fragte sie nur müde. Irgendwie machte ihr ihre schlechte Laune jetzt keinen Spaß mehr.

Brief 8

Mein unbelehrbarer Foulgrim,

hör auf mit der Schleimerei. Du führst dich auf wie ein Pferdehintern. Wir wissen doch beide, dass du mich abgrundtief hasst. Fast so sehr wie ich dich!

Du denkst von dir immer noch als „Lord Foulgrin", dabei bist du nur ein Botenjunge, der für sein Versagen ins Hinterland verbannt wurde. Verschwende also nicht meine Zeit mit deinen halbherzigen Manipulationsversuchen.

Wir können nur nebeneinander existieren, weil wir beide unseren gemeinsamen Feind hassen. Dies ist die einzige Art von Allianz, die in Erebus funktioniert. Wenn du Jillian Fletcher und ihre Freunde zerstörst, bekommen wir beide, was wir wollen. Das wird uns für die Zusammenarbeit entschädigen!

Deine Schilderung des Vorfalls im Supermarkt hat mich amüsiert. Wie einfach es doch ist, einen Weichling wie Jillian zu kontrollieren, wenn du erst einmal ihre Schwachpunkte kennst. Sie schwimmen in einem Ozean der Information, aber sie haben keine Möglichkeit, ihr Wissen zu nutzen. Sie treffen spontane Entscheidungen, ohne nachzudenken. Sie folgen ihrem Herdentrieb; normalerweise haben sie keine moralischen Überzeugungen oder elterliche Leitung. Da die Familienstrukturen sich immer mehr auflösen, wird uns diese Generation geradezu auf dem Silbertablett serviert!

Es ist ihnen so wichtig, was die anderen Schädlinge über sie denken. Sogar die, die sich überhaupt nicht für sie interessieren. Sie sind wirklich jämmerliche kleine Kreaturen. Kurzsichtig, engstirnig. Leichte Opfer!

Versucht Jillian, ihren Bruder zu verstehen? Nein. Viel zu anstrengend. Stattdessen entfremdet sie sich immer mehr von ihm. So vergiftet, wie auch sein Denken bereits ist, ist er doch immerhin ehrlicher als sie. Warum sollte er auf irgendetwas hören, was sie sagt, wo er ihr doch eigentlich egal ist?

Obwohl sie selbstsicher erscheinen, haben viele dieser jungen Ungeziefer tödliche Angst. Jeden Morgen setzen sie ihre Masken auf und verstecken die Angst. Sie engagieren sich im Sport, in Cliquen, im Lernen, in Beziehungen, um sich zu finden. Oder zu verlieren. Doch es gelingt nie. Der Feind hat sie so gemacht, dass sie sich nur in ihm finden und verlieren können.

Zum Glück merken die jungen Schädlinge selbst nicht, dass sie sich danach sehnen, dass ihre Eltern durch ihre Klamotten und Musik und Masken hindurchsehen und sie lieben. Und außerdem stellen wir ja sicher, dass die Eltern und auch die älteren Geschwister zu beschäftigt oder zu genervt sind, um sich mit ihnen abzugeben.

Die Pubertät ist eine wunderbare Hilfe. Von einem Tag auf den anderen verwandeln sich die Kids von süßen kleinen Lieblingen in respektlose Mutanten. Sie streiten, schimpfen, rebellieren, beschuldigen. Die Eltern merken, dass sie die Kontrolle verlieren, und drohen und beschneiden. Wenn das nichts nützt, geben sie irgendwann auf und finden sich mit einer erträglichen Koexistenz ab, die nichts mehr mit einer bedeutungsvollen Beziehung zu tun hat. Entweder wird eine Beziehung ohne Regeln daraus oder Regeln ohne Beziehung. Beides ist tödlich für die kleinen Ratten.

Der Feind hat sich ins eigene Fleisch geschnitten, als er den Kindern eine Art Liebesdetektor gegeben hat. Sie merken, ob Eltern ihnen Regeln nur aufdrücken, um sich das Leben leichter zu machen, oder ob dies wirklich aus Liebe und zu ihrem Besten geschieht. Und wenn sich niemand um die Einsamkeit der kleinen Ungeheuer kümmert, münden Angst und Zorn irgendwann in Gewalttätigkeit. Und hier kommen wir ins Spiel!

Daniel hält sich selbst für einen harten Typen. Es ist dein und Stungoths Job, ihn in dem Glauben zu lassen, dass die Gewaltseiten im Internet nur unterhaltsam sind. Aber übertreibt es nicht, sonst erkennt er noch, was wirklich läuft!

Ich habe Stungoth angewiesen, Daniels Abwärtsbewegung zu beschleunigen. Stungoth ist nicht schlecht. Er hat bereits drei Selbstmorde und zwei Morde vorzuweisen. Du kannst alle Hilfe brauchen, die du kriegen kannst, Foulgrin. Lerne von ihm!

Immer dranbleiben,

Prinz Ishbane

# Kapitel 9
## 11. Februar, 23:09 Uhr

Robs Auto war nicht angesprungen, Ians war in der Werkstatt und deshalb fuhr Jillian. Rob saß neben ihr und Brittany und Ian hatten nur zu gern den Rücksitz genommen.

Sie kamen von Ian, wo sie sich gemeinsam ein Video angesehen hatten. Jillian setzte zuerst Rob ab, weil Ian und Brittany so viel Zeit wie möglich auf der Rückbank haben wollten. Jillian lauschte auf Robs ungemütliches Schweigen. Er hatte während des ganzen Films kein Wort gesagt.

„Kannst du mal 'nen anderen Sender reinmachen?", stöhnte Brittany von hinten. „Der Song ist ja ätzend!"

„Der Fahrer bestimmt die Musik", sagte Jillian.

„Hey, lass uns abstimmen! Ian, du kannst diesen Stil doch auch nicht ab. Was ist mit dir, Robbie? Willst du lieber einen Latino-Sender hören, Amigo?"

„Mir egal", murmelte Rob und knirschte mit den Zähnen.

„Überstimmt, Jill! Wechsel den Kanal oder du wirst über Bord geworfen!", sagte Brittany, beugte sich vor und versuchte, am Senderknopf zu drehen.

„He!" Jillian schlug nach ihrer Hand.

„Los, Ian, mach du es!", sagte Brittany und Ian kam mit seinen langen Armen tatsächlich an das Autoradio. Basslastiger Rock dröhnte aus den Lautsprechern.

Jillian funkelte Brittany böse an, doch dann sah sie das Blaulicht im Rückspiegel.

„Oh nein!" Sie stieg auf die Bremse und warf einen Blick auf den Geschwindigkeitsanzeiger. 80.

„Wie schnell darf man hier fahren?", fragte sie schwach.

„Keine Ahnung, 50 vermutlich", sagte Ian.

„Super Einsatz, Jill!", lachte Brittany.

Jillian hoffte, dass nicht sie gemeint gewesen war, doch da klopfte auch schon ein Polizist an ihr Fenster.

„Führerschein und Fahrzeugschein bitte!"

Jillian kramte mit zitternden Fingern in ihrer Tasche herum und sah dann Hilfe suchend zu Rob. „Guckst du mal im Handschuhfach?"

Er wühlte ein bisschen herum und fand die Autopapiere. Der Polizist beäugte alle Insassen des Wagens und nahm dann die Papiere an sich.

„He, kenne ich Sie nicht aus der Rocky Horror Picture Show?", flüsterte Brittany.

Jillian wurde blass und hoffte, dass der Polizist nichts gehört hatte.

„Ist Ihnen bewusst, wie schnell Sie gefahren sind?", fragte der Beamte.

„Äh, vielleicht so ungefähr 70? Ich war einen Moment abgelenkt."

„Meinem Radargerät zufolge waren es 85. Die zulässige Höchstgeschwindigkeit hier liegt bei 50. Das wird nicht ganz billig."

Er ging zu seinem Streifenwagen.

Jillian fuhr herum und zischte Brittany an: „Was soll das, willst du, dass ich verhaftet werde?"

„Ich hab nur ein bisschen Spaß gemacht, Jill. Reg dich ab!", lachte Brittany. „Was soll er denn machen? Schließlich bezahlen wir sein Gehalt!"

Ian lachte und küsste Brittany auf den Hals. Jillian sah Rob an, der steif dasaß. Sie umklammerte das Lenkrad und biss sich auf die Lippe, während sie auf die Rückkehr des Polizisten wartete. Schnell wischte sie sich eine Träne von der Wange.

„Hier, Miss Fletcher", sagte der Polizist und reichte ihr einen Zettel. „Ihre Augen sehen leicht gerötet aus. Sie haben doch keinen Alkohol getrunken, oder?"

„Ihre Augen sehen leicht beschlagen aus, Officer", wisperte Brittany. „Sie haben doch keine Donuts gegessen, oder?"

„Nein", sagte Jillian laut. „Tut mir Leid, ich bin nur etwas aufgeregt."

Der Polizist nickte langsam. „Okay, Sie können entweder einfach bezahlen oder Widerspruch einlegen."

„Ach, kommen Sie, Officer, die letzten fünf Male hat sie nur eine Verwarnung bekommen!", frotzelte Brittany.

*Halt den Mund, Brittany!*

Der Beamte starrte nach hinten. „Haben Sie etwas gesagt?"

„Ich?", fragte Brittany. „Nein!"

„Das Datum steht auf dem Ticket", sagte er. „Fahren Sie vorsichtig!"

„Okay", murmelte Jillian.

Ian und Brittany kicherten hinten herum und Rob und Jillian schwiegen sich auf der Weiterfahrt an. Jillian fuhr 40. Bei Robs Wohnung angekommen, sagte er nur knapp „Guten Abend" und stieg aus.

„Was ist denn mit dem los?", fragte Brittany.

*Was ist mit dir los?,* wollte Jillian sie fragen. Doch sie hielt den Mund.

## Brief 9

Faulgrin, du eingebildeter Pfau,

deine hochtrabenden Pläne zur Erringung der Weltherrschaft sind mir vollkommen egal! Deine Aufgabe ist es nicht, alles an dich zu reißen! Du sollst Jillian und ihre Trabanten ruinieren. Tu das einfach!

Alles, was du tust, um einen von ihnen in die Irre zu führen, hat einen Domino-Effekt auf die anderen. Die Teenager-Schädlinge halten sich für unabhängige Denker. Doch all ihre Entscheidungen werden von der Gruppe bestimmt. Wenn wir sie erst mal in dem Strom des Gruppendrucks haben, übernimmt die Strömung den Rest. Übrigens sind die Erwachsenen nicht viel besser. Sie sind von der Meinung anderer ebenso abhängig und ebenso blind für die Meinung des Feindes.

Dummerweise gibt es auch eine Form der Strömung, die dem Feind in die Hände arbeitet. Du musst Jillian und Rob von der Gemeinde fern halten! Wir verabscheuen gemeinsame Anstrengungen gerade von Jugendlichen in die Richtung des Feindes! Rob befindet sich auf diesem Weg und deshalb ist er der Einzige in unserem Looser-Quartett, der wirklich gefährlich werden könnte. Die anderen haben wir schon so gut wie in der Tasche.

Das Video, das sie sich angeschaut haben, steht übrigens auf unserer Liste der empfehlenswerten Filme! Kein Wunder, denn darin werden die Schädlinge, die nach den Prinzipien des Feindes leben, als Langweiler dargestellt. Wirklich hervorragend!

Rob hat also im Auto geschmollt, weil ihm bewusst war, dass er diesen Film besser nicht gesehen hätte. Tja, unsere Seite der Dinge macht eben einfach mehr Spaß! Die Schädlinge in unseren Filmen fragen nicht lange nach gut und böse. Sie lernen sich kennen, es funkt, und schon landen sie im Bett. Da wird nicht groß verkompliziert und moralisiert. Immer schön locker bleiben!

Wenn sie das ihr ganzes Leben lang vorgesetzt bekommen, wie sollte es sie noch schockieren? Wie könnte beispielsweise ein Fan der Serie „Dawson's Creek" den Eindruck bekommen, dass häufiger Partnerwechsel keine gute Idee sein könnte? Es ist nicht die Ausnahme, sondern die Regel. So ist das halt im Leben. Ich amüsiere mich immer wieder darüber, dass dieselben Eltern, die ihre Kinder tagein, tagaus diese Sendungen gucken lassen, total entsetzt sind, wenn sie Klein Sarah oder Johnny irgendwann bei der Fleischeslust ertappen. Warum sollten sie es denn nicht tun? Entscheidungen entstehen aus der Weltsicht eines Schädlings, und die Weltsicht entsteht aus dem, was sie in ihre Köpfe hineinstecken.

Robs Grübelei stellt keine Gefahr dar, solange er seinen Fehltritt nicht bekennt und bereut. Wenn er das nicht tut, wird sein Gewissen weiter abgestumpft. Er hatte sich vorgenommen, einen guten Einfluss auf Ian auszuüben, aber es läuft wie immer andersherum! Vielleicht ist Rob doch nicht so gefährlich. Ich habe möglicherweise auch seinen Engel Talon überschätzt.

Als sie sich im Auto wegen der Musik gestritten haben, bin ich zuerst etwas nervös geworden. Aber es ging zum Glück nur um den Stil, nicht um die Texte. Solange die Texte für uns arbeiten, ist mir der Stil völlig egal. Die Worte sollten die Werte des Feindes unterminieren.

Die Musik des Feindes kann ihre Herzen erheben und ihre Gedanken vertiefen. Und das Schlimmste: Sie kann sie in den Lobpreis führen. Doch Jillian ist glücklicherweise durchaus dazu in der Lage, in der Jugendgruppe fromme Liedchen zu trällern und auf dem Rückweg im Auto einen Radiosong mitzusingen, in dem es um Sex mit einem Unbekannten geht. Es ist deine Aufgabe sicherzustellen, dass ihr dies nie auffällt!

Tu, was du kannst, damit Rob und Brittany sich auf keinen Fall näher kommen. Ich freue mich schon auf die Machtkämpfe zwischen den beiden, wer den größeren Einfluss auf Jillian und Ian hat, auf den kalten Beziehungskrieg. Benutze Robs Abneigung gegen Brittany, um sie von dem Zimmermann fern zu halten, den er repräsentiert. Er soll ihr Schubladendenken von den selbstgerechten und intoleranten Christen voll bestätigen.

Nutze Brittanys Temperament, um Rob zu irritieren und abzustoßen. Er soll sie schön mit seinen Erwartungen erdrücken, die sie ohnehin nicht erfüllen kann, da sie den Feind nicht kennt. Seine eigene moralische Überlegenheit sollte ihn stolz machen. Ihre Respektlosigkeit gegenüber dem Polizisten ist ein guter Anknüpfungspunkt für dich. Da der Feind die Autorität erfunden hat, ist menschliche Nichtanerkennung derselben eine Nichtanerkennung des Feindes selbst. Ihre Verachtung für Eltern, Lehrer, Beamte und Gemeindeleiter dient unseren Zwecken hervorragend. Die Weigerung, sich Autoritäten zu unterstellen, ist sozusagen ihre Unabhängigkeitserklärung vom Feind!

Wie ruiniert man 10 Millionen junge Schädlinge? Indem man sich immer eine Clique nach der anderen vornimmt!

Ich beobachte dich!

*Prinz Ishbane*

## Kapitel 10
## 15. Februar, 16:18 Uhr

Jillian schob sich durch die Menge, einen Teller mit Hühnerbrust und gebratenem Reis in den Händen. Sie quetschte sich in eine Bank in der Ecke ihres Lieblings-Chinarestaurants. Rob saß ihr gegenüber und starrte auf seinen Teller, auf dem genau dasselbe lag wie auf ihrem.

„Das wirst du lieben!", sagte sie.

„Na, dann!" Ohne Vorwarnung senkte er den Kopf und sagte: „Danke, Herr, für diesen Tag, für das Essen und für Jillian."

„Hey", sagte Jillian peinlich berührt. „Da drüben guckt sich ein Typ dein Auto an. Ich glaube, er schreibt sich die Telefonnummer auf!"

Er folgte ihrem Blick.

„Warum willst du es überhaupt verkaufen? Abgesehen davon, dass es etwas ... unzuverlässig ist. Brauchst du Geld?"

„Nein, viel werde ich für die alte Kiste sowieso nicht bekommen. Ich kaufe mir davon dann einfach eine andere Karre. Diese da erinnert mich an zu vieles, was ich lieber vergessen würde. Ich war früher mal in einer Gang, aber das wusstest du wahrscheinlich schon, oder?"

„Ich habe es gehört."

„Dieses Auto ist wie ein Tattoo mitten im Gesicht. Solange ich es habe, bin ich als Gangmitglied gebrandmarkt. Ich hab's satt, dass mich dauernd die Polizei anhält und die Leute neben mir an der Ampel die Türknöpfe runterdrücken." Seine Stimme war immer lauter geworden und Jillian sah sich nervös um. „Gott hat mich verändert, Jillian, und ich möchte die Vergangenheit hinter mir lassen."

„Entschuldige, ich hab ja nur gefragt!" *Hui, was war das denn?*

Rob fuhr sich mit den Händen durch sein glänzendes schwarzes Haar. „Jetzt bist du sauer."

„Hey, du bist derjenige, der herumgebrüllt hat!"

„Ich habe nicht herumgebrüllt."

„Dann frag mal die Leute an den Nachbartischen."

„Wir haben uns ja nicht gestritten oder so was."

„Na, egal", sagte Jillian. „Fangen wir noch mal von vorne an. Also, wie läuft's am College?"

„Nicht schlecht", sagte Rob und lächelte endlich ein bisschen. „Die Studentenbibelgruppe ist absolut super. Wir haben einen neuen Leiter, Jeff, mit dem ich mich sehr gut verstehe."

„Das ist toll."

„Ich habe unheimlich viel von ihm gelernt", sagte Rob und erzählte von Bibelstellen, die er gelesen hatte. Jillian versuchte, aufmerksam zu wirken. Theologie war nicht so ihr Fall, aber sie nickte und lächelte an den richtigen Stellen.

„ ... und du? Was hast du so in letzter Zeit Wichtiges dazugelernt? Ich meine, in geistlicher Hinsicht?"

Jillian schluckte. „Äh, na ja, wir nehmen in der Jugendgruppe gerade den Römerbrief durch."

„In welchem Kapitel seid ihr?"

„Ich ... ich glaube zwei oder drei."

„Ich finde die Stelle toll, wo Paulus schreibt, dass die Bekehrung im Herzen stattfindet und nicht in Äußerlichkeiten. Gott nimmt dein Herz und verwandelt es. Echt stark!"

„Ja. – Und, schmeckt dir das Huhn?"

*

Ian führte Rob in sein Zimmer. Es hatte eine unheimlich hohe Decke mit einem großen Ventilator. Seine Bewegungen warfen Schatten in dem Raum, sodass er irgendwie lebendig wirkte. Rob hatte das Gefühl, dort mit Ian nicht allein zu sein.

„Sorry, sieht aus wie ein Saustall", sagte Ian und schob ein paar Klamotten vom Bett.

Rob lachte. „Da fühle ich mich doch ganz wie zu Hause ..."

„Das Klettern war echt stark heute. Du bist ziemlich gut."

„Du auch, egal, was die anderen sagen." Rob duckte sich lachend, als ein Kissen über seinen Kopf segelte. „Morgen haben wir bestimmt einen tierischen Muskelkater."

Während Ian nach einer CD suchte, schaute sich Rob sein Bücherregal an. „*Die Prophezeiungen von Celestine, Deepak Chopra, Worte der Weisheit von Romtha, Das Medium* ... Woher kriegst du denn bloß das ganze Zeug?"

„Ach, aus dem Internet und so."

Rob sah sich weiter die Bücher an. „*Die Suche nach dem Shambhala*? Was ist denn das?"

„Hast du schon mal was von Shangri-La gehört? Das ist so was Ähnliches. Es soll irgendwo in Nepal oder Tibet sein. So eine Art Himmel auf Erden."

„*Astralprojektion*?"

„Ja, eine Art kontrollierte AKW."

„AKW? Klingt nach Atommeiler."

„Nein, das steht für ‚außerkörperliche Wahrnehmung'."

„Das hast du aber noch nicht ... ausprobiert, oder?"

„Noch nicht. Obwohl, versucht habe ich es schon. Irgendwann kriege ich das auch hin. Ein Typ im Radio hat erzählt, dass er Jahre gebraucht hat, um es zu lernen."

„Und wie soll das vor sich gehen?"

„Du meditierst, konzentrierst dich auf die Kristalle und öffnest dich."

„Für was?"

„Für die kosmischen Kräfte."

„Sind das gute oder böse Kräfte?"

„So kann man das nicht betrachten."

Rob nahm ein anderes Buch und zog die Augenbrauen hoch. „Zeitreisen?"

„Urteile nicht vorschnell darüber!", lachte Ian. „Ich zum Beispiel komme aus dem 24. Jahrhundert und bin nur mal auf einem wissenschaftlichen Ausflug hier."

Rob sah ihn unsicher an.

„Nur ein Scherz, Mann! Obwohl du zugeben musst, dass man sich hier schon manchmal vorkommt wie im falschen Film! Ich hab mich mal eine Weile in der Raver-Szene rumgetrieben, und das war wirklich strange, sage ich dir!"

„Warum hast du aufgehört?"

„Ganz einfach, weil bewusstseinsverändernde Drogen und ein Sportstipendium nicht wirklich zusammenpassen. Außerdem mag ich mein Gehirn. Ich möchte es ungern gebraten bekommen. Die Kumpels von früher haben jedes Mal deutlich weniger Hirnzellen, wenn ich sie treffe. Aber jedem das Seine!"

„*Bannflüche und Wicca*?" Rob hielt das nächste Buch hoch. „Und wer ist *Emmanuel*?"

„Ein Geistführer. Aber ein guter!"

„Woher willst du das wissen?" Rob schüttelte den Kopf. „Also weißt du ... das ist ganz schön irres Zeug, was du da liest!"

„Hast du Schiss vor so etwas?"

„Eigentlich habe ich höchstens Schiss um dich. In der Bibel steht, dass sich der Teufel als ein Engel des Lichts maskiert. Er kann dir vorgaukeln, gut und hilfreich zu sein, und in Wirklichkeit verführt er dich."

„Hast du denn den Eindruck, dass ich verführt wurde?"

„Wenn du denkst, dass du den Himmel irgendwo in Nepal findest oder durch die Zeit reisen kannst ... na, dann klingt das ehrlich gesagt ziemlich fehlgeleitet für mich!"

„Viele Wege führen nach Rom."

„Nicht laut Jesus. Er hat gesagt, dass er der Weg, die Wahrheit und das Leben ist und dass niemand zum Vater kommt außer durch ihn. Wenn er Recht hat, könnte das für dich heikel werden."

„Ja, wenn!", sagte Ian und zuckte die Achseln. „Ein großes Wenn!"

## Brief 10

Lieber Kollege Ishbane,

Ian ist schlauer als die meisten dieser Idioten. Er erkennt die Existenz von etwas Höherem an und verachtet die anderen für ihre Oberflächlichkeit. Es besteht allerdings die Gefahr, dass sein geistliches Interesse vom Feind gekidnappt wird. Seine Offenheit für das Übernatürliche ist uns nur so lange von Nutzen, wie er sich vom Zimmermann fern hält.

Ich habe Pordragon damit beauftragt, Ians Interessen in unserem Sinne zu kanalisieren. Wenn wir sie nicht dazu bringen können, Übernatürliches völlig zu verleugnen, ist das der beste Weg.

Selbst in den Kirchen experimentieren die jungen Schädlinge mit dem Okkulten herum. Und normalerweise tun die Verbotenen Gemeinschaften nichts, um sie daran zu hindern. Sie denken, das sei alles harmlos, eine Modeerscheinung wie Nasenringe und Schlaghosen.

Eltern haben sich früher einmal als Beschützer ihrer Kinder verstanden. Heute versuchen sie sie nur noch vor dem Erschießen oder vor sexuellem Missbrauch zu schützen, aber vor unserer Einmischung nicht. Ich bin sehr erfolgreich mit der Strategie, die Eltern davon zu überzeugen, dass Gespräche über die Gefahren des Okkulten die Kinder nur noch mehr zu diesen Praktiken hinziehen. Ha! Sie werden wunderbar blind für die Tatsache, dass dies Ignoranz ist und ihre Kinder noch mehr schädigt.

Wie viel junges Ungeziefer haben wir schon in den Bann von Ouija-Brettern, Tarot-Karten, Handlesen und Astrologie gezogen, einfach weil niemand ihnen erklärt hat, dass sie uns damit eine Tür aufstoßen? Neugier reicht schon aus, damit sie den Köder schlucken.

Ians Eltern sind sich seiner metaphysischen Pilgerreise nicht bewusst und tun nichts, um ihn vor uns zu warnen. Sie haben auch nichts dagegen, dass Ian trinkt, solange er nicht unter Alkoholeinfluss Auto fährt oder aus dem Basketballteam fliegt. Er nimmt keine Drogen, wen sollte es da stören, dass er sich für die dunkle Seite interessiert? Hast du schon mal einen Autoaufkleber mit der Aufschrift gesehen „Sag Nein zum Okkulten"? Eben!

Dieser Josh und seine Kumpels schubsen Daniel ganz schön herum. Er hat mittlerweile schon Angst, in die Sporthalle zu gehen. Es ist mir ja so lieb, dass jüngere und ältere Schädlinge dieselben Umkleideräume teilen. Das führt zu den wunderbarsten Terrorszenen. Josh hat Daniel schon einmal so zwischen die Beine getreten, dass er sich vor Schmerzen auf dem Boden gewunden hat. Sie haben ihn ausgelacht, und er ist zu schwach, um zurückzuschlagen. Wundervoll! Wir lassen seinen Zorn auf kleiner Flamme köcheln und füttern ihn mit Rachegedanken, während er seine Feinde in den Computerspielen wegbläst. Stungoth und ich sind allzeit bereit. Im richtigen Moment jagen wir die Hitze rauf und Daniel wird hochgehen wie ein Dampfdruckkessel!

Diese Demütigungen in der Schulzeit sind ein herrliches Mittel in unseren Händen. Bring ihnen frühzeitig bei, andere zu quälen, und später kann man sie leicht dazu anleiten, Frauen zu schlagen, Mitarbeiter zu mobben und sonstige Scheußlichkeiten zu tun. Und gleichzeitig züchten wir jämmerliche Opfer wie Daniel heran, die von Rache und Macht träumen.

Ich arbeite daran, Daniel und Ian zusammenzubringen. Er braucht einen Mentor! Sie spüren, dass es da etwas Größeres gibt. Das Wissen um gute Engel gibt ihnen ein Gefühl des Transzendenten, ohne dass sie dafür die Knie vor einem Gott beugen und seine Regeln anerkennen müssten. Wenn Ian, Daniel und Brittany nach Engeln Ausschau halten, werden sie sie finden – nur nicht die Art, die sie erwartet hatten!

Am Ende, Ishbane, geht es doch nur darum, sie davon zu überzeugen, dass alles und jeder ihre Bedürfnisse stillen kann – nur nicht Er!

Merk dir meine Worte!

*Lord Foulgrin*

## Kapitel 11
## 21. Februar, 21:43 Uhr

Eine Viertelstunde nach dem Ende des Bibelkreises hingen noch einige Leute im Raum herum und unterhielten sich. Auch Rob war noch da und ging zu Jeff, der sein Gespräch eben beendet hatte.

„Hast du eine Minute Zeit?“, fragte Rob ihn.

„Klar. Was gibt’s?“

„Ehrlich gesagt ziemlich viel. Aber meine erste Frage ist sehr persönlich. Irgendwas stimmt nicht mit mir und Jillian.“

„Komm, wir gehen nach nebenan“, sagte Jeff und sie setzten sich in einen leeren Seminarraum. „Also dann, schieß los!“

„Ich weiß nicht so recht. Teilweise liegt es an mir. Ich habe ganz schön mit meiner Vergangenheit zu kämpfen; einiges davon habe ich dir ja erzählt. Aber es ist noch mehr. Ich meine, ich dachte, weil Jillian und ich beide gläubig sind, würde es ... anders sein.“

„Was meinst du mit anders?“

„Ich schätze, ich dachte, dass eine christliche Freundin mich näher zu Gott bringen würde.“

„Und das tut sie nicht?“

„Versteh mich nicht falsch – sie ist toll! Aber sie ist nicht gerade ... na ja, so richtig leidenschaftlich scheint sie Gott nicht zu lieben.“

„Die Menschen sind unterschiedlich. Vielleicht ist sie nur nicht so expressiv wie du.“

„Wir unterhalten uns so gut wie nie über unseren Glauben. Kaum bringe ich das Gespräch darauf, wechselt sie schon das Thema. Ich muss ihr alles aus der Nase ziehen. Und wenn wir mal über die Gemeinde reden, spricht sie nur von den Leuten und den Aktivitäten dort, nie von Gott und ihren geistlichen Erfahrungen.“

„Hm, das klingt wirklich etwas schwierig. Wie gut kennst du sie, Rob? Du wünschst dir doch eine tiefe, geistliche Beziehung zu einem Mädchen. Wenn du merkst, dass das mit Jillian nicht möglich ist, solltest du die Sache vielleicht beenden.“

„Das wollte ich damit nicht sagen!“

„Was wolltest du denn sagen, Rob?“

„Ich weiß nicht!“ Rob stützte den Kopf in die Hände.

„Du magst sie wirklich sehr, nicht wahr?“

„Ja. Und ich hatte gedacht, dass wir auch geistlich auf derselben Wellenlänge liegen. Aber ich bin mir da nicht mehr so sicher. Außerdem ist es das erste Mal, seit ich Christ geworden bin, dass ich mit einem Mädchen etwas habe. Es ist schwieriger, als ich dachte.“

„Na, du bist nicht der Einzige, der mit einer Beziehung zu kämpfen hat.“

„Du hast leicht reden! Du hast ja Erin!“

„Tja, und weißt du was? Wir haben es auch nicht immer leicht! Ich zum Beispiel habe immer gedacht, dass Erin perfekt sein müsste. Das ist ziemlich unfair. Man muss das Bild, das man sich von einem Menschen macht, ganz schnell loslassen, wenn man mit diesem Menschen zusammen sein will und nicht nur mit einem Wunschbild. Das existiert nämlich in Wirklichkeit gar nicht.“

„Willst du damit sagen, dass ich meine Ansprüche runterschrauben soll?“

„Auf keinen Fall! Wenn es wirklich so ist, dass sie kein tiefes Interesse an Gott hat, dann ist das ein schlechtes Zeichen. Wenn sie aber ihren Weg mit Gott geht und es nur nicht so gut in Worte fassen kann, braucht sie einfach mehr Zeit und Verständnis von dir. Ich würde daher vorschlagen, dass du dich ein bisschen am Riemen reißt und euch beiden Zeit lässt!“

„Das ist gar nicht so einfach!“

„Ich weiß. Eine Gefahr so einer Beziehung liegt darin, dass sie irgendwann wichtiger wird als Gott selbst. Oder dass man sich zu früh auch körperlich zu sehr aufeinander einlässt, ohne dass der Rest der Beziehung ebenso intim ist. Am besten betest du viel und oft deswegen, Rob. Und sperr dich nicht gegen den Gedanken, dass du sie vielleicht loslassen musst.“

„Aber das will ich nicht!“

„Das verstehe ich, aber tu dir selbst einen Gefallen: Heirate ein Mädchen, das Jesus mehr liebt als dich. Erin ist nicht nur meine Lebenspartnerin, sondern auch meine Partnerin im Dienst für Gott. Von manchen Fehlern kann man sich leicht erholen. Wenn du die falsche Ausbildung gemacht hast, kannst du dich umschulen lassen. Aber die falsche Person zu heiraten ... das solltest du vermeiden. Nichts ist toller als eine gute Ehe – und nichts schlimmer als eine schlechte!“

„Ich rede ja gar nicht vom Heiraten!"

„Vielleicht nicht jetzt, aber denk mal weiter. Es gibt nicht so was wie ‚ein bisschen zusammen sein'. Es macht keinen Sinn, mit einem Mädchen zusammen zu sein, das du auf keinen Fall heiraten würdest. Du heiratest schließlich keine Fremde. Wenn du also mit einem Mädchen ausgehst, wenn das Zusammensein dir gut tut und du tiefe Gefühle für sie entwickelst, solltest du dich schon fragen, ob das Ganze vielleicht irgendwann in eine Ehe münden kann. Oder eben nicht."

Rob starrte zu Boden. Schließlich stand er auf. „Ich muss gehen. Morgen hab ich einen Test."

„Das Leben ist voller Tests, nicht wahr? Ich bete für dich, Rob."

„Danke, Mann. Bis demnächst!"

Rob ging wie betäubt nach Hause. *Und was jetzt, Gott?*

Er starrte eine Stunde lang in seine Testunterlagen, ohne ein Wort zu begreifen. Dann kniete er sich hin und betete: „Lieber Herr, du weißt, dass ich das nicht tun will. Aber ich muss Jillian loslassen, nicht wahr? Ich bitte dich, dass du ihr Leben berührst, auch wenn ich sie nicht haben kann. Hilf ihr, dass sie dich von ganzem Herzen lieben lernt!"

*

Brittany und Skyla hatten sich zu einem Videoabend verabredet. Jillian hatten sie auch eingeladen, aber sie hatte sich eine Ausrede einfallen lassen.

Sie schoben die Videokassette ein; einer von Skylas Lieblings-Horrorfilmen.

„Hui, war der unheimlich!", stellte Brittany nach rund 90 Minuten fest.

„Ja! Super, oder?", sagte Skyla und nahm sich noch eine Hand voll Popcorn. „Ich wollte dich mal was fragen, Britt. Weißt du noch, als du letzten Herbst im Krankenhaus warst?"

„Na klar, wie könnte ich das je vergessen!"

„Irgendjemand hat mir erzählt, du hättest einen komischen Traum gehabt."

Brittany seufzte. „Ach, das! Hätte ich das bloß niemandem erzählt! Der Doc hat gesagt, so etwas könnte passieren, wenn man eine Kohlenmonoxidvergiftung hat und unter Medikamenten steht."

„Erzähl doch mal!"

„Also, das war nach dem ... na ja, nachdem ich mich mit dem Auto in der Garage eingeschlossen hatte. Ich wollte es einfach zu Ende bringen. Leider bin ich dann ja im Krankenhaus zu mir gekommen. Und da hatte ich diesen Traum. Wobei er irgendwie viel realer war als ein normaler Traum. Als würde das alles wirklich passieren."

„Was denn? Erzähl mir alles ganz genau!"

„Ach, das klingt aber echt klischeehaft! Es war wirklich so, wie man das immer über diese Nahtoderlebnisse liest: Ich ging durch einen langen Tunnel. Und am Ende stand diese Lichtgestalt. Er winkte mich zu sich."

„Bist du sicher, dass es ein ER war?"

„Ja, ganz sicher."

„Okay, dann war es vermutlich Pan oder Osiris. Vielleicht Ammon-Rah."

„Wie bitte?"

„Erzähl weiter. Ich finde das superinteressant."

„Ich fühlte ... so eine kribbelige Wärme. Ich hatte überhaupt keine Angst. Und dann hat er zu mir gesprochen. Er sagte: ‚Willkommen, mein Kind!' Ja, er hat mich sein Kind genannt. Und dann sagte er noch: ‚Eine Welt voller Freude und Wunder wartet auf dich!'"

„Wow! Was noch?"

„Er fragte, ob ich kommen und das alles sehen wolle. Er drehte sich um und deutete auf das Ende vom Tunnel. Und es war, als könnte ich da eine ganze Welt sehen."

„Und wie sah die aus?"

„Toll. Wasserfälle, Regenbogen, wunderschöne Blumen. Wiesen und Hügel. Es war so schön und ich hatte das Gefühl, dass es meine eigentliche Heimat war. Der Ort, nach dem ich mein ganzes Leben gesucht hatte. Ich wollte reingehen, aber dann habe ich es doch nicht gemacht."

„Warum nicht?"

„Der ... das Wesen sagte, dass dies alles auf mich wartet, aber dass es noch nicht so weit sei. Meine Zeit auf der Erde wäre noch nicht abgelaufen. Deshalb würde er mich zurückschicken, aber ich hätte eine Mission."

„Wie, eine Mission?"

„Er sagte, ich sollte die Gute Nachricht allen weitersagen, denen ich begegne. Ich sollte allen Leuten von seiner Freundlichkeit und der Schönheit seiner Welt erzählen und davon, dass er niemanden verdammt. Und dass sie den Tod nicht fürchten müssten. ‚Dies ist meine Botschaft', sagte er, ‚dass ihr einander lieben sollt.' Er ließ mich versprechen, dass ich das weitersagen würde. Und dann streichelte er mir so unendlich zärtlich über die Wange, als würde er mich wirklich lieben. Und dann war ich, schwupps, im Krankenzimmer und schaute in diese ätzenden grellen Neonröhren. Über mich beugte sich eine Krankenschwester."

„Aber hast du denn getan, was der Geist dir gesagt hat? Seine Botschaft weitergesagt? Dass die Leute sich gegenseitig lieben sollen und keine Angst vor dem Tod haben müssen?"

„Zuerst habe ich alle damit zugelabert. Mir war total egal, ob sie mich für verrückt gehalten haben. Aber nach einer Weile kam es mir selber ziemlich abgedreht vor. Ich kümmerte mich wieder um die Hausaufgaben, meine Zukunft, den Sport und so was. Und mit der Zeit war ich mir nicht mehr so sicher, ob das wirklich passiert ist."

„Ich glaube, dass das Realität war, Britt! Wir Wicca-Anhänger glauben, dass das Leben zyklisch verläuft: Geburt, Tod und Wiedergeburt. Nach dem Tod ruht die Seele im Sommerland. Sie wird dort erfrischt, wird immer jünger und dann wird sie wieder geboren."

„Wieder geboren?"

„Ja. Reinkarnation, verstehst du? Das passt doch zu der Botschaft von deinem Geist. Und ich glaube, dass diese wunderschöne Welt, die du gesehen hast, das Sommerland war. Was sonst? Was meinst du, wer dieser Geist war?"

„Also, damals hielt ich ihn für Jesus."

„Ja, vielleicht. Oder eben Osiris. Auf jeden Fall haben sie dich auserwählt und dir eine Mission gegeben, Brittany. Du hast anscheinend echt starke metaphysische Talente. Das solltest du nutzen. Vielleicht will der Geist auch durch dich sprechen, sozusagen als sein Sprachrohr."

„Wie denn das?"

„Man nennt das Channeling. Dann gibt's da noch das automatische Schreiben und einige andere Möglichkeiten."

„Ich weiß nicht, Skyla ..."

„Hey, du hast einen Auftrag! Du bist ihm was schuldig, denn schließlich hat er dir das Leben gerettet und dir gezeigt, dass du keine Angst vor dem Tod haben musst. Du solltest also seinen Auftrag ernst nehmen und versuchen, wieder mit ihm in Kontakt zu treten. Ich beneide dich richtig!"

*Brief 11*
*Prinz Ishbane,*

du wolltest einen aktuellen Bericht über Daniel und Brittany? Dein Wunsch ist mir Befehl!

Kann ich jedoch zuerst noch in aller Demut eine Bitte äußern? Ich bin nicht in der Lage, meinen ehemaligen Schüler Squaltaint zu finden. Wenn ich es nicht besser wüsste, würde ich annehmen, dass er an einem Zeugenschutzprogramm teilnimmt. Dabei möchte ich ihm nur Grüße senden und Vergangenes vergangen sein lassen! Bitte teile mir seinen Aufenthaltsort mit.

Diane denkt, dass sie keinen Einfluss mehr auf Daniels Entscheidungen hat. Sie hat keine Ahnung, wie viel Raum wir bei ihm bereits einnehmen. Sie nimmt ihm den Computer nicht weg, weil sie meint, dass sie dazu kein Recht hat – schon gar nicht bei einem so armen kleinen Jungen, der seinen Vater verloren hat. Sie hofft irrationalerweise, dass Daniel auf den Tausenden von Pornoseiten nicht herumsurft. Ha!

Zum Glück versichern alle ihre Freunde Diane, dass dies bei Daniel „nur eine vorübergehende Phase" ist und dass das „bei Teenies eben so sei". Sie sieht, wie launisch, zurückgezogen, deprimiert und freudlos er ist, aber sie begreift nicht, dass das mit uns zusammenhängt. Seinen Musikgeschmack, seinen Hang zum Okkulten und seine Allergie gegen Autoritäten jeder Art betrachtet sie als „normale rebellische Pubertätserscheinungen". Sie hat das Pentagramm, das Ankh und das Auge des Ra gesehen, die er als Schmuck trägt, aber sie hält das für irgendwelche Modesachen.

Während jede Art von Rebellion normalerweise unserem Anliegen dient, gibt es eine lästige Ausnahme: Wenn der Zimmermann einschreitet und junge Schädlinge zum Aufstand gegen die vorherrschenden kulturellen Werte und Einstellungen aufruft. Was den Status Quo angeht, sind wir keine Rebellen, sondern Konformisten!

Stungoths Fünfjahresplan für Daniel geht genau auf. Er hat immer wieder Selbstmordgedanken, doch da ist Potenzial für so viel mehr. Wenn wir zielgerichtet weitermachen, wird er nicht nur sich selbst umbringen, sondern noch einige andere Schädlinge mit ihm. Zwar hat er im Moment keinen Zugang zu Waffen, aber ich arbeite daran. Die Dinger bekommt man immer irgendwoher.

Was Brittany angeht, hat mir die Jagd letztes Jahr großen Spaß gemacht. Besonders die Nacht, als sie mir mit dem Ouija-Brett Tür und Tor zu ihrer Seele aufgemacht hat! Warum hätte ich auch draußen bleiben sollen? Ja, ich war enttäuscht, dass Brittany nicht in der Garage gestorben ist. Wenn dieser neugierige Nachbar nicht gewesen wäre, der den Motorenqualm unter der Garagentür durchkommen sah ... Im Krankenhaus habe ich dann bemerkt, dass der Feind sie zu sich zu ziehen versuchte. Deshalb bin ich in dem Tunnel zu ihr gekommen, habe ihr meine Kitschversion des Himmels vorgeführt und meine Message abgesetzt.

Ehrlich gesagt habe ich mit etwas mehr Wirkung gerechnet; hätte sie nicht eine New-Age-Vorkämpferin werden können, ein Medium oder zumindest Buchautorin? Nichts da! Doch im Rückblick ist das eigentlich noch besser. Wenn sie erst mal in der Hölle sitzen, sind sie für uns nicht mehr von praktischem Nutzen. Mit Skyla als Mentorin kann Brittany uns dabei helfen, Fletchers Tochter zu zerstören. Böse Dinge kommen zu denen, die lange genug warten!

Wir versprechen unseren Knechten alles und geben ihnen nichts als ihren eigenen Untergang. Je mehr sie uns geben, desto mehr verlangen wir und umso mehr Macht bekommen wir über sie. Während der Feind ihnen in all seiner Dummheit das Königreich Charis ganz ohne Gegenleistung anbietet, nachdem er die Frechheit besessen hat, uns hinauszuwerfen!

Bald werde ich Brittany wieder in ihren Träumen erscheinen. Sie ist Mein, Ishbane, und ich werde sie behalten! Jeder dunkle Impuls, den sie spürt, wird von mir aufgegriffen. Je mehr Durst sie empfindet, desto mehr Salzwasser werde ich ihr geben, und desto verzweifelter wird sie werden! Die Idee, dass all ihre Probleme durch einen kleinen Selbstmord gelöst wären, werde ich ihr auch wieder in den Kopf pflanzen. Vielleicht sogar einen Gruppensuizid, gemeinsam mit Ian. Möglicherweise können wir auch Daniel noch mit ins Boot bekommen, wer weiß?

Der Zimmermann nennt unseren Meister einen „Mörder von Anfang an ... einen Lügner und den Vater der Lügen". Und „wenn er lügt, spricht er seine Muttersprache". Der Tyrann wollte ihn damit beleidigen, aber eigentlich ist es ein Kompliment. Schließlich ist Betrug unser Metier. Der Feind kennt nur eine Sprache, die der Wahrheit. Wir sind dagegen mehrsprachig aufgewachsen und damit im Vorteil. Auch wir können die Wahrheit sprechen, aber selektiv, wenn wir einen glaubwürdigen Hintergrund für unsere Lügen wollen.

Ich bin die Katze, Brittany ist die Maus. Ich spiele mit ihr, bis ihre Zeit gekommen ist. Dann verschlinge ich sie. Ihre Chancen zu entkommen? So groß wie die eines Schneeballs in der Hölle.

Im Sinne unserer Muttersprache,

*Lord Foulgrin*

## Kapitel 12
## 22. Februar, 18:47 Uhr

Gerade als Jillian sich an den Abendbrottisch setzen wollte, hupte draußen ein Auto. „Ich muss weg, Mama. Das ist Lisa!" Jillian schnappte sich ihre Tasche und ging zur Tür.

„Bitte sie doch, einen Moment hereinzukommen, du hast ja gar nichts gegessen!"

„Geht nicht, wir kommen sonst zu spät zur Jugendstunde!", sagte Jillian und machte die Tür auf.

„Nimm dir wenigstens eine Brezel mit, die kannst du im Auto essen."

„Bleib cool, Mama, wir gehen nachher sowieso noch was essen. Ich muss jetzt los."

„Grüß Greg und Kristi schön von mir!"

„Ja. Tschüss!"

Sie schlüpfte auf den Beifahrersitz von Lisas Honda.

„Hey, Jill. Na, wie geht's?"

„Ach, ich hatte einen durchschnittlich blöden Tag. Mittwoche sollten aus der Woche gestrichen werden. Montags und dienstags ist man noch einigermaßen fit, und donnerstags und freitags freut man sich schon wieder aufs Wochenende. Aber mittwochs ..."

„Keine schlechte Idee", sagte Lisa. „Vielleicht sollten wir darüber mal abstimmen. Aber wo reicht man den Antrag ein?"

Sie erreichten den Gemeindeparkplatz, wo gerade der Jugendpastor und seine Frau aus dem Auto stiegen.

„Hey, Greg, hi, Kristi!", rief Lisa ihnen zu. „Die beiden sind total fit, oder?", meinte sie zu Jillian.

„Hm-hm."

Der Abend rauschte nur so an Jillian vorbei. Sie sang die vertrauten Lieder mit, ohne groß auf die Texte zu achten. Greg erzählte etwas von einem geistlichen Kampf, der im Moment abginge, und dass sie beten müssten. Jillian fragte sich, was ein geistlicher Kampf wohl sein sollte.

Alle neigten die Köpfe zum Gebet und Greg sagte: „Zieh uns heute Abend ganz nah zu dir, Herr. Nur die Kraft deines Heiligen Geistes soll diesen Raum erfüllen. Beschütze mich, während ich predige, und öffne die Herzen der Leute, die dich noch nicht kennen!"

Jillian öffnete die Augen und ihre Gedanken drifteten zu den Hausaufgaben, die sie an diesem Abend noch erledigen musste. Rob fiel ihr ein, dann Brittany und Kelly und Daniel, der eine CD von ihr geklaut und dann so getan hatte, als wüsste er von nichts.

Greg erzählte seine Geschichte. Er war in einem christlichen Elternhaus aufgewachsen und hatte eine Bibelschule besucht. Danach war er aufs Predigerseminar gegangen. „Einmal war ich am Wochenende zu Hause und unser Pastor bat mich, doch mal zu predigen."

*Vielleicht sollte ich Rob mal anrufen. Er war in letzter Zeit so komisch. Draußen am Eingang ist doch ein Telefon, oder?*

„Ich sollte darüber sprechen, wie man Christ wird. Irgendwie fühlte ich mich beleidigt. Meinte der etwa, ein komplexeres Thema würde ich nicht gebacken kriegen?"

Jillian stellte fest, dass ihre Fingernägel unbedingt mal eine anständige Maniküre brauchten.

„ ... und ich sage euch, ich hatte diese Verse zwar schon tausendmal gelesen, aber erst jetzt wurde mir klar, dass sie noch nicht von meinem Kopf in mein Herz gerutscht waren."

*Diese Predigt geht mich nichts an. Ich bin schließlich schon Christ, so wie Mama und Paps es wollten.*

„Paulus schreibt im Römerbrief: ‚Wenn ihr mit dem Mund bekennt: Jesus ist Herr, und im Herzen glaubt, dass Gott ihn von den Toten auferweckt hat, dann seid ihr gerettet.'" Greg ließ seinen Blick über die Menge schweifen. Er schien Jillian direkt anzusehen. „Ich habe mit dem Mund bekannt und mit dem Kopf geglaubt, aber nicht mit dem Herzen."

*Ich glaube es. Ich kenne Johannes 3, Vers 16 auswendig. Er ist am Kreuz für mich gestorben und auferstanden.*

„Ich kannte all die richtigen Antworten, ich hatte super Noten auf dem Seminar. Ich fuhr auf einen Missionstrip nach Afrika. Doch mir war nicht klar, dass ich eine Entscheidung des Herzens treffen musste."

Ohne es richtig mitzubekommen stand Jillian auf und floh nach draußen. Schnell ging sie zur Damentoilette. Sie meinte, jemanden ihren Namen rufen zu hören, aber sie ignorierte es. Als sie sich selbst im Spiegel sah, erschrak sie zutiefst. Sie war totenblass und Tränen liefen ihr über die Wangen. Ihr Make-up war ganz zerlaufen.

„Jillian?“ Sie fühlte eine Hand auf ihrer Schulter und schrak zusammen.

„Lisa!“ Schnell wischte sie sich über das Gesicht. „Hast du mich erschreckt!“

„Ich hab dich doch gerufen. Bist du okay?“

„Ja. Ich meine ...“ Jillian spürte, wie die Tränen wieder in ihr aufstiegen. „Ich weiß nicht.“

Lisa führte sie behutsam hinaus und sie setzten sich auf ein Sofa im Mutter-Kind-Raum.

„Ich wollte nicht so rausrennen. Ich weiß gar nicht, was los war. Warum heule ich überhaupt?“

Lisa atmete tief durch. „Greg hat doch vorhin gesagt, dass heute ein geistlicher Kampf stattfinden würde.“

Jillian nickte.

„Ich glaube, dass da jemand nicht wollte, dass du heute Abend das hörst, was Greg zu sagen hatte.“

Jillian biss die Zähne zusammen. „Ich will nicht darüber reden.“

„Aus denselben Gründen, aus denen du auch die Predigt nicht weiter anhören wolltest?“

„Ich weiß nicht, okay?“, sagte Jillian gereizt.

„Jill, ich sitze hier mit dir, weil ich dich sehr mag und du mir nicht egal bist. Bitte versteh mich nicht falsch, aber ich glaube, du musst mal ganz ehrlich feststellen, wo du mit Gott stehst. Weißt du, ich bin auch in einem frommen Elternhaus aufgewachsen. Ganz lange bin ich halt so mitgelaufen und hab sozusagen den Glauben meiner Eltern second hand mitgelebt. Mir war nicht so ganz klar, was es heißt, Christ zu werden.“

Jillian sah Lisa durch einen Tränenschleier hindurch an. „Und was heißt es nun, Lisa? Ich meine, ich gehe jetzt seit über einem Jahr in die Kirche. Ich versuche so zu leben, wie die Bibel es sagt. Ich glaube an Jesus. Ich möchte alles richtig machen. Und trotzdem bin ich noch nicht gut genug, um mich Christ zu nennen? Was mache ich denn falsch?“

„Du machst gar nichts falsch. Aber es geht um eine Beziehung, um eine Person, Jesus. Er ist für unsere Sünden gestorben. Versuch mal, auf dich wirken zu lassen, was das wirklich bedeutet. Sieh mal, Gott ist so heilig, dass er keine Sünde in seiner Nähe ertragen kann. Der Preis für unsere Sünde ist der Tod, die ewige Trennung von Gott.“

„Die Hölle“, sagte Jillian und erschauderte.

„Ja. Doch weil Gott uns so liebt, wollte er nicht, dass wir diesen schrecklichen Preis für unsere Fehler bezahlen müssen. Er schickte seinen Sohn, damit er an unserer Stelle starb. So sehr liebt er dich, dieser Jesus. Es geht beim Christsein nicht darum, was du tust und nicht tust. Es geht um ihn und was er für dich getan hat!"

„Also ist es ganz egal, was ich bisher versucht habe? Ich dachte, in der Bibel steht, wie man sich verhalten soll, und dass das ganz wichtig ist!"

„Ja, aber doch nicht als Selbstzweck. Du kannst dir den Himmel nicht verdienen, indem du immer ein gutes Mädchen bist. Wenn du ein Kind Gottes bist, willst du von innen heraus so leben wie Jesus. Ich tue, was in der Bibel steht, weil ich felsenfest davon überzeugt bin, dass Gottes Plan für mich der allerbeste ist. Ich möchte anderen Menschen seine Liebe zeigen. Aber ich muss mir nichts mehr verdienen, weil Jesus den Preis schon bezahlt hat." Sie ergriff Jillians Hand. „Immer eins nach dem anderen, Jill. Du brauchst erst mal nur Gottes Angebot anzunehmen. Dazu musst du allerdings zugeben, dass du nicht perfekt genug bist, um dir selbst deinen Platz im Himmel zu verdienen. Lass Jesus das für dich machen."

„Ich fühle mich ganz schön blöd", sagte Jillian. „Ich hab das ja alles schon oft gehört, aber es ist wirklich, wie Greg gesagt hat: Ich wusste es im Kopf, aber nicht im Herzen. Warum eigentlich? Vielleicht hab ich mich besser gefühlt, so lange ich dachte, ich verdiene mir die Rettung. Aber du hast Recht – ich kann mir gar nichts verdienen!"

„Das können wir alle nicht, Jillian. Darum heißt es ja Gnade. Wenn wir sie uns verdienen würden, bräuchten wir sie ja gar nicht!"

„Lisa, mein Vater hat manchmal mit mir gebetet. Könntest du das auch tun?"

„Nichts lieber als das!", sagte Lisa und umarmte sie.

## Brief 12
## Foulgrin, du Versager!

Ich bin dein Vorgesetzter, nicht dein Schüler! Hör auf, mich zu bevormunden! Nach dem, was soeben geschehen ist, bist du wahrhaftig nicht in der Position, irgendetwas zu bestimmen!

Du hast die oberste Regel der Verführung verletzt und zugelassen, dass Jillians Gedanken von ihr selbst, ihrem Haar, ihrer Kleidung, ihrem Freund usw. abgewandt wurden und zu IHM wanderten! Du hast die unverzeihliche Sünde begangen und nun gehört sie IHM!

Das kommt davon, dass du in deinen letzten Briefen ständig nur von Brittany, Ian und Daniel gesprochen hast. Deine Aufmerksamkeit war geteilt. Du hast deinen größten Vorteil verspielt – das Ungeziefer in der Annahme einzulullen, dass sie Christen sind, weil sie in die Kirche gehen.

Wo warst du, als diese widerliche Lisa die Verbotene Botschaft mit Jillian teilte? Während du woanders hingeschaut hast, hat der Feind sie uns weggeschnappt!

Nun gut, jetzt ist es also geschehen und wir müssen Schadensbegrenzung betreiben. Verstrick sie in einem Labyrinth der Selbstgerechtigkeit. Füll sie mit Gedanken, was sie dem Feind nun alles bieten muss, statt dass sie sich von ihm beschenken lässt. Sie glaubt, dass ihr neues Leben aus Gnade begann? Führ sie wieder zurück zu dem Gedanken, dass sie es sich verdienen muss. „Hilf dir selbst, dann hilft dir Gott", ein wunderbares Sprichwort. Sie darf nicht erkennen, dass er denen hilft, die realisieren, dass sie sich selbst nicht helfen können!

Der Feind zwingt sie nicht zum Gehorsam. Er reinigt ihr Haus, aber er hält es nicht sauber. Sie hat ihn in ihr Leben gebeten, aber das bedeutet noch nicht, dass sie ihm ihr ganzes Leben wirklich ausliefert. Entscheidungen für den Feind in der Vergangenheit sind nie so gefährlich wie die Gegenwart.

Jillian repräsentiert jetzt den Zimmermann auf Erden. Das heißt, dass wir durch sie seinen Ruf gewaltig schädigen können! Sorg dafür, dass sie schnell ausbrennt. Entmutige sie. Desillusioniere sie. Halte sie vom Heiligen Geist fern und schwäche ihre Abwehrkräfte!

Am besten schickst du eine ganze Parade von Heuchlern über ihren Weg. Lass sie die missbilligenden Blicke der lieben Gesetzlichen bemerken, die alle Jugendlichen als faule, verantwortungslose Wesen sehen. Manche von denen sehen aus, als wären sie in Essig getauft worden. Wunderbare Werkzeuge, um Jillian abzutörnen und sie vom Kontakt mit reifen Christen abzuhalten!

Wir wollen Cafeteria-Christen, die sich am reichen geistlichen Büfett bedienen und dabei nur an ihren Vorteil denken. Sie wollen eine reiche Auswahl an Nachtischen und kein Vollkornbrot? Gut! Sollen sie haben! Sie wollen einen Super-Chor, tolle Musik und bequeme Parkmöglichkeiten? Bitte! Es sollte möglichst immer um ihren Vorteil gehen!

Wenn sie lange genug faul und beschäftigt waren – eine tödliche Kombination –, verlassen sie die Gemeinschaft irgendwann und privatisieren ihren Glauben. Das ist gut. Funken, die sich vom Feuer entfernen, verlöschen bald.

Pass auf, dass Jillian auf keinen Fall von ihrer Essstörung wegkommt! Das ist vielleicht deine letzte Angriffsfläche. Alles, was über den Feind hinaus ihr Herz, ihre Gedanken oder ihren Körper kontrolliert, ist gut für uns. Blende sie für ihren Götzendienst. Sie muss das Böse für etwas Gutes halten. Sie glaubt, dass sie glücklicher sein wird, wenn sie dünn ist. Was soll daran schlecht sein? Sie soll nach und nach den Feind als eine Art Flaschengeist sehen, dessen Wunsch es ist, sie immer glücklicher zu machen.

Ich verbiete dir, mich noch einmal Lord Ishbane zu nennen. Mein Titel ist „Prinz"! Konzentriere deine Bosheiten auf die Schädlinge! Wir sind noch nicht fertig mit Jillian Fletcher! Lass sie denken, dass der Tyrann ihr ein Leben voller erfüllter Träume und erreichter Ziele schuldet, selbst wenn diese Träume und Ziele gar nicht von ihm kommen. Und dann, wenn er darauf besteht, es auf seine Weise zu machen – was er immer tut! –, dann sieh zu, wie ihr Glaube zerbröckelt.

Du hast eine wichtige Schlacht verloren, Foulgrin. Streng dich an, dann kannst du den Krieg vielleicht trotzdem noch gewinnen!

Grüße von der dunklen Seite,

*Prinz Ishbane*

# Kapitel 13

## 23. Februar, 15:24 Uhr

„Wir müssen uns unbedingt unterhalten", sagte Rob.

„Ach, wirklich! Hast du meine Nachricht auf dem Anrufbeantworter gehört? Ich habe dir was Wichtiges zu sagen!"

„Ich habe auch etwas Wichtiges zu sagen."

„Was ist denn?", fragte Jillian erschrocken.

„Wir müssen reden."

„Das sagtest du ja schon. Aber über was? Ich habe tolle Neuigkeiten! Und ich möchte mich bei dir entschuldigen."

„Bevor du dich für irgendwas entschuldigst, bin erst mal ich dran, dich um Verzeihung zu bitten!"

„Für was denn?"

„Dafür, dass ich diese Beziehung so weit habe gehen lassen."

„Wovon redest du, Rob?"

„Ich glaube nicht, dass ich dich heiraten kann!"

Jillian musste lachen. „Na, das will ich auch nicht hoffen! Ich gehe noch zur Schule, wie du vielleicht weißt. Und wir kennen uns erst seit, na, wie lange? Sechs Wochen?"

„Ich meine, ich kann nicht weitermachen; aus denselben Gründen, aus denen ich dich auch nicht heiraten könnte."

Sie gefror innerlich zu Eis.

„Hast du gehört, Jillian? Bist du noch dran?"

„Ja."

„Ich wollte das nicht am Telefon machen. Tut mir echt Leid. Es ist mir jetzt so rausgerutscht. Ich hätte zu dir kommen sollen; am besten komme ich jetzt gleich rüber!"

„Du schießt mich also ab?", fragte sie und ihr Magen krampfte sich zusammen.

„Ähm ... lass uns weiterreden, wenn ich bei dir bin, ja?"

„Okay."

Rob legte auf und Jillian saß wie gelähmt da, den Telefonhörer noch in der Hand. *Was geht denn jetzt ab? Ich vertraue dir mein Leben an, Gott, und dann machst du so was? Das ist doch total unfair!*

Sie blieb regungslos sitzen, bis 20 Minuten später ein Klopfen an der Tür ertönte. Sie wischte sich über die Augen und ging zur Tür.

„Es tut mir so Leid, dass ich dir das angetan habe“, sagte Rob. „Ich hätte niemals am Telefon damit anfangen dürfen!“

Sie trat zurück und schloss mechanisch die Tür hinter ihm.

„Es ... es tut mir so Leid, aber ich kann unsere Beziehung nicht weitergehen lassen.“

„Aber ... aber warum denn?“, fragte Jillian. Eine Träne rollte über ihre Wange.

„Ich ... ich habe das Gefühl, dass wir einander nicht gut tun. Wir helfen uns nicht gegenseitig dabei, Gott näher zu kommen.“

Plötzlich musste Jillian lachen. „Du meinst, weil wir geistlich auf unterschiedlichen Ebenen sind? Aber das können wir hinkriegen!“

Rob sah sie verwirrt an. „Ich habe seit Beginn unserer Beziehung versucht, mit dir über diese Dinge zu reden.“

„Aber ich wollte das nicht“, sagte Jillian grinsend.

Rob starrte sie an, als wäre sie komplett irre. „Du wolltest nicht?“

„Nein. Ich kannte Gott ja nicht mal richtig. Was hätte ich also über ihn sagen sollen?“

„Was ... und ...?“

„Ich habe gestern Abend Gott als Herrn meines Lebens angenommen. Ich bin Christin geworden!“ Jetzt lachte und weinte sie gleichzeitig.

„Aber ich dachte ...“ Rob legte die Stirn in Falten. „Ich hatte angenommen, du seiest schon Christ. Du bist in die Jugendgruppe gegangen, hast in der Bibel gelesen und all das.“

„Ja, ich dachte auch, dass das alles ist. Aber gestern hat mir Lisa erklärt, dass ich eine Herzensentscheidung treffen muss und dass es nicht darum geht, ein gutes Mädchen zu sein. Ich musste das Geschenk von Jesus annehmen.“

Rob ließ sich gegen die Wand sinken. „Wieso habe ich das nicht geschnallt? Ich habe gemerkt, dass irgendetwas fehlt, aber ...“

„Freust du dich denn gar nicht für mich, Rob?“

„Doch, natürlich. Ich kann nur nicht glauben, dass ...“

„Tut mir Leid, dass ich deinen Ansprüchen nicht genügt habe“, sagte Jillian kühl.

„Oh, sorry, das sollte keine Abwertung sein. Ich habe nur gemerkt, dass ich angefangen habe, dich über Gott zu setzen.“

„Aber jetzt ist alles anders! Ich bin jetzt auch Christin und wir ziehen am gleichen Strang!“

„Aber .. wir hätten die Beziehung gar nicht erst anfangen sollen.“

„Na ja, du wusstest ja nicht, dass ich keine Christin bin. Ich wusste es ja nicht mal selbst!“

„Trotzdem ...“

Jillian konnte es nicht fassen. „Ich dachte, du würdest dich freuen! Klar, ich hatte damit gerechnet, dass du überrascht bist, aber positiv! Und jetzt trennst du dich von mir, weil ich Christin geworden bin?“

„Nein, nicht deswegen. Und ich freue mich total darüber! Aber ich bin mir trotzdem unsicher, wie es mit uns weitergehen soll.“

*Was? Warum? Was soll das denn alles?,* schoss es Jillian durch den Kopf.

„Ich muss jetzt erst mal über all das nachdenken, okay?“

„Weißt du was? Ich bin kein Holzklotz. Ich weiß, wann ich überflüssig bin. Mach's gut, Rob!“, sagte Jillian eisig.

„Nein, so ist es doch gar nicht! Ich muss nur erst die Dinge in meinem Kopf ordnen!“

„Dann mach das“, sagte sie mit flacher Stimme. Sie öffnete ihm die Tür, ohne ihn anzusehen, und schloss sie leise wieder hinter ihm.

Mit wem konnte sie jetzt nur reden? Brittany verstand das Problem nicht, Lisa kannte Rob nicht und ihre Mutter war nicht da. Außerdem wollte sie mit Mama auch nicht über Liebesdinge sprechen. Es gab niemanden, mit dem sie reden konnte.

Sie schloss die Augen und betete: „Gott, ich weiß nicht, was das soll. Ich dachte, Rob wäre happy! Jetzt habe ich ihn verloren. Du weißt doch, was ich durchmache, oder? Willst du, dass ich mich erst mal nur mit dir beschäftige? Ich bin doch noch so neu in diesen Dingen. Und ich fühle mich so schlecht; so schlimm ging es mir nicht mehr seit ...“ Sie schluchzte und sprach nicht aus, was sie dachte: *„... seit Papas Tod.“*

*

Die Pillen waren immer noch da, ganz hinten in der Schublade. Auch das Buch mit der markierten Seite. Es gab noch einen anderen Weg, um sich selbst zu töten. Er war leise und klinisch, irgendwie ganz rational. Es hatte etwas von einem Kochrezept, wie es da beschrieben war. Alle Gefühle waren taub. Das Gehirn funktionierte mechanisch. War der Plan wirklich gut? Gab es eine bessere Option? Vielleicht etwas, das mehr wie ein Unfall aussah? Ja, das war gut. Dazu standen auch Tipps und Ideen in dem Buch ...

*

Jillian wanderte in die Küche. Ihre Mutter war gerade dabei, Wasser für die Spaghetti aufzusetzen.

„Hallo, Schatz! Heute sind wir nur zu zweit. Daniel ist drüben bei Daniel. Seine arme Mutter ist heute dran ..."

„Mama, können wir uns mal unterhalten?"

„Na klar. Ist etwas nicht in Ordnung?" Sie sah Jillian ins Gesicht und schaltete dann den Herd ab. „Was ist los, Jilly?"

„Ach, es passiert alles Mögliche und ich brauche jemanden, der mir hilft, das zu klären."

„Weißt du was, ich bestelle uns Pizza und dann machen wir einen guten alten Frauenabend. Ich habe sowieso keine Lust zu kochen." Sie nahm das Telefon zur Hand und fragte: „Pizza Hawaii?"

Jillian nickte.

Nach der Bestellung setzten sie sich zusammen auf die Couch und Diane legte einen Arm um Jillians Schultern.

„Also, schieß los", sagte sie.

„Ich komme mir ein bisschen blöd vor, aber ..." Und dann erzählte sie ihrer Mutter von Gregs Predigt und dem, was Lisa gesagt hatte, und von ihrer Bekehrung.

„Oh Jillian, das ist ja wunderbar! Ich habe so lange dafür gebetet!"

„Aber ich dachte, ich wäre schon Christin! Ich bin zur Kirche gegangen und alles. Hast du nicht auch gedacht, ich würde dazugehören?"

„Ja, manchmal. Aber dann habe ich mich doch immer gefragt, ob du wirklich deine eigene Entscheidung getroffen hast oder nur mit uns mitgegangen bist. Wie heißt es doch so schön: Wenn man in die Garage geht, ist man noch lange kein Auto. Aber man kann niemanden zu der Entscheidung für Gott drängen. Ich habe also einfach gebetet, dass du deinen Weg zu ihm findest und dass ich dir dabei helfen kann, wenn du willst. Aber irgendwie war es, als würde jemand oder etwas uns davon abhalten, über diese Dinge zu reden."

„Rob war sauer darüber, dass ich mich bekehrt habe!"

„Wie meinst du das, er war sauer?"

Jillian zog die Beine an und lehnte sich gegen ihre Mutter. „Ich habe

Rob vorhin erzählt, dass ich Gott mein Leben anvertraut habe, und er hat sich von mir getrennt!"

„Was? Aber ... oh Liebes, das tut mir so Leid!"

„Ich kapier das einfach nicht! Die ganze Zeit habe ich gedacht, ich bin Christin. Er auch. Und jetzt bin ich wirklich eine und da serviert er mich ab. Habe ich irgendwas verpasst?"

„Vielleicht braucht er einfach ein bisschen Zeit, um alles zu verdauen."

„Es ist vorbei. Er hat sich nicht mal gefreut, dass ich zu Gott gefunden habe. Das ist doch verrückt!"

„Lass ihm Zeit, Jilly. Er scheint dich wirklich sehr zu mögen. Das renkt sich schon wieder ein."

„Ich weiß nicht, ob ich das überhaupt will!" Jillian wusste, dass das nicht stimmte, aber sie wollte sich ihr letztes bisschen Stolz bewahren.

Eine Weile saßen sie schweigend aneinander gekuschelt da. Doch diesmal brachte das Schweigen sie einander näher, statt sie wie sonst zu trennen. Jillian weinte ein bisschen und fühlte etwas, das sie zuletzt als kleines Mädchen empfunden hatte – ganz egal, was passierte, ihre Mutter würde für sie da sein. Und wenn sie ihr nicht helfen konnte, konnte es Gott.

Es klingelte an der Tür. Joey wachte auf und begann zu weinen. Diane stand auf, um die Tür zu öffnen. „Kannst du dich bitte um Joey kümmern?" Sie nahm die Pizza entgegen und bezahlte sie.

Jillian kam mit ihrem kleinen Bruder zurück und setzte ihn in sein Kinderstühlchen. Dann öffneten sie ihre Pizzakartons.

„Willst du beten?", fragte Diane.

Jillian senkte den Kopf und schloss die Augen. Es fühlte sich komisch an, aber gut. „Gott, danke für das Gespräch zwischen Mama und mir. Es tut mir Leid, dass ich manchmal so ätzend zu ihr war. Danke auch für Joey, der so süß ist. Und sogar für Daniel. Hilf ihm, dass er auch zu dir findet. Und sei bei Rob ..." Sie stockte. „Und grüß Papa schön von uns, ja?" Dann musste sie lachen. „Ach ja, und danke für die Pizza!"

Mama zerdrückte ihr beinahe die Hand.

## Brief 13

*Mein ermüdender Faulgrin,*

nein, ich habe dein überflüssiges Buch nicht gelesen. Ich habe auch keineswegs die Absicht, es zu lesen. Ich habe mehr vergessen, als du jemals wissen wirst. Und ich vergesse nur sehr wenig!

Dieser Jugendpastor spricht also von einem geistlichen Kampf? Pass auf, dass das nur leere Worthülsen bleiben. Sie sollen die Waffenrüstung des Feindes anlegen. Zum Glück tun die meisten von ihnen das nicht. Sie mögen das Gefühl nicht besonders, auf einem Kriegsschiff zu sein. Viel lieber würden sie sich auf einem Kreuzfahrtschiff sonnen, und so verhalten sie sich auch.

Kein Soldat kann eine Schlacht gewinnen, auf die er nicht vorbereitet ist. Und kein Soldat bereitet sich auf eine Schlacht vor, von der er gar nichts weiß. Halte also schön ihre Augen für die geistlichen Sphären verschlossen. Wie? Einfach indem du sie damit beschäftigt hältst, sich um sich selbst zu drehen.

Halte Jillian von den aktiven Soldaten des Feindes fern und steck sie mit den schwachen und gedankenlosen zusammen. Die werden sie auf unsere Minenfelder führen. Das Territorium, auf dem sie leben, gehört uns bereits.

Die Tage der Frontalangriffe liegen hinter uns. Bei Jillian ist die subtile Art die beste Strategie. Tritt nicht die Tür ein, wenn du den Schlüssel hast. Du bist ein Guerillakämpfer, kein Kampfbomber. Sei dir bewusst, wann du dich zurückziehen und zu einer besseren Zeit wiederkommen musst. Sei sanft. Sprich liebevoll zu dem kleinen Lämmchen. Bau sie auf. Leg eine dünne Haut der Zivilisiertheit über das rohe Fleisch deiner Boshaftigkeit. Streichle ihr mit einer Hand die Wange, während du ihr mit der anderen die Kehle aufschlitzt.

Wenn Jillian bemerkt, dass ihre Mutter sie liebt und ihr Zuhause ein Zufluchtsort ist, wird deine Arbeit ernsthaft unterminiert. Wir hassen Familien und Geborgenheit ja nicht umsonst, denn sie stellen einen Widerschein von Charis dar; ein Vorgeschmack auf den Himmel. Das zieht sie zum Feind hin!

Erebus ist die zerbrochene Familie, irreparabel, fragmentiert. Keine Beziehungen, nur Individualität. Holzspäne, die keine Wärme spenden oder halten können. Dass die Familien im Himmel geeint werden ist furchtbar, aber das können wir nicht verhindern. Doch wenn es auf der Erde geschieht, ist das eine Schande. Tu, was du kannst, um diese Familie auseinander zu bringen. Säe die Saat der Zwietracht, die die Ernte der Bitterkeit einbringen wird!

Unser interkulturelles Destruktionskomitee arbeitet weiter an der Neudefinition des Familienbegriffs. Wir haben bereits die Eltern aus dem Haus getrieben, indem wir dem reichsten Volk der Welt suggeriert haben, dass ein doppeltes Einkommen lebenswichtig ist. Alleinerziehende Eltern sind fast schon die Normalität. Wir haben Schlüsselkinder hervorgebracht, deren Babysitter der Fernseher ist. Die Hand an der Wiege regiert die Welt – dann sind heute wohl Krabbelstuben und die Teletubbies die wahren Herrscher. Wir haben den gemeinsamen Familien-Mahlzeiten ein Ende gesetzt und dem Wort „Familienplanung" eine völlig neue Bedeutung gegeben.

Fromme Eltern dürfen ihre Kinder und deren Freunde nicht verstehen. Der Feind befiehlt ihnen, sich mit den Fröhlichen zu freuen und mit den Trauernden zu weinen. Doch weil die Erwachsenen sich keine Zeit für die Kinder nehmen, können sie das nicht. Wenn die Kids sich ein teures Modeteil kaufen, das sie glücklich macht, sagen die Eltern: „Das sieht ja aus wie aus der Altkleidersammlung!" Sie trivialisieren die Dinge, die ihren Kindern wichtig sind, statt eine Verbindung herzustellen, indem sie über Geschmäcker und Meinungen sprechen.

Familien und Gemeinden zu spalten bedeutet, die Schutzmauern des Feindes niederzureißen. Damit isolieren wir die Schädlinge voneinander und können so einen nach dem anderen aufpicken. Ziele sorgfältig auf Jillian und die anderen. Und dann zieh ganz langsam den Abzug.

Im Hass vereint,

*Prinz Ishbane*

# Kapitel 14
# 3. März, 9:52 Uhr

„Du warst doch letztes Mal von meinen Büchern so fasziniert“, sagte Ian zu Rob. „Dann guck dir mal die hier an!“

Rob schaute auf den Bücherstapel auf Ians Schreibtisch. „Na, auf jeden Fall bist du nicht der typische Schüler, der nichts außer den Sportseiten in der Zeitung liest!“

„Tja, mir gefällt das wirklich. Zuerst trainiere ich meinen Körper, dann meinen Geist!“

*„Kontakt mit Außerirdischen?“* Rob hielt das oberste Buch hoch.

Ian lachte. „Ich sage ja nicht, dass ich daran glaube. Es interessiert mich einfach und ich bin offen. Wer weiß? Es gibt da eine Menge Unsinn, aber Roswell und ein paar andere Ereignisse sind immer noch nicht richtig geklärt, wie du ja sicher weißt.“

„Also, ehrlich gesagt kenne ich mich da nicht so aus!“

„Schau doch nur mal, wie riesig das Universum ist. Es wäre doch gut möglich, dass da irgendwo noch Leben existiert. Warum sollte sich nur hier auf der Erde Leben entwickelt haben und nirgendwo sonst?“

„Vielleicht weil es von einem intelligenten Gott erschaffen wurde?“, schlug Rob vor.

„Vielleicht. Ich hab auch all das Zeug gelesen, wie unwahrscheinlich die Evolutionstheorie ist und dass sich all die komplexen Lebensformen unmöglich durch Zufall und Mutationen entwickelt haben können. Leuchtet mir auch irgendwie ein. Vielleicht gab es da wirklich einen Designer. Aber vielleicht war der nicht Gott, sondern ein Alien!“

Rob zeigte auf ein zweites Buch. „Harry Potter? Ist das nicht ein Kinderbuch?“

„Ach, das kann man gut lesen. Ein bisschen weichgespült vielleicht, aber spannend.“

*„Handlesen leicht gemacht.“*

„Die Freundin meines Bruders konnte aus der Hand lesen. Total cool! Ich hab echt was von ihr gelernt. Willst du es ausleihen?“

„Nein, danke. Ich lese lieber in der Bibel.“

„Ach ja, ich hatte fast vergessen, dass du der Apostel Paulus bist!“

„Immer noch besser als *Silver Ravenwolf*", lästerte Rob und deutete auf den Namen des Autors vom nächsten Buch.

„Wer weiß, wer du in einem vorigen Leben warst!"

„Laut der Bibel haben wir nur ein Leben hier auf der Erde, und dann ist Schluss. Danach müssen wir vor Gott treten und alles verantworten, was wir hier getan haben."

„Dann sollten wir dieses eine Leben wohl besser gut hinkriegen, was? Aber woher weiß man eigentlich, was wahr ist, Rob? Und was richtig und falsch ist? Ich halte zum Beispiel ganz andere Dinge für gut und richtig als du. Du suchst deine Wahrheit und ich meine."

„Aber es ist ja nicht so, dass wir uns einfach das aussuchen, was für uns gut aussieht. Das Leben ist schließlich kein kaltes Büfett! Gott hat doch ziemlich klar gesagt, was richtig und was falsch ist. Das liest man allerdings nicht in Horoskopen und Handflächen."

„Ich kenne aber Christen, die auch Weiße Magie betreiben und sich für Astrologie interessieren!"

„Das passt aber nicht zusammen."

„Woher weißt du das so genau? Du bist doch nicht Gott, Rob!"

„Nein – das ist ja genau der Punkt! Was ich sage oder was du sagst oder was die Gesellschaft sagt oder welches Buch gerade angesagt ist, das ist total schnuppe. Was zählt, ist Gottes Meinung. Und die steht in der Bibel!"

„Aber die Bibel steckt voller Irrtümer und Widersprüche!"

„Sie steckt voller Dinge, die die Menschen nicht verstehen. Das ist nicht dasselbe. Nenn mir mal ein Beispiel für einen Irrtum."

„Danke, kein Interesse!"

„Aha, du machst also mit deiner Ansicht einfach weiter, weil das irgendwer so gesagt hat. Aber ehrlich überprüfen willst du das nicht."

Ian zuckte die Achseln. „Was soll ich sagen, die Bibel törnt mich nicht gerade an."

„Vielleicht geht es ja im Leben um etwas mehr als um das, was dich antörnt."

„Und um was geht es, Mr. Allwissend?"

„Jedenfalls nicht um dich und mich. Es geht um Gott."

„Okay, aber welcher Gott? Eine hinduistische Gottheit, ein Maya-Gott oder dein Christengott? Wer kann denn sagen, welcher Gott der richtige ist? Alle Religionen haben einen Funken Wahrheit in sich. Du und ich, wir denken einfach unterschiedlich über Gott."

„Dann muss ja mindestens einer von uns schief liegen. Denn wenn wir gegensätzliche Dinge glauben, können wir ja nicht beide Recht haben."

„Ich finde nun mal am Christentum einiges ziemlich strange und schwer zu glauben."

„Moment, Moment!", sagte Rob. „Bist du nicht der Typ, der für alles offen ist – vom Handlesen über Tarot-Karten und Horoskope bis hin zu Begegnungen mit Außerirdischen und Zeitreisen? Und *du* findest meinen guten alten christlichen Glauben *strange?"*

„Du kommst dir wohl sehr toll vor!"

„Jesus kommt mir toll vor. Er hat schließlich mein Leben total umgekrempelt."

„Vielleicht will ich ja gar nicht, dass mein Leben umgekrempelt wird!"

„Doch, das glaube ich schon, denn warum liest du sonst dieses ganze Zeug hier? Ehrlich gesagt finde ich es toll, dass du dich überhaupt so sehr für spirituelle Dinge interessierst, auch wenn du an den falschen Orten schaust. Irgendetwas suchst du doch, oder?"

„Hm, wahrscheinlich schon. Aber ich will eben auf meine Art zu Gott finden."

„Aber dein Weg führt in die entgegengesetzte Richtung!"

„Dann ist das eben so. Oder hast du ein Problem damit, einen Heiden zum Freund zu haben?"

„Ich hab kein Problem damit, so lange du keins damit hast, dass ich dich immer wieder auf diese Sache ansprechen werde. Du erzählst mir von deinen Erkenntnissen und ich dir von meinen. Vielleicht können wir ja was voneinander lernen."

Ian seufzte. „Okay, Prediger. Lieber eine heiße Diskussion mit dir als immer nur Gespräche über Sport, Autos, Bier und Mädchen! Versteh mich nicht falsch, ich mag all diese Dinge sehr, aber es muss doch auch noch mehr im Leben geben."

„Da stimmen wir 100 pro überein", sagte Rob und sie schlugen gegenseitig ein.

*

Brittany umarmte Joey noch einmal schnell, bevor sie sich auf den Heimweg machte.

„Tschüss, Joey. Ja, ich liebe dich auch. Eines Tages werde ich kleine

Schätzchen wie dich am offenen Herzen operieren, was hältst du davon? Wenn du mal eine OP brauchst, geht das aufs Haus. Und jetzt pass gut auf deine Schwester auf, okay?"

Joey grinste Brittany breit an. Als sie ihn an Jillian zurückgab, verzog er sein Gesicht zu einer unglücklichen Grimasse.

„Ich sage dir doch, er steht auf dich", sagte Jillian.

„Wer könnte ihm das verdenken? Das Problem ist nur, Joey, ich kann jetzt nicht noch 18 Jahre auf dich warten. Wobei, Ian braucht auch ungewöhnlich lange, um erwachsen zu werden. Na, vielleicht kannst du ja nachrücken. Bis dann, Jill!"

„Ciao." Jillian schloss die Tür hinter ihr und seufzte. Es war Freitagabend und sie war am letzten Ort, an dem sie sein wollte: zu Hause beim Babysitten.

„Komm schon, Joey", sagte sie und hielt ihm eine volle Milchflasche hin.

Das Telefon hatte den ganzen Abend nicht geklingelt. Nicht, dass das irgendwie interessant gewesen wäre. Sie hing hier fest mit dem Dalmatiner und einem sieben Monate alten Kind, das nichts essen wollte, sowie einem Teenie, der nicht aus seinem Zimmer kam. Was ihr auch ganz recht war.

Joeys Augenlider wurden schwer. Seine sanften Gesichtszüge, typisch für Kinder mit dem Down-Syndrom, ließen ihn wie eine kleine Putte aussehen. Innerhalb weniger Sekunden war er fest eingeschlafen und Jillian hielt ihn fest. Der Kleine kannte nur Wärme und Vertrauen. Er hatte keine Sorgen. Jillian beneidete ihn von ganzem Herzen.

Brittany und Ian gingen heute zusammen aus. Was Rob wohl tat?

Jillian ging nach oben und legte Joey behutsam in sein Bettchen. Sie ließ die Tür einen Spalt offen und ging dann nach unten, um die Küche aufzuräumen.

Eine Stunde später hatte das Telefon immer noch nicht geklingelt. Sie hatte zweimal nachgesehen, ob Daniel vielleicht im Internet war und die Leitung blockierte. Doch er schien irgendetwas anderes in seiner Höhle zu tun. Jillian setzte sich hin und las etwas in der Bibel. Nach einer halben Stunde und einem weiteren Besuch am Kühlschrank blätterte sie in einem christlichen Buch, das Lisa ihr gegeben hatte. Dann hörte sie Mamas Schlüssel in der Tür. Nickerson sprang begeistert zu ihr hin und schleckte ihr die Hände ab.

„Hallo, Mama."

Diane seufzte. „Oh Jillian, das war ein perfekter Abend!" Sie bekam ihr Grinsen gar nicht mehr aus dem Gesicht. „Jodi hat Ryan rausgeschmissen und wir haben uns was vom Chinesen bestellt und alte Filme mit Cary Grant angesehen. Ich weiß gar nicht, wann ich das letzte Mal so viel Spaß hatte! Vielen Dank, dass du auf Joey aufgepasst hast, Liebes. Ich weiß ja, dass du normalerweise freitags ausgehst!"

Jillian zwang sich zu einem Lächeln. „Brittany ist mit Ian unterwegs und da ich ja keine anderen Freunde habe ..."

„Jillian, das ist doch Unsinn! Wenn ich in deinem Alter wäre, wärst du genau die Art Mädchen, mit der ich dauernd rumhängen würde!"

„Oh Mann, das klang jetzt aber echt muttermäßig!", sagte Jillian und sah, wie das Lächeln auf Dianes Gesicht zerfiel. „Tut mir Leid, Mama, ich weiß schon, wie du das gemeint hast. Und ich freu mich, dass zumindest du heute Abend deinen Spaß hattest."

„Du vermisst ihn sehr, nicht wahr?"

„Papa? Natürlich vermisse ich ihn."

„Nein ... du weißt schon, wen ich meine!"

Jillian seufzte. „Ich habe seit zwei Wochen nichts von ihm gehört. Es ist ja nicht so, dass ich erwarte, dass er anruft und mich um Verzeihung bittet ... aber das Ende war so blöd. Ich wünschte ... ach, ich weiß nicht, was ich wünschte!"

„Lass ihm Zeit, Süße."

„Ich habe ihm doch schon jede Menge Zeit gelassen! Und trotzdem springe ich jedes Mal hoch, wenn das Telefon klingelt."

Das Telefon klingelte und Jillian schrak zusammen.

Diane lachte. „Wow! Soll ich drangehen?"

„Warum nicht? Es ist ja eh für dich."

„Hallo?", sagte Diane in den Hörer. „Ah! Hm-hm. Heute Abend?" Sie drehte Jillian den Rücken zu. „Ja, das wäre gut. Okay, danke für den Anruf. Wiedersehen."

„Wer war das?"

„Erzählst du mir von all deinen Anrufern?"

„Bin nur neugierig." Ihre Mutter hatte etwas zu verbergen! „Ich zieh mich jetzt mal um und mach's mir gemütlich. Vielleicht gehe ich auch schon ins Bett", sagte Jillian.

„Was? Es ist erst kurz nach neun! Du kannst jetzt noch nicht ins Bett gehen!"

„Warum nicht? Erwartest du noch jemanden?"

Ihre Mutter antwortete nicht, aber sie hatte so einen verträumten Gesichtsausdruck, als würde sie ... an einen Mann denken! *Mama – verliebt? Auf keinen Fall!*

„Also, Brittany ist mit Ian unterwegs, Lisa ist übers Wochenende verreist, Rob hasst mich. Wenn es dir nichts ausmacht, würde ich mich gern total gehen lassen und auf dem Sofa abhängen."

„Wie du willst", sagte Diane. „Aber man weiß nie, wer noch so vorbeischaut."

*Mama hat einen Verehrer!*, dachte Jillian mit einem Gemisch aus Neugier und Abscheu. Zuerst überlegte sie, sich wirklich nicht umzuziehen. Doch dann beschloss sie, es erst recht zu tun. Sie schminkte sich ab und zog eine ausgebeulte Jogginghose und ein grottenhässliches T-Shirt an. Ihre älteste Brille und Pantoffeln mit Kuhfellmuster rundeten das Bild ab. Das sollte jeden Typen abschrecken, der sich für ihre Mutter zu interessieren drohte.

Sie setzte sich vor den Fernseher und zappte eine Weile ziellos herum, während ihre Mutter oben im Bad war und sich vermutlich gnadenlos aufdonnerte. Schließlich klingelte es an der Tür.

„Ich mach auf!", rief Jillian grinsend.

Sie ging zur Tür und warf schnell noch einen Blick in den Flurspiegel. Uff, sie sah wirklich grauenvoll aus. Das würde eine gute Story werden! Mit einem möglichst dusseligen Gesichtsausdruck öffnete sie die Tür.

„Hi, Jill."

Oh je, das war nicht die gute Story, die sie im Sinn gehabt hatte!

„Hallo", krächzte sie. „Sorry, ich ... ich habe jemand anderen erwartet." Sie versuchte erfolglos, sich hinter der Tür zu verstecken.

„Äh, kann ich vielleicht einen Moment reinkommen?", fragte Rob.

„Oh ja. Ja, klar. Prima. Komm rein", stammelte Jillian und schob sich weiter hinter die Tür.

Er lächelte sie an. „Ich hab dich noch nie mit Brille gesehen."

„Ich trage in der Öffentlichkeit auch keine mehr, seit ich acht Jahre alt war." Wenn sie sich möglichst selbstsicher gab, glaubte sie sich vielleicht selbst. Doch ein weiterer Blick in den Spiegel ließ diese Idee schnell platzen.

Sie setzten sich auf die Couch und Jillian umschlang so viel wie möglich von ihren hässlichen Klamotten mit ihren Armen. Rob starrte völlig fasziniert auf ihre Kuhfellpantoffeln und lachte. *„Estoy pasmado!"*

„Und das heißt?“

„Weißt du, jedes Mal, wenn ich denke, ich kenne dich, überraschst du mich von neuem. Es gibt zum Beispiel nicht viele Mädchen, die so ein Outfit anhaben und trotzdem noch so ...“

„ ... so scheußlich aussehen?“

„Eigentlich wollte ich eher sagen ...“

„Abstoßend?“

„Wunderschön!“

Jillians Mund blieb ihr offen stehen. Noch nie hatte jemand sie „wunderschön“ genannt. Okay, ab und zu fand sie mal jemand „niedlich“ oder „hübsch“. Und ihr Grübchen war häufiger erwähnt worden, als sie zählen konnte. Aber „wunderschön“?

„Um ehrlich zu sein, ich hatte keine Ahnung, was du für eine Wirkung auf mich haben würdest. Ich habe so viel an dich gedacht und ich wollte überprüfen, ob mein Bild von dir auch der Wahrheit entspricht. Denn dieses Bild zeigte jemanden, den ich auf keinen Fall verlieren will!“

„Irgendwie bezweifle ich, dass dieser Jemand in deinem Bild so aussah!“, sagte Jillian und deutete auf die Kuhpantoffeln.

Rob schüttelte den Kopf. „Nein, ehrlich, ich wusste gar nicht, dass du in Grün so zauberhaft aussiehst!“

„Vorsicht!“

Er öffnete den Mund und schloss ihn dann wieder.

„Also, wie war das genau – du möchtest mich nicht verlieren?“, sagte Jillian und biss sich auf die Unterlippe.

„Ich ... du fehlst mir. Es war unheimlich hart für mich, dich loszulassen. Aber ich glaube, dass es trotzdem richtig war, weil wir nie über eine oberflächliche Beziehung hinausgekommen sind. Ich habe dich bedrängt, über geistliche Themen zu reden, aber das konntest du gar nicht, weil du Jesus nicht kanntest. Und ich dachte, du willst nicht darüber reden. Wenn ich mal gefragt und zugehört hätte, wäre mir so einiges klar geworden. Bitte entschuldige, dass ich so wenig auf dich eingegangen bin.“

„Ich dachte, du freust dich total, dass ich Christ geworden bin. Aber du schienst überhaupt nicht damit klarzukommen.“

„Ich weiß, und das tut mir total Leid! Ich brauchte einfach ein bisschen Zeit um zu merken, was für ein Idiot ich gewesen bin. Wir haben jetzt einen gemeinsamen Herrn und ein gemeinsames Ziel! Und je mehr ich wegen dir gebetet habe, desto wichtiger bist du mir geworden.“

„Du hast wegen mir gebetet?"

„Natürlich, jeden Tag! Und weißt du was? Du bedeutest mir unheimlich viel. Auch in Schlabberhosen und Kuhpantoffeln. Bitte verzeih mir. Können wir noch mal von vorne anfangen?"

## Brief 14

Mein verabscheuungswürdiger Faulgrin,

du bist ein Windbeutel. Ich dagegen bin Pragmatiker; mich interessieren nur Ergebnisse. Hör also auf mit deiner verbalen Akrobatik und bring mir endlich Resultate!

Und hör auf, mir so dumme Fragen zu stellen. Natürlich sollst du alles tun, um sie von dem Verbotenen Buch fern zu halten! Gib ihnen Romane und Videos, die ihren Materialismus und ihre Oberflächlichkeit unterstützen. Die Medien sind unsere Haupteinfallstore in ihre dummen Köpfe. Du kannst ihre Gehirne programmieren wie einen Computer. Was du hineinsteckst, kommt auch heraus.

Verstricke Rob vermeintlich untrennbar mit Jillians geistlichem Leben. Sollten sie sich jemals trennen, wird sie vom Glauben abfallen und sich vom Feind enttäuscht und verlassen fühlen. Sorg dafür, dass sie im Partner all das zu finden versuchen, was nur der Zimmermann ihnen geben kann. Lass Jillian denken, dass Rob der Mensch ist, nach dem sie sich immer gesehnt hat. Vielleicht kauft sie dir diesen romantischen Quatsch ab, dass er sie glücklich machen wird. Dann wendet sie sich mit ihren Bedürfnissen nicht an den Feind. Außerdem setzen sie ihre Beziehung unter einen unerträglichen Druck, dem sie nicht lange standhalten wird. Und dann werden sie IHM die Schuld geben ...

Benutze Jillian, um Rob vom Feind wegzuziehen. Er soll noch mal über diesen Missionseinsatz nachdenken, auf den er eigentlich fahren wollte. Wie könnte er die zauberhafte Jillian jetzt nur allein lassen?

Jetzt, wo Jillian auch den Geist hat, werden deine Unterminierungsversuche allerdings viel schwieriger werden. Aber du hast trotzdem gute Chancen, wenn du sie in irgendeine Form von sexueller Unmoral verwickeln kannst. Überzeuge sie davon, dass sie zusammengehören und dass sie dies auch ausleben sollten. Jillian muss sich mit Herz und Seele Rob hingeben, und dann wird ihr Körper auch nicht mehr lange auf sich warten lassen. Ich liebe diesen Ausdruck „Wir sind doch schon so gut wie verheiratet"! Oh ja – bring sie dazu, sich vor der Ehe wie Verheiratete zu verhalten und in der Ehe wie Singles. Der Erfolg ist dir sicher!

Der Feind versucht sie dazu zu erziehen, dass sie auf Belohnungen warten können. Wir wollen das Gegenteil. Sie sind an Instantprodukte gewöhnt und wollen alle Bedürfnisse sofort befriedigt haben – nun denn! Wir lehren sie, ihre Zukunft auf dem Altar der Gegenwart zu opfern!

„Warum bis zur Ehe warten, um Sex zu haben?", ist dasselbe Prinzip wie: „Warum das Geld verdienen, bevor man es ausgibt?" Das Einzige, was sie erst später tun wollen, ist zahlen!

Sie müssen den Eindruck haben, dass die Gebote des Feindes eine Art Strafe sind und keine schützenden Richtlinien, die verhindern, dass sie von der Klippe stürzen. Wenn sie die Sünde in ihrem Herzen lieben, wird der Feind nicht auf ihre Gebete hören. Wenn sie seine Regeln bewusst verletzen, stellt er sich taub. Außer für ihre Reue, die er leider immer annimmt.

Wenn Jillian nachts im Bett liegt, male ihr Rob vor Augen, wie er neben ihr liegt. Es ist ja alles ganz harmlos und unschuldig! Unsere besten Angriffe sind subtil. Du wirst sie vielleicht nicht gleich nächste Woche zum wilden Sex animieren, aber langsam bringst du sie zu Fall. Die Schwerkraft ist auf unserer Seite. Lass sie in dunklen Ecken allein sein, im Auto, auf Sofas, in ihren Zimmern. Mehr braucht es meistens nicht.

Sabotiere diese Beziehung. Lass sie nicht merken, dass die Gefühle, die sie füreinander haben, nur Schatten der Schönheit sind, die der Feind für sie hat. Wenn sie ihn als Ziel ihrer Sehnsucht erkennen, nimmt das all unseren Ansätzen den Wind aus den Segeln.

Alles gegen sie!

Prinz Ishbane

## Kapitel 15
## 13. März, 16:13 Uhr

„Hast du mit dem Immobilienmakler gesprochen, Mama?", fragte Jillian und deutete auf die Visitenkarte an der Pinnwand.

„Wie oft habe ich dir schon gesagt, dass wir uns einen Umzug nicht leisten können?", sagte Diane entnervt. „Was stimmt denn nicht mit diesem Haus?"

Jillian zuckte die Achseln. „Ich glaube eben, dass wir anderswo glücklicher wären."

„Das Problem ist, dass man auch bei einem Umzug sich selbst immer mitnimmt."

„Was soll denn das jetzt heißen?"

„Ach, egal. Du hast doch was, Jillian. Ist etwas mit Rob?"

„Nein", seufzte Jillian. „In Geschichte hat Mr. Weaver von den schrecklichen Dingen gesprochen, die die Kirche so im Laufe der Zeit gemacht hat. Es klang so, als wäre die gesamte Christenheit ein ziemlich übles Pack gewesen und hätte alle unterdrückt, die anders dachten. Ich ... ich habe darüber noch nicht viel nachgedacht, aber jetzt ..."

„Und was hast du gesagt?"

„Nichts. Er ist schließlich der Lehrer."

„Du darfst auch eine andere Meinung haben als er, weißt du?"

„Ich diskutiere nicht mit Lehrern. Niemals!"

„Manchmal ist es ganz gut, wenn man mal den Mund aufmacht."

„Ich dachte wohl einfach, dass es den Aufstand nicht wert ist. Er ist Lehrer; ich bin bloß eine ahnungslose Schülerin. Ich kenne die Bibel nicht besonders gut."

*

„Du hättest da sein sollen, es war wirklich irre", sagte Brittany. „Skyla weiß wirklich, wie man eine tolle Party schmeißt!"

„Ach ja?"

„Nun komm schon! Ihre Tante war da, die schon seit 20 Jahren Wicca ist, und sie hat so ein bisschen astrologisches Zeug mit uns gemacht. Handlesen und so."

„Das war sicher sehr erhellend", schnaubte Jillian.

„Sie meinte, ich hätte eine wunderbare Zukunft vor mir und dass ich all meine Ziele erreichen würde. Bald würde sich mir zwar ein Hindernis in den Weg stellen, aber es gebe eine Lösung. Guck mal!" Sie reichte Jillian ein Buch.

„*Hexerei für Anfänger*? Hat Skyla dir das gegeben?"

„Nein, aber sie hat mir davon erzählt und ich hab's in der Schulbibliothek gefunden. Sie haben ganz viele Bücher über Weiße Magie, Wicca und so. Skyla hat ihnen eine Liste gegeben und sie haben sie alle bestellt."

Jillian blätterte in dem Buch. „Warum schreiben die *Magick* statt *Magie*?"

„Um es von Zaubertricks zu unterscheiden. Durch die echte Magie können wir einen wirklichen Einfluss auf die Dinge in unserem Leben nehmen."

„Sag nicht *wir*, Britt, damit machst du mir echt Angst!"

„Na ja, ich bin ja noch keine Hexe oder so, ich war noch nicht mal auf einem Esbat."

„Einem was?"

„Einem Vollmondtreffen. Mann, Jillian, jetzt sei doch nicht so vernagelt. Das Motto der Wicca lautet: Tu was du willst, so lange du keinem anderen damit schadest. Das ist doch okay. Und vor allem ist es viel attraktiver als dieses krasse Christentum mit seinen ganzen Regeln."

„Aber es geht beim Christsein doch gar nicht um Regeln. Es geht um Jesus Christus!"

„Ja, ja!"

Jillian musste gar nicht hinschauen, um Brittany mit den Augen rollen zu sehen. Sie biss sich auf die Lippe und schwieg.

„Ich habe Ian von den Ritualen erzählt, die man bei den Wicca so abhält. Er war ganz dafür, dass wir eins von denen durchführen, bei denen man Wolkenkleider trägt", schwärmte Brittany weiter.

„Wolkenkleider?"

Brittany beugte sich vor. „Na, man ist splitternackt! Ist das hexenmäßig oder was?"

„Toll, Brittany. Echt super. Wenn es das ist, was du willst ..."

„Ich finde das nicht schlecht. Man lebt schließlich nur einmal."

„Ja, auf der Erde. Und danach kommt die Ewigkeit – im Himmel oder in der Hölle!"

„Du klingst schon wie diese frommen Spinner im Fernsehen! Glaubst du echt an den ganzen Scheiß?“, spottete Brittany.

„Also weißt du, du erzählst mir hier von der Erdmutter und von Kristallen mit Zauberkraft und Tarot-Karten und sonst was für einem Zeug, und dann tust du so, als wäre ich diejenige, die einen Knall hat, nur weil ich an Jesus glaube? Entschuldige mal, aber auf einer Unglaubwürdigkeits-Skala von 1 bis 10 schneidet dieser Wicca-Kram mit einer eindeutigen 11 ab!“

„Hey, ich dachte, Christen sollen immer nett und freundlich sein!“

„Mir passt eben einfach die Vorstellung nicht, dass du und Skyla jetzt die absoluten Busenfreundinnen seid!“

„Ich habe dich zu der Party eingeladen! Wenn du lieber mit Lisa und deinen Freunden aus der Sonntagsschule rumhängst, kann ich ja nichts dafür! Ich habe dir schon öfter gesagt, dass du viel zu nachgiebig bist, Jillian. Du lässt dich zu leicht mitziehen. Lass dir nicht von diesen durchgeknallten Fundamentalisten erzählen, was du zu glauben hast! Zeig mal Rückgrat! So wie ich. Ich gebe meine Freiheit nicht auf, und zwar nicht mal dir zuliebe!“

## Brief 15

Mein großartiger Ishbane,

vor 50 Jahren hätten die meisten von ihnen das Neuheidentum durchschaut. Doch heute, in all ihrer Leere und Beeinflussbarkeit, wird es zu unserer besten Falle! Damit du begreifst, warum ich Ian, Brittany und Daniel hineinlocken will, werde ich jetzt einmal etwas ausführlicher werden. Und denk dran, die Zeit, die ich in diese drei investiere, wird sich auch für Jillian auszahlen!

Das alte Heidentum hatte schon seine Vorteile, aber das Neuheidentum ist perfekt für unsere post-naturalistische Kultur. Die Kindesopferungen und Sexorgien der alten heidnischen Kulte waren nichts gegen die Formen, die Moloch und Eros in der westlichen Welt heute annehmen!

Wenn sie einmal aufhören, an den Feind zu glauben, glauben die Schädlinge bald an gar nichts mehr – und dann an alles! Darum dient uns der Atheismus nicht so gut wie konkurrierende Religionen. Während sie in der New-Age-Ecke einen Ersatz für den Glauben an den

Feind suchen, haben sie den Eindruck, spirituelle Erleuchtungen zu erleben, ohne sich festlegen zu müssen.

Diese Ausrichtung auf falsche Objekte verführt sie nicht nur, sondern sie hält sie auch davon ab, weiter nach dem wahren Gott zu suchen. Daher lauten Foulgrins drei Schritte zum Höllenfeuer auch: Ablenkung, Ablenkung, Ablenkung (ist das für dich simpel genug gehalten?).

Sie sterben, Ishbane! Das bedeutet, dass die Zeit immer auf unserer Seite ist. Wir müssen sie nicht jahrhundertelang an Agnostizismus, falsche Religionen, Materialismus oder sexuelle Obsessionen binden. Gib ihnen einfach ein paar Jahre hiervon und ein paar davon, und bald ist ihre Zeit abgelaufen!

Ich liebe den Pantheismus der Wicca, den Polytheismus und den Schamanismus! Ich liebe die Anbetung der Göttin Diana, die niemand anderer ist als unser Prinz Artemis in Frauenkleidern! Ich genieße alles, was sie von den Lehren des Feindes fern hält: dass es nämlich nur ein irdisches Leben gibt und dass danach das Gericht kommt. Diese wunderbare Lüge der Reinkarnation besagt ja, dass es immer noch eine weitere Chance gibt und daher keine Eile vonnöten ist!

Auch ihre Anrufung der Natur oder einer anonymen höheren Macht gefällt mir, denn dann wenden sie sich nicht an den Schöpfer, der die unangenehme Eigenschaft hat, unbequeme Forderungen zu stellen. Möge die Macht mit dir sein, Ishbane!

Die feministische Abgrenzung der Wicca gegen die vermeintlich männliche Ausrichtung des Christentums passt mir gut ins Konzept. Dabei haben schon immer mehr Frauen als Männer zum feindlichen Lager gehört und der Zimmermann hat Frauen stets voller Respekt behandelt. Das Christentum hat sogar den Status der Frau insgesamt stark verbessert. Aber wen interessiert schon, wie es wirklich war? Heutzutage schreiben wir die Geschichtsbücher!

Wir haben den militanten Feminismus durch die sanfte Anbetung der Göttin und der Natur ersetzt. Wobei es uns natürlich ebenso viel Vergnügen macht, wenn die Schöpfung des Feindes zerstört und eine andere Art von Grün angebetet wird: das auf den Geldscheinen! Jede Art von Götzendienst ist uns recht!

Ach ja, die keltischen, nordischen, ägyptischen und griechischen Religionen! Das waren noch Zeiten! Und heute werden diese primitiven Kulte als der bessere Weg glorifiziert! Astarte, Diana, Osiris und

Pan werden reaktiviert! Hexen haben eine Lobby wie andere Interessengemeinschaften. Wunderbar!

Siehst du, was wir bereits erreicht haben, Ishbane? Heb deine Nase von deiner To-do-Liste, die sowieso nach Schwefel stinkt! Die Marketing-Abteilung der Hölle hat das Heidentum neu erfunden. Die Hexerei hat ein erfolgreiches Face-Lifting hinter sich. Nichts mehr mit Warze auf der Nase, spitzem Hut und Besenreiten – wir haben Wicca zur Normalität erklärt und die Medien, Schulen und Musik damit infiltriert!

Wicca ist unsere kleine Lüge, die Millionen von fehlgeleiteten jungen Schädlingen zu uns zieht. Und der Sog wird immer stärker. Zehntausende wie Skyla und Brittany werden zu Leitern herangezogen, intelligente, begabte junge Leute. Viel zu lange hat der Feind auf diese Strategie das Monopol gehabt – gewinne sie, so lange sie jung sind, dann sind sie über Jahre deine besten Botschafter. Daher lege ich meine Fallen für die Jungen aus. Fang sie heute, brate sie später!

Auf die gestohlene Spiritualität!

*Foulgrin*

## Kapitel 16
## 15. März, 16:51 Uhr

„Super, dass du da warst, Ian“, sagte Rob.

„Ja, danke, dass du mir alles gezeigt hast, Mann! Der Campus der PSU ist ganz schön riesig!“

„Es wird dir total gefallen. Besonders die Leute von der Studentengruppe sind super. Man muss kein Christ sein, um hinzugehen, weißt du? Es gibt die tiefsinnigsten Diskussionen zu allen möglichen geistlichen Themen.“ Rob hielt an einem Stoppschild und setzte den Blinker.

„Könntest du mich bei Brittany absetzen?“, fragte Ian.

„Ah, ich hab mich schon gefragt, warum du die Tasche dabei hast.“

„Ja, ihre Mutter ist verreist und ich übernachte bei ihr“, sagte Ian leichthin.

Rob fühlte, wie seine Schultern sich verkrampften. Klar, das hätte er sich ja denken können ... ob er etwas sagen sollte?

„Ian ... ich glaube nicht, dass das so eine gute Idee ist. Du und Brittany, ihr ... na ja, ihr habt doch nicht vor zu heiraten oder so was? Weißt du, Gott hat sich das mit dem Sex eigentlich so gedacht, dass er im Schutzraum der Ehe stattfinden soll, und ...“

„Also, jetzt halt mal die Luft an, Prediger!“, fiel Ian ihm ins Wort. „Das geht dich ja wohl überhaupt nichts an!“

„Hey, ich bin dein Freund, oder? Ehrlich, Ian. Gott will uns ja damit nicht den Spaß verderben. Tatsächlich redet die Bibel ganz schön offen und positiv über Sex und sagt, dass er ein Geschenk Gottes für die Menschen ist. Das Hohelied Salomos zum Beispiel ist das sinnlichste Liebesgedicht, das ich je gelesen habe.“

„Echt? Vielleicht sollte ich doch mal in der Bibel lesen!“

„Aber die absolute Vereinigung von zwei Menschen gehört eben in die Ehe.“

„Ach so, es ist ein Geschenk, aber man darf es nicht auspacken!“, ätzte Ian.

„Unser Leiter von der Campusgruppe hat mal ein gutes Bild gebracht. Wasser ist auch ein Geschenk von Gott. Ohne Wasser könnten wir nicht leben. Aber Sturmfluten und Überschwemmungen sind Wasser außer Kontrolle. Und der Effekt ist total zerstörerisch. Auch Feuer ist ein Geschenk Gottes, das uns Wärme und Licht schenkt. Ein Waldbrand ist aber vernichtend. Mit dem Sex ist es ähnlich. Wenn man ihn innerhalb der Grenzen einer Ehe genießt, ist er wunderschön und konstruktiv. Aber außer Kontrolle wird er unschön und zerstörerisch. Und wie Wasser oder Feuer hat Sex ein unheimliches Potenzial sowohl zum Guten als auch zum Schlechten."

„Aber du bist ein Mann, Rob! Zumindest dachte ich das immer ... oder gibt es da etwas, das du mir verschwiegen hast ... ?"

„Ja, Ian, ich bin ein Mann."

„Da bin ich aber erleichtert. Also, dann kannst du mir doch nicht erzählen, dass du das mit dem ‚kein Sex vor der Ehe' echt gut findest! Warst du denn noch nie mit einem Mädchen im Bett?"

„Doch, und ich weiß auch noch genau, was mir das für Probleme bereitet hat. Es ist das Risiko einfach nicht wert. Ein paar Minuten Spaß und eine ganze Menge Schwierigkeiten."

Ian rieb sich übers Gesicht. „Ja, ja, ich hatte ja auch Sexualkunde in der Schule. Ich habe all das Zeug über ungewollte Schwangerschaften und sexuell übertragbare Krankheiten gehört. Aber wir verhalten uns verantwortungsbewusst und außerdem ist es ja nicht so, dass ich rumrenne und mit allen möglichen Mädels ins Bett steige. Brittany bedeutet mir wirklich sehr viel!"

Rob hielt vor Brittanys Haus. „Aber wenn dir wirklich so viel an ihr liegen würde, müsstest du sie dann nicht vor den Folgen bewahren wollen? Ich rede nicht nur von einer ungewollten Schwangerschaft. Es gibt ja auch emotionale Verwicklungen. Wenn sich zwei Menschen so nahe gekommen sind, können sie das doch nie mehr vergessen oder rückgängig machen."

„Hey, ich sagte doch, wir passen auf. Ich wette, du und Jillian landet über kurz oder lang auch in der Kiste!"

„Auf keinen Fall! Ich kenne diese Straße; es ist eine Sackgasse. Da will ich nicht mehr hin. Wach lieber auf, Ian, bevor es zu spät ist!"

„Mann, wenn du eine Frau liebst, willst du es ihr auch zeigen. Daran ist nichts Schlechtes, Rob. Es ist nur natürlich!"

Ian warf die Autotür hinter sich zu und ging zum Haus.

*

Die vier saßen im Flur vor Jillians Zimmer, als Daniels Tür aufging. Er blieb stehen und wurde rot, während hämmernde Musik aus seinem Zimmer quoll.

„Hey, Daniel“, sagte Rob.

Daniel murmelte etwas und wollte sich wieder in sein Zimmer verkrümeln.

„Hi Danny“, sagte Brittany. „Kennst du Ian schon?“

Jillian wusste, dass er Ian kannte. Die ganze Schule kannte Ian Stewart.

„Ian, das ist Jillians kleiner Bruder Daniel“, stellte Brittany ihn vor.

„Hallo“, sagte Ian und streckte Daniel die Hand hin. Daniel ergriff sie vorsichtig, als ob er Angst hätte, es sei ein Trick. Jillian sagte: „Mach diese unsägliche Musik leiser, sonst weckst du mir noch Joey auf.“

„Warte! Die CD finde ich total stark“, sagte Ian und ging in Daniels Zimmer. „Die ist ein echter Klassiker. Wo hast du sie bekommen?“

„Im Musikdepot.“

„Ach, der neue Laden? Da war ich noch gar nicht. Ist der gut?“

„Hm-hm“, nickte Daniel. „Echt cool. Man kann seine alten CDs in Zahlung geben. Und sie haben klasse Sachen!“

„Auch Sachen von Marylin Manson?“

Daniel nickte. „Und Nine Inch Nails und Metallica.“

„Venom? Slayer? Megadeth?“

„Ja. Auch Helloween und Rob Zombie.“

„Wow, echt stark. Hast du schon mal D & D gespielt?“

„Klar!“

„Und was noch?“

„Magic: The Gathering, Vampir, Masquerade, Werwolf. Auch die Apokalypse.“

„Cool. Ich bin bisher nur zu Magic und Vampir gekommen. Werwolf musst du mir unbedingt mal zeigen.“

Jillian sah, wie sich Daniel entspannte. So viel am Stück hatte sie ihn schon seit Monaten nicht mehr reden hören. Nachdem sich Daniel und Ian noch eine Weile unterhalten hatten, wandte sich Daniel an Jillian.

„Kannst du mich zu den Stankys fahren?“

„Ich muss auf Joey aufpassen und er schläft gerade. Kann dich Daniels Mutter nicht abholen?“

„Die ist nicht da. Es sind fünf Kilometer und draußen gießt es. Deine Freunde können doch kurz auf Joey aufpassen. Das dauert keine zwei Minuten!"

Jillian öffnete den Mund, um etwas zu entgegnen, doch da sagte Ian: „Ich kann dich gerne hinfahren. Aber nur, wenn du mir diese coole CD ausleihst!"

„Ja, okay." Daniel klang wieder vorsichtig. „Ich hol nur schnell meine Sachen."

Er tat ganz cool, aber Jillian wusste genau, dass er völlig platt war, weil ein so beliebter Typ wie Ian seine Interessen teilte und ihn im Auto mitnahm.

Jillian sah Brittany an. „Erzähl mir bloß nicht, dass du jetzt auch auf diese Art von Musik stehst!"

„Niemals. Eigentlich ist so ziemlich jede Verbindung zwischen meiner und Ians Realität purer Zufall!"

„Hey", protestierte Ian, „immerhin interessieren wir uns beide für das Metaphysische. Und wir sind beide Sportler. Ist das etwa nichts?"

Sie frotzelten eine Weile hin und her, bis Daniel mit Rucksack und Skateboard aus seinem Zimmer kam. Ian legte ihm einen Arm um die Schultern. „Lass uns dieses Weibervolk verlassen ... soll sich Pastor Gonzales mit ihnen rumärgern!"

Daniel grinste und Ian zwinkerte Brittany zu. „Bis bald, Baby!"

Brittany seufzte zu Jillian: „Ist er nicht eine Zumutung?"

Jillian lachte, und Rob sah zur Seite und sagte nichts.

## Brief 16

Mein überdrehter Faulgrin,

du bist arrogant, voreingenommen und anmaßend. In Kürze bist du wohl ganz du selbst. Darf ich einen Vorschlag machen? Versuch, jemand anderer zu werden! Mit widerlichem Verhalten kann ich mich nur abfinden, wenn die Resultate stimmen. Also bring welche an!

Wenn es um das Thema geht: „Wie urteile ich über meine Freunde?", dann sorg dafür, dass sie beiderseits vom Pferd fallen. Einige der christlichen Schädlinge schauen einfach weg, wenn ihre nicht-gläubigen Freunde Fehlentscheidungen treffen. Sie warnen sie nicht und sprechen nicht über Sünde. Dein Job ist es, sie davon zu überzeugen, dass sie mit so etwas unguten „Druck" ausüben würden. Sie dürfen niemals erkennen, dass sie damit in Wirklichkeit einem Ertrinkenden einen Rettungsring zuwerfen würden!

Andere wie Rob erwarten, dass ihre nicht-christlichen Freunde nach ihren Standards leben. Er möchte, dass Ian seinen moralischen Anspruch verändert, ohne dass der Geist ihm dabei zur Seite steht. Am besten lässt du nicht zu, dass Rob sich noch an seinen eigenen Standpunkt von vor nur wenigen Jahren erinnert. Er soll Ians Richter sein, nicht sein Freund. Er soll auf Ian herabsehen und ihn irgendwann aufgeben.

Mir ist es übrigens egal, ob Ian tatsächlich einige äußerlich moralische Reformen vornimmt. Auch ein „guter Mensch", der den Zimmermann nicht kennt, ist ganz in unserer Hand. Die Hölle ist voller Kirchgänger, die sich moralisch einwandfrei verhielten und stolz auf sich selbst starben.

Robs Warnungen sind allerdings gefährlich, wenn sie ernst genommen werden. Die Wahrheit ist immer gefährlich, selbst wenn sie schlecht vermittelt wird. Der Feind kann seine Botschaft auch durch den stinkenden Wortnebel einer dummen Person transportieren.

Und nun zum Thema Sex. Sex ist nicht etwas, was das Ungeziefer tut, sondern er ist untrennbar mit ihrer Persönlichkeit verbunden! Darum hat Sex so viel Zerstörungspotenzial. Der Feind hat ihn in der lebenslangen Bindung der Ehe als Ausdruck der Liebe gedacht. Doch ohne die Sicherheit der Ehe wird Sex zur Lüge. Und jede Lüge dient unserem Zweck. Sex außerhalb der Ehe verhöhnt und pervertiert die Idee des Schöpfers von Sex und Ehe. Genau das, was wir wollen!

Der Feind will, dass Sex ein Geschenk ist, das ein Schädling dem anderen macht, wenn er legal und dauerhaft an ihn gebunden ist. Wir wollen, dass sie sich Sex von jedem nehmen, an den sie nicht gebunden sind.

Überzeuge sie davon, dass sie „sich wirklich lieben" und dass dies das richtige Kriterium ist, um miteinander ins Bett zu gehen. Denk daran, dass sexuelle Verfehlungen unter Christen den größten strategischen Wert haben. Der Wille des Feindes konzentriert sich auf ihren Charakter und ihr Herz. Nicht, wie sie meinen, auf ihre Umstände (Beruf, Wohnung, Schule und so weiter). Sie fragen oft nach seinem Willen in zweitrangigen Fragen, während sie ihn in den wichtigen Dingen verletzen. Das Verbotene Buch sagt, dass sie nach Gottes Willen heilig und rein sein sollen. Bring Jillian und Rob dazu, seinen

Willen in diesem wichtigen Bereich zu vernachlässigen, während sie sich selbst damit betrügen, dass sie in unwichtigeren Bereichen furchtbar fromm tun.

Meine Gratulation dazu, dass du Daniel und Ian zusammengebracht hast. Es freut mich, dass sie ihr gemeinsames Interesse an der Dunklen Musik „cool" finden. Wenn sie allerdings auf der anderen Seite ankommen, wird „cool" ganz sicher nicht das erste Wort sein, das ihnen einfällt. Die Hölle ist alles andere als „cool."

Der Feind möchte, dass die Älteren die Jüngeren positiv beeinflussen. Wir benutzen dasselbe Modell, nur mit dem gegenteiligen Ziel. Ich sehe enormes Potenzial in einer Mentorenbeziehung zwischen Ian und Daniel.

Wenn unser Plan aufgeht, werde ich Ian, Daniel und/oder Brittany höchstpersönlich an der Pforte begrüßen. „Raucher oder Nichtraucher?", werde ich fragen. „Ach nein, ich vergaß, dass es bei uns nur eine Raucherabteilung gibt!"

Lass Jillian und Rob ruhig wegen Daniel besorgt sein. Lass sie sogar für ihn beten, wenn sie müssen. Aber während Ian sich mit Daniel befasst, darf Jillian nicht merken, wie sehr sie ihren Bruder vernachlässigt hat. Rob sollte nicht dämmern, dass er mehrmals in der Woche bei den Fletchers ist und sich währenddessen nie für Daniel interessiert hat.

Perfekt! Alle Christen sollten sich auf Armeslänge von Daniel fern halten. Sie sollen auf ihn herabsehen und ihn seltsam finden.

Ich liebe es, wenn die Soldaten des Feindes in ihrem Wohlfühlbereich bleiben, während unsere „Missionare" hochaktiv sind!

Ich liebe die Rekrutierung neuer Sklaven!

*Prinz Ishbane*

## Kapitel 17
## 19. März, 12:49 Uhr

Jillian saß inmitten von Katalogen und Hochglanzbroschüren am Küchentisch und betrachtete die lächelnden Studenten auf den Bildern. Alle schienen ihr zuzurufen: „Komm auf dieses College – hier wirst du so glücklich sein wie wir!"

Sie blätterte sich durch den Stapel, der seit Monaten anwuchs. Längst hätte sie ihre Bewerbungen abschicken müssen, aber ...

„Was ist denn das für ein Müll?", fragte Daniel, bevor er sich dem Kühlschrank zuwandte.

„College-Unterlagen", sagte Jillian knapp.

„Aha", murmelte er und verschwand mit einer Dose Cola und einer Tüte Chips in sein Zimmer.

„Wow, was ist denn das alles?", wollte auch Diane wissen und nahm eine der Broschüren in die Hand.

„Rob kommt gleich und hilft mir, ein bisschen Durchblick zu bekommen."

„Ich dachte, du hättest dich bereits für das Gresham Bible College entschieden?"

„Ich bin mir nicht mehr sicher."

Es klopfte an der Tür. Daniel kam aus seinem Zimmer und Jillian wühlte weiter in ihren Papieren. Sie hörte, wie Rob und Daniel im Flur miteinander sprachen.

„Lass uns doch nachher hingehen", sagte Rob gerade.

„Echt?", fragte Daniel. „Ich meine, ja, das wäre cool. Wenn du Zeit hast ..."

„So, so, du willst also statt mit mir mit meinem Bruder ausgehen", grinste Jillian, als er in die Küche kam.

„Er will mir diesen neuen Plattenladen zeigen."

„Klingt doch gut."

„Ja, vielleicht nehmen wir dich nächstes Mal sogar mit!"

Sie deutete hilflos auf den Papierstapel vor sich und sah Rob an. „Ich weiß nicht, wo ich anfangen soll! Von den meisten Colleges habe ich noch nie gehört. Woher habe ich das Zeug bloß alles?"

„Also, ich habe letztes Jahr drei Schulen in die nähere Wahl genommen. Ein staatliches College, eine freie christliche Schule und eine Bibelschule. Also, erste Frage: Möchtest du auf ein christliches College oder ein säkulares?“

„Ein christliches, glaube ich. Komischerweise habe ich das schon gewollt, bevor ich Gott kennen gelernt habe. Mein Vater hat sich das gewünscht.“

„Ich habe vom Gresham-College bisher nur Gutes gehört. Aber so christlich geht es auch in den meisten christlichen Colleges nicht mehr zu.“

„Und woher weiß ich nun, welches gut ist?“

„Na ja, du könntest ja mal mit ihren Selbstdarstellungen anfangen. Wobei das auch nicht immer das ist, was sie dann wirklich lehren. Am besten sprichst du mit Leuten, die auf diesem College sind oder waren. Dann suchst du dir einige wenige aus und fährst hin, um sie näher anzusehen.“

„Das klingt aber wirklich anstrengend. So ein Aufwand ...“

„Ehrlich, Jillian, das College kostet eine Menge Zeit und Geld. Da ist es doch wichtig, dass man eine gute Wahl trifft. Auf dem Portland State College ist es zum Beispiel so, dass es eine super Studentengemeinde gibt. Das ist ja auch unheimlich wichtig, damit man sich zu Hause fühlt.“

„Ist das jetzt eine Einladung?“

„Es wäre toll, wenn du auf dasselbe College gehen würdest wie ich, aber das ist deine Entscheidung.“

„Auf dem Gresham-College soll es unheimlich viele strenge Regeln geben.“

„Na, das muss ja nicht schlecht sein. Ich finde es zum Beispiel ganz gut, wenn Alkoholkonsum auf dem Campus verboten ist. Letztes Jahr stank es in unserem Waschraum und auf dem Gang ständig nach Bier, Joints und Kotze. Darauf kann ich gern verzichten. Die Jungs haben Tag und Nacht Pornovideos geguckt und ehrlich gesagt fand ich es nicht so prickelnd, wenn ich ins Zimmer kam und meinen Mitbewohner mit seiner Freundin ... na ja ... du weißt schon, überrascht habe.“

„Aber wenn ich aufs Gresham gehen würde, würde ich zu Hause wohnen bleiben.“

„Aber du willst lieber weg?“

„Nicht wirklich.“

„Du bleibst doch aber nicht wegen mir hier, oder?“

„Nein, keine Sorge. Es ist nur so, dass Brittany nach Kalifornien geht und wenn ich weggehen wollte, wäre jetzt wohl die ideale Zeit. Andererseits braucht Mama mich und ... und du würdest mir auch sehr fehlen.“

„Du mir auch, aber ich versuche objektiv zu sein. Vielleicht wäre ein bisschen Abstand auch ganz gut für unsere Beziehung. Ich möchte nicht zwischen dir und Gottes Willen für dein Leben stehen.“

„Also, soooo objektiv musst du ja nun auch nicht sein!“

„Am besten beten wir beide ganz kräftig wegen dieser Sache und Gott kümmert sich dann schon um die Details.“

Jillian nickte und sah aus dem Augenwinkel Daniel im Flur herumlungern.

„Du kannst ihn haben, Danny“, rief sie. „Viel Spaß!“

Sie begleitete die beiden noch zur Tür und fühlte sich innerlich komischerweise ganz gut. Irgendwie war das alles schon richtig so, wie es war.

*

„Ehrlich, ich hasse diese blöden Cheerleader-Vorführungen!“, stöhnte Brittany und knallte ihr Schließfach zu. „Nichts gegen dich, Jillian!“

„Aber ich mache einen Sprung, an dem wir jetzt ein ganzes Jahr gefeilt haben! Entweder wird es super oder ich stürze mich zu Tode. So oder so bekommst du was geboten!“

„Na gut, Colt Seavers!“, sagte Brittany. „Aber das tue ich nur für dich!“

Jillian ging zu den anderen aus dem Team, während sich die Sporthalle mit Schülern füllte. Sie ließ den Blick über die Menge schweifen und entdeckte Brittany gleich neben der Tür. Sie winkte, und Brittany verdrehte die Augen.

„Hey, Jillian!“ Jemand tippte ihr auf die Schulter. „Bist du bereit?“

Jillian drehte sich um und sah Kelly, die sie in die Wange kniff. „Na, was ist? Bist du nervös?“

„Das Einzige, was mich nervös macht, ist die Aussicht, dass mich jemand nicht auffängt“, sagte Jillian.

Kelly grinste. „Tja, mit den zusätzlichen Pfunden, die du seit neuestem auf den Rippen hast, kann man natürlich nie wissen. Das wäre aber peinlich, vor der halben Schule hinzuknallen, was?“

„Mich beim Üben abstürzen zu lassen ist schon schlimm genug. Aber wenn du vorhast, das zu ruinieren, wofür wir jetzt so lange gearbeitet haben ...“ Jillian ging kopfschüttelnd weg und nahm ihren Platz ein.

Fünf Minuten später ging die Musik los und Jillian konzentrierte sich ganz auf ihre Bewegungen. Sie fühlte Heathers Schulter rechts und Kellys links von ihr, als sie ihre Füße in ihre zusammengefalteten Hände stellte. Amber hielt sie an der Taille, während Jillian sich auf den Sprung vorbereitete. Sie erhielt den nötigen Schubs von Heather, doch Kellys Schwung kam einen Sekundenbruchteil zu spät. Jillian geriet aus dem Gleichgewicht und knallte mit dem Kopf zuerst auf den Boden.

Einen Moment lang wurde es dunkel um sie. Die Musik brach ab.

„Oh Jill, bist du okay?!“

„Was ist denn passiert?“, fragte Kelly.

Jillian setzte sich ganz langsam auf und sah Brittany, die sich über sie beugte. Ein komisches Geräusch zwischen Lachen und Schluchzen kam aus Jillians Kehle.

„Alles klar?“, flüsterte Brittany. Jillian nickte. „Komm, lass uns hier verschwinden!“

Sie half Jillian auf und geleitete sie hinaus. Jillian hörte ein paar hämische Kommentare, dann gab es Applaus und die Band begann wieder zu spielen.

Jillian lehnte sich gegen die Wand und fragte sich, wer wohl ihren Platz eingenommen hatte. Kelly vermutlich. Die Assistentin ihrer Trainerin kam hinter ihnen her und bestand darauf, dass Jillian zur Schulkrankenschwester ging.

„Es geht ihr gut“, sagte Brittany. „Ich bringe sie jetzt nach Hause und falls noch irgendwas ist, kann ihre Mutter ja mit ihr zum Arzt gehen.“

Sie gingen zu den Schließfächern und langsam tat Jillians Kopf nicht mehr so weh. „Ich bringe sie um! Das war ganz allein Kellys Werk, und niemand wird es je erfahren – außer mir!“

Brittany sah sie an. „Ich habe da eine Idee.“ Sie holte ihre beiden Rucksäcke aus den Fächern und legte sie auf den Boden. „Hier, leg deinen Kopf darauf. Wenn ich zurückkomme, stöhnst du ganz fürchterlich und tust so, als hättest du einen Hirnschaden. Das sollte dir ja leicht fallen“, grinste sie frech. „Du musst den Eindruck erwecken, als wärst du halb tot. Es sollte sehr dramatisch aussehen." Sie zwinkerte Jillian zu und machte sich auf den Weg zurück zur Sporthalle.

*Brittany und ihre verrückten Ideen! Das wird bestimmt megapeinlich! Ich sollte am besten einfach aufstehen und verschwinden!*

„Hilfe! Bitte!", hörte Jillian Brittany schreien. „Jillian! Sie ist bei den Schließfächern zusammengebrochen!"

Noch mehr aufgeregte Rufe, dann kam Brittany mit einem ganzen Pulk Leute um die Ecke. Es klang wie eine Elefantenherde. *Oh je, in was bin ich da wieder hineingeraten?*

Jillian stöhnte programmgemäß und schloss die Augen.

„Sie atmet noch!", keuchte ihre Teamkollegin Amber mit zittriger Stimme und beugte sich über Jillian.

„Jillian? Kannst du mich hören?", rief Heather.

„Oh nein!", hörte Jillian eine vertraute Stimme. „Das wollte ich doch nicht!"

Jillians Augen sprangen auf und sie sagte ganz ruhig: „Ach ja? Und was wolltest du *dann*, Kelly?"

Alle verstummten und Kelly trat überrascht einen Schritt zurück. „Was, ich?"

„Ja, du." Jillian stand etwas wackelig auf. „Du hast mich absichtlich fallen gelassen, und gerade hast du es zugegeben!"

Kellys Gesicht wurde dunkelrot. „Ich bin nicht der Tollpatsch, der gestürzt ist, sondern du! Gib mir nicht die Schuld an deiner Unfähigkeit!"

Jillian machte einen Schritt auf sie zu. „Es geht um die Cheerleader-Meisterschaften, nicht wahr? Ich sollte mir lieber den Hals brechen, als dabei zu sein, stimmt's?"

„Du verdienst deine Position einfach nicht!", schrie Kelly. „Cheerleader sollten nicht nur gut sein, sondern auch gut aussehen! Guck dich doch mal an, du hast einen Hintern wie ein Pferd!"

Jillian schlug Kelly hart ins Gesicht. Überrascht taumelte Kelly zurück. Auf ihrer Wange zeichnete sich ein roter Handabdruck ab. Jillian ergriff Brittanys Arm und zog sie hinaus auf den Parkplatz. Jeden Moment würde sie in Tränen ausbrechen.

*Brief 17*
*Prinz Ishbane,*

Ich muss sagen, dass ich mit Jillian bewundernswert vorankomme! Der Verlust ihres guten Rufs ist besonders schön, weil die Leute jetzt wissen, dass sie zu den Anhängern des Feindes gehört. Ich arbeite an ihren Schuldgefühlen. Obwohl sie ihren Fehler vor dem Feind bereut hat und er ihr vergeben hat, lasse ich sie das nicht annehmen. Ich überzeuge sie davon, dass sie so etwas immer wieder tun wird und daher keine Vergebung verdient.

Das Schöne an Schuldgefühlen ist ja, dass wir diejenigen sind, die sie überhaupt erst zum Sündigen verleiten. Und dann verurteilen wir sie dafür, dass sie unserer Führung gefolgt sind. Genial! Man sollte meinen, dass sie diese Scharade irgendwann durchschauen. Doch sie sind einfach unvorstellbar dumm!

Wenn ich Jillian davon überzeuge, dass sie jedes Recht verwirkt hat, als Zeuge des Feindes aufzutreten, wird sie es aufgeben. Sie darf nur nicht begreifen, dass die wirksamsten Zeugnisse von Christen kommen, die Fehler eingestehen und um Vergebung bitten können. Darum lege ich auch so viel Wert darauf, dass sie Kelly nicht als Person, sondern als Gegnerin betrachtet. Auch sehr effektiv ist die Ansicht, dass man, wenn man Gott um Vergebung bittet, die Vergebung von Menschen nicht braucht.

Ich habe außerdem Brittanys Einfluss auf Jillian weiter verstärkt. Dieses Mädchen hat einfach kein Rückgrat, und das zahlt sich hundertfach aus! Für einen Veteranen wie mich ist Jillian wirklich ein leichtes Opfer. Eigentlich muss ich nur Brittany verführen. Denn Jillian kann sich gegen Brittanys Einfluss nicht zur Wehr setzen und geht dadurch automatisch mit unter!

Vor einigen Jahren habe ich eine Regionalkonferenz zum Thema „Teenager-Schädlinge ruinieren“ besucht. Einen Workshop habe ich selbst geleitet; er hieß: „Schiffbruch und Untergang von Studenten“. Da Jillian ja nun zur Uni gehen wird, möchte ich meine Erkenntnisse mit dir teilen. Du darfst sie gern verwenden.

Zuerst einmal kann man die Wichtigkeit des ersten Jahres auf der Uni gar nicht überbewerten. Die jungen, formbaren Schädlinge verlassen zum ersten Mal die Familienstruktur und kommen in eine völlig andere Lebenssituation. Hier eine mathematische Formel für dich: uneingeschränkte Freiheiten plus geringe moralische Standards plus fehlende Weisheit plus extreme Anfälligkeit gegenüber dem Gruppendruck ergibt was? Unvergleichliche Gelegenheiten für uns!

Aufs College zu gehen ist wie eine Reise auf den Mars. Kein Wunder, dass unser Meister in die Unis so starke Truppen entsendet! Dummerweise hat aber auch der Feind dort viele seiner Soldaten stationiert.

Mein Plan ist es, Jillian für die Wahrheit zu desensibilisieren, indem ich sie auf ein College schicke, das eine gesellschaftlich angepasste Form des Christseins vorlebt. Wenn ich sie auf die richtige Uni bekomme, wird sie ihr Ziel aus den Augen verlieren. Die dummen kleinen Dinger schauen ja glücklicherweise meist nicht im Verbotenen Buch nach, was der Feind wirklich sagt, sondern nehmen die Worte ihrer Lehrer für bare Münze.

Es ist gar nicht so gut, wenn sich die Schädlinge innerlich so weit vom christlichen Glauben entfernen, dass er irgendwann wieder in die richtige Perspektive rückt und sie am Ende doch zurückkehren. Besser ist es, sie in einer ungefährlichen Nähe zu halten, einer Art Scheinchristentum, das keine Auswirkungen auf ihr Leben hat. Es ist ein und dasselbe Prinzip wie bei einer Impfung: Infiziere sie mit einer ungefährlichen Menge des Virus, und sie werden sich nicht mehr mit der wirklichen Krankheit anstecken!

Dummerweise ist das Gresham Bible College eine für unsere Zwecke völlig ungeeignete Schule. Ich verfolge zwar dort die Strategie, die Schädlinge in selbstgerechte Pharisäer zu verwandeln, die ihre Regeln mehr lieben als den Zimmermann. Teilweise gelingt mir das auch, aber ich werde Jillian von dort fern halten. Sicher ist sicher.

Du kannst davon ausgehen, dass ich die Situation voll und ganz im Griff habe. Es geht darum, ihre Birnen aufzuweichen, und das ist mein Spezialgebiet!

Nieder mit der höheren Schulbildung!

*Lord Foulgrin*

## Kapitel 18
## 24. März, 12:09 Uhr

„Jillian macht mal wieder einen Salattag", sagte Brittany und blinzelte Ian viel sagend zu, der eine von ihren Pommes klaute.

Jillian rollte genervt mit dem Augen. „Ich versuche halt, mich gesund zu ernähren!"

„Ich auch! Auf die Gesundheit!", sagte Ian und biss herzhaft in seinen Big Mac, sodass die Mayonnaise links und rechts heraustropfte.

„Du bist ekelhaft", sagte Brittany und reichte ihm einen Stapel Servietten.

„Jetzt erzähl doch mal", sagte Ian. „Ich meine, ich habe euren Katzenkampf gesehen und wie du Kelly vermöbelt hast. Aber was hat Chandler denn heute Morgen zu dir gesagt?"

„Sie hat Kelly nicht *vermöbelt*!", sagte Brittany. „Sie waren ja nicht in eine Schlägerei verwickelt oder so was. Es war einfach eine gute, altmodische Ohrfeige. Wobei ich Jillian auch das nicht zugetraut hätte!"

„Es wurde auch Zeit, dass diesem Mädchen mal jemand eine knallt", befand Ian. „Aber ich muss zugeben, Jillian, dass du so ziemlich die letzte Person bist, von der ich gedacht hätte, dass sie es tut. Ich hätte da eher auf Brittany gesetzt. Was ist denn in dich gefahren?"

Jillian zuckte die Achseln. Sie hatte diese Frage seit gestern von ihrer Mutter, von Jodi und Kristi und sonstwem gehört. Aber sie hatte keine Lust, sich zu erklären.

„Also, Rocky Balboa, was hat der Schulleiter gesagt?", hakte Ian nach.

Jillian ignorierte die Frage und pulte an der Plastikschale herum, in der ihr Salat steckte.

„Jillian?", fragte Brittany nach.

„Was?", schnappte sie. „Seht ihr, das Ganze mag ja für euch sehr witzig sein, aber für mich ist es bitterer Ernst. Schluss mit dem Cheerleading!"

„Was heißt das? Haben sie dich rausgeschmissen?", fragte Brittany.

Jillian nickte.

„Hey, das tut mir Leid!", sagte Brittany und legte einen Arm um sie.

„Nein, ist schon okay. Ich meine, ich hatte sowieso nicht mehr genug Zeit und Energie dafür. Was mich wirklich stört, ist, dass die ganze Schule es gesehen hat!"

Brittany lachte. „Ach komm! Alle fanden gut, dass du es dieser Kuh mal gezeigt hast. Ist doch toll, dass du deinen Heiligenschein mal kurz beiseite gelegt hast!"

„Aber sieh doch mal – ich bin jetzt Christ, Britt. Ganz echt. Und als Erstes sehen mich alle dabei, wie ich einem anderen Mädchen eine knalle!"

„Alle haben gesehen, dass Kelly einen Mordanschlag auf dich verübt hatte und du nur ..."

„Nein", sagte Jillian bestimmt. „Was die Leute gesehen haben, war ein Mädchen, das glaubt, von Gott geliebt zu sein, das aber andere nicht lieben kann. Ein Mädchen, das Gottes Vergebung angenommen hat und anderen nicht vergeben kann. Ich bin eine Heuchlerin."

„Du bist ein Mensch!", sagte Brittany. „Jeder hätte sie geohrfeigt. Es war ihr Fehler, nicht deiner."

„Rob hat auch gesagt, dass man dazu stehen sollte, wenn man einen Fehler gemacht hat. Und ich hätte sie nun mal nicht schlagen sollen!"

„Na, Rob ist ja auch der Superchrist! Was gibt ihm das Recht, dir Schuldgefühle einreden zu wollen? Das ist doch totaler Quatsch! Kelly hat das verdient!" Brittany biss von ihrem McChicken ab und kaute wild darauf herum, während Jillian ihr Salatdressing rationierte.

„Bist du sicher, dass du davon satt wirst?", fragte Brittany.

Jillian tat so, als hätte sie sie nicht gehört. Sie hatte wirklich genug davon, dass ihr ständig jemand sagte, was sie tun oder lassen sollte.

## Brief 18

### Foulgrin, du naiver Idiot!

Warum den Feind angreifen, wenn du ihn einfach verdrängen kannst? Sie haben in ihren Herzen und Köpfen nur wenig Platz. Bring sie dazu, sich auf Geld, Klamotten, Sport, Status, Popularität und Sex zu konzentrieren. Leidenschaften und Kummer funktionieren auch. Besetze Jillians Gedanken mit dem Wunsch, eine gute Schülerin zu sein, eine gute Freundin, eine gute Christin. Ihre Lebensuhr läuft beständig ab. Die Zeit arbeitet für uns!

Geh nicht automatisch davon aus, dass Jillians geplatzter Cheerleader-Traum uns dient. Es mag sie im Moment deprimieren, aber der Feind könnte die Gelegenheit nutzen, um sie zu sich zu ziehen. Denke langfristig! Natürlich sehen wir sie gern leiden, aber am liebsten doch für immer in der Hölle! Es ist besser, wenn sie sich jetzt ein wenig freuen und später dann in der Hölle schmoren, als umgekehrt!

Ich habe es sehr genossen, die Unterlagen der Portland State University durchzublättern. Ich habe viele interessante Kurse entdeckt. Hier ist einer (und ich habe mir das Thema nicht ausgedacht!): „Wissenschaft und Pseudowissenschaft – eine Untersuchung der philosophischen Grundlagen anhand einer Analyse von Schöpfungsgeschichten, Glaubensheilungen, UFO-Beobachtungen und anderen Pseudowissenschaften. Einige Fragen: Was unterscheidet Wissenschaft von Pseudowissenschaft voneinander? Wie kann man Theorien testen? Wann sind Hinweise zuverlässig?" Scheint so, als würden uns die Schädlinge die ganze Arbeit abnehmen!

Interessant, dass die den Glauben an die Schöpfungsgeschichte in einem Atemzug mit UFO-Beobachtungen nennen! Pseudowissenschaftlich – ich liebe diesen Begriff! Wir wissen natürlich, wie es wirklich gelaufen ist. Nun sind wir natürlich auch weniger dumm als sie und glauben nicht daran, dass ein Universum einfach durch Zufall entsteht. Trotzdem lässt sich diese Theorie hervorragend an das Ungeziefer verkaufen! Unser Gesicht dabei können sie ja zum Glück nicht sehen ...

Stell dir den Professor vor, wie er die Klasse unterrichtet. Natürlich ist seine Position unheimlich glaubwürdig – am Anfang war das Nichts, dann explodierte das Nichts und daraus „entwickelten sich" dann Pflanzen, Tiere und Menschen. Und die entwickelten dann wieder Videorekorder, Fliegenfallen und Bungee-Seile. Alles klar! Simsalabim, da hast du sie, die Geschichte des Universums!

Daran klammern sie sich fest, während sie die Idee eines intelligenten Schöpfers als „lächerlich" abtun! Weil sie Geld dafür bezahlen, diese Dinge zu lernen, gehen sie davon aus, dass sie auch stimmen. Hier im Hauptquartier nennen wir das „Pseudobildung".

Wir lehren Lügen, und sie glauben die doch tatsächlich! Der menschliche Geist ist dem Unglauben gegenüber derart geneigt, weil das bequemer ist. Wer keinen Schöpfer hat, hat auch keinen Richter. Man kann so leben, wie man selbst will. Keine absoluten Regeln, keine

Sünde, keine Konsequenzen, kein Leben nach dem Tod, keine Verantwortung. Keine reale Hoffnung. Und dabei muss noch nicht einmal etwas davon offen gesagt werden.

Vielleicht solltest du selbst einmal diesen „Pseudowissenschafts"-Kurs besuchen. Er könnte großartige Gelegenheiten bieten. Halte auf jeden Fall starke Christen davon fern, damit keine Diskussionen aufkommen. Vor allem Jillian dürfen wir nicht an die Campus-Bibelgruppen oder anderes christliches Ungeziefer verlieren! Aber wir haben ja unsere Leute. Rob könnte stark genug sein, um in einer solchen Umgebung gegen unsere Propagandaabteilung anzukommen, Jillian ist es nicht! Sie wird untergehen – wenn du sie richtig berätst!

Dein Tutor,

*Prinz Ishbane*

# Kapitel 19
## 31. März, 16:24 Uhr

Die vier Freunde kamen von einer Radtour zurück. Ian musste noch zu irgendeiner Familienfeier, daher machten Brittany und er sich gleich auf den Heimweg.

Jillian holte Popcorn und setzte Kaffee auf. Anstatt neben sie auf die Couch setzte sich Rob allerdings auf einen Stuhl, der etwas von ihr weg stand.

„Alles okay?", fragte sie.

„Das war ein echt schöner Ausflug, oder?", sagte Rob. „Die ganze Tierwelt ... wirklich schön da draußen."

„Ich fand den Biber am faszinierendsten! Aber warum sitzt du denn da drüben?"

„Ich dachte, wir könnten uns ein bisschen unterhalten."

„Über was?"

„Ich weiß nicht, ob ich das mit unseren Dates so weitermachen will."

Jillian hielt die Luft an. „Kommt jetzt wieder so eine Bombe? Willst du dich von mir trennen?"

„Nein! Nein, ich genieße unser Zusammensein total. Ich ... ich möchte nur nicht in Schwierigkeiten geraten."

„Schwierigkeiten? Wie meinst du denn das?"

„Wir wissen doch beide, wie das normalerweise läuft. Man ist zusammen, die Leute fangen an, einen so zu behandeln, als wäre man praktisch verheiratet. Hast du das noch nicht bemerkt? Als Nächstes bekommt man dann den Eindruck, man hätte sozusagen ein Anrecht aufeinander. Und dann kann es leicht passieren, dass man selbst den Eindruck hat, fast schon verheiratet zu sein und ein paar der dazugehörigen Privilegien genießen zu wollen."

„Du meinst Sex?"

„Ja!"

„Aber du willst das doch noch nicht und ich auch nicht." Sie musste schlucken und drängte die Erinnerungen zurück, von denen sie Rob am liebsten niemals erzählen wollte.

„Ich habe mir 1. Korinther 6, Vers 19 und 20 eingeprägt: *Wisst ihr denn nicht, dass euer Körper der Tempel des heiligen Geistes ist? Gott hat euch seinen Geist gegeben, der jetzt in euch wohnt. Darum gehört ihr nicht mehr euch selbst. Gott hat euch als sein Eigentum erworben. Macht ihm also Ehre durch die Art, wie ihr mit eurem Körper umgeht*. Das sind schon ganz schön starke Worte. Und ich möchte Gott Ehre machen."

„Aber ... ich doch auch!"

„Ich sage ja auch nicht, dass du mich verführen willst oder so was. Aber wenn wir in die richtige Situation geraten und die Chemie loslegt, kann doch alles Mögliche passieren! Da braucht es dann schon ein bisschen mehr als guten Willen. Am besten sollten wir nicht zu viel miteinander allein sein. Und schon gar nicht in deinem oder meinem Zimmer."

„Das klingt aber ganz schön verkrampft!"

„Vielleicht. Aber ich hab's oft genug vergeigt, um zu wissen, dass ich das nicht wieder tun will. Außerdem erzähle ich Ian immer, was er tun und lassen soll, und dabei sind wir beide uns in letzter Zeit auch ganz schön nahe gekommen. Weiter sollte es echt nicht gehen. Denn ich *will* in solchen Situationen nur zu gerne so weitermachen, verstehst du?"

„Okay ..."

„Dann gibt es da noch was. Wenn wir uns weiter regelmäßig sehen, sollten wir mit unseren Eltern sprechen."

„Worüber denn?!"

„Über unsere Beziehung. Wir sollten ihr Einverständnis einholen. Und ihren Rat."

Sie lachte. „Sorry, aber jetzt machst du doch Witze, oder?"

„Nein. In der Bibel steht, dass wir unsere Eltern achten und ehren sollen. Ich finde, sie sollten mit unserem Leben etwas zu tun haben. Meine Eltern kennen dich noch gar nicht und meine Mutter würde dich so gern einmal sehen! Wir könnten doch mal hinfahren."

Jillian lächelte.

„Was ist so lustig?"

„Es ist nicht lustig, nur irgendwie ... süß."

„Süß?"

„Ja. Du hast mich auch schon süß genannt. Das darf ich doch sagen. Du klingst halt so ... nett altmodisch!"

„Na ja, wenn die heutzutage übliche Methode nicht unser Ding ist, müssen wir schließlich etwas anderes ausprobieren, oder? Vielleicht war es früher wirklich besser. Nicht jede Veränderung ist ein Fortschritt."

„Du willst also so etwas wie ... mir in aller Form den Hof machen?"

„Ja, vielleicht. Ich weiß keine richtige Bezeichnung dafür."

„Bedeutet das, dass von nun an immer eine unserer Mütter mitgeht, wenn wir ins Kino wollen?"

Er grinste. „Nein. Aber wir sollten wirklich nicht zu viel Zeit allein miteinander verbringen. Besser, wir gehen mit mehreren Leuten aus."

„Wie mit Ian und Brittany?"

„Na ja, die sind vielleicht nicht so ideal, wenn man mal bedenkt, wie wir so alle zusammen rumhängen. Die Frage ist ja: Sind wir diejenigen, die sie beeinflussen, oder ist es eher umgekehrt?"

„Ach komm, so schlimm sind sie auch wieder nicht!"

„Nein, das hat nichts mit schlimm zu tun. Wir sind die Christen, wir sollten mit gutem Beispiel vorangehen."

„Du bist immer noch sauer wegen dem Film, in den sie uns neulich geschleppt haben, oder?"

„Nein, nicht sauer – oder wenn, dann auf mich selbst! Da rede ich mir den Mund fusselig, um Ian von diesen Gedanken abzubringen, und dann sitzen wir in einem Film, wo praktisch jeder mit jedem ins Bett geht, jede Menge nackte Haut zu sehen ist und all das."

„Na, da habe ich aber schon weit schlimmere Filme gesehen!"

„Vielleicht ist das ja ein Problem."

Jillian lief rot an.

„Ich wollte dich nicht dumm anmachen, Jill. Ich habe ja auch schon eine Menge solcher Filme gesehen. Aber ich glaube inzwischen, dass wir andere Maßstäbe anlegen sollten. Wenn wir unsere Gedanken mit solchem Zeug füttern, wird das nicht ohne Folgen bleiben."

„Du hast Recht. Ehrlich gesagt hab ich mich während des Films schon gefragt, ob das so gut ist. Vielleicht war das ja sogar die Stimme Gottes?! Aber ich bin schon ziemlich daran gewöhnt, Müll zu sehen. Abgestumpft."

Sie sahen sich an. „Vielleicht sollten wir zusammen beten."

Das taten sie. Sie baten Gott um Vergebung und beteten auch für Brittany und Ian. Danach verbrachten sie den Rest des Abends mit Jillians Mutter, unterhielten sich prächtig und sahen sich alte Fotos und ein Video von Jillians zehntem Geburtstag an. Selbst Daniel gesellte sich eine Stunde zu ihnen und machte einen ganz fröhlichen Eindruck. Als Jillian abends im Bett lag, stellte sie fest, dass das seit langer Zeit der netteste Abend gewesen war.

*

„Entspann dich und öffne dich für den gütigen Himmel", sagte Skyla.

„Was genau meinst du damit?", wollte Brittany wissen.

„Hast du Angst?"

„Ich habe vor gar nichts Angst."

„Dann öffne dich und lass alle Widerstände los. Beobachte zuerst mich." Skyla legte das leere gelbe Blatt Papier vor sich, nahm den Filzstift in die Hand und sagte: „Muttergöttin, Aphrodite, Artemis, Astarte, Diana, Isis, Lilith ... wir rufen dich und deine Gefährten Adonis, Ammon-Ra, Apollo, Dionysos, Eros, Odin, Thor, Osiris und Pan. Sprich nun durch deine Tochter."

Nichts passierte. Skyla saß stocksteif da. Nach einer Weile hatte Brittany das Bedürfnis, etwas zu sagen, aber da begann Skylas rechte Hand plötzlich zu zucken. Brittany sah ihr ins Gesicht – es war völlig ausdruckslos, wie ein Zombie. Ihre Hand begann, schnell und flüssig über das Papier zu gleiten. Bald war sie fertig.

Sie las laut vor, was sie geschrieben hatte: *„Denkt immer daran, dass ihr auch Göttinnen seid. Genießt alles, was euch begegnet, und ich werde euch Erfolg schenken."*

„Wow", sagte Brittany. „Aber da sind doch noch zwei Sätze."

„Keine Ahnung, was das heißt", sagte Skyla. „Das kann ich nicht lesen. Und ich weiß wirklich nicht, was ich geschrieben habe."

„Das sieht gar nicht aus wie deine Schrift. Aber ich kann's entziffern. Da steht: *Hütet euch vor den Christen* ... und ... *Achtet auf den Foulgrin* ... oder so was." Brittany wurde kalkweiß. „Wie ... wieso ...?!"

„Was ist denn?"

„Dieses Wort da, Foulgrin ... warum hast du das geschrieben?"

„Ich sage dir doch, ich habe keine Ahnung. Ich war doch nur das Medium. Was ist denn los mit dir?"

Brittany zögerte. „Letztes Jahr, als Ian und ich zum ersten Mal miteinander gegangen sind ... da haben wir ein paar Mal ein Ouija-Brett benutzt."

„Cool!"

„Ja, das dachte ich damals auch. Zuerst war es auch wirklich genial, ein bisschen unheimlich, aber lustig. Jillian hatte ich auch eingeladen, aber damals war sie auch noch nicht so engstirnig fromm. Na ja, jedenfalls hatten wir also das Brett in unserer Mitte und Ian hat den Geist gebeten, sich zu identifizieren."

„Und?"

„Ja, also, er ... oder sie ... hat den Namen Foulgrin genannt."

„Echt? Das ist ja irre!"

Brittany war sich da nicht so sicher.

„Welchen Christen kennst du also, der mit diesem Namen etwas zu tun haben könnte?"

„Hm. Foulgrin ... Foul Grin ... Falsches Grinsen? Jillians Freund kann mich nicht besonders leiden. Er versucht zwar, sich nett zu geben, aber ich merke genau, dass sein Lächeln nicht echt ist!"

„Dann ist er bestimmt gemeint! Pass auf, vielleicht will er dich bequatschen. Oder Jillian gegen dich aufbringen. Manche Typen machen so was."

Brittany deutete auf das Papier. „Und du weißt wirklich nicht, wo das herkam?"

„Nein, ehrlich nicht. Ich lasse einfach los und der Geist übernimmt. Es ist kein Fake. Willst du es nicht auch mal probieren?"

„Nein, lieber nicht. Ich spiele doch nur mit diesen Dingen rum und das ist mir ein bisschen zu unheimlich."

„Aber es ist wichtig, dass die Geister dich leiten und deinem Leben Richtung geben. Mein Leben war so leer, bevor ich die Wicca entdeckt habe. Jetzt sehe ich alles ganz anders. Ich habe einen Sinn in meinem Leben gefunden."

„Komisch, genau dasselbe höre ich von Jillian auch immer. Nur dass sie behauptet, ihn durch Jesus gefunden zu haben."

„Jesus war ja auch klasse. Er hatte magische Kräfte und hat Zeichen und Wunder vollbracht. Im Grunde war er auch ein Wiccan, ein Meister der geheimen Kräfte. Ich glaube schon an Jesus, ich will ihn nur nicht so beschränkt sehen wie diese engstirnigen Christen. Man muss ja nicht zwischen Jesus und der Wicca wählen. Du kannst beides haben."

„Aber steht nicht in der Bibel, dass man das Okkulte meiden soll?"

„Ach, was nicht alles in der Bibel steht! Die Bibel verbietet auch Homosexualität. Das findest du doch auch nicht okay, oder?"

Brittany schüttelte den Kopf. „Nein. Ist zwar nicht mein Ding, aber man sollte doch tolerant sein."

„Also, ich denke, die Bibel verbietet so vieles, damit die Menschen nicht zu viel Freiheit bekommen und am Ende selbst bestimmen wollen, was gut und schlecht für sie ist. Außerdem verdammt die Bibel nicht die Weiße Hexerei, sondern den richtig harten Satanismus. Unser oberster Grundsatz ist es, niemandem Schaden zuzufügen. Klingt das vielleicht böse? Siehst du. Jesus hat schließlich auch seinen Jüngern diesen Rat gegeben. Und aus diesem Grund verwandeln wir keine Menschen in Kröten, obwohl wir das könnten."

„Könntet ihr?"

Skyla lachte. „Na ja, ich hab's noch nie ausprobiert. Aber ich habe schon so einiges gesehen, was ziemlich unglaublich war. Jetzt komm, probier das mal mit dem automatischen Schreiben!"

Brittany nahm zögernd den Stift. „Ich weiß nicht ..."

„Los doch, es ist cool. Keine Angst!"

„Ich sage doch, ich habe vor gar nichts Angst."

„Gut. Dann öffne jetzt deinen Geist." Sie beugte sich vor und streckte die Hände aus. „Erhebe dich und komm zu mir; denn ich bin die Seele der Natur, die dem Universum Leben verleiht ... von mir kommen alle Dinge und zu mir kehren sie zurück. Dein innerstes göttliches Selbst soll sich vor mir entfalten im ewigen Kreislauf ...", murmelte sie.

„Ich muss jetzt nach Hause", unterbrach Brittany sie. „Vielleicht ein anderes Mal."

„Versprochen?"

„Versprochen."

## Brief 19

Mein verführungsbemühter Foulgrin,

sieh zu, dass du Rob und Jillian miteinander ins Bett bekommst. Das muss sein. Sie sollen die primitiven und körperfeindlichen Parolen des Feindes hinter sich lassen und lebensfrohe, progressive Menschen sein!

Der Feind erzählt seinen Ablegern, dass es unter ihnen keine sexuelle Unmoral geben soll. Verdrehe das ins Gegenteil und du hast deine Aufgabenbeschreibung! Fülle sie mit zweideutigen Ideen, Witzen und Sprüchen aus Radio und Fernsehen ab. Auch gewisse Kleidungsstücke können dir von Nutzen sein.

Der Feind sagt, dass unbereute sexuelle Sünde eine ganze Gemeinde verseuchen kann und sich ausbreitet wie ein Schimmelpilz.

Brauchst du noch mehr Motivation als das? Was er verbietet, erklären wir zur Norm. Wie erfolgreich waren wir damit? Sieh dich um, Foulgrin! Für die Schädlinge ist ein „guter Film" einer, in dem wilder Sex vorkommt, allerdings wird natürlich an den entscheidenden Stellen ausgeblendet.

Nichts ist erfolgreicher, um einen jungen Christen aus der Bahn zu werfen, als sexuelles Fehlverhalten. Der Feind sagt, dass er ihre Gebete nicht erhört, wenn sie den Weg der Unreinheit wählen; es sei denn, sie bereuen. Stell dir das mal vor, wenn seine Kinder sich weigern, ihm zuzuhören, weigert er sich, ihnen zuzuhören! Warum sollten wir mühsam versuchen, sie vom Beten abzuhalten, wenn wir sie viel leichter zu moralischen Fehlentscheidungen bringen können, die ihre Gebete nutzlos werden lassen? Mal ganz davon abgesehen werden sie sowieso einen sehr geringen Drang danach haben zu beten, wenn sie in sexueller Sünde leben ...

Jetzt, wo RG und JF das Thema Sex auf den Tisch gebracht haben, könnten sie sich entspannen und weniger wachsam werden. Überzeuge sie davon, dass sie das Thema ausdiskutiert haben und ihnen deshalb nichts mehr passieren kann. Und dann wartest du auf den schwachen Moment, in dem du sie überraschst – sie werden darauf anspringen, glaub mir.

Skylas Verführer Jeznarc hat sie gut geschult. Ich bin beeindruckt! Sie spricht niemals schlecht über Jesus, sondern stellt ihn als einen weisen Lehrer dar, dem die „beschränkte Vorstellung" der Kirche nicht gerecht wird. Gegen Jesus zu sprechen ist, als würde man etwas gegen die Mutter seines Gegenübers sagen; das funktioniert nicht. Am besten reißt man einige seiner Aussagen aus dem Kontext und überträgt sie auf die eigenen Ziele, wobei man seine Hochachtung für Jesus deutlich macht!

Skyla scheint das richtige Instrument für so etwas zu sein. Die Kombination aus hervorragendem Intellekt und extremer Leichtgläubigkeit ist sehr nützlich. Sie hat eine viel versprechende Zukunft vor sich, falls Jeznarc sich zurückhalten kann und sie nicht frühzeitig umbringt. Eigentlich wäre es sinnvoller, sie noch einige Jahre möglichst viele andere Schädlinge irreführen und verdrehen zu lassen, bevor wir dann das Vergnügen haben, ihr beim Sterben zuzusehen. Quäl sie ruhig auf dem Weg, aber foltere sie nicht zu Tode, bis du den größtmöglichen Nutzen aus ihr gezogen hast.

Du musst unbedingt diesem selbstbeweihräucherndem Verlangen widerstehen, dich zu erkennen zu geben, wie du es bei dem automatischen Schreiben getan hast! Wenn du ständig deinen Namen preisgibst, kommen dir möglicherweise auch die dümmsten Schädlinge irgendwann auf die Spur. Ich weiß, das geht gegen deine Natur, aber du kannst unserem Zweck besser in subtiler Anonymität dienen. Vielleicht steigst du dann auch schneller wieder auf, und ich könnte mich meinen eigentlichen Aufgaben widmen.

Ich werde dich später noch in neue Ouija-Strategien einweisen. Aber sei versichert, dass deine spektakuläre Aktion neulich nicht die klügste Alternative war! Das Brett unter ihren Händen anzuheben und gegen die Wand zu schleudern, also wirklich! So eine Sache kann sie nachhaltig verschrecken. Und dann? Was sie zu uns zieht, sind hilfreiche Antworten auf ihre Fragen. Das gilt übrigens auch für Tarot-Karten, automatisches Schreiben und Handlesen. Um sie einzufangen, muss man ihnen positive Verstärkungen geben. Sie sind wie Pawlowsche Hunde. Nur hässlicher und dümmer.

Es darf ihnen nie dämmern, dass der Feind ihnen okkulte Machenschaften nicht untersagt hat, um sie klein zu halten, sondern um sie zu schützen. Anscheinend liebt er das Ungeziefer wirklich, dabei hat er ebenso viel Grund, sie zu hassen, wie wir. Er setzt ihnen Grenzen, um sie vor Unheil zu bewahren, ungefähr wie Leitplanken. Du, Foulgrin, musst sie unsere Lieblingslüge lehren: Freiheit kann man nicht erlangen, indem man innerhalb der Leitplanken bleibt, sondern indem man sie durchbricht! Lehre sie, dass der Feind eine kosmische Spaßbremse ist.

Mit den Zugangswegen, die Brittany dir und Raketwist eröffnet hat, solltet ihr sie eigentlich leicht niederringen. Sie ist aggressiv, intelligent (für einen Schädling), aber beeinflussbar und offen für geistliche Verführung. Und da sie eine geborene Führungspersönlichkeit ist, können wir sie wunderbar für unsere Zwecke benutzen, wenn sie so weit ist.

Ja, Brittany, öffne deinen Geist für die Geister!

Voller Vorfreude,

*Prinz Ishbane*

## Kapitel 20
## 8. April, 13:17 Uhr

Nach dem Mittagessen hatte sich Ian zum Basketballspielen verabredet und Rob wollte noch ein bisschen in die Bibliothek gehen. Brittany und Jillian hatten beschlossen, auf Joey aufzupassen und Jillians Mutter einen freien Nachmittag zu ermöglichen.

Jillian sah Brittany an und schluckte schwer. „Ich ... ich möchte mich gern für meine schlechte Einstellung gegenüber Skyla entschuldigen. Ich habe nicht gerade nett über sie geredet."

„Ich bin nicht dein Beichtvater! Obwohl – ich würde sicher eine ganz gute Priesterin abgeben."

„Ich meine das ernst, Britt. Ich bin nicht Skylas Meinung und finde ihr Hexenzeugs ziemlich beängstigend. Am liebsten wäre mir, dass du damit nichts zu tun hättest. Aber ich hatte kein Recht, über sie oder ihr Aussehen zu lästern. Es tut mir echt Leid."

Brittany zuckte die Achseln. „Okay. Und wo wir gerade bei ernsten Themen sind – ich habe dir auch was zu sagen."

Jillian wappnete sich innerlich. Was kam denn jetzt?

„Du musst mehr essen."

Jillian ließ mit einem Seufzer die Luft wieder heraus.

„Ich meine das wirklich ernst, Jill. Du bist so dünn, dass es mich schon ganz nervös macht."

„Ich weiß ehrlich nicht, wovon du redest. Nur weil du nicht auf dein Gewicht achten musst ..."

„Das ist doch etwas ganz anderes. Ich mache viel Sport und außerdem versuche ich nicht, jemand anderer zu werden."

„Ach, ich soll also mit meinem kleinen, fetten Ich einfach zufrieden sein?"

„Du redest Quatsch. Hör dir doch mal selbst zu! Du siehst prima aus, und selbst wenn du ein paar Pfunde zu viel drauf hättest – was du nicht hast, im Gegenteil –, wäre das kein Grund, sich einen abzuhungern!"

„Du tust ja so, als wäre ich magersüchtig oder so was!"

„Genau – oder so was."

*

„Nervös?“, fragte Jillian, als sie nach dem Gottesdienst am Ostersonntag in Robs Wagen stieg.

„Nein, nicht so richtig.“ Er sah sie an. „Und du?“

„Ein bisschen schon, aber ich freu mich auch darauf, deine Familie kennen zu lernen.“

„Meine Leute stehen auf Feiertage.“

„Meinst du, ich kann deiner Mutter in der Küche helfen?“

„Willst du das denn? Es könnte anders sein, als du erwartest.“

„Meinst du das Essen, die Küche oder deine Mutter?“

„Alles.“

„Und was *sollte* ich dann erwarten?“

„Keine Panik, Chica, es wird schon alles gut laufen.“ Er strubbelte ihr durch die Haare. „Sie werden dich lieben!“

Sie fuhren etwas aus der Stadt heraus und bogen dann in die Auffahrt einer Baumschule ab. „Mein Vater arbeitet hier, meine Mutter ein Stück die Straße runter in einer Fabrik.“

Sie fuhren auf eine Gruppe von kleinen Häuschen zu, vor der ein paar Jungs im Sonntagsstaat Fußball spielten.

Rob führte Jillian zu einem verwitterten grünen Haus mit einer nur zur Hälfte frisch gestrichenen Tür. Eine kräftig gebaute Frau riss die Tür auf und rief: *„José, Pablo, vengan aca!“*

Jillians Augen wanderten von den schlammverkrusteten Arbeitsstiefeln vor der Tür zu einem Kruzifix an der Wand.

*„Bienvenido!* Willkommen!“, sagte die Frau herzlich und umarmte Jillian wie eine verloren geglaubte Verwandte.

„Das ist meine Mutter“, sagte Rob überflüssigerweise und konnte sich kaum das Lachen verkneifen. Jillians weit aufgerissene Augen waren einfach zu süß!

„Schön, Sie kennen zu ...“ Jillian wurde von Robs drei kleinen Schwestern unterbrochen, die hereinkamen und sie ebenfalls kichernd umarmten.

„Das sind Seci, Daisy und Maria“, sagte Rob und deutete auf die drei Mädchen im Teenageralter. Sie waren alle drei hübsch und lebhaft und trugen enorme Plateauschuhe.

„Da auf dem Sofa sitzen mein Vater und mein Bruder Rico“, erklärte Rob, und die beiden Männer standen lächelnd auf, um Jillian die

Hand zu schütteln. Mit seinen knapp 1,70 Metern war Rob der Größte von ihnen.

*Ich fühle mich richtig wohl hier!*

Eine Frau kam aus einem der hinteren Zimmer, ein Baby auf dem Arm, und winkte ihnen fröhlich zu.

„Das ist Carmen, die Frau meines Bruders. Und das, ihr alle, ist Jillian!"

„Setz dich", sagte Mrs. Gonzales und führte Jillian an der Hand ins Wohnzimmer. *„Chicas, me puedan ayudar en la cocina? Hay muchas comida!"* Gehorsam verschwanden die drei Schwestern in der Küche.

Robs Mutter kam mit einem Tablett voller Gläser zurück, alle in unterschiedlichen Formen und Größen, bis zum Rand gefüllt mit Eistee. Carmen schlich sich aus dem Zimmer, wo das Baby schlief, und setzte sich neben ihren Mann. „Endlich schläft er!", flüsterte sie, dann wandte sie sich lächelnd an Jillian. „Schön, dich mal kennen zu lernen!"

„Danke, ich freu mich auch."

„Ich schau mal, ob ich in der Küche gebraucht werde", sagte Carmen.

„Oh, ich komme mit!", sagte Jillian und sprang auf.

Jillian hatte noch nie auf so engem Raum so viele Frauen zusammengepfercht erlebt. Ein großer Topf mit Bohnen köchelte auf dem Herd, außerdem einer mit Reis. Seci kümmerte sich um die Tortillas im Ofen, während sich ihre Mutter über sie beugte, um nach dem Reis zu sehen. Maria und Daisy schnitten Gemüse. Es war in der Küche bestimmt 8 bis 10 Grad wärmer als im Wohnzimmer.

Mrs. Gonzales versuchte Jillian abzuwimmeln, doch sie bot hartnäckig ihre Hilfe an und durfte dann schließlich den Tisch decken. Es gab nur fünf Stühle. Jillian zählte rasch gedanklich nach: Rob, sie, seine Eltern, der Bruder mit Frau, die drei Mädchen ... das machte neun Personen. Sie stellte neun Teller auf den Tisch und konnte die Frauen dann dazu überreden, den Obstsalat schnippeln zu dürfen.

Mrs. Gonzales klang wie ein Zirkusdirektor, als sie alle zum Essen rief. Seci und Daisy brachten von irgendwoher noch Stühle, und Maria und Carmen schafften es, den Klavierhocker in die Ecke zu quetschen. Robs Vater streckte die Hände aus und Rob nahm Jillians eine Hand und seine Mutter die andere. Dann betete Mr. Gonzales.

„Gracias, Señor, für deine gute Versorgung. Danke, dass du uns das Leben geschenkt hast. Und danke, dass Robertos Freundin Jillian heute bei uns sein kann. Amen."

Maria und ihre Mutter brachten die Schüsseln mit dem Essen herein. Es gab mehr Essen, als sie jemals schaffen konnten: Tamales, Bohnen, Reis, frische Salsa. Und dann wartete ja auch noch der Nachtisch in der Küche. Mrs. Gonzales häufte Unmengen auf Jillians Teller.

„Iss, Kind!", sagte Mrs. Gonzales zu Jillian.

„Ich kann das unmöglich alles essen!", flüsterte sie Rob verzweifelt zu.

Er flüsterte zurück. „Das musst du aber! Sonst ist sie beleidigt. Du kannst ja ab morgen wieder nur Salat essen ...", grinste er.

Jillian nippte am Essen und versuchte, es durch Hin- und Herschieben weniger aussehen zu lassen. Als sie das Gefühl hatte, gleich zu platzen, befand Mrs. Gonzales, dass sie unbedingt noch etwas probieren sollte.

Nach gut einer Stunde Essen und guten Gesprächen rieb sich Rob den Bauch und sagte: „Mama, das war fabelhaft. Aber jetzt brauche ich wirklich eine Siesta!" Er schob seinen Stuhl zurück und auch die anderen standen auf und gingen hinüber zu den Sofas, auf denen sie sich bestmöglich verteilten. Die Frauen räumten noch den Tisch ab, dann schickte Mrs. Gonzales sie ebenfalls weg, um ein Nickerchen zu machen. Daisy bot Jillian ihr Bett an, was sie gerne annahm.

*Die machen das wirklich! Ich dachte immer, das mit der Siesta sei so ein Touristen-Gerücht!* Sie genoss das Schläfchen und nach anderthalb Stunden saßen alle wieder fröhlich zusammen. Robs Vater erzählte witzige Geschichten, und dann packte Rico die Gitarre aus und sie sangen miteinander. Auch Rob übernahm einmal das Instrument und Jillian war überrascht, wie gut er spielte. Das hatte er ihr nie erzählt.

Um fünf brachen Rico und Carmen mit dem Kleinen auf. Rob und Jillian verabschiedeten sich auch und erhielten ihre Auf-Wiedersehen-Umarmungen. Ganz betäubt von all den Eindrücken stieg Jillian ins Auto.

„So", sagte Rob. „Und, was denkst du?"

„Ich könnte mich auf jeden Fall an die Siesta gewöhnen!"

„Und sonst ...?"

„Ich habe festgestellt, dass es noch viel mehr über Rob Gonzales zu erfahren gibt, als ich dachte! Diese Seite von dir kannte ich noch nicht. Und das Gitarrespielen auch nicht!"

„Und wie findest du sie, diese Seite von mir?"

„Hat mir gut gefallen. Und ich würde gern mehr davon sehen."

Brief 20

Mein lästiger Foulgrin,

lehre die jungen Schädlinge, dass die Wahrheit erfunden werden muss, nicht gefunden! Jede Kultur erfindet ihre eigene Realität. Das musst du ihnen eintrichtern! Die Wahrheit ist absolut relativ! Jeder, der an etwas glaubt, das andere in ein unvorteilhaftes Licht rückt, ist automatisch bigott!

Die Macht solcher Propaganda kann man gar nicht überbewerten. Sie ist unauslöschlich in die Psyche dieser Generation eingebrannt. Selbst die christlichen Jungen sind damit infiziert; ebenso wie viele Eltern.

Keine kulturelle Überzeugung untergräbt die Ziele des Feindes so sehr wie die Annahme, dass die Wahrheit subjektiv ist, nicht objektiv. Denn wenn es keine ultimative Wahrheit gibt oder sie die Wahrheit in sich selbst finden können, warum sollten sie dann noch anderswo nach ihr suchen? Ich muss wohl nicht dazusagen, dass diejenigen, die nicht suchen, auch niemals finden werden ...

Ich habe deine nervtötenden Fragen über deinen früheren Schüler Squaltaint satt. Nur so viel: Obsmut hat mich gewarnt, dir Squaltaints Aufenthaltsort zu verraten, weil er fürchtet, dass du ihn dann verfolgen könntest. Ich würde dir raten, dich auf deine aktuelle Aufgabe zu konzentrieren. Lass deine Rachegelüste fürs Erste außen vor!

Ich bin nicht so weit aufgestiegen, weil ich klüger oder geschickter bin als du, sondern weil ich mich nicht von meinen persönlichen Angelegenheiten ablenken lasse. Manchmal verfällt man derselben Lüge, die wir den Schädlingen einflüstern. Weder die Erde noch Erebus drehen sich um dich, Foulgrin. Je eher du das begreifst, desto besser!

Absolut dem Relativismus ergeben,

Prinz Ishbane

## Kapitel 21
## 21. April, 12:18 Uhr

Rob kam mit einem Buch in der Hand zur Tür herein.

„Hey, Rob! Komm rein; ich ziehe mich nur schnell um, dann können wir los“, begrüßte ihn Ian und führte ihn in sein Zimmer. Es war aufgeräumter als sonst, abgesehen von einer offenen Kiste mit allen möglichen Würfeln, Spielfiguren und Karten darin.

„Was ist denn das?“

„Ach, so ein Spiel. *Dungeons & Dragons*. Kennst du das?“

„Nein“, sagte Rob. „Aber viele Leute am College spielen das ständig. Sie sind völlig verrückt danach. Es ist ein Rollenspiel, nicht wahr?“

„Es ist ziemlich kompliziert. Eigentlich muss man es mal durchspielen, um das Prinzip zu kapieren. Hast du Lust?“

„Hm, erklär mir erst mal die Hintergründe.“

„Also, jeder Spieler sucht sich einen imaginären Charakter aus und nimmt dessen Identität an“, sagte Ian. „Es gibt Gute und Böse, und meist sucht man sich eher einen Bösen aus, weil der größere Macht hat. Es gibt Zwerge, Ritter, Diebe, Dämonen und so. Das Ziel ist, möglichst viel Macht und Wohlstand zu ergattern. Seine Feinde muss man töten oder man wird getötet.“

„Das klingt ja ganz schön rabiat! Ich hab gehört, dass man auch Zauberei anwendet.“

„Ja, und Flüche und Bannsprüche und so was. Natürlich ist das nur Fake.“

„Und du, wie ernst nimmst du das Ganze?“

„Na ja, also, ich lebe nicht in meiner Rolle wie einige Typen, die ich kenne. Mein Leben sind Basketball, Brittany und Bücher. Und ein bisschen auch du. *D & D* ist nur ein Spiel. Obwohl ich schon überlegt habe, ob ich *Dungeon-Master* werden soll. Das ist der Spielleiter, der die Szenarien erfindet.“

„Also, die meisten Leute schwören ja, dass es harmlos ist, aber ich habe auch schon gehört, dass Leute für das Spiel den Teufel um Macht bitten und dann ziemlich abdrehen. Es sollen sogar schon Morde und Selbstmorde vorgekommen sein.“

Ian zuckte die Achseln. „Ach, Gerüchte gibt es viele. Ich würde mich da jedenfalls nie so reinsteigern."

„Hast du schon mal mit Daniel darüber gesprochen?"

„Ja. Der ist ein ziemlich begeisterter Spieler."

„Ich glaube, seine Mutter weiß gar nichts davon."

„*Meine* Mutter weiß auch nichts davon! Weißt du, es gibt Eltern, die ihren Kids ein eigenes Leben gestatten. Willkommen im 21. Jahrhundert!"

„Ich weiß nicht, ob das Ganze für euch so gut ist ..."

„Ach, und seit wann bist du Gott?" Ians ruhige, humorvolle Stimme bekam plötzlich einen harten Unterton.

„Ich bin nicht Gott. Aber Gott sagt, dass ihm diese Dinge nicht besonders gefallen."

„Gott spricht mit Rob Gonzales? Mann, dann tu mir doch einen Gefallen und frage ihn, wer die NBA-Meisterschaft dieses Jahr gewinnt!"

„Gott spricht selten hörbar mit Leuten, aber er hat sich ja in der Bibel lang und breit darüber ausgelassen, dass diese Art von Spiel mehr als nur ein Spiel und auch nicht harmlos ist."

„*Dungeons & Dragons* ist also Sünde?"

„So kann man das nicht sagen, aber es geht in die Richtung. Lass mich dir ein paar Verse vorlesen."

„Jetzt?!"

„Ja, warum nicht?"

„Äh ... müssen wir nicht los?"

„Wir haben uns noch nicht mal darauf geeinigt, wo wir hingehen! Warum also die Eile?"

„Also, ich wollte den Nachmittag auf jeden Fall nicht damit verbringen, mich vollpredigen zu lassen!"

„Ich predige auch nicht, keine Sorge. Du hast mir von diesem Spiel erzählt. Ich habe mir deine Bücher angeschaut und die Tarot-Karten erklären lassen. Sind wir Freunde oder nicht? Ich möchte dir jetzt mal ein bisschen von *meinen* Sachen und *meiner* Sicht erzählen. Mir liegt daran und mir liegt auch was an dir. Und an Daniel. Er ist leicht zu beeinflussen, weißt du? Und ich weiß nicht, ob solche Spielchen unbedingt hilfreich für ihn sind."

„Auf *D & D* ist er doch längst ohne mich gekommen!"

„Ja, das will ich dir auch gar nicht anhängen. Ich will dir nur ein paar Dinge aus meiner Sicht erklären und dann düsen wir los und machen einen drauf, okay?" Er zog einen vollgekritzelten Zettel aus der Bibel. „Betrachte dies einfach als eine metaphysische Konversation. Einen Teil deiner Suche nach Erleuchtung."

Ian atmete tief durch. „Du hast dich vorbereitet, stimmt's?"

„Ich hab nur ein paar Stellen nachgeschlagen."

„Ich hab mich schon gewundert, dass du deine Bibel mitgeschleppt hast. Also gut, Prediger. Versuch's – und weck mich, wenn du fertig bist!" Er legte sich aufs Bett und schloss demonstrativ die Augen. Doch Rob wusste, dass er zuhörte.

„Die erste Stelle steht in Deuteronomium, also 5. Mose. Da heißt es in Kapitel 18: ‚Wenn ihr in das Land kommt, das der Herr, euer Gott, euch geben wird, dann hütet euch, die abscheulichen Bräuche seiner Bewohner zu übernehmen. Keiner von euch darf seinen Sohn oder seine Tochter als Opfer auf dem Altar verbrennen. Ihr dürft niemand unter euch dulden, der wahrsagt oder aus Vorzeichen die Zukunft deutet, der zaubert, Geister beschwört oder Tote befragt. Wer so etwas tut, ist dem Herrn zuwider. Genau wegen dieser Dinge vertreibt der Herr die Bevölkerung des Landes vor euch. Der Herr ist euer Gott; ihm sollt ihr ganz und ungeteilt gehören.'"

„Na hör mal, meinst du vielleicht, ich bin für Kindesopferungen? Den Rest finde ich allerdings nicht so schlimm."

„Hier die nächste Stelle, Deuteronomium 4: ‚Lasst euch nicht von dem, was ihr am Himmel seht, beeindrucken! Lasst euch nicht dazu verleiten, Sonne, Mond und Sterne als Götter zu verehren. Die Verehrung der Gestirne hat der Herr, euer Gott, allen anderen Völkern der Erde zugewiesen.'"

„Meinst du, dass sich das auf die Astrologie bezieht? Finde ich nicht überzeugend. Außerdem – ich interessiere mich für Horoskope und so, aber ich war noch nie in Versuchung, die Sterne anzubeten!"

„Levitikus 19:31: ‚Wendet euch nicht an Wahrsager und an Leute, die die Geister der Toten befragen. Wer das tut, macht sich unrein."

„Unrein? Also, bitte!"

„Levitikus 20, 6: ‚Auch wenn jemand sich an Wahrsager wendet und an Leute, die die Geister der Toten befragen, ist das Götzendienst. Ich selbst wende mich gegen den, der so etwas tut, und stoße ihn aus seinem Volk aus.'"

„Ausstoßen? Ganz schön intolerant!"

„Na ja, wenn es einen Gott gibt – ich sage nur, *falls* es ihn gibt! –, dann wäre es nur logisch, dass er die Regeln aufstellt, oder? Er macht das zu unserem Schutz, verstehst du? Laut seinen Worten gibt es keine neutrale Position. Entweder er oder die anderen. Punkt."

„Ja, ja, und aus genau solchen Überlegungen ist es zu den Hexenverbrennungen im Mittelalter gekommen. Super! Welcher liebende Gott befiehlt denn solche Sachen?"

„Na gut, das war das Alte Testament. Die rabiaten Gesetze wurden ja durch den Opfertod von Jesus weitgehend aufgehoben und diese Hexenverbrennungen waren sicher nicht in seinem Sinne. Aber auch im Neuen Testament wird vor Hexerei gewarnt. Zum Beispiel in Galater 5. Und in der Offenbarung sieht es nicht besonders rosig aus für Leute, die Magie und Hexerei betrieben haben."

„Willst du meine ehrliche Meinung dazu hören?", fragte Ian. „Für mich ist das alles Aberglaube."

„Du machst es dir ein bisschen zu einfach. Sieh mal hier, in Jesaja 8, Vers 19: Die Welt wird euch auffordern: ‚Befragt doch die Geister der Verstorbenen, die Wahrsagegeister, die euch flüsternd und murmelnd Auskunft geben! Ein Volk kann sich doch Rat holen bei seinen Ahnengeistern, die Lebenden können sich doch von den Toten helfen lassen!' Haltet euch an die Weisungen des Herrn und an meine Warnungen! Das ist die einzig gültige Antwort. Gegen Gottes Ankündigungen richten Beschwörungen nichts aus!" Rob klappte die Bibel zu. „Ist das nicht eine Herausforderung für dich, Ian? Lass uns zusammen die Bibel studieren und schauen, was sie zu dem zu sagen hat, was du suchst. Das ist eine offizielle Einladung!"

Ian stockte. „Hm, ich weiß nicht. Mir ist schon klar, dass dir das sehr wichtig ist. Aber ich muss auf meine eigene Art nach der Wahrheit suchen. Und ich kann mir beim besten Willen nicht vorstellen, dass ich sie im Christentum finde."

„Warum nicht?"

„Ach, die Kreuzzüge, die Hexenjagden, all diese heuchlerischen Christen überall, die Verfeindung der Kirchen untereinander, die Homophobie – das kotzt mich alles total an!"

Rob seufzte. „Ich kann natürlich nicht leugnen, dass es viele Leute gibt, die behaupten, Christen zu sein, und es nicht sind. Und es sind viele schlimme Dinge im Namen Gottes geschehen. Aber du solltest nicht Gott mit seinem Bodenpersonal verwechseln. Beim Christentum geht es um Jesus Christus, nicht um die Christen."

Ian sah auf seine Uhr. „Wir müssen los."

„Wirst du zumindest noch mal mit mir darüber reden?"

„Ich weiß nicht ..."

„Na gut. Ich geb dir 'ne Pizza aus, wenn du ja sagst."

„Was für eine Pizza?"

„Familiengröße mit allem. Und Nachtisch."

„Also gut, Rob!", sagte Ian mit einer gespielt getragenen Stimme. „Wir reden noch mal über diese Sache mit dem Christentum."

Grinsend schlugen sie gegenseitig beieinander ein.

## Brief 21

Mein geistloser Foulgrin,

ich habe keine Zeit, auf deine dümmlichen Kommentare zu antworten. Schließlich habe ich anderes zu tun.

Der Feind hat eine Linie gezogen. Es gibt Dinge, die er nicht toleriert. Indem wir sie zum Flirt mit dem Okkulten verführen, ziehen wir sie auf unsere Seite. Es muss gar keine bewusste Entscheidung sein, sie ist trotzdem gültig. Die Grenzverletzung katapultiert sie aus seinem Reich. Ein perfektes Arrangement: Wir hassen die Kinder des Feindes und er liebt sie. Wir hassen unsere Nachfolger und er lehnt sie ab. Wenn wir die Schädlinge zu uns ziehen, bekommen sie das Schlechteste von beiden Welten. Es darf ihnen nur nie dämmern.

Dieser Ian ist nützlich, aber auch gefährdet. Er sucht nach Abkürzungen auf dem geistlichen Weg, nach faszinierenden Erlebnissen ohne Konsequenzen. Viel versprechend ist, dass er in unsere Richtung schaut. Doch der Feind kann seine Sehnsüchte auf sich lenken. Darum arbeite ich immer mit Ungeziefer, deren Sehnsüchte abgestorben sind.

Was suchen und schätzen die jungen Millenials? Die Leere um sie herum ödet sie an. Sie haben es satt, kein Ziel zu haben, keine Vision, keinen Grund zum Leben. Ihre Frustration und Langeweile kann für den Feind und seine Verbotene Gemeinschaft eine Mauer darstellen – oder offene Türen.

Ob es um Essen, Häuser, Geld, Sex oder Religion geht, diejenigen, die jeden Wunsch erfüllt haben möchten, sind Idioten. Sie verlieren den Zugriff auf ihre tieferen Sehnsüchte und sind damit leichte Opfer für uns. Wir haben ihnen ihr moralisches Vorstellungsvermögen geraubt, das früher durch Musik, Kunst und Literatur geschärft wurde. Und durch das Verbotene Buch natürlich. Beinahe haben wir alle Sehnsucht nach diesem Buch und seinen Inhalten abgetötet oder zumindest unter der Flut kurzfristiger Befriedigung tief vergraben.

Darum sind die Pläne der Hölle so erfolgreich: Nichts ist besser, als sie davon zu überzeugen, dass sie etwas brauchen, was sie gar nicht brauchen. Oder dass sie wollen, was wir für sie wollen. Und zwar sofort.

Wir haben Vorstellungskraft durch Fantasy ersetzt und Freude durch Spaß. Wir füllen Räume mit leeren Schädlingen, die sich dumme Witze erzählen und lachen, als ob ihre Herzen voller Freude wären. Dabei kennen sie nur Zynismus und Hoffnungslosigkeit. Ihre fehlgeleiteten Sehnsüchte werden nie erfüllt.

Darum ist Sex so nützlich und gleichzeitig auch so gefährlich für uns. Der Feind möchte, dass sie in der sexuellen Vereinigung ihn und seine Liebe zu ihnen erkennen. Ihr Wunsch, den Geliebten zu befriedigen und Schönes von ihm oder ihr zu empfangen, kommt vom Feind. Er hat sich Sex als Sakrament ausgedacht, das sie näher zu ihm bringen kann. Doch wir haben den sexuellen Akt zu etwas schlichtweg Nettem herabgewürdigt. Man kann ihn an jeder Straßenecke bekommen und niemand betrachtet Sex noch als etwas Geistliches. Er ist trivial geworden und hat alle Transzendenz verloren, die der Feind einmal erdacht hat.

Mach sie zu Menschen ohne Sehnsucht. Maschinen, die ihren Dienst erfüllen und keine Freude empfinden. Irgendwann hören sie dann ganz auf zu suchen. Und dann haben wir sie!

Wenn wir sie von der Sehnsucht nicht völlig abbringen können, ist es das Zweitbeste, sie auf triviale Wünsche zu stoßen, Dinge wie Urlaubsreisen oder größere Autos. Bring sie dazu zu glauben, dass Geld, Macht, Popularität und Sex das sind, was sie eigentlich wollen. Die Idee, dass sie sich vielleicht nach einem Gott sehnen, den sie nicht sehen können, wird ihnen bald völlig absurd vorkommen.

Wie kann irgendetwas von Bedeutung sein, das ihnen keine schnelle Befriedigung gibt oder ihr Leben womöglich unbequem macht? Das Christentum fordert sie auf, einen stinkenden Obdachlosen zu betreuen und gleichzeitig zu einer verführerischen Frau Nein zu sagen. Wen könnte so eine Religion schon verlocken?

Wie gut, dass nur wenige von ihnen kapieren, dass Gott diese Akte des momentanen Verzichtes tausendfach belohnen wird. Unser Job ist es, die Preisschildchen zu vertauschen, und es ist uns bereits hervorragend gelungen. Sie sollten auch weiterhin nicht bereit sein, den Preis für das wirklich Wertvolle zu bezahlen. Sie sollen schätzen, was billig ist. Erst wenn es zu spät ist, werden sie begreifen, wie teuer sie dafür bezahlen müssen ...

Auf zum Preisschildertauschen!

*Prinz Ishbane*

# Kapitel 22

## 23. April, 20:49 Uhr

„Denk doch nur mal dran, wie sehr es uns letztes Mal weitergeholfen hat!", sagte Brittany. „Setz dich hin und lass die Tarot-Karten zu dir sprechen. Du bist total verkrampft, seit du unter die Frommen gegangen bist!"

Sie reichte Jillian eine Karte. Jillian blickte darauf und sah eine Schlange.

„Nein", sagte sie. „Das ist einfach nicht okay und ich will es nicht."

„Jillian, ehrlich, sei doch nicht so vernagelt!"

„Ich gehe jetzt besser, Britt. Ich muss endlich mal für meine eigenen Entscheidungen geradestehen. Das ist die Lektion, die ich im Augenblick lerne."

„Das sage ich dir ja immer. Weißt du noch, letztes Mal hast du die Todeskarte gezogen und ich hab dir geraten, dein Leben selbst in die Hand zu nehmen."

„Genau. Und es ist nun mal so, dass ich mein Leben in Gottes Hände legen will. Ich vertraue ihm. Deshalb muss ich mich auch nicht mehr so sklavisch nach dem richten, was andere Leute über mich denken. Dich eingeschlossen."

„Willst du mir jetzt Schuldgefühle einreden?"

„Nein, es war ganz klar meine Schuld. Ich übernehme die volle Verantwortung. Aber ich sage dir eins, Britt: Ich werde mit dir nicht mehr in deinem Zimmer rumhängen, solange diese Tarot-Karten und okkulten Bücher und dieser Wicca-Kram von Skyla hier drin sind. Damit beeinflusst du nicht nur dein Leben, sondern auch meins. Und ich will das nicht. Rob hat mir gestern ein paar Bibelstellen zu dem Thema gezeigt. Die waren ziemlich eindeutig!"

„Ja, Ian hat mir schon von Robs kleiner Predigt erzählt. Was hat der Typ vor? Will er dich gegen mich einnehmen?"

„Es geht doch hier überhaupt nicht um Rob, sondern um Gott! Wenn er mir sagt, dass ich mich von solchen Sachen fern halten soll, dann mache ich das!"

„Wie, dann willst du jetzt also mein Leben auch noch kontrollieren?"

„Du kannst tun und lassen, was du willst, Britt. Ich sage nur, dass ich mit diesem Kram nicht in einem Raum sein will. Ich ziehe für mich eine Grenze. Was du damit machst, ist deine Sache." Sie ging aus dem Zimmer und war schon auf der Treppe, als sie Brittany ihren Namen rufen hörte. Einen Moment lang hatte sie Hoffnung. Doch dann sagte Brittany: „Du bist eifersüchtig auf Skyla, stimmt's?"

*

„Hallo?"

„Hey, Jill!", sagte Rob. „Kann ich dich in einer halben Stunde abholen?"

„Sag mir zuerst mal, wo du die ganze Zeit gesteckt hast. Ich versuche seit drei Tagen, dich zu erreichen! Hörst du eigentlich nie deinen Anrufbeantworter ab?"

„Ich hatte einfach total viel um die Ohren. Aufgaben für die Uni und so, du weißt schon."

„Hm, na gut. Und wo willst du mit mir hin?"

„Das ist ein Geheimnis!"

Sobald sie aufgelegt hatten, rannte Jillian nach oben und machte sich fertig. Ein Blick aus dem Fenster zeigte ihr einen herrlich blauen Himmel. Da klingelte es auch schon an der Tür.

„Fertig?", fragte Rob und lächelte sie an.

„Wir können los. Ich bin schon total neugierig!"

Sie fuhren etwa eine halbe Stunde auf den schneebedeckten Gipfel des Mount Hood zu. Dann bogen sie in eine Seitenstraße ab, die Jillian noch nie gefahren war. Sie fühlte sich etwas unsicher. Bald verwandelte sich die Straße in einen Schotterweg und Rob hielt an.

„Da sind wir!" Er öffnete den Kofferraum und holte einen riesigen, voll gestopften Picknickkorb heraus. Jillian starrte ihn verblüfft an.

„Mama hat sich ein bisschen ins Zeug gelegt", grinste Rob.

Jillian nahm eine Decke und sie gingen zu einer Waldlichtung. Dort aßen und redeten und lachten sie und die Stunden vergingen wie im Flug.

Schließlich packten sie alles wieder ein und Jillian umarmte Rob fest. „Vielen Dank für diese wunderschöne Idee!"

Rob küsste sie zärtlich, dann wurden ihre Küsse länger und intensiver. Sie fühlte, wie sie den Boden unter den Füßen verlor und nicht mehr klar denken konnte. Klar, sie hatten sich auch vorher schon geküsst, aber nicht so ... Erregung und Angst schossen in ihr auf. Jetzt lagen sie im Gras und küssten sich noch immer wild.

Plötzlich ließ Rob sie los und sprang auf. Er ging schnell weg, beinahe rennend. Jillian stand auf und folgte ihm. „Rob, was ist denn?"

„Jillian ... das ... wir müssen da über etwas reden! Ich wollte dich eigentlich nicht damit belasten, aber nach dem eben ... Dies ist die erste Beziehung, die ich habe, seit ich Christ geworden bin. Hm, da fällt mir auf, dass das bei dir wohl genauso ist. Egal, jedenfalls ..." Er machte eine Pause. „Ich glaube, wir müssen uns klarere Grenzen setzen. Körperlich, meine ich."

„In der Bibel steht, dass Sex in die Ehe gehört. Also werden wir nicht miteinander schlafen. Oder?"

„So einfach ist das nicht. Was war das eben zum Beispiel? Ging das schon in Richtung Sex? Es gehört nicht viel dazu, um mich in Wallung zu bringen, weißt du?"

„Ich bin nicht sicher ..."

„Ich bin ein Mann! Alle Männer sind Schweine und denken immer nur an Sex, das weißt du doch! Nein, im Ernst, ich glaube wirklich, dass Männer einen stärkeren Sextrieb haben als Frauen. Ich weiß ja nicht, was du eben empfunden hast, aber für mich hat nicht mehr viel gefehlt und ich wäre über dich hergefallen!"

„Aber können wir denn nicht sagen, dass wir es beim Küssen und Schmusen belassen und nicht weiter gehen?"

„Ach, Jillian ... wenn es noch mal so weit kommt, weiß ich nicht, ob ich mich wieder losreißen kann. Diesmal hat mir Gott geholfen. Wenn wir es weiter so handhaben, kriege ich das vielleicht nicht mehr hin. Ich traue mir da einfach nicht über den Weg. Mir scheint das eine Warnung gewesen zu sein."

Sie nickte langsam.

„Siehst du, es ist ja so: Wir kommen uns langsam näher. Geistlich, emotional und auch körperlich. Zuerst haben wir nur Händchen gehalten, dann uns umarmt und geküsst ... und ich muss sagen, ich hab auch schon weiter gedacht. Es ist wie eine Sucht; ich will mehr!"

„Aber ist es nicht ganz normal, dass man sich seine wachsende Zuneigung auch körperlich zeigen will?"

„Genau so ist es. Und darum müssen wir Grenzen ziehen. Ich wünschte, ich hätte schon viel früher damit angefangen." Robs Blick war ganz weit weg und er ließ den Kopf hängen.

„Rob?", fragte Jillian. Er reagierte nicht. „Sagst du mir bitte, was mit dir los ist?"

„Oh Mann, da gibt es so vieles ...", murmelte er. „Zu viele Geschichten, die ich lieber vergessen würde. Zu vieles über mich, das ich lieber niemandem erzählen würde. Aber ich bin dir eine Erklärung schuldig."

Jillian hatte ihn noch nie so erlebt.

„Es gab da Mädchen, Jillian. Viele Mädchen. Ich kann mich nicht mal an alle erinnern. Von einigen kannte ich nicht mal den Namen." Seine Stimme war völlig leblos. „Isabel war die Erste, und ihr Gesicht kann ich am allerwenigsten aus meinem Kopf verdrängen. Ich war erst 14. Isabel war Miguels *novia* – Miguels Freundin." Er hielt inne und sah Jillian aus rot geränderten Augen an. „Miguel war der Anführer unserer Gang. Er war mein Held, und er hatte alles, was ich wollte – Isabel eingeschlossen."

Jillian sah ihn schweigend an und Rob räusperte sich.

„Aus irgendeinem Grund erlaubte Miguel Isabel nicht, eine Waffe zu tragen. Sie bot mir eine Liebesnacht an, wenn ich ihr dafür eine 9-mm-Glock 17 besorgen würde. Das hat sie mit vielen Jungs so gemacht. Jeder wollte sie; sie war so wunderschön!" Rob zögerte. „Ich redete mir ein, dass der Sex mit ihr super gewesen sei, obwohl es eigentlich eher eine peinliche und ungelenke Angelegenheit war. Kurze Zeit danach stand ich mit meinen Kumpels an der Straßenecke und prahlte mit meinem Erlebnis. Da hörten wir den Schuss. Zuerst dachten wir, es sei der Beginn eines Bandenkrieges. Aber es war Isabel. Sie hatte sich selbst erschossen."

Jillian erschauderte, als sie die Leere in Robs Augen sah.

„Sie war 17, hatte kein Zuhause und war schwanger. Das lasen wir später in der Zeitung. Von dem Tag an hatte ich das Gefühl, als wäre mein Herz eingefroren. In den nächsten Jahren bin ich mit vielen Mädchen ins Bett gegangen, aber ich dachte immer an Isabel. Und der Sex war nicht halb so gut, wie ich mir einredete. Jedes Mal flüsterte mir eine Stimme zu, dass es mit dem jeweiligen Mädchen so super werden würde, wie ich es mir erträumte, aber dann war es doch wieder eine Enttäuschung und ich fühlte mich nur noch leerer."

Jillian ergriff seine Hände und weinte mit ihm.

„Natürlich hat es auch irgendwie Spaß gemacht, aber daran erinnere ich mich nicht richtig. Nur an Traurigkeit und Schmerz. Und Angst. Angst, dass ich der Nächste sein könnte, der tot aufgefunden wird."

Er entzog ihr seine Hände und fuhr sich nervös durchs Haar.

„Gott hat mir vergeben, das weiß ich. Aber selbst wenn die Sünde vergeben ist, müssen wir später noch mit manchen Konsequenzen unseres Tuns leben. Wenn ich damals schon gewusst hätte, was es mit mir anrichten würde, hätte ich andere Entscheidungen getroffen." Er stieß die Luft aus. „Puh. Das habe ich noch nie jemandem erzählt. Nur du und Gott wisst darüber Bescheid."

Jillian starrte wortlos und mit Tränen in den Augen in sein Gesicht.

„Vielleicht möchtest du unsere Beziehung jetzt noch mal überdenken."

Sie öffnete den Mund und schloss ihn wieder. Dann sagte sie: „Ich war auch erst 16 bei meinem ersten Mal. Das war vor zwei Jahren. Ich dachte, dass er mich liebt ... und dass ich ihn liebte."

„Du musst mir das nicht erzählen, Jillian."

„Ich möchte es aber. Gott habe ich zwar meine Fehler generell bekannt, aber nicht so detailliert." Sie atmete tief durch. „Der Junge hat mich immer wieder gedrängt und gesagt, wenn ich ihn liebe, würde ich es auch zeigen wollen. Doch als wir es dann getan hatten, veränderte sich unsere Beziehung. Es ging nur noch um das Eine. Wenn ich nicht jedes Mal mit ihm schlief, wenn wir uns trafen, wurde er sauer. Schließlich ließ er mich dann wegen einer anderen sitzen. Ich war völlig fertig; ich fühlte mich so benutzt und schmutzig. Meine Eltern hatten keine Ahnung davon." Sie wischte sich über die Augen. „Es wird noch schlimmer! Ich habe mich bei seinem besten Freund ausgeheult, der supernett zu mir war. Ich kannte ihn ganz gut; dachte ich jedenfalls. Er sagte, er würde mir nie so etwas antun. Außerdem hatte er eine Freundin. Doch eines Tages landeten wir zusammen im Bett. Es war furchtbar. Wenn man erst mal seine Unschuld verloren hat, dann ist es so, als wäre alles egal. Denn was hatte ich noch zu verlieren?"

„Ich weiß genau, was du meinst", sagte Rob. „Aber wir können uns von unserer Vergangenheit heilen lassen. Gott hat gesagt, dass er unsere Sünden ins äußerste Meer wirft, wo sie für immer vergeben sind. Wir können ganz neu anfangen. Ich habe schon mal gehört, dass jemand das die ‚zweite Jungfräulichkeit' genannt hat. Das wünsche ich mir so sehr!"

„Oh ja, ich auch. Aber irgendwie kommt die Vergangenheit doch immer wieder hoch. Ich habe noch nie jemandem von dieser Sache erzählt, nicht mal Brittany. Es ist nur einmal mit diesem Typen passiert und wir haben beide versucht, so zu tun, als wäre nichts geschehen. Aber ich kann seiner Freundin seitdem nicht mehr in die Augen sehen."

„Hat sie es rausgefunden?"

Jillian seufzte tief. „Da bin ich ziemlich sicher."

## Brief 22

The Artist Formerly Known As Prince Ishbane,

ich bin kein Greenhorn, dem man das Händchen halten oder das man verhauen muss! Deine Akten zeigen, dass unsere Ergebnisse vergleichbar sind und ich bin derjenige, der die größere Felderfahrung hat. Ich bin dir nicht unterlegen!

Du meinst, ich gehe zu offensichtlich vor? Na, es ist doch erfrischend, ab und zu mal aus den Schatten zu treten und sie mit minimalem Aufwand weiter zu versklaven! Viele von ihnen halten uns für Fiktion, so wie die Dämonen in den Cartoons von Gary Larson. Es ist gut, wenn sie für die Realität blind sind. Was dir dabei jedoch entgeht, Ishbane, ist die Tatsache, dass ein bisschen Böses sie fasziniert und in unser Netz zieht. Wohldosierte Einblicke, das ist es, was ich Ian, Brittany und Daniel gewähre. Wie eine gute Prostituierte zeige ich ihnen die schöne Seite der Finsternis, den verführerischen Teil. Nicht zu viel auf einmal, nur genug, um sie tiefer hineinzulocken.

Dauernd redest du von der Gelegenheit, diese erbärmlichen Jungschädlinge durch sexuelle Unmoral zu Fall zu bringen. Denkst du, das ist mir nicht bewusst? Sieh im Vorlesungsverzeichnis vom letzten Jahr nach, dann siehst du, dass ich das Seminar über „Jungschädlingsvernichtung" an der Erebus-Akademie gehalten habe! Natürlich ist Sex unsere beste Waffe! Was willst du mir als Nächstes erzählen? Dass ich sie dazu bringen soll, Drogen zu nehmen oder betrunken Auto zu fahren oder sich aufzuhängen? Wie originell!

Tu mir einen Gefallen und rede nicht mehr davon, dass ich meinen Job „lieben" soll. Gut, den Schädlingen machen wir weis, dass Empfindungen wie Gier oder Lust mit Liebe gleichzusetzen sind. Aber wir unter uns müssen doch diesen verfehlten Begriff nun wirklich nicht verwenden! Der Feind hat diese unsinnige Sache mit der selbstlosen Liebe erfunden – Schwachsinn, wenn du mich fragst. Ist nicht alles, was wir tun, von Eigeninteresse motiviert? Ist das nicht der Grund, warum wir Luzifer folgen? Oder ist es bei dir etwa Loyalität, die dich antreibt? Natürlich nicht.

Ja, ich habe meine Fühler nach Squaltaint ausgestreckt. Irgendwann werde ich ihm einen kleinen Besuch abstatten. Aber keine Sorge, das wird mich nicht von der Erfüllung meiner Pflichten abhalten. Ich bin ein Profi, wie du weißt.

Lass mich dir einen Tipp geben, Ishbane. Der beste Weg, um mehr über deinen Feind herauszufinden, ist es, seine Post zu lesen. Das Verbotene Buch sagt uns, was der Feind will, und wir verwandeln seine Anliegen sozusagen in das spiegelverkehrte Negativ. Der Feind gibt ihnen alles im Sammelpack; alles steht oder fällt zusammen. Sie müssen alles glauben, von Genesis 1 bis zur Offenbarung des Johannes. Wenn sie nur einen Teil davon ablehnen, machen sie sich selbst zum Richter über die Offenbarungen des Feindes, statt sich von ihm richten zu lassen. Das kann er gar nicht leiden. Und wir lieben es!

Kapierst du nicht? Ich male dir ein Bild vor Augen: Der Feind vertraut ihnen ein Schiff an. Er schickt sie aufs Meer hinaus mit einer Fracht, die sie selbst am Leben halten und deren Rest sie am Zielhafen abliefern sollen. Doch dann kommen die Wellen, ihre Umstände und Zweifel. Statt an die Arbeit zu gehen und die Segel zu hissen, versuchen sie, das Schiff zu erleichtern, indem sie die Ladung über Brod werfen. Sie machen sich selbst zum Kapitän, obwohl sie nur als Crew angeheuert wurden. Meuterei auf der Erde! Dabei übersehen sie leider, dass die Ladung für sie selbst bestimmt war, um sie ans Ziel zu bringen ...

Wenn wir sie erst mal dazu gebracht haben, Teile des Verbotenen Buches abzulehnen, werden sie nach und nach immer mehr Ballast abwerfen. Darum passen uns Unis so gut ins Konzept. Mit jedem Teil, das über Bord fliegt, wird das Boot schwerer zu manövrieren und die Wahrscheinlichkeit sinkt, dass sie bis zum Ziel durchhalten.

Du hast mir geraten, subtiler vorzugehen. Warum meinst du, dass ausgerechnet ich den Wert der Subtilität nicht kenne? Doch unsere Strategien sollten stets den speziellen Schwächen der Schnarchnasen angepasst werden. Drei der Jungschädlinge haben sich für den direkten Angriff als besonders geeignet erwiesen. Punktum!

Nimm zum Beispiel Ian. Ich erzähle seinem Versucher Spleengouge ständig, dass er ihn nicht zu spektakulären neuen Sünden überreden soll, nur damit sein Report gut aussieht. Jeder Tag, den dieser Mann in seiner momentanen Haltung verharrt, bringt ihn zuverlässig und langsam, aber sicher der Hölle näher. Man muss ihn gar nicht mehr groß verführen. Wie gesagt – die Zeit ist auf unserer Seite. Wenn sein Leben zu Ende geht, wird nur eines zählen: Er hat den Feind nicht kennen gelernt!

Der sicherste Weg in die Hölle ist der langsame und bequeme ... leicht bergab, weicher Untergrund, keine scharfen Kurven, keine Meilensteine, keine Hinweisschilder.

Wenn du mehr Rat brauchst, um in die richtige Richtung zu gehen, weißt du ja, wo du mich findest!

Es war mir eine Ehre, dich zu beraten,

*Lord Foulgrin*

## Kapitel 23
## 5. Mai, 19:43 Uhr

„Tyler Street 680“, murmelte Jillian. „Hier ist es.“

Sie ging zur Haustür und klopfte an. Eine völlig verblüffte Kelly Hatcher öffnete die Tür und musste zweimal blinzeln.

„Hi“, sagte Jillian schwach.

„Was willst *du* denn hier?“

*Mich vor dir demütigen, was sonst?* „Ich wollte mich entschuldigen.“

Kelly zog eine Augenbraue hoch. „Ach, und wahrscheinlich möchtest du mir auch die Füße küssen, was? Würdest du dich dann besser fühlen? Oder soll ich dir die andere Wange hinhalten, damit du ...“

Jillian kaute auf ihrer Unterlippe. „Ähm, also eigentlich ... ja, mir tut es sehr Leid, dass ich dich geohrfeigt habe. Da sind mir die Pferde durchgegangen und ich möchte mich dafür entschuldigen. Aber das ist nicht der eigentliche Grund meines Kommens.“

„Ach ja? Warum bist du also hier, Jillian?“ Noch immer stand Kelly in der halb geöffneten Tür.

Jillians Magen verkrampfte sich. *Dreh dich um und geh nach Hause. Kelly weiß eh schon alles und wenn du es jetzt wieder aufbringst, tut es nur allen Beteiligten neu weh.* Sie trat einen Schritt zurück. Dann schickte sie ein Stoßgebet zum Himmel und sagte: „Es geht um Dustin. Ich muss dir etwas sagen.“

Kelly sah über die Schulter ins Haus, dann trat sie auf die Veranda und zog die Tür hinter sich zu. „Lass mal hören. Ich war mit Dustin anderthalb Jahre zusammen. Du kanntest ihn nur, na sagen wir, drei Monate, als du und Joel miteinander gegangen seid. Was könntest du also über Dustin wissen, was ich nicht weiß?“

Jillians Handflächen fühlten sich klamm an. „Als Joel und ich uns getrennt haben ...“

„Du meinst, als Joel dich wegen Alicia fallen gelassen hat!“

Jillian verspürte das dringende Bedürfnis, sie zu würgen oder wenigstens wegzugehen. Doch etwas drängte sie weiterzumachen. „Ja. Äh, also ... du erinnerst dich vermutlich noch, dass ich damals total fertig war. Dustin war sehr süß und hat mich getröstet. Eines Abends, als du nicht da warst, war ich bei ihm zu Besuch. Es ging mir superschlecht und er hat gesagt, dass er mich versteht. Er legte den Arm um mich. Und dann ... dann sind wir irgendwie ..."

„Was? Red weiter!" Kellys Augen sprühten Funken.

„Wir haben miteinander geschlafen. Es tut mir schrecklich Leid."

„Hältst du mich für eine Vollidiotin, Jillian? Meinst du, das hätte ich nicht längst mitbekommen? Ich wusste sofort Bescheid. Allein wie ihr beiden rumgestottert habt, als wir uns am nächsten Tag im Supermarkt getroffen haben!"

„Ich ... es tut mir wirklich Leid, Kelly", stammelte Jillian und Tränen liefen ihr über das Gesicht. „Ich wünschte, ich könnte es ungeschehen machen. Ich wünschte ..."

„Von diesem Tag an war zwischen mir und Dustin der Ofen aus, obwohl keiner von uns beiden es aussprechen wollte", sagte Kelly mit hohler Stimme. „Wir hatten vor zu heiraten, weißt du. Aber es hatte keinen Zweck mehr. Als er dann aufs College ging, war es vorbei."

„Das verstehe ich nicht", sagte Jillian. „Wenn du es doch wusstest, warum hast du dich dann nicht gleich von ihm getrennt?"

„Weil ich ihn geliebt hab, kapiert?", zischte sie. „Ich habe ihn geliebt!" Eine Träne rann über ihr makelloses Make-up.

„Es ... es tut mir so Leid!" Jillian kam sich blöd vor, weil sie sich wiederholte. Aber sie wusste einfach nicht, was sie sonst hätte sagen sollen.

„Tja, das reicht leider nicht, Miss Perfekt. Du hast mein Leben ruiniert!", zischte Kelly und riss die Tür auf. Sie ging hinein und starrte Jillian noch einmal an. „Das Einzige, was mich noch aufbaut, ist die Vorstellung, wie du nachts wach liegst und vor Schuldgefühlen nicht schlafen kannst. Ich hoffe, dass sich das niemals ändern wird, Jillian. Niemals!"

Sie knallte die Tür zu und der Luftzug streifte Jillians Gesicht. Sie fühlte sich schrecklich leer. Wie betäubt ging sie zurück zu ihrem Auto. Sie hatte sich vorgestellt, wie Kelly sich bei ihr bedankte und ihr sagte, dass alles vergeben sei. Stattdessen hatte sie ihr das Messer im Herzen herumgedreht. *Ich versuche, das Richtige zu tun, und es geht total in die Hose. Warum, Gott?*

Jillian fuhr nach Hause. Ihre Mutter war ausgegangen und hatte Joey bei Ryan und Jodi abgegeben. Sie wollte erst um frühestens zehn Uhr zurück sein. Jillian ging in die Küche und durchwühlte sämtliche

Schränke. Sie fand eine volle Tüte Chips, ein Päckchen Weingummis und Mamas nicht so geheimes Geheimversteck für Schokolade aller Art. Im Kühlschrank stieß sie auf einen Käsekuchen und einen Rest Nudeln vom Vortag. Und im Gefrierfach war noch Eiscreme.

Sie musste zweimal gehen, um alles in ihr Zimmer zu tragen. Dann schaltete sie den Fernseher ein und schaute sich sinnlose Wiederholungen von Serien an. Sie verputzte den halben Käsekuchen und dazu die Eiscreme. Dann riss sie die Chipstüte auf und vergaß Kelly, Dustin, Brittany, Rob und alles andere.

Danach waren die Weingummis und die Schokolade dran. Irgendwann schaltete sie den Fernseher wieder ab und ging ins Bad. Ärgerlicherweise passte der Abfall nicht komplett in den Mülleimer unter dem Waschbecken. Jillian ließ den leeren Eiskarton, die Chipstüte und den Tortenboden auf dem Boden stehen; sie würde das Zeug nachher wegwerfen. Sie kniete sich vor die Toilette und steckte sich einen Finger in den Hals. Die Abführmittel wirkten zwar auch ganz gut, aber diese Lösung war viel einfacher und fiel ihr immer leichter, je öfter sie es machte. Zwar war es ziemlich eklig, aber alles war besser, als diese Unmengen von Kalorien in ihrem Bauch zu lassen.

Als sie fertig war, betätigte sie die Spülung. Sie fühlte sich schon viel besser, aber zur Sicherheit wiederholte sie das Ganze noch einmal. Plötzlich horchte sie auf. Hatte sie da etwas gehört?

„Jillian, bist du okay?" Ihre Mutter stieß die Tür auf und hatte Joey auf dem Arm.

„Kannst du nicht anklopfen?", krächzte Jillian und versuchte, sich den Mund mit Klopapier abzuwischen.

„Bist du krank, Schatz? Es riecht so ..." Dianes Blick fiel auf die leeren Schachteln und Tüten. „Was ... was ist denn hier los?"

„Geh raus!", schrie Jillian. Sie sprang auf. „Kannst du mich nicht einfach in Ruhe lassen?"

„Jillian, was ist denn nur mit dir?"

„Lass mich einfach in Ruhe!"

„Jillian Fletcher, so einfach kommst du mir nicht davon. Was ist das ganze Zeug da, und warum riecht es hier nach Erbrochenem?" Sie sah aus, als würde sie gleich in Tränen ausbrechen.

„Du sollst aus der Tür rausgehen!"

„Ich habe mir Sorgen um dich gemacht, aber ich dachte, es ist nur eine Phase."

„Mama, du kannst das sowieso nicht verstehen. Also tu mir einen Gefallen und mach dir keine Gedanken, okay? Ich komme schon klar."

Diane schloss die Augen und Joey fing an zu weinen.

„Geh endlich!" Jillian saß auf dem Boden und stützte den Kopf in die Hände.

Diane taumelte hinaus und Jillian fühlte sich total ausgehöhlt. Sie wusste, dass sie ihre Mutter nicht hätte anschreien sollen, aber sie spürte jetzt keine Reue. Vielleicht später ... Sie schämte sich so sehr wegen ihres Geheimnisses. Niemand durfte das wissen, nicht mal Gott. Sie wusste, sie sollte beten. Aber sie hatte das Gefühl so satt, gegen eine Mauer anzureden. Sogar zum Weinen war sie zu betäubt. Sie umklammerte ihre Knie und zog sich in ihren sorgfältig gewobenen Kokon zurück.

## Brief 23

Mein angeberischer Foulgrin,

ich habe dem Innenministerium eine Kopie deines letzten unverschämten Schreibens weitergeleitet. Du bewegst dich auf dünnem Eis, mein Freund. Sehr dünnem Eis! Die Zuständigen wird es besonders interessieren, dass du wieder als „Lord" Foulgrin unterschreibst. Du schaufelst dein eigenes Grab. Gern stelle ich dir den Spaten zur Verfügung! Das Problem ist, dass bei diesem Auftrag Erfolg und Misserfolg untrennbar miteinander verbunden sind. Fokus, Foulgrin!

Ja, mir ist klar, dass Jillians Probleme dich befriedigen. Das Bekenntnis ihrer Verfehlungen, die demütigende Szene bei Kelly und die Tatsache, dass ihre Mutter sie bei ihrem kleinen Geheimnis erwischt hat, müssen schreckliche Erfahrungen gewesen sein. Solche Dinge sind natürlich immer ein Grund zur Freude für uns.

Doch ist dir nicht aufgefallen, dass ihr Bekenntnis und ihre Entschuldigung bei Kelly genau das waren, was der Feind will? Und dass die Entdeckung ihrer Mutter möglicherweise die Gebetskrieger des Feindes auf den Plan rufen wird? Warum ist Diane wohl zwei Stunden früher nach Hause gekommen als geplant? Zufall? Wohl kaum!

Indem du zugelassen hast, dass Jillians Mutter das Geheimnis entdeckt, hast du den Bann gebrochen. Jetzt wird es Gelegenheiten für sie geben, sich Hilfe zu suchen.

Jillians Handlungen sind nur die Spitze des Eisbergs. Die wahre Schlacht findet in ihrem Kopf statt. Sie sieht sich um und erblickt tolle Häuser. Sie denkt, wenn sie nur einen solchen Ort hätte, wäre alles gut. Dann sieht sie sich die Bilder von superschlanken Frauen an. Seit ihrer Kindheit hat sie Essen als Belohnung oder Bestechung erlebt. Schönheit setzt sie mit Dünnsein gleich. Nun steht sie vor der Wahl: Disziplin oder die Abkürzung? Da gibt es Diätpillen, Abführmittel, Kotzen, Hungern. Bald dreht sich das ganze Leben nur noch ums Essen oder Nichtessen. Ein wahrer Götzendienst!

Jillian hat einen Kontrolltick. Weil sie in anderen Lebensbereichen herumgeschubst wird, klammert sie sich krampfhaft an die Idee, dass sie zumindest ihr Essverhalten im Griff hat. Dabei hat sie in Wirklichkeit die Kontrolle total verloren!

Jetzt, wo ihre Mutter Bescheid weiß, musst du tun, was du kannst, um diese Tatsache gegen sie zu verwenden. Zeig Jillian, wie sie andere mit ihren Problemen manipulieren kann. Die ganze Familie soll sich um sie und ihre Krankheit drehen. Das ist der Lohn, der sie dazu antreiben wird, genauso weiterzumachen. Ganz wichtig ist die Beratung, die sie jetzt erhält. Sie kann ruhig zu einem Therapeuten gehen; du musst nur dafür sorgen, dass er ihr einredet, alle anderen seien schuld und sie trüge keine Verantwortung für ihr Verhalten. Diane Fletcher darf nur noch auf Zehenspitzen um sie schleichen dürfen.

Jillian darf auf keinen Fall begreifen, dass sie nur dann eine wahre Veränderung erleben kann, wenn sie ihre Sichtweise ändert. Lass sie nie an ihren Status beim Feind denken. Ja, sie ist gerecht gemacht und damit ein neuer Mensch. Doch wir können sie in den Gewohnheiten ihrer alten Natur gefangen halten. Lass sie nicht entdecken, dass ihre Essstörung etwas mit einem Loch in ihrer Seele zu tun hat!

Sie sollte auch nicht erkennen, dass ihr Essverhalten eine Sünde gegen den Tempel des Geistes ist, ihren Körper. Sie könnte es als vorübergehende Phase abschreiben. Von mir aus kann sie auch wie verrückt Sport treiben. Soll sie fressen und kotzen oder sich zu Tode hungern. Mir ist es egal, wie sie das Ziel verfehlen. Hauptsache, sie verfehlen es!

Mach sie blind für ihre eigenen selbstzerstörerischen Gedanken und für ihre Unfähigkeit, sich am eigenen Schopf aus dem Sumpf ziehen zu können. Auf keinen Fall darf sie nach dem Rettungsring des Feindes greifen.

Lass dir keinen Meter Boden abringen, Foulgrin! Der Geist darf sie nicht von innen her verändern. Sie soll sich weiter um ihre eigenen Probleme drehen. Lass sie nur an ihre Bedürfnisse und Wünsche denken und nicht begreifen, dass viele von diesen erfüllt würden, wenn sie anfinge, sich auch um andere zu kümmern. Es ist egal, ob sie stolz und selbstgerecht ist oder gedemütigt und beschämt. Was du nicht zulassen darfst, ist echte Reue, Umkehr, Veränderung und Vollmacht.

Immer einen Jungschädling nach dem anderen,

*Prinz Ishbane*

## Kapitel 24
## 6. Mai, 13:24 Uhr

Ryan und Jodi saßen auf ihrem Sofa. Joey kuschelte sich in Jodis Arme, während Diane den dreien gegenüber in einem Sessel saß.

„Danke, dass ich so schnell zu euch kommen konnte", sagte Diane mit zittriger Stimme.

„Hey, du weißt doch, dass wir immer für dich da sind!", sagte Jodi. „Was ist denn los?"

„Seit Jordans Tod ist bei uns zu Hause nichts mehr normal", seufzte Diane. „Den Kindern fehlt einfach ein Vater. Ich kann ihn nicht ersetzen. Ich bin ja nicht mal als Mutter besonders toll!"

„Oh Mann", sagte Ryan schuldbewusst. „Ich hätte mich mehr um Daniel kümmern sollen!"

„Ach, ihr beiden wart mir sowieso schon so eine große Hilfe. Du hast dich ja auch um Daniel bemüht; er ist eben eine harte Nuss. Jordan ist zu ihm durchgekommen, aber ... na ja, der eigentliche Grund meines Hierseins ist Jillian!"

„Jillian?", fragte Ryan. „Sie hat sich gerade für Jesus geöffnet. Das ist so toll!"

„Und sie ist doch noch mit Rob zusammen, oder?", fragte Jodi nach.

„Oh ja, Rob ist wirklich ein klasse Junge und er liebt Gott über alles. Tatsächlich übt er einen besseren Einfluss auf Jill aus als ich! Nein, das Problem ist ... Jillian hat eine Essstörung! Ich habe schon so einen Verdacht gehabt, aber mich nicht getraut, es anzusprechen. Nur, gestern bin ich früher nach Hause gekommen, und da ..." Sie brach ab und begann zu weinen.

Jodi reichte Joey an ihren Mann weiter und setzte sich neben Diane. Sie legte ihr einen Arm um die Schulter.

„Sie war im Bad und hat sich übergeben. Absichtlich. Sie hatte einen Riesenhaufen Süßigkeiten und Chips gegessen und sich dann den Finger in den Hals gesteckt. Ich habe solche Angst! Und ich weiß überhaupt nicht, was ich tun soll. Sie lässt mich nicht an sich ran."

Jodi sah Ryan an. Dieser nickte und ging mit Joey hinaus.

„Ich habe da ein wenig Erfahrung", sagte Jodi.

„Wie meinst du das?"

„Als ich noch in der Schule war, musste ich mit dem Sport aufhören, weil ich mich am Rücken verletzt hatte. Ich habe damals rasant zugenommen und wurde total deprimiert. Ich litt unter meinem Gewicht, aber andererseits war Essen auch ein Trost für mich. Alles wieder hinauszukotzen schien deshalb die ideale Lösung."

„Was hat dich wieder davon abgebracht?"

„Die Unterstützung meiner Eltern und viele Gebete haben sehr geholfen. Aber so richtig zur Gegenwehr habe ich mich entschlossen, als ich mehr über Essstörungen erfuhr. Ich war damals noch Journalistin und hatte den Auftrag bekommen, einen Artikel über Essstörungen zu schreiben. Gottes Vorsehung! Als ich über die körperlichen Folgen von Bulimie las, bekam ich ganz schön Angst!"

„Was sind denn das für Folgen?"

„Oh, viele – und alle ziemlich unschön: Verdauungsprobleme, extreme Schädigung der Zähne durch die Magensäure beim Erbrechen, Haarausfall, Speiseröhrenkrebs ... ich habe sogar schon von Frauen gehört, die an einem Speiseröhrenriss gestorben sind."

„Oh. Ich wusste nicht, dass es so gefährlich ist!", stammelte Diane.

„Tut mir Leid, wenn ich dir Angst gemacht habe, aber das ist wirklich eine ernste Sache. Vielleicht nicht ganz so lebensgefährlich wie Magersucht, aber schlimm genug. Das kann ich dir sagen! Ich habe lange gebraucht, um meinen Kopf und meinen Körper wieder unter meine Herrschaft zu bringen. Noch heute habe ich manchmal damit zu kämpfen. Es ist zwar Jahre her, aber vermutlich werden mich diese Gedanken und Versuchungen mein Leben lang verfolgen."

„Entschuldige, wenn das dumm klingt, Jodi, aber wie kann es denn eine Versuchung sein, sich selbst zum Erbrechen zu reizen?"

„Hm, das ist nicht so leicht zu erklären. Zuerst ist es wirklich eklig, aber dann wird es zu einer Sucht, einem Zwang. Das Ganze hat auch eine geistliche Dimension. Statt mich mit meinen Sehnsüchten an Gott zu wenden, habe ich Trost im Essen gesucht."

„Ja, das kenne ich; vielleicht nicht im Bereich Essen, aber auf vielen anderen Gebieten."

„Jeder hat so seine Kämpfe auszutragen. Das ist auch der Punkt, wo du bei Jillian anknüpfen solltest. Gesteh ihr deine eigenen Schwächen ein. Vielleicht reißt das die Barrieren nieder."

„Na, da habe ich eine große Auswahl anzubieten! Aber es ist doch etwas anderes, weil ich überhaupt nicht nachvollziehen kann, was in ihr vorgeht."

„Bei mir ging es um Kontrolle. Ich wollte alles im Griff haben. Und auf diese Weise schien ich sogar die Sache mit dem Essen kontrollieren zu können. Nur, dass es in Wirklichkeit mich kontrolliert hat!"

„Aber du konntest dich davon lösen!"

„Es war unheimlich schwer. Wie ein Krieg in meinem Kopf."

„Ich habe Jillian auf eine Therapie oder Beratung angesprochen, aber sie will nicht."

„Als ich die richtige Beraterin gefunden hatte, hat mir das total geholfen. Vielleicht kann ich ja mal mit Jillian reden. Wenn sie versteht, dass ihr Problem sehr ernst, aber nicht hoffnungslos ist, ist schon viel gewonnen. Ich würde auch sehr gern mit ihr beten und ihr helfen, einen Therapeuten zu finden."

„Oh, würdest du das wirklich tun?"

„Natürlich! Darum geht es doch in der Gemeinde. Wir sind Gottes Kinder und wir helfen uns gegenseitig. Mach du Jillian nur deutlich, dass du auf ihrer Seite stehst. Sie muss wissen, dass du sie liebst, egal, was passiert. Sie wird in nächster Zukunft sicher hin und wieder mal hinfallen und braucht dann deine Unterstützung. Und du solltest ihr auf jeden Fall sagen, dass du mit mir geredet hast. Darüber wird sie erst sauer sein, aber dann erzähl ihr, dass ich ihr Problem gut kenne. Wahrscheinlich war es bei mir sogar schlimmer. Vor mir muss sie sich also auf keinen Fall blöd vorkommen!"

*

„Wie ist es hiermit?", fragte Brittany und hielt eine Videokassette hoch.

„Sorry, mir ist wirklich nicht nach Horrorfilmen. Ich brauche heute was Ruhiges!"

„Du bist echt 'ne Stimmungskanone", seufzte Brittany und rollte mit den Augen.

„Weißt du noch, als wir den hier geguckt haben?", grinste Jillian und deutete auf eine Komödie. „Wir haben vor Lachen dreimal den Popcorneimer umgeschmissen. Ach Mensch, wir haben so viele gemeinsame Erinnerungen. Was soll ich bloß anfangen, wenn du nächstes Jahr wegziehst?"

Brittany legte ihr einen Arm um die Schultern. „Na, ganz einfach – du kommst mit mir nach San Diego!"

„Ich weiß nicht, Britt. Das ist eine unheimlich schwierige Entscheidung."

„Nicht für mich! Ich kann es gar nicht erwarten, hier wegzukommen. Ich brauche Freiheit und Abenteuer!"

„Was wird denn dann aus Ian und dir? Meinst du, ihr bleibt zusammen?"

„Keine Ahnung. Ich weiß nur, dass wir jetzt im Moment zusammen sind. Wer kann sagen, was morgen sein wird? Außerdem gehe ich ja frühestens im August. Warum sich also jetzt schon Gedanken machen?"

„Habt ihr schon mal darüber geredet?"

Brittany lachte. „Mit Ian über unsere Beziehung zu reden ist so gut wie unmöglich. Über sein metaphysisches Zeug gern, aber sonst ... da verfällt er wieder ins Vorschulalter. Und ich bin auch nicht viel besser."

„Echt? Dabei finde ich so richtig tief gehende Beziehungsgespräche inzwischen echt toll! Rob und mir hat das sehr geholfen."

„Es ist ja nicht so, dass wir gar nicht über uns reden. Wir wollen nur nicht extrem in die Tiefe gehen. Ich meine, er ist 19, und ich bin 18. Wir wollen Spaß haben und nicht demnächst heiraten oder so was." Sie nahm das Video, das Jillian ausgesucht hatte. „Komm, wir nehmen den hier. Auf die alten Zeiten!"

Als sie losfuhren, war Brittany ungewöhnlich still.

„Ist alles okay?", fragte Jillian.

„Ja, schon ..."

„Aber?"

„Ach, in meinem Horoskop stand heute, dass mir morgen etwas Schreckliches passieren wird. Aber es hieß auch, es sei nicht so schlimm, wie es zuerst aussähe. Ich schätze, es gefällt mir nicht besonders, darauf zu warten, was es ist!"

## Brief 24

Mein uncooler Foulgrin,

jedes Mal, wenn Erwachsene sich der Probleme ihrer Kinder bewusst werden und hilfreiche Ansätze finden, verlieren wir. Wir leben von der Abneigung der Kids gegenüber ihren Eltern. Daher müssen wir sicherstellen, dass sie Erwachsenen grundsätzlich nicht zuhören. Außer natürlich unseren Vertretern!

Winde dich in ihre Gehirne hinein, um die Gedanken der Jungschädlinge zu erforschen. Ein Teil ihrer Abneigung gegen die Erwachsenenwelt ist Selbstschutz. Es ist eine beängstigende Welt, in der sie leben. Sie müssen Verantwortung übernehmen, arbeiten, Geld verdienen, eine Familie versorgen. Davor haben sie Schiss. Und statt ihre Angst zu zeigen, verhöhnen sie das, was die Angst nährt.

Brittanys Autoritätsprobleme entstammen ihrem Stolz. Coolness ist unser Werkzeug, um diese unsichere Generation zu erreichen. Was nicht cool ist, ist nicht wünschenswert. Sie sollen und werden Erwachsene und Gleichaltrige verhöhnen, die aus ihrem engen Rahmen der Coolness herausfallen.

Wenn der Pastor Haare in der Nase hat oder einen unmodernen Schlips trägt, finden sie ihn nicht cool genug und übertragen das auf die Christen allgemein, die Kirche und letztlich auch Christus. Am besten, sie überprüfen nie logisch diesen Gedankengang!

Unsere Fähigkeit, sie zu kontrollieren, rührt von ihrer Fixierung auf das Coolsein her. Ganz egal, dass Coolsein keine objektive Qualität hat! Dass es darauf beschränkt ist, was eben gerade angesagt ist. Dass es ihnen von profitgierigen Erwachsenen aufgeworben wird. Lass sie nicht in Kategorien wie Gut und Böse denken, Licht oder Finsternis. Besser ist cool und uncool - trendy versus out. So schaffen wir es, dass sie Taten und Ideen nicht auf der Basis der Wahrheit beurteilen, sondern nur nach ihrer Aktualität und Popularität.

Und da wir bestimmen, was populär ist – durch die Medien, die Schule und die Gleichaltrigen –, haben wir sie genau da, wo wir sie haben wollen. Lang lebe die Heilige Dreifaltigkeit von Marx, Darwin und Freud! Lang leben die Hohepriester der Popkultur – Musiker, Schauspieler und Sportler! Willkommen bei uns, Schädlinge! Kommt in den „Die angesagte Wahrheit des Monats"-Club! Bevor uns noch die falschen Wahrheiten ausgehen, schmort ihr längst in der Hölle!

Ich hasse diese kleinen Schleimbeutel ja allesamt. Aber die Jungschädlinge sind die schlimmsten. Die meisten kommen vor dem Alter von 21 Jahren zum Feind. Wenn er sie bis dahin nicht erwischt hat, wird die Wahrscheinlichkeit immer geringer. Obwohl er sich auch später noch manchmal durchsetzt! Verschwende deine Zeit also nicht mit alten Säcken. Warum zähe Schafböcke essen, wenn man zartes Lammfleisch haben kann?

Diese Generation hat viel mehr erhalten als andere – und auch viel weniger. Mehr Wohlstand, Freizeit und Technologie und weniger Moral, Leitung, Disziplin und Inspiration. Eltern, die ihre Kinder mit Spielsachen verwöhnen, begehen meine liebste Art von Kindesmisshandlung. Je mehr sie bekommen, desto weniger können sie sich freuen. Je mehr sie mit Aktivitäten zugeschüttet werden, desto gelangweilter werden sie.

Ja, Foulgrin, ich habe auch das Verbotene Buch gelesen. Mir gefällt folgende Aussage: „Jede Art von Unrecht und Schlechtigkeit häuft sich bei ihnen, sie sind voll Gier, Gehässigkeit und Neid. Sie morden, streiten und betrügen. Sie stellen einander Fallen, sie reden gehässig über ihre Mitmenschen und bringen sie in schlechten Ruf. Sie hassen Gott. Sie sind gewalttätig, überheblich und prahlerisch. Sie denken sich immer neue Untaten aus. Sie gehorchen ihren Eltern nicht und folgen nur der eigenen Willkür. Sie halten ihre Versprechen nicht, sie kennen weder Liebe noch Erbarmen." Ist das nicht schön?

Aber jetzt zum beunruhigenden Teil! Einerseits scheint diese Generation ein hoffnungsloser Fall zu sein, doch andererseits bringt der Feind immer wieder unerwartete Wendungen ins Spiel. Denk nur an die „Wahre Liebe wartet"-Bewegung, die Erweckungsbewegungen in Lateinamerika und Korea! Oder die Wiederentdeckung des Lobpreises oder diese blöden „WWJD"-Armbändchen. „Das Gebet des Jabez" oder diese fürchterliche „Finale"-Serie! Das neu erwachte Interesse an großen Persönlichkeiten des Glaubens und an christlichen Märtyrern! Sie stehen mutig für die Sache des Zimmermanns ein. Sie helfen den Bedürftigen und reden über den Feind. Sie gehen an die Enden der Erde. Es ist zum Kotzen!

Offiziell gehört diese Generation uns. Sogar viele der Anhänger des Feindes haben sie bereits aufgegeben. Doch der Feind ignoriert einfach unsere Rechte. Er wirkt hinter den Kulissen und zieht immer wieder einige von ihnen zu sich. Er mischt sich einfach überall ein. Ganz egal, was andere sagen – er lässt das Ungeziefer nicht in Ruhe!

Die erwachsenen Schädlinge dürfen nie verstehen, was wirklich in den Jugendlichen vorgeht. So lange sie sie über einen Kamm scheren, kapieren sie nie, dass einer wie Daniel ihr hoffnungsvollster Bekehrungskandidat wäre. Wenn er nur den Zimmermann erkennen würde, er würde ihm direkt in die Arme laufen. Aber zum Glück stehen ihm die Deppen im Weg. Doch sei wachsam, Foulgrin! Man weiß nie, wann der Feind versucht, ihn zu kidnappen!

Der Feind hat nur das Verbotene Buch. Wir haben Hollywood, WOM und die Presse. Manchmal spielt uns sogar die Verbotene Gemeinschaft selbst in die Hände. Was hat der große Tyrann da noch für Chancen?

Immer cool bleiben,

*Prinz Ishbane*

## Kapitel 25
## 16. Mai, 18:52 Uhr

Brittany saß morgens vor der Schule auf dem Rand der Badewanne und fixierte das, was sie in der Hand hielt. Das Testfenster war eindeutig satt rosa. Sie spürte, wie ein Schaudern über ihren Rücken lief.

Nein. Unmöglich.

Sie las die Beschreibung noch mal durch und sah wieder auf den Teststreifen. Ganz eindeutig.

*Ich bin schwanger.*

*

„Wow", sagte Rob. „Das ist echt krank!"

„Wie bitte? Ich fasse all meinen Mut zusammen, schlucke meinen Stolz runter und erzähl dir von meiner Essstörung – und das ist alles, was du dazu zu sagen hast?!"

„Was hattest du denn erwartet, was ich sagen würde?"

„Na ja, vielleicht: ‚Viele Leute haben Probleme, das schaffst du schon' oder so. Oder: ‚Ich bin stolz auf dich, weil du das ändern willst.'"

„Hm, ja, aber ehrlich gesagt kapiere ich das Ganze überhaupt nicht. Wieso kannst du nicht einfach mit dem Kotzen aufhören, wenn du doch erkannt hast, dass es schwachsinnig ist?"

„Weil das eben nicht ganz so einfach ist, Mr. Besserwisser! Du hast wahrscheinlich keine einzige verborgene Schwäche, oder?"

„Doch, das weißt du doch. Zum Beispiel die, die mich dazu verleitet hat, dich zu bitten, diesen engen Rock nicht mehr anzuziehen."

„Wie schade, dass er mein Lieblingsteil ist und dass die bei GAP ihn jetzt nach sechs Monaten nicht mehr zurücknehmen, nur weil er zufällig Rob Gonzales nicht gefällt!"

„Ach komm, ich habe dir das doch erklärt. Er gefällt mir eben zu gut, das ist das Problem!"

„Ja, ich weiß. Oder vielleicht sollte ich besser sagen: ‚Das ist echt krank!'"

„Touché", lachte Rob. „Aber ich gehe damit nicht zum Psychotherapeuten oder nehme irgendwelche Pillen. Ich rede mit Jeff oder jemand anderem. Bist du wirklich sicher, dass du eine Therapie machen solltest wegen diesem ... dieser ..."

„Bulimie? Komm, sprich es aus, Rob!", zischte Jillian. „Weißt du, ich habe das lange Zeit zu verstecken versucht. Aber es wird immer schlimmer."

„Ich bin sicher, dass es Gottes Werk war, dass deine Mutter dich ertappt hat. Gott passt wirklich auf dich auf."

„Na ja, es ist ganz schön peinlich, finde ich. Und es würde mir sehr helfen, wenn du mich ein bisschen unterstützen könntest."

„Okay, und wie kann ich das?"

„Sag mir, dass ich so in Ordnung bin, wie ich bin. Das ist schon mal das Wichtigste. Und wenn du merkst, dass ich wieder aufs Essen fixiert bin, dann erinnere mich sanft daran, was ich vorhabe."

„Gut, das kann ich machen."

„Aber vergiss nicht das ‚sanft' ..."

*

Brittany ließ sich auf einen Stuhl sinken und starrte gegen die Wand.

Das kann einfach nicht sein. Das kann nicht mir passieren!, dachte sie zum hundersten Mal. Ich habe doch nur ein einziges Mal die Pille vergessen! Na gut, vielleicht auch zweimal. Oder drei? Trotzdem! Ihre ältere Schwester Tami und ihr Mann versuchten jetzt schon seit fünf Jahren, ein Kind zu bekommen ...

„Warum werden Leute, die es sich wünschen, nicht schwanger, und die, die es nicht wollen, werden schwanger?", fragte sie laut, obwohl sie nicht wusste, an wen sie diese Frage eigentlich richtete. „Ich glaube nicht an dich, Gott, aber wenn es dich doch gibt, möchte ich dir sagen, dass ich ganz schön sauer auf dich bin! Bestrafst du mich, weil ich nicht so eine perfekte kleine Christin bin wie Jillian?"

Sie fühlte, wie sie Kopfschmerzen bekam. Was soll ich denn jetzt machen? Sie ging in ihr Zimmer und setzte sich auf ihr Bett. Dann ließ sie ihren Blick über ihre Bücher schweifen. Welchen Rat würde ihr das I-Ging jetzt geben?

Abtreibung. Was für eine andere Wahl hatte sie?

Sie erinnerte sich daran, wie ihre Schwester Tami einmal in ihrem Zimmer geweint hatte. Brittany war zehn gewesen und Tami achtzehn. Sie wollte Brittany nicht sagen, was los war. Später, als ihre Eltern weg waren, kam Tamis beste Freundin herüber und Brittany belauschte an der Tür, über was sie redeten. Da hatte sie das erste Mal das Wort Abtreibung gehört. Sie hatte im Wörterbuch nachschlagen müssen, was es bedeutete. Und jetzt würde sie im Telefonbuch nachschlagen.

Was blieb ihr übrig? Ihre ganze Zukunft hing vom Volleyball ab. Wenn sie schwanger war, konnte sie nicht spielen, und dann würde sie kein Sportstipendium bekommen und nicht studieren können. Außerdem – wie sollte sie sich und ein Kind ernähren?

Dann kam ihr ein Gedanke. Einen Moment lang dachte sie weiter. Jemand, der sich wirklich ein Baby wünschte, könnte ihres adoptieren. Vielleicht wollte Tami ihr Baby? Nein – was für ein Mensch gab denn schon sein eigenes Kind einfach weg? Und es würde ihr nichts bringen. Das Stipendium wäre trotzdem futsch. Und dann diese Peinlichkeit! Monate mit einem dicken Bauch herumzulaufen, und alle würden sie schief ansehen. In der Schule würden zotige Witze kursieren. Nein, das ging nicht.

Und dann war da auch noch Ian. Sie konnte nicht einfach sein Leben ruinieren. Seine Eltern würden total ausflippen und Brittany nie mehr ansehen. Im Moment fanden sie Brittany nett. Doch dann wäre das vorbei.

Eine Abtreibung war wirklich die einzige Lösung. „Keine Alternative", konnte sie die Dunkelheit flüstern hören.

Sie würde es Ian nicht mal sagen müssen. Sie würde es überhaupt niemandem sagen! Das war das Beste. Zwei Freundinnen hatten ihr schon erzählt, dass sie eine Abtreibung machen hatten lassen. Eine hatte gesagt, es sei überhaupt kein Problem gewesen. Die andere war danach ziemlich abgedreht gewesen. Bekam Heulkrämpfe aus dem Nichts und so was.

Schwächlinge. So etwas würde ihr nicht passieren.

Sie nahm das Telefonbuch und fand rasch eine Anzeige mit dem Foto einer jungen Frau. Die Überschrift lautete: „Denken Sie an eine Abtreibung? Es gibt Alternativen!" Irgendwie fühlte sie sich von der Anzeige angezogen und wollte weiterlesen. Doch dann sagte sie sich: „Nein! Ich will eine Abtreibung und es gibt keine Alternativen!"

Sie fand die Telefonnummer einer Abtreibungsklinik und wollte schon wählen. Doch dann schrie sie „Nein!", holte von ihrem Schreibtisch einen schwarzen Edding und übermalte die Nummer. Irgendwie musste sie über sich selbst lachen. Hatte sie das wirklich getan?

Sie sah wieder ins Telefonbuch und fand eine in Blau hervorgehobene Nummer. „Downtown-Frauenzentrum“, hieß der Laden. Darunter stand: „Abtreibungen bis zur 20. Woche. Individuelle persönliche Betreuung. Wir sprechen auch Spanisch. Schnelle, flexible Terminvergabe. Preisnachlass bei Barzahlung.“

Na also, da war ja alles, was man brauchte – kurz und bündig, unemotional. Sie wählte auf gut Glück die Nummer. Eine freundliche Frauenstimme meldete sich und Brittany machte einen Termin für Montag. 10 Uhr. Noch sechs Tage.

Dann ging sie zu ihren Tarotkarten und bat um Führung. Sie zog eine Karte und starrte mit zitternden Händen darauf. Da, das war die Bestätigung, die sie gebraucht hatte!

## Brief 25

Foulgrin, du Kontrolletti!

Ich habe deine Akte noch einmal durchgesehen. Besonders interessant fand ich die Sache mit Jonathan Edwards. Und das Debakel mit Amy Carmichael. Und erst kürzlich dein Versagen im Fall dieses Angestellten des Weißen Hauses, der nun die Verbotene Botschaft in den Gefängnissen der ganzen Welt verbreitet. Komisch, dass all diese Fälle nicht in deinem Lebenslauf auftauchen.

Nun zu Brittany. Ist es nicht interessant, dass sie es moralisch verwerflich findet, ein Kind zur Adoption freizugeben, durch die es in ein Zuhause kommen würde, wo es hoch erwünscht ist? Dasselbe Baby bei einer Abtreibung in Stücke schneiden zu lassen ist dagegen moralisch in Ordnung. Man muss dieses Ungeziefer doch einfach lieben, oder nicht?

Die Schädlinge können so leicht von den Dingen des Feindes abgelenkt werden, indem man sie mit Zweitrangigem zuschüttet! Wir dürfen sie jedoch nie erkennen lassen, dass das Leben hier nur ein kurzer Besuch für sie ist. Sie sollen sich stattdessen voll auf dieses kleine Leben konzentrieren und nicht darüber nachdenken, dass das, was sie hier in dieser kurzen Zeitspanne tun, ihren Kurs für die Ewigkeit bestimmt.

Wir wollen ihre Sicht der Welt beeinflussen! Kontrolliere, wie sie die Welt sehen, und du kontrollierst sie selbst! Wenn jeder Glaube gleichwertig ist, ist kein Glaube etwas wert. Wir wollen nicht, dass die

Ansprüche des Zimmermanns diskutiert werden, sondern ignoriert. Dumm ist nur, dass alle Debatten immer dazu tendieren, auf seinen Grund und Boden abzudriften, weil er nun mal all diese Dinge wie Logik und Argumentation erfunden hat. Daher ist es besser, Diskussionen gleich im Keim zu ersticken.

Ich habe sie lieber apathisch als passioniert. Lieber sollen sie dem Angebot des Zimmermanns passiv gegenüberstehen, als dass sie heißblütig dagegen argumentieren. Zu oft enden diejenigen, die den Fall genauer untersuchen, dann doch in seinen Armen.

Ich bin erfreut zu hören, dass Jillian immer wieder die sich ihr bietenden Chancen zur Evangelisation nicht nutzt. Dieses Ungeziefer würde noch dabei zusehen, wie jemand von einer Klippe fällt, statt die Hand auszustrecken und das Angebot des Feindes weiterzusagen! Denn ihr Vorgehen könnte dem anderen ja zu „offensiv" sein oder zu „aufdringlich". „Liebe deinen Nächsten" interpretieren sie als: „Sag nie etwas, das deinem Nächsten missfallen könnte." Und irgendeinen Grund gibt es dann immer, lieber nichts zu sagen. Das Evangelium des Feindes ist schließlich immer recht unbequem.

Die Schädlinge neigen zum Glück dazu, die Meinung ihrer Mitmenschen höher einzuschätzen als die des Feindes. Wenn andere Pappnasen ihnen applaudieren, haben sie das Gefühl, alles richtig gemacht zu haben. Dabei hat der Feind lang und breit angekündigt, dass andere sie hassen, verfolgen und ablehnen werden, wenn sie ihm nachfolgen!

Eine unerfreuliche Tatsache macht uns aber unablässig Schwierigkeiten: Die Herzen der Schädlinge sehnen sich nach dem Zimmermann. Sie sehnen sich nach Wahrheit und Gnade. Wir können nur versuchen, ihre Sehnsüchte in die falschen Bahnen zu lenken.

So ist zum Beispiel Gnade ohne Wahrheit ein gutes Hilfsmittel für uns. Man nennt das dann „Toleranz", dabei ist es eigentlich nur Feigheit. Umgekehrt sind sie uns genauso dienlich: Wahrheit ohne Gnade – das erbarmungslose Beharren auf Regeln und ihre Einhaltung.

Ians Eltern gehören zu einer Gemeinde, in der Ersteres praktiziert wird. Sünder fühlen sich dort wohl, weil nie über Sünde geredet wird. Sie schrecken niemanden ab und schrauben ihre Messlatte so weit runter, dass jeder drüberspringen kann. Alle fühlen sich gut. Toll, oder?

Der Zimmermann hat seine Ansprüche nie heruntergeschraubt. Er hat sie sogar angehoben! Wie zum Beispiel in der Aussage, dass es bereits Ehebruch ist, wenn man eine Frau lustvoll ansieht. Aber mit der Gnade hat er den Schädlingen die Möglichkeit gegeben, die Latte zu überwinden. Und wenn sie versagen, vergibt er ihnen. Zum Glück für uns müssen sie aber darum bitten – was sie selten tun.

Wenn aber die Verbotenen Gemeinschaften die Wahrheit zu Gunsten der Gnade vernachlässigen, sehen die Schädlinge keinen Grund für eine Errettung. Wenn sie die Gnade weglassen und nur die Wahrheit predigen, sehen sie keine Hoffnung auf Errettung. Beide Varianten sind uns gleich lieb.

Nimm dir das als Modell für deinen Umgang mit den Jungschädlingen. Fang bei Jillian an. Frage dich: „Wie kann ich sie von der Wahrheit wegbringen?" und: „Wie kann ich sie von der Gnade wegbringen?" Ohne Gnade oder Wahrheit haben sie keine Richtung, kein Ziel und keine Hoffnung.

Wir trennen dem Feind die Nähte auf!

*Prinz Ishbane*

## Kapitel 26

## 17. Mai, 1:26 Uhr

„Jetzt haben wir das schon dreimal durchexerziert und es ist nie so gewesen, wie du es gesagt hast“, beschwerte sich Daniel. „Du hast behauptet, du und Jillian und Brittany, ihr hättet Kontakt mit einem Geistwesen gehabt!“

„Das stimmt auch, jedenfalls war es irgendwas Echtes“, sagte Ian und starrte durch die Windschutzscheibe in den Nebel hinaus. „Wir müssen nur die richtige Stimmung einfangen.“

„Ich kann mir immer noch nicht vorstellen, dass Jillian dabei mitgemacht hat.“

„Na ja, das war, bevor sie so ... fromm geworden ist. Was ist, kriegst du kalte Füße?“

„Auf keinen Fall! Ich hab das schon mit meinen Freunden gemacht. Aber es passiert meist nicht viel.“

„Also, bei uns ist was passiert! Die Stimmung muss halt stimmen. Und genau deshalb fahren wir ja zum Friedhof. Wir tragen Schwarz. Wir haben den CD-Player und die passende Musik.“

„Was, wenn wir geschnappt werden?“

„Wer treibt sich denn mitten in der Nacht auf einem Friedhof rum? Igor, der für Dr. Frankenstein Leichen ausgräbt?“

„Nein, aber wir haben Taschenlampen, und jemand könnte die Musik hören.“

„Wir kommen ja von hinten herein und sind dann hinter einem Gebüsch. Da hört und sieht uns keiner. Aber wenn du Schiss hast, lassen wir es. Ich habe keinen Bock darauf, dass du dir am Ende noch in die Hosen machst!“

„Ich habe keinen Schiss! Ich glaub nur nicht, dass es funktionieren wird.“

„Wenn du so wenig dran glaubst, klappt es vermutlich auch nicht!“

„Okay, okay, ich glaube dran. Ich möchte sehen, wie der Geist den Pfeil bewegt.“

„Die Planchette.“

„Von mir aus.“

Ian hielt den Wagen an, stieg aus und zog sich die Kapuze seines schwarzen Sweatshirts über den Kopf.

„Ganz schön kalt“, sagte Daniel. Seine Lederjacke war irgendwie doch nicht so warm, wie er gedacht hatte.

„Aber es weht kein Wind“, sagte Ian und hielt eine Hand hoch. „Das ist gut, wegen der Kerzen.“ Er holte die schwarze Tasche aus dem Kofferraum und schloss das Auto ab. Dann gingen sie quer über den Rasen des Friedhofs.

„Können wir einfach so hier drüberlaufen?“, fragte Daniel.

„Hast du Angst, dass jemand aus dem Grab eine Hand nach dir ausstreckt?“

„Nein.“

Etwas berührte Ian kalt und feucht an der Wange. Er schlug mit der Hand danach und sprang zur Seite.

„Was ist denn?“, fragte Daniel.

„Ach, nichts. Nur ein Zweig oder so. Komm weiter.“

Sie gingen einen Hügel hinauf und auf der anderen Seite wieder hinunter.

„So, hier wird uns niemand sehen. Lass uns hier unser Zeug aufbauen.“

„Genau vor dem Grabstein?“

„Auf dem Grabstein!“

„Was?!“

„Komm, hilf mir mal, das Ding umzudrücken!“ Gemeinsam rüttelten sie an dem Grabstein, bis er sich umlegen ließ. Dann ruckten sie so lange daran herum, bis er flach lag.

„Das könnte ganz schön Ärger geben“, sagte Daniel.

Ian leuchtete mit der Taschenlampe auf die Grabinschrift. „Roger Banish“, las er. „Gestorben 1978.“

„Geboren 1959. Das heißt, er ist nur ...“

„ ... neunzehn Jahre alt geworden!“

„Wie alt bist du?“, fragte Daniel.

„Neunzehn“, sagte Ian leise. Er öffnete die schwarze Tasche, holte eine Decke heraus. Stellte die Kerzen auf und nahm dann das Ouija-Brett. Er legte es sorgfältig auf den Grabstein. Irgendwie wirkte es im flackernden Licht der Kerzen beinahe lebendig.

„Mach die Musik an“, sagte Ian. „Aber nicht zu laut!“

Der Sound von Nine Inch Nails kam aus dem Rekorder wie aus einem Grab. Komisch, durch die Kopfhörer zu Hause hörte sich das Ganze viel harmloser an. Ian erschauderte. Er sah zu Daniel und hoffte, dass der nicht mitbekam, dass er sich vor Angst beinahe in die Hosen machte.

„Alles klar?", fragte Ian.

Daniel nickte schweigend.

„Wir können auch einfach gehen, wenn du willst", schlug Ian vor und hoffte, Daniel würde zustimmen.

Daniel schüttelte den Kopf.

„Okay", sagte Ian. „Dann versuch jetzt, dich gedanklich zu sammeln. Ich werde die Geister einladen. Öffne dich einfach und sprich mir nach: Besuche uns, Geist!"

„Besuche uns, Geist", sagte Daniel kaum hörbar.

„Sprich zu uns, Meister des Bretts."

„Sprich zu uns, Meister des Bretts." Jetzt hörte man deutlich die Angst in Daniels Stimme, und Ian geriet beinahe in Panik.

„Jetzt stell ihm eine Frage", sagte Ian und ließ seine Finger leicht auf der Planchette ruhen.

Daniel legte seine Finger dazu. „Ist da jemand?", flüsterte er.

Einen Moment lang passierte nichts. Dann bewegte sich die Planchette langsam auf die linke obere Ecke des Bretts zu und bleib auf dem Ja liegen.

„Hast du sie bewegt?", fragte Daniel leise.

„Nein. Du?"

„Auf keinen Fall!"

„Okay, dann kann's losgehen." Ian räusperte sich. „Sag mir, was mir in meiner Zukunft passieren wird."

Die Planchette bewegte sich sehr schnell von Buchstabe zu Buchstabe. Ian ließ die linke Hand darauf und griff mit der anderen in die Tasche, um einen Stift und einen Block zu holen. Im flackernden Kerzenlicht lief die Planchette immer weiter. Schließlich hielt sie an.

„Wow, das war aber viel! Ich habe bestimmt 50 Buchstaben aufgeschrieben. Hast du mitbekommen, was die Worte waren?"

„Ein paar", sagte Daniel mit zitternder Stimme.

Ian klemmte sich die Taschenlampe unter den Arm und beleuchtete den Notizblock. Dann begann er, kleine Trennlinien zu ziehen, um die Pausen zwischen einzelnen Wörtern zu markieren. „Oh Mann", krächzte er. „Das ist kein Buchstabensalat, das sind alles sinnvolle Wörter!"

„Und was steht da nun?“, flüsterte Daniel.

„Es heißt: Unerwarteter Eindringling könnte dein Leben ruinieren. Dann: Darfst nicht zulassen, dass es dich zerstört.“

„Worum geht es da wohl?“

„Keine Ahnung!“ Ian legte wieder die Finger auf die Planchette. „Wer bist du, Geistführer?“

Die Antwort lautete: „Wer bist du?“

„Wiederholt er jetzt nur unsere Fragen oder will er das wirklich wissen?“

„Weiß nicht, und wenn wir antworten sollen – dann wie? Auch mit der Planchette?“

„Nein, das glaube ich nicht. Er kann uns doch sicher hören. Also, Geist, ich bin Ian Stewart und das ist Daniel Fletcher. Wer bist du?“

Die Planchette bewegte sich blitzschnell: „Ein Besucher aus einer anderen Welt.“

„Cool!“, rief Ian. „Sag uns deinen Namen!“

Zuerst passierte nichts. Dann bewegte sich die Planchette. Ian war ganz sicher, dass Daniel sie bewegte. Aber als er in Daniels entsetztes Gesicht sah, wurde er doch wieder unsicher. Obwohl es absolut windstill war, flackerten die Kerzen wie verrückt. Die Planchette wackelte hin und her und blieb dann auf einem Buchstaben liegen.

„F“, flüsterte Daniel.

Dann bewegte sie sich auf das G und rührte sich nicht mehr.

„FG“, meinte Daniel. „Wer soll das sein?“

„Weiß nicht. Obwohl ...“ Ian dachte an den Abend zurück, als er, Brittany und Jillian mit dem Brett herumexperimentiert hatten. „Ich möchte die letzten vier Buchstaben deines Namens wissen, Geist“, sagte er dann. „Daniel, pass gut auf!“

Ian schloss die Augen. Jetzt ging doch ein leichtes Lüftchen. Irgendetwas schien ihm zu sagen: „Verschwinde von hier!“ Es war, als würde der Wind eine Warnung aussprechen.

Die Planchette setzte sich wieder in Bewegung. Sie hielt viermal inne. Ian begann zu zittern.

„Sie hat angehalten“, teilte Daniel ihm mit.

„Was waren die Buchstaben?“, fragte Ian und öffnete langsam die Augen.

„G, R, I und N.“

Ian schluckte schwer. „Foulgrin!“, flüsterte er.

„Sollen wir ihn noch was fragen?“, wollte Daniel wissen.

„Mach du.“

„Hast du auch eine Botschaft für mich?“, fragte Daniel.

Die Planchette bewegte sich nicht, aber Ian hörte ein leises Stöhnen von Daniel. Er schien ins Gehölz zu schauen. Ian folgte seinem Blick – und gefror zu Eis. Aus den Büschen glitt eine große Gestalt über die Gräber hinweg auf sie zu!

Ian konnte nicht aufstehen. Die Gestalt kam näher.

Plötzlich blitzte ein helles Licht auf und eine laute Stimme rief: „Was macht ihr da?“

Langsam gewöhnten sich Ians Augen an das grelle Licht und er erkannte einen Mann in blauer Uniform. Langsam atmete er aus und sah zu Daniel hinüber, der zusammengesunken am Boden kauerte, beide Hände über sein Herz gelegt.

## Brief 26
## Foulgrin, du Angeber!

Ich kann deine Prahlereien rund um das Ouija-Brett nicht mehr hören! Ich war der direkte Vorgesetzte von Scalptake, dem Versucher von William Fuld. Er hat das Ouija-Brett erfunden – mit etwas Nachhilfe unseres Kollegen. Ich habe ihm sogar selbst Anweisungen gegeben, wie sein Firmengebäude aussehen soll!

Leider ist Mr. Fuld eines Tages von seinem eigenen Gebäude in den Tod gestürzt. Wie tragisch aber auch! Doch du weißt ja: Wenn das Kaugummi seinen Geschmack verliert, spuckt man es aus.

Natürlich haben wir bereits ähnliche Geräte bei den Ägyptern und Griechen eingeführt. Aber das moderne Brett gibt es nun schon in 10 Millionen Haushalten! Wie immer haben wir zuerst die Intellektuellen und Einflussreichen infiziert und mit ihrer Hilfe eine ganze Gesellschaft geprägt. Warum mit den kleinen Krabben herummachen, wenn man die ganz großen Fische haben kann?

Es war meine Idee, die Rechte an der Idee des Ouija-Bretts an die Spiele-Firma Parker zu verkaufen. Ist doch eine wunderbare Mischung: Monopoly, Scrabble, Cluedo ... und Geisterbeschwörung! Ein ganz unschuldiger Spielespaß, nicht wahr? Eines meiner persönlichen Karrierehighlights war es, als Eltern begannen, ihren Kindern Ouija-

Bretter zu Weihnachten zu schenken! Welche Ironie! Am Geburtstag des Zimmermanns!

Weißt du noch, als die Verkaufszahlen des Brettes die von Monopoly überstiegen? Ein großer Tag! 2,5 Millionen in einem Jahr! Und jedes Brett hat meist mehrere Benutzer, dabei werden es ständig mehr. Die kumulierte Vernichtungsrate durch diese Bretter ist unschätzbar.

Gerade heute habe ich folgende Meldung erhalten: Von allen Jungschädlingen, die in okkulte Machenschaften verstrickt sind, sind zwei Drittel über Experimente mit dem Ouija-Brett zu uns gekommen! Für ein Fünftel war das Einfallstor das Spiel Dungeons & Dragons, daher ist Ians und Daniels Zuneigung zu beidem sehr viel versprechend!

Doch hier ist die beste Nachricht überhaupt: 15 Prozent der christlichen Schüler unter 16 Jahren haben bereits Erfahrungen mit dem Ouija-Brett gemacht! Über 16 Jahren steigt die Rate auf 26 Prozent. Wie gut, einen solchen Rückhalt im Lager des Feindes zu haben!

Eine letzte interessante Meldung: Beinahe alle dieser jungen Christen, die mit unserem Brettchen zu tun hatten, hören auf, im Verbotenen Buch zu lesen und quittieren irgendwann den Dienst für den Feind. Dies bestätigten unsere langjährigen Beobachtungen.

Einer meiner Untergebenen, Fangnarl, ist besonders effektiv gewesen. Eine Frau namens Chelsea Yarbro hat ihre Erlebnisse mit dem Ouija-Brett in nunmehr drei Büchern veröffentlicht. Sie heißen: Die Nachrichten von Michael. Ian hat zwei davon und Skyla eins. Ich finde es besonders amüsant, dass Fangnarl sich des Namens von einem der höchsten Boten des Feindes bemächtigt hat. Wer würde schon den Rat eines Geistes namens Michael ablehnen?

Wenn sie das Brett benutzen, erlauben sie einem unbekannten Geist, mit ihnen in Beziehung zu treten. Wenn sie in einem Kriegsgebiet leben würden, würden sie ihre Grenzen für einen Fremden niemals öffnen. Doch weil sie sich des übernatürlichen Krieges nicht bewusst sind, tun sie genau das. Das Ouija-Brett ist unser Universalschlüssel!

Werbespots für Ouija-Bretter kommen jetzt schon samstags morgens zwischen den Cartoonsendungen. Es gibt hübsche kleine Brettchen für Kinder ab 8 Jahren. Je jünger, je besser, kann ich da nur sagen!

Ein Hoch auf das Brett!

*Prinz Ishbane*

# Kapitel 27
## 17. Mai, 14:52 Uhr

Ian fand sich in einer Zelle mit einigen Betrunkenen wieder. Sie stanken zum Himmel. Er merkte, dass sein Hosenboden feucht war. Ziemlich dumme Idee, sich auf die versiffte Pritsche zu setzen. Es stank nach Urin und er wollte gar nicht wissen, ob die Feuchtigkeit an seinem Hintern dasselbe war.

Ein Polizist öffnete die Zellentür und nahm Ian beim Arm. Er erblickte Daniel – und Diane Fletcher. Ihr normalerweise nettes Gesicht schien zu glühen und sie schoss giftige Blicke auf ihn ab. Kurzzeitig wäre er gern zu seinen übel riechenden Zellengenossen zurückgegangen.

Als Ian schier endlose Sekunden lang den Boden vor sich angestarrt hatte, sagte Diane: „Ich kann nicht glauben, dass du Daniel das angetan hast!"

„Es ... es tut mir Leid, Mrs. Fletcher. Aber es war gar nicht schlimm. Wir haben nur ein bisschen Spaß gehabt. Mir war nicht klar, dass es gesetzeswidrig war."

„Du hattest Daniel zu einem Videoabend eingeladen! Ich war so blöd, mich zu freuen, dass sich ein älterer Junge mit meinem Sohn befreundet, der ohne Vater aufwächst. Und du hast nichts Besseres zu tun, als ihn mitten in der Nacht auf einen Friedhof zu schleifen! Was hat dich bloß dazu getrieben?"

„Ich ... ich ...", stammelte Ian.

„Willst du ihr nicht von dem Ouija-Brett erzählen, mein Junge?", fragte der Polizist.

„Du hast ein Ouija-Brett dabeigehabt?", keuchte Diane. „Die sind gefährlich. Nicht wahr, Officer?"

„Nun ja, eigentlich ist es nur ein Spiel", sagte der Polizist. „Aber die Kids kommen damit auf seltsame Ideen. Plötzlich hören sie Stimmen und beschließen, sich selbst zu verletzen oder Ähnliches. Ich habe das schon selbst miterlebt."

„Anscheinend gibt es einiges, was ich über meinen Sohn nicht weiß. Und über die so genannten Freunde meiner Tochter!"

„Es tut mir wirklich Leid", sagte Ian. „Es war meine Idee, nicht Daniels. Ich allein bin schuld."

„Ihr seid beide schuld", sagte sie und führte Daniel nach draußen. Ian kam wieder in seine Zelle. Nach einer Ewigkeit kam ein Mann in einem dunklen Anzug hereingestürmt.

„Hallo, Dad!", rief Ian. „Wie geht's?" Doch im selben Moment wurde ihm klar, dass das eine ziemlich blöde Frage war.

„Bist du in Ordnung? Haben die Polizisten dir etwas getan?", fragte sein Vater und funkelte die Polizisten drohend an.

„Wenn das Ihr Sohn ist, sollten Sie ihm vielleicht mal etwas tun", schlug der eine Polizist freundlich vor.

„Ihn verprügeln, meinen Sie? Ihr seid doch alle gleich! Wenn meinem Sohn auch nur ein Haar gekrümmt wurde, hören Sie von meinem Anwalt, das sage ich Ihnen!"

„Dann wollen Sie ihn wohl nicht eine Nacht hier verbringen lassen, damit er aus seinen Fehlern lernen kann?"

„Welcher Vater würde seinem Sohn so etwas antun?", schnaubte Mr. Stewart.

„Nun, ein guter Vater, würde ich sagen!"

Mr. Stewarts Gesicht lief dunkelrot an. Doch dann schien er sich eines Besseren zu besinnen. Beherrscht fragte er: „Dies ist doch kein wirkliches Vergehen gewesen, oder? Er bekommt doch keine Vorstrafe oder so was? Nichts, was seine Karriere gefährden könnte?"

„Vielleicht sollten Sie einfach mal aufhören, über Ihren Sohn zu reden, und stattdessen mit ihm reden", sagte der Polizist. „Wenn Sie ihn mitnehmen wollen, dann tun Sie's besser gleich."

„Natürlich will ich ihn mitnehmen. Er ist mein Sohn!" Er wandte sich mit einem verwirrten Gesichtsausdruck an Ian. „Keine Sorge, mein Sohn. Ich kriege das schon hin. Das wird kein Nachspiel für dich haben."

## Brief 27

Mein liebloser Foulgrin,

wie erfrischend, so hervorragende Berichte von Ian, Daniel und Brittany zu lesen! Da wünschte ich doch fast, ich wäre auch dabei gewesen!

Ians Vater ist unbezahlbar! Ich liebe diese Art Eltern. Sie beschützen die Familienehre um jeden Preis und verhindern jegliche Form von Konsequenzen für das Verhalten ihrer Kinder. Sie sind wütend auf jeden, nur nicht auf die Schuldigen – ihre Kinder und sich selbst.

Der Feind hat die negativen Konsequenzen der Sünde absichtlich eingebaut, damit sie merken, dass Sünde nicht in ihrem besten Interesse ist. Diese Art Eltern unterminiert die Absichten des Tyrannen. Ians Vater bringt seinem Sohn bei, dass Regeln für ihn nicht gelten. Mama und Papa werden ihn decken und aufpassen, dass die böse Welt ihrem kleinen Liebling nichts tut. Dies bringt die hervorragendsten Kriminellen hervor, die Art, die sich selbst für völlig unschuldig hält und hinter verschlossenen Türen Frau und Kinder verprügelt. Denn sein Familiencredo war, dass alles gut aussehen muss, nicht dass man gut sein muss. Und seine Eltern werden sich immer hinter ihn stellen: „Seine Frau übertreibt immer schrecklich, und außerdem hatte er so viel Stress bei der Arbeit, der arme Junge!"

Dein Bericht zeigt, dass Ians Vater seiner Frau und seinen Söhnen als Ersatz für seine ständige Abwesenheit materielle Dinge gegeben hat. Er ist stolz darauf, dass es Ian nie an irgendetwas gefehlt hat. Dabei kann so ein Jungschädling keine Disziplin entwickeln, wenn er nie auf etwas warten oder verzichten musste. Wenn sie daran gewöhnt sind, zu bekommen, was sie wollen, geben sie sich nie mit weniger zufrieden. Darum ist Verwöhnen so eine hilfreiche Sache für uns. Es macht das kleine Ungeziefer unausweichlich unglücklich!

Ians Vater lebt seinen eigenen Traum durch Ians sportliche Karriere. So wie viele Schädlingsmütter in den hübschen Freunden ihrer Töchter ihre eigenen Wunschträume wieder erleben. Ians Vater ist ein passiver Mensch, der denkt, dass ein gutes Verhältnis zu seinem Sohn darin besteht, dass er niemals wütend auf ihn ist, ihn nie ausschimpft und ihn nie bestraft. Perfekt! Eine Nacht im Knast und der Verlust seines Stipendiums hätten ein Weckruf für Ian sein können. Und natürlich ist das das Letzte, was wir wollen! Er soll schön weiterschlummern ...

Das Beste ist, dass Ians Vater meint, ein besonders guter Vater zu sein. Dabei konfrontiert er seinen Sohn nur nie, weil er Angst hat, ihn zu verlieren. Er möchte Ians Missfallen nicht erregen, doch genau das wird früher oder später passieren.

Die Situation mit Ian haben wir also gut im Griff, aber ich bin nicht so optimistisch, was Diane und ihren Umgang mit Daniel angeht. Die Verbotene Gemeinschaft, zu der sie gehört, nimmt es mit der Wahrheit etwas zu genau. So lange sie den Vorfall auf dem Friedhof unter den Tisch fallen lässt, ist alles in Ordnung. Aber was, wenn sie dranbleibt? Der Schuss könnte dann nach hinten losgehen. Sorg dafür, dass sie denkt, es handle sich um eine pubertäre Phase und Jungs würden solche Dinge eben ausprobieren, als eine Art harmlose Mutprobe.

Regeln ohne Beziehung bringen Rebellion hervor. Beziehungen ohne Regeln bringen Zügellosigkeit hervor. Beide sind ganz in unserem Sinne. Und darum lieben wir Regeln – so lange es zu viele oder zu wenige sind!

Am meisten fürchte ich eine Mutter oder einen Vater, der seinen Kindern gegenüber zugibt, dass er einen Fehler gemacht hat, und sie um Verzeihung bittet. Viele scheinbar undurchdringliche Barrieren sind durch so etwas schon niedergerissen worden. Das darfst du auf keinen Fall zulassen, Foulgrin!!!!!

Zum Glück sind wir bisher enorm erfolgreich damit gewesen, Eltern für die Symptome von okkulten Verstrickungen blind zu machen. Sie bemerken einfach die wiederkehrenden Alpträume nicht, die Schlafstörungen, die Selbstmordgedanken und Gewaltvorstellungen ihrer Kinder. Aber übertreib es nicht! Wenn sie Stimmen hören und Gespenster sehen, ist das zu viel des Guten! Selbst die dümmsten Eltern riechen dann Lunte. Ich sehe viel lieber einen Mord, bei dem niemand irgendwelche Vorzeichen bemerkt hat. Du kennst ja diese Interviews: „Er war ein ganz netter Junge. Es gab keine Warnzeichen."

Ich bin sehr erfreut zu hören, dass Daniel bereits ein eigenes Ouija-Brett in seinem Schrank versteckt hat. Seine Mutter erinnert sich vermutlich nicht mehr daran, dass seine Tante es ihm zum achten Geburtstag geschenkt hat. Wundervoll. Alles ergibt sich ganz von selbst. Daniel wird nicht nur unsere nächste Mahlzeit sein, sondern auch die Gabel, die uns weitere Braten auftischt!

Ein Hoch auf die nachgiebigen Eltern dieser Welt!

*Prinz Ishbane*

## Kapitel 28
## 17. Mai, 19:43 Uhr

„Bist du bereit für einen fetten Schocker?", fragte Brittany Jillian, als sie sich an einen Tisch im Eiscafé gequetscht hatten.

„Was meinst du?"

„Wenn ich es dir erzähle, wirst du mich hassen!"

„Ich könnte dich nie hassen, Britt. Was ist denn los?"

„Ich bin schwanger."

Jillian gefror zu Eis. „Du willst mich veräppeln!"

„Nein. Über so etwas würde ich keine Scherze machen."

„Äh ... also ... was ... ?"

„Ich habe mich für eine Abtreibung entschieden." Brittany sagte das, ohne eine Regung in der Stimme und ohne Widerspruch zuzulassen.

Jillians Hals fühlte sich an, als hätte sie eine komplette Orange zu verschlucken versucht.

„Der Termin ist am Montag", sagte Brittany mechanisch. „Ich habe schon mit der Schulkrankenschwester gesprochen. Sie stellt mir eine Entschuldigung aus, sodass meine Mutter gar nicht mitkriegt, dass ich gefehlt habe."

Jillian starrte sie nur ungläubig an.

„Es heißt, es tut nicht sehr weh", sagte Brittany und hielt Jillian die Broschüre von der Abtreibungsklinik hin. „Ein bisschen Bauchkrämpfe, etwa eine Stunde danach. Das ist alles. Klingt nicht sehr Besorgnis erregend."

Jillian nickte und kaute auf ihrer Unterlippe herum.

„Du bist doch meine beste Freundin, oder? Kann ich dich um einen Gefallen bitten?"

„Was?"

„Die haben gesagt, es ist besser, wenn man von jemandem hingefahren wird, – von einem ‚Unterstützer'. Würdest du mit mir gehen und mich unterstützen?"

Jillian öffnete den Mund und schloss ihn wieder.

„Jillian, ich hab irgendwie Schiss. Ich ... ich brauche deine Hilfe!" Tränen begannen Brittanys Wangen hinunterzulaufen.

Jillian hatte Brittany fast noch nie weinen sehen. „Britt, du weißt, dass ich so ziemlich alles für dich tun würde ..." Sie legte einen Arm um ihre Freundin und flüsterte ihr ins Ohr: „Natürlich komme ich mit dir."

## Brief 28

Mein viel versprechender Foulgrin,

zwei ermutigende Briefe hintereinander! Ich muss sagen, das gefällt mir!

Es erfreut mich zutiefst, dass Brittany willens ist, ihr Kind auf unserem Altar zu opfern. Preis sei Moloch! Nichts hasst der Feind mehr, als wenn unschuldiges Blut vergossen wird. Und nichts lieben wir mehr! Nichts zeigt deutlicher unsere Kontrolle über eine Gesellschaft als die Akzeptanz von Kindesmorden. Aus welchem Grund auch immer sie sie töten – Entscheidungsfreiheit, Bequemlichkeit oder Leidenschaft –, uns ist es egal. Hauptsache, es geschieht!

Der Feind hat eine Schwäche für die allerkleinsten Flohsäcke. Oft verwendet er sie gegen uns. Babys verwandeln so manchen unreifen Schädling in einen verantwortungsbewussten Menschen. Und jemand, der für andere sorgt, wächst in seinem Mitgefühl, seiner Geduld und Selbstlosigkeit. Er wird uns immer unähnlicher und stattdessen immer mehr wie der Feind. Widerlich!

Je mehr wir von diesem kleinen Ungeziefer eliminieren können, desto besser! Unser Slogan auf der Erde ist: „Jedes Kind ein Wunschkind!" Hier in Erebus sagen wir es deutlicher: „Jedes Kind, das kein Wunschkind ist, ist ein totes Kind!" Lustig – nimm den Begriff „ungewolltes Kind". Das Ziel des Feindes ist es, das Wörtchen „ungewollt" auszuradieren. Wir löschen lieber das „Kind" aus.

Rede Brittany weiterhin ein, dass sie für alle Beteiligten die beste Entscheidung getroffen hat. Sie darf dabei nur nicht an die Hauptperson in diesem Spiel denken – das Kind.

Um ihren Geist zu vernebeln, sind Begriffe sehr wichtig. Sie soll von dem Kind nur als „es" denken. Kein Baby, kein kleiner Junge oder ein süßes Mädchen. Nur „es". Die Abtreibung ist eine „Schwangerschaftsunterbrechung", nicht die Tötung eines Kindes. Es ist alles eine Frage der Wortwahl. Wenn eine Frau ein gewolltes Baby erwartet, erkennt jeder die Anzeichen dafür, dass es ein lebendiges Kind ist: Es bewegt sich, man sieht es auf dem Ultraschall, jeder fragt: „Ist es ein Junge oder ein Mädchen?" Doch wenn die Ermordung beschlossen ist, hüllen sie sich in Schweigen. Und so soll es auch schön bleiben!

Wir haben das Wörtchen „Entscheidungsfreiheit" zu einer Art heiligem Mantra erhoben. Lass sie nicht weiter darüber nachdenken, um welche Entscheidung es hier geht. Komisch, wie dumm die Schädlinge sind. Wenn es um Vergewaltigung, Entführungen, Gewalt gegen Homosexuelle oder Fremdenfeindlichkeit geht, sind sie nicht für die totale Entscheidungsfreiheit, natürlich nicht! Wenn es um die Tötung ungeborener Kinder geht, sieht das ganz anders aus.

Lass sie nicht erkennen, dass jedes Gesetz, das Mord, Vergewaltigung und Kindesmissbrauch verbietet, automatisch auch die Entscheidungsfreiheit einer Person beschneidet. Im moralischen Kosmos des Feindes endet die Entscheidungsfreiheit des einen da, wo die des anderen beginnt. Die Frau entscheidet sich nicht dafür, vergewaltigt zu werden. Der Jude entscheidet sich nicht dafür, vergast zu werden. Und das Baby entscheidet sich nicht dafür, abgetrieben zu werden!

Wir begrüßen Entscheidungen, die Leid über die Schwachen bringen. Der Feind will das nicht, und unser Job ist es, sie uns ähnlich zu machen, nicht ihm.

Bei jeder Abtreibung gibt es zwei Opfer. Zwei gehen in die Klinik. Eine überlebt, aber tief verletzt. Zwei zum Preis von einem! Ich liebe solche Schnäppchen!

Jillians Reaktion war perfekt; ich hätte sie ihr nicht besser in den Mund legen können. Vor lauter Angst, ihre Freundin zu verlieren, können wir nun die Tochter des Feindes dazu benutzen, ihre Freundin bei der Ermordung ihres Kindes zu unterstützen! Und wer weiß – vielleicht kannst du Rob und sie ja auch so weit bringen, dass sie schwanger wird. In diesem Fall wäre ihre Hemmschwelle bereits gesunken. Vielleicht fährt dann Brittany sie in dieselbe Klinik! Freundinnen und Komplizinnen! Zauberhaft!

Heutzutage heißt Freundschaft, dass man um Hölles willen nichts sagt, was den anderen stören könnte. Vor lauter Liebe und Toleranz helfen sie sich gegenseitig auf dem Weg in die Selbstzerstörung. Unsere Semantikabteilung hat auch bei dem Wörtchen „Freundschaft" ganze Arbeit geleistet! Der Feind ist der Ansicht, dass ein Freund jemand ist, der im besten Interesse des anderen handelt. Das schließt auch Warnungen mit ein. Unsere Definition von „Freund" ist: Jemand, der alles unterstützt, was der andere tut, selbst wenn er auf einen Abgrund zuläuft.

„Hältst du mal meinen Rucksack, während ich da runterspringe?"

„Natürlich! Schließlich bin ich dein Freund!"

„Oh, ich traue mich nicht zu springen. Gibst du mir einen kleinen Schubs?"

„Natürlich. Dafür sind Freunde schließlich da, nicht wahr?"

Genau – dafür sind Freunde da!

Früher oder später kriegen wir sie alle!

*Prinz Ishbane*

## Kapitel 29

## 18. Mai, 10:29 Uhr

Etwas abgekämpft erreichte Jillian das College-Gelände. Rob wartete schon draußen. Er stand ohne Schirm im Regen und war ziemlich nass.

„Tut mir Leid, dass ich zu spät bin“, sagte Jillian.

„Macht nichts“, sagte Rob und duckte sich mit unter ihren Schirm. Es war sehr kalt für Mitte Mai.

„Hast du meine Nachrichten abgehört? Warum hast du nicht zurückgerufen?“, fragte Jillian.

„Wie ist die Sache mit Daniel und Ian ausgegangen?“, fragte Rob.

*Ist er taub oder will er meine Frage nicht beantworten?*

„Ryan hat mit ihnen geredet und versucht ihnen zu erklären, wie gefährlich die Sache ist. Er hat Ian gebeten, solche Sachen von Daniel fern zu halten.“

„Und was hat Ian gesagt?“

„Na ja, er ist drüber hinweggegangen, du kennst ihn ja. Ryan ist echt cool, aber ich bezweifle, dass Ian ihm überhaupt zugehört hat.“

„Ja, es kann schon schwierig sein, zu Ian durchzudringen“, sagte Rob. „Ich bete weiter für ihn. Aber so langsam frage ich mich schon, was noch alles passieren muss, bis er aufhorcht.“

Sie überquerten die Straße und Jillian fragte: „Und was steht heute so auf dem Plan?“

„Erste Station: Elementare Ethik. Aber die sollten das lieber ‚Relativismus für Fortgeschrittene‘ nennen.“

„Und warum gehst du dann hin?“

„Ist ein Pflichtkurs. Außerdem hatte ich auf interessante Diskussionen gehofft.“

Sie erreichten das Vorlesungsgebäude. „Nur als Warnung: Die Professorin und ich sind ein paarmal aneinander geraten. Wir lieben uns nicht gerade.“

„So lange ihr euch nicht gegenseitig verprügelt ...“

„Keine Sorge“, grinste er. „Im Gegensatz zu dir schlage ich keine Frauen!“

„Sehr witzig!“

Die Tür schwang auf und eine dynamisch aussehende Frau mit kurzem Haar ging zum Pult. Sie trug einen engen Blazer und machte einen autoritären, aber freundlichen Eindruck. Jillian fand sie eigentlich ziemlich sympathisch und fragte sich, was Rob wohl für ein Problem mit ihr hatte.

Nach einem Blick in ihre Notizen sagte Professor James: „Wir haben uns in den letzten Stunden mit diversen ethischen Systemen befasst. Nun wollen wir mal etwas spezifischer werden. Da es keine absolute Moral gibt, sollten wir alle in der Lage sein, uns gegenseitig zuzuhören und voneinander zu lernen. Hier also eine Meldung aus der Tageszeitung von heute. Wie es scheint, ist der Polizeichef von Portland schwulenfeindlich eingestellt. Was kann da getan werden?"

„Wie kann so ein bigotter Fundamentalist überhaupt Polizeichef sein?", sagte eine junge Frau aus den hinteren Reihen. „Er sollte zu einer Entschuldigung aufgefordert werden."

„Und wenn er das ablehnt?"

„Dann sollte man ihn feuern!"

„Selbst wenn er sich entschuldigt, ist der Schaden bereits angerichtet", sagte ein Typ weiter vorne. „Wie kann ihm jetzt noch jemand vertrauen?"

Nach einigen solchen Kommentaren fragte Dr. James: „Also, wie viele von Ihnen sind der Meinung, dass der Mann seines Postens enthoben werden sollte?"

Etwa 20 Hände schossen hoch. Rob war einer von den wenigen, die sie unten ließen. Bevor die Professorin etwas sagen konnte, meinte Rob: „Ich kapiere das nicht!"

„Was für eine Überraschung!", rief Prof. James. „Legen Sie los, Mr. Gonzales!"

„Sie nennen ihn ‚schwulenfeindlich' und ‚bigotter Fundamentalist'. Aber was sind hier die Fakten? Ich habe in der Zeitung gelesen, dass er lediglich in einer Gemeindeversammlung geäußert hat, dass für ihn Homosexualität nicht richtig ist. Er hat aber auch klargestellt, dass ihm die Bürgerrechte aller Einwohner heilig sind. Er hat kein Problem damit, mit Andersdenkenden zusammenzuarbeiten, Homosexuelle eingeschlossen. Sein Dienstbericht bestätigt dies. Ihr tut hier so, als hätte er einen Schwulen verprügelt oder Schlimmeres."

„Hasserfülltes Reden ist der Ursprung von hasserfülltem Handeln", sagte ein Mädchen. „Wenn jemand sagt, dass Homosexuelle abartig sind, muss er mit Gegenwind rechnen. Und wir haben die Verpflichtung, ihm zu widersprechen."

„Guter Punkt, Emily", sagte Prof. James.

„Es ist doch kein hasserfülltes Reden, einfach eine moralische Meinung auszudrücken", sagte Rob. „Übrigens halten auch Juden und Moslems Homosexualität für falsch. Sind die dann auch alle bigotte Fundamentalisten?"

„Moment, ich glaube nicht, dass alle Moslems das denken und ich weiß genau, dass nicht alle Juden so denken. Aber die Frage hier ist doch, ob es jemandem gestattet sein sollte, diese Art von Vorverurteilungen öffentlich auszusprechen."

„Ich habe mal ein Referat über Dr. Martin Luther King gehalten", sagte Rob. „Wussten Sie, dass auch er sich gegen homosexuelles Verhalten ausgesprochen hat? Sollte er nun deswegen verurteilt werden? Hätte man ihn entlassen sollen, wenn er Polizeichef gewesen wäre? Wenn man anfängt, Menschen wegen ihrer Meinung oder ihres Glaubens zu entlassen, wo soll das enden? Hat der Polizeichef nicht auch das Recht auf freie Meinungsäußerung, so wie es in der Verfassung zugesichert ist?"

„Freie Meinungsäußerung ist eine Sache", sagte der Typ vorne. „Hetzkampagnen sind eine andere."

„Aha, dann hat man also nur dann ein Recht auf freie Meinungsäußerung, wenn diese Meinung von unserem Ethikkurs abgesegnet worden ist?", fragte Rob. „Wenn er aufgestanden wäre und gesagt hätte, dass er der Meinung ist, der christliche Glaube sei Unsinn – so wie ihr es hier so gerne tut –, dann wäre das wohl okay gewesen, oder? Warum darf er dann nicht sagen, dass er Homosexualität für falsch hält?"

„Ich sage immer noch, er muss gefeuert werden!", rief jemand.

„Ihr könnt doch nicht jeden feuern, der etwas sagt, was euch nicht passt! Entweder hat jeder das Recht auf freie Meinungsäußerung oder niemand! Und was ist mit all den Menschen in den vergangenen Jahrhunderten, die Homosexualität für falsch hielten?"

„Die haben auch die Erde für eine Scheibe gehalten", sagte Professor James und alle lachten.

„Na gut, bleiben wir bei diesem Beispiel", sagte Rob. „Wenn jemand also heute noch der Meinung wäre, die Erde sei eine Scheibe – dürfte er diese Meinung dann äußern? Oder würde man ihm den Mund verbieten? Wenn ihr schon den Moraldetektor anwerft, dann sorgt dafür, dass er in alle Richtungen funktioniert! Was ist mit der berühmten Toleranz, die ihr immer predigt? Oder geht es nur um Toleranz für eure Überzeugungen?"

Jillian wand sich innerlich. Alle starrten Rob an; und sie. *Warum bin ich nicht lieber in einen Mathe-Kurs mitgegangen?*

„Nun gut, ich denke, was den Polizeichef angeht, ist die Mehrheit derselben Meinung", sagte Professor James. „Lasst uns ein anderes heißes Eisen ansprechen: Abtreibung!"

*Oh nein, nicht das! Nicht heute!*

„Was sind hier die ethischen Überlegungen?"

Eine Blondine in einer roten Leinenbluse erhob sich. „Eine Legalisierung der Abtreibung ist notwendig, damit Frauen ihr Recht auf Selbstbestimmung ausüben können."

Ein Junge mit einer randlosen Brille fügte hinzu: „Ich bin der Meinung, dass eine Abtreibung vom Staat bezahlt werden sollte." Er sah Beifall heischend zu den Mädchen.

„Eine Legalisierung der Abtreibung erhöht die Lebensqualität aller", fand ein asiatisch aussehendes Mädchen.

Jillian sah zu Rob, der die Zähne zusammenbiss. „Aller – außer der des Babys", sagte er.

„Spielen Sie auf den Fötus an?", fragte Prof. James.

„Nennen Sie es, wie Sie es wollen – es ist ein Kind. Und das wissen wir auch alle."

„Mr. Gonzales, können Sie Ihre religiös motivierten Kommentare bitte unterlassen?"

„Ich habe nichts Religiöses gesagt. Ich spreche von Fakten: Herzschlag, Gehirntätigkeit, eigenständige DNA mit der kompletten Erbinformation ..."

„Aber was macht eine Person wirklich aus?", fragte Professor James.

„Intelligenz", meinte der Junge mit der Brille.

„Ja", sagte die Blonde. „Aber dann könnte ein Delphin auch als Person durchgehen." Ein paar Leute lachten, aber nur sehr wenige.

„Also, meiner Meinung nach ist jeder Mensch eine Person, und zwar von Anfang an. Mit dem IQ oder der Größe hat das nichts zu tun."

„Das mag für dich stimmen, aber nicht für mich", sagte die Blonde.

„Wie kann etwas für mich wahr sein und für dich unwahr? Wenn es wahr ist, ist es wahr. Wenn es falsch ist, ist es falsch. Abtreibung ist entweder falsch oder richtig. Ich sage, es ist falsch, ein hilfloses Baby zu töten."

„Also, wenn ich etwas nicht ausstehen kann, dann ist es diese Intoleranz", sagte die Blonde und die meisten anderen nickten.

„Ach, du kannst also Intoleranz nicht tolerieren?", sagte Rob kopfschüttelnd. „Wenn wir nur Überzeugungen austauschen und es keine absolute Wahrheit gibt, warum ist deine Überzeugung dann irgendwie doch besser als meine? Das ist doch unlogisch und inkonsequent!"

„Mr. Gonzales, halten Sie sich bitte zurück", sagte Professor James. „Also zurück zum Thema. Hat noch jemand etwas zum Thema Abtreibung zu sagen?"

Die letzten 20 Minuten des Seminars kaute Rob schweigend auf seinem Stift herum. Dann konnten sie endlich gehen.

„Uff, geht das immer so ab?", fragte Jillian, als sie vor der Tür waren.

„Ich versuche, mir meine Kräfte einzuteilen, aber heute musste ich mich einfach einmischen."

*Musste?*

Jillian wollte Rob so gern von Brittany erzählen, doch eine innere Stimme hielt sie zurück. Schließlich hatte Britt ihr ein Geheimnis anvertraut. Und Rob würde es sowieso nicht verstehen. Er war ein toller Typ, aber die Professorin hatte Recht – er vertrat eine etwas extreme Meinung. Am Ende versuchte er noch, ihr auszureden, dass sie ihrer Freundin beistand. Doch dann begann sich eine weitere Stimme einzumischen, die gegen die erste anredete. Und die wollte einfach nicht damit aufhören ...

## Brief 29

Lord Ischbane,

es tut gut, wieder auf einem Campus zu sein! Was wir hier bereits erreicht haben, ist wirklich beeindruckend. Heutzutage ist es geradezu ein Basiskriterium für einen Ethiklehrer, wie gut er objektive ethische Werte negieren kann!

In den alten Zeiten haben sie zwar auch nicht nach den Maßstäben des Feindes gelebt, aber zumindest kannten sie sie. Ein Mann beging Ehebruch, doch ihm war klar, dass es falsch war. Heute findet er viele gute Gründe für den Seitensprung; beinahe klingt es so, als hätte er eine Berechtigung dafür.

Der Trick besteht nicht darin, sie dazu zu bringen, dass sie Böses tun. Das machen sie ganz von selbst. Wir müssen sie nur noch glauben machen, dass das Böse gut ist!

Wenn die Schädlinge wissen, dass ein Meter aus hundert Zentimetern besteht, können sie alles daran messen. Doch wir haben diese Regel aufgebrochen. Jetzt ist es, als würden sie sagen: „Für mich entspricht ein Meter 64,5 Zentimetern. Und für dich mag er 73,4 Zentimeter lang sein." Wir haben die Basis für das objektive Maß ins Wanken gebracht.

„Es gibt keine absolute Wahrheit. Ihr seid nicht anders als die Tiere. Nach dem Tod gibt es nichts, und es gibt auch nichts, wofür es sich zu leben lohnt." Kein Wunder, dass es so hohe Selbstmordraten an den Unis gibt! Die Studenten erhalten unsere Botschaft klar und deutlich!

Der Meister ist so klug, eine Großzahl unserer Truppen an die Universitäten und Colleges zu entsenden. Warum sich mit Drogenopfern im Rinnstein abgeben, wenn wir direkt in die Bildungsstätten gehen und zukünftige Politiker, Geschäftsleute und Lehrer beeinflussen können?

Während ich von Professor James sehr angetan bin, hat es mich doch irritiert, dass Rob sich in dem Seminar wieder zu Wort gemeldet hat. Besonders bedenklich ist, dass Jillian dabei war. Wenn einer von ihnen mutig ist, steckt das die anderen manchmal an. Darum verabscheue ich auch Studentenbibelkreise und so etwas. Selbst Autoaufkleber oder bedruckte T-Shirts können eine Ermutigung darstellen. Ich bin entschlossen, Jillian so zu lassen, wie sie ist: ein nachgiebiger, passiver Mensch, der es allen recht machen will. Solche Christen stellen keine Bedrohung für uns dar.

Während Talon Rob unterstützt hat, haben unsere Soldaten sich umgetan und die Gedanken der Mitstudenten vor Robs Argumenten verschlossen. Sie haben ihnen Phrasen in ihre Erbsengehirne geflüstert wie „religiöse Arroganz" und „engstirniger Typ". Die meisten Studenten folgen dem Beispiel ihrer Professorin und lassen Statements mit christlich geprägtem Inhalt schon gar nicht mehr an sich heran. Ganz wichtig ist es nun, dass sie sich für den Rest ihres insektenkurzen Lebens an der Schiene festhalten: „Im College habe ich mich mit dem christlichen Glauben beschäftigt und festgestellt, dass er falsch ist." Ganz wichtig dabei ist, dass sie sich in Wirklichkeit kein bisschen mit dem christlichen Glauben beschäftigt haben, aber überzeugt sind, sie hätten ihn total durchdrungen und entlarvt.

Sie müssen hochmotiviert sein, sich diesen Formen der Dummheit ganz hinzugeben, denn das Gerüst ist in seiner Unlogik filigran. Wenn die Welt durch Zufall entstanden ist, ist natürlich auch alles bedeutungslos – Homosexualität ist dann genauso „okay" wie Ehebruch und Abtreibung. Alles eine Frage des persönlichen Standpunkts. Die Wahrheit ist relativ. Wenn die Welt dagegen von einem Gott erschaffen worden wäre, der moralische Standards setzt, dann wäre die Wahrheit nicht relativ.

Da wir aber das moderne Denken mit dem Gefühl der evolutionären und moralischen Relativität durchdrungen haben, sind viele Schädlinge tatsächlich nicht mehr in der Lage, zu diesem Thema eine intelligente Diskussion zu führen. Am Ende läuft es immer auf dasselbe hinaus: „Aber so empfinde ich das nicht!" Und da ihre Empfindungen in ihrer sündigen Natur wurzeln und von uns und der Welt noch unterstützt werden, können ihre Verhaltensregeln sich nicht groß von ihrer eigenen Gefallenheit unterscheiden,

Da Rob darauf besteht, in dem Seminar für seine Überzeugungen einzutreten, tue ich, was ich kann, um ihn in der Überzeugung zu bestätigen, dass er die selbst ernannte Wahrheitspolizei ist. Er soll für die Wahrheit kämpfen, nicht um die Seelen der Schnarchnasen. Er soll ein Kreuzritter sein, der sich nur um seinen Plan schert und die Wahrheit als Waffe einsetzt, nicht als Brücke. Dann gewinnt er vielleicht Streitfragen, aber keine Menschen. Und da es Menschen sind, die in die Hölle kommen, und nicht Argumente – wen kümmert's?

Baalgore hat die Anweisung, Rob in Richtung „Wahrheit ohne Gnade" zu drängen. Währenddessen konzentriere ich mich darauf, Jillian zur Meisterin der Gnade auszubilden, unter Ausschluss der Wahrheit.

Was die Tatsache angeht, dass Jillian Rob diese Dinge zum Thema Abtreibung sagen hörte – da betreibe ich Schadensbegrenzung. Der Feind hat einen Coup vor. Bis Montag werde ich Jillian von Kinderwagen, Babyschuhen und ihrem kleinen Bruder fern halten. Ich werde ihre Gedanken davon ablenken, dass in Brittany ein Jungschädling heranwächst. Und wenn sie daran denkt, etwas zu sagen, werde ich sie überzeugen, dass das eigentliche Thema hier nicht das Baby ist, sondern die Frage, ob sie Brittanys Gefühle verletzt.

Ich arbeite daran, dass Jillians höchstes Ziel nicht etwa Wahrheit, Heiligkeit oder der Schutz des Lebens ist, sondern Vertrauenswürdigkeit. Indem sie nicht bei ihrer Mutter oder anderen Menschen um Rat fragt, kann sie blindlings die verkehrte Entscheidung ihrer Freundin unterstützen. Und dabei kann sie tatsächlich noch glauben, dass sie eine prinzipientreue Person ist – während sie dabei hilft, ein Kind zu töten und das Leben ihrer Freundin zu ruinieren!

Ich versorge sie mit guten Gründen für böse Taten und spreche fließend die Sprache der Lügen!

*Lord Foulgrin*

## Kapitel 30

## 18. Mai, 19:55 Uhr

Jillian saß seit Stunden in ihrem Zimmer und starrte das Muster ihres Bettüberwurfs an. Sie hatte Rob angerufen und eine Nachricht auf seinem Anrufbeantworter hinterlassen, doch er hatte sich nicht gemeldet. Mal wieder. Sie sah bildlich vor sich, wie er ihre Nachricht mithörte und einfach nicht dranging.

*Was geht da nur ab? Als ob ich nicht schon genug Sorgen hätte!*

„Klopf, klopf!" Jillians Mutter kam durch die halb geöffnete Tür, die Arme voller Wäsche. „Was ist los, Jilly? Du läufst den ganzen Tag schon rum wie ein Zombie."

Jillian traten Tränen in die Augen und Diane ließ den Kleiderhaufen aufs Bett fallen. Sie setzte sich neben Jillian und nahm ihre Hand.

„Was ist, Liebes? Ist es die Sache mit dem Essen?"

„Nein, das geht eigentlich gerade ganz gut. Die Bibelverse, die mir Jodi genannt hat, helfen mir echt, und sie ruft mich auch hin und wieder an und baut mich auf. Nächste Woche habe ich dann ja auch noch diesen Beratungstermin. Aber leicht ist es nicht ..."

„Nein, das glaube ich dir", sagte Diane mitfühlend. „Weißt du, ich hab ebenfalls mit einigen Sachen zu kämpfen, die echt hart sind. Aber mit dir stimmt doch noch was anderes nicht, Jilly. Komm schon, was ist es?"

„Es geht um Brittany. Und es ist nicht nur eine Sache. Sie macht in letzter Zeit sehr viel mit Skyla. Okay, vielleicht bin ich ein bisschen eifersüchtig, aber vor allem mache ich mir echt Sorgen. Weißt du, was sie erzählt hat? Skyla hat angeboten, einen Fluch über Kelly auszusprechen, als Strafe für das, was sie mir angetan hat!"

„Einen Fluch? Ich dachte, ihre Hexerei solle niemandem Schaden zufügen?"

„Ja, das sagen sie, aber ich habe gehört, dass sie da schon mal Ausnahmen machen, wenn jemand ihnen quer kommt."

„Und glaubst du, dass das wirklich funktioniert?"

„Ich weiß nicht ... es gibt da schon einige unheimliche Storys. Wie das mit Corrie. Sie ist mit Skyla aneinander geraten und dann hatte sie diesen Skiunfall. Jetzt ist sie querschnittsgelähmt und sitzt im Rollstuhl."

„Hm. Ich habe mich mal mit Ryan über das Thema Satan und Dämonen unterhalten. Ich weiß nicht mehr genau die Bibelstellen, aber ich erinnere mich noch, dass da stand, dass Dämonen über Christen keine Macht ausüben können, wenn wir es nicht zulassen. Deshalb denke ich, dass du keine Angst vor einem Fluch haben musst. Falls es das ist, was dich beschäftigt."

Jillian seufzte und versteckte ihr Gesicht im Kissen.

Nach einigen Momenten sagte Diane: „Ich möchte nur, dass du weißt, dass ich für dich da bin. Ob du meine Hilfe annimmst oder nicht, liegt ganz bei dir. Aber ich bin da." Sie strich Jillian übers Haar und ging dann zur Tür.

„Warte, Mama", sagte Jillian und richtete sich auf. „Es geht wirklich um Brittany, aber Skyla ist nicht das Problem. Brittany ... ist schwanger! Und sie will abtreiben lassen."

Ihre Mutter ließ sich erneut aufs Bett sinken und Jillian erzählte ihr alles. „Was soll ich bloß machen?", stöhnte sie dann. „Ich bin ihre beste Freundin. Ich muss sie doch unterstützen, ganz egal, um was es geht!"

„Meinst du wirklich, dass du ihr bei so etwas helfen musst?"

„Na ja, begeistert bin ich nicht gerade – aber ja, ich glaube schon. Was meinst du?"

„Ich hätte das in deinem Alter vermutlich auch so gesehen. Aber lass mich dir eine andere Frage stellen: Wenn Brittany wieder einen Selbstmordversuch unternehmen wollte und würde dich bitten, ihr dabei zu helfen – würdest du das machen?"

„Natürlich nicht!"

„Aber du findest doch, dass Freunde sich bei allem gegenseitig unterstützen sollten, oder?"

„Na ja, aber doch nicht bei so was!"

„Okay. Was ist mit diesem Lehrer, den ihr alle nicht ausstehen könnt – wie heißt er noch gleich?"

„Mr. Weaver."

„Genau. Was, wenn Brittany zu dir käme und sagte, sie hätte ein Gewehr und wollte Mr. Weaver erschießen? Was würdest du tun?"

„Jetzt machst du mir aber langsam Angst, Mama!"

„Was ist deine Antwort?"

„Ich würde versuchen, ihr das auszureden."

„Aber was, wenn sie ihre Entscheidung nun mal getroffen hat? Wenn sie dich als ihre beste Freundin dringend braucht, um sie am Samstagmorgen zu seinem Haus zu fahren? Würdest du es tun?"

„Natürlich nicht!"

„Und warum würdest du Brittany dann zu dieser Abtreibungsklinik fahren, um ihr Kind zu töten?"

Ihre Worte hingen in der Luft und hallten nach.

„Das ist was anderes", sagte Jillian schließlich schwach.

„Aha? Inwiefern?"

„Weil Selbstmord oder Mord einfach ganz klar falsch sind."

„Und ein Baby zu töten nicht?"

„So musst du es ja nicht sagen!"

„Warum? Weil es nicht schön klingt? Weißt du noch, wie der Arzt uns geraten hat, Joey abtreiben zu lassen, weil er vielleicht das Down-Syndrom hat? Wir haben damals gesagt: ‚Auf keinen Fall!' Und du hast das auch so gesehen. Du hast sogar gesagt, wir sollen den Arzt in den Wind schießen. Dein Vater war so stolz auf dich!"

„Aber ... aber ihr wart ja auch verheiratet. Und alt ... ich meine, älter!"

„Ja, aber das ändert doch nichts an der Tatsache, dass es hier um das Leben eines Babys geht."

„Aber es kann ja noch nicht sehr menschlich sein ... ich meine ..."

„Stopp, Jillian. Diese Richtung ist ganz gefährlich. So habe ich auch mal gedacht, als ich in deinem Alter war."

Plötzlich hing eine schwere Stille im Raum.

„Was willst du damit sagen?", fragte Jillian.

Diane starrte auf den Boden. Nach einer ganzen Weile sagte sie langsam: „Ich war ganz frisch auf dem College. Plötzlich hatte ich so viel Freiheit ... keine Eltern, die mir sagten, was ich tun und lassen sollte. Ich war nicht darauf vorbereitet. Ich habe mich mit einem Jungen eingelassen, und dann war es schon passiert. Ich habe es damals ‚Schwangerschaftsunterbrechung' genannt, aber irgendwann habe ich kapiert, was ich getan hatte."

„Was meinst du, Mama?"

„Ich will damit sagen, dass ich mir wünschte, mein bester Freund hätte mich nicht zu dieser Klinik gefahren. Ich wünschte, er hätte mir die Sache ausgeredet."

„Er? Dein bester Freund war ein Er?"

Diane nickte und schluckte schwer. „Es war dein Vater."

„Ihr beide habt also miteinander geschlafen, ein Kind gezeugt und es abgetrieben?"

Sie nickte wieder. „Er wäre jetzt 23 Jahre alt."

„Wer?"

„Dein Bruder."

„Aber ..."

Diane bemühte sich, ihre Stimme ruhig zu halten, aber sie zitterte schrecklich. „Als dein Vater dann Christ wurde, hat er mich gebeten, ihm zu vergeben ..." Sie begann zu schluchzen.

Jillian nahm sie in die Arme. In diesem Moment begriff sie, dass ihre Mutter auch ein Leben hatte und dass es genauso wichtig – oder unwichtig – war wie ihr eigenes. Eigentlich logisch, aber trotzdem war ihr der Gedanke irgendwie total neu.

Diane weinte ein bisschen, dann schnäuzte sie sich die Nase und sagte: „Ich wusste nicht, ob ich es dir jemals erzählen könnte. Aber, siehst du, Jillian, mir ist genau dasselbe passiert wie Brittany. Und ich sage dir, ich wünschte mir heute von ganzem Herzen, ich hätte eine beste Freundin gehabt, die es mir ausgeredet hätte. Du kannst Brittany das nicht einfach tun lassen. Nicht ohne alles zu versuchen, um zu ihr durchzudringen!"

„Ja, aber ... wenn ich ihr sage, dass sie ihr Kind nicht umbringen darf, verurteile ich sie doch gleichzeitig, oder? Wenn ich ihr nicht helfe, ist das das Ende unserer Freundschaft. Ich bin also auf jeden Fall der Looser."

„Wenn du tust, was richtig ist, bist du der Gewinner. Gott ist dein Richter, nicht Brittany."

„Hm, aber Brittany ist ziemlich gut in dieser Rolle!"

„Nur nach deinem Tod stehst du nicht vor ihr, sondern vor Jesus."

„Ja, aber ... aber ich bin doch ihre Freundin!"

„Genau! Und da machst du einen gedanklichen Fehler, Jilly. Du kannst Brittany dabei helfen, den größten Fehler ihres Lebens zu machen und etwas zu tun, was sie immer bereuen wird. Oder du kannst eure Freundschaft aufs Spiel setzen, indem du sie zu überreden versuchst, ihr Baby nicht zu töten. Die Frage, die du dir stellen musst, lautet: Was bedeutet wahre Freundschaft? Heißt es, dass man alles mitmacht, was der andere tut – sei es richtig oder falsch? Oder bedeutet es, dass einem der andere wichtig genug ist, dass man ihn von etwas abhält, was Tod und Schmerz mit sich bringt? Wozu sind Freunde da?"

Joey weinte in seinem Bettchen.

„Der Arzt hatte Recht mit dem Down-Syndrom", sagte Jillian. „Aber sein Vorschlag mit der Abtreibung war total daneben!"

„Warte einen Moment, ja?", sagte Diane.

Kurze Zeit später kam sie mit Joey auf dem Arm wieder in Jillians Zimmer. Jillian lächelte und streckte die Arme nach ihrem kleinen Bruder aus.

„Wir haben damals erkannt, dass es egal war, wie weit er schon entwickelt war", sagte Diane. „Er war eine Person, und es ging nicht darum, was die anderen sagten oder was leichter für uns wäre. Wir hatten nicht das Recht, dieses Leben zu beenden, das Gott geschaffen hatte. Es ist oft nicht leicht, Jillian – nicht in dieser Welt. Aber es zahlt sich immer aus, die richtige Entscheidung zu treffen, auch wenn es hart ist."

„Wenn du ihn abgetrieben hättest ... ich mag gar nicht daran denken!", sagte Jillian und umarmte Joey fest. „Manchmal ist es ja auch echt nervig mit ihm, aber ich kann mir ein Leben ohne Joey gar nicht vorstellen. Wenn ich mal heirate, soll er die Ringe tragen!"

„Und was wirst du nun Brittany sagen?"

„Ich kann ihr nicht dabei helfen, ihr Kind abzutreiben. Wie konnte ich nur so etwas in Erwägung ziehen?"

„Es gibt viele Lügen da draußen, Liebes. Dein Vater sagte oft, dass das der Teufel ist, der die Menschen davon abbringen will, sich um Gottes kleinste Lieblinge zu kümmern."

„Aber Mama, sie ist ganz fest entschlossen. Ich kenne Brittany. Auf keinen Fall kann ich sie davon abbringen."

„Du kannst es nur versuchen. Und beten. Du weißt ja, dass Jesus dich in diesem Anliegen voll unterstützt. Du kannst nicht für Brittany entscheiden, aber du kannst deine eigenen Entscheidungen treffen. Mehr erwartet Gott nicht von dir."

Jillian sah sie an, dann stürzte sie sich in ihre Arme. Ein wenig später beteten sie noch miteinander.

Brief 30

Mein sinnlos bemühter Foulgrin,

heul nicht rum, weil Jillians Leben eine unerwartete Wendung genommen hat. Wirst du denn nicht einmal mit einem Teenager fertig? Sie sind doch nur Haarspray, Make-up, Klamotten und Geläster. Hast du mir das nicht selbst neulich noch weisgemacht? Armer Teufel!

Reiß dich zusammen, Foulgrin! Sonst wird das höllisch teuer für dich!

Mein Mund ist schon ganz wässrig vor Appetit auf Brittanys Kind. Die Ironie liegt ja besonders auf der Hand, wo Brittany davon träumt, Chirurgin zu werden und Kinderleben zu retten! Mit ein paar geschickten Kurskorrekturen könntest du sie sogar selbst zu einer Abtreibungsärztin machen! Sie könnte ihr Leben dem Töten von Kindern im Namen der Freiheit und Gerechtigkeit widmen! Wahrscheinlich würde sie Auszeichnungen dafür bekommen! Töte ihr Gewissen jetzt ab, und es wird sich später wunderbar auszahlen. Einen Abtreibungsarzt ziehe ich jedem Satanisten vor!

Erinnere Jillian an die demütigende Erfahrung, als sie sich bei Kelly entschuldigen wollte. Überzeuge sie davon, dass es noch viel schlimmer werden wird, wenn sie Brittany mit ihrer Meinung konfrontiert. Flüster ihr ein, dass der Zimmermann nie von ihr erwarten würde, so etwas Schmerzliches zu tun. Wo er doch so liebevoll ist!

Sie sind die Generation des Anspruchs. Für sie muss alles leicht gehen. Von klein auf sind sie mit dem Denken aufgewachsen, dass ihnen eine ganze Liste von Dingen zusteht und nur wenige Verantwortlichkeiten daran geknüpft sind. Sie haben alles, aber sie glauben, dass ihnen noch mehr zusteht. Sie danken dem Feind nicht dafür, dass ihre Bedürfnisse gestillt werden. Sie leben in der Welt der Wünsche und sind immer unzufrieden. Ihre Eltern haben sie wirklich bewundernswert trainiert!

Betäube die Schädlinge mit Erfolg. Verfluche sie mit Gesundheit. Führe sie die breite Straße zur Hölle hinunter, ganz bequem und im Überfluss. Wenn wir sie jetzt schön mästen, haben wir später mehr Fleisch!

Wie ein Fisch das Wasser um sich her nicht mehr bemerkt, so nehmen sie ihren kulturellen Kontext nicht mehr wahr. Sie sind ganz und gar in die Denkweise ihrer Gesellschaft verstrickt; das zeigt sich in jedem Gespräch, jeder Nachricht, jeder Unterrichtseinheit. Ganz in unserem Sinne!

Mir ist es übrigens gar nicht lieb, wenn sie sich allzu leidenschaftlich auf unsere Lügen stürzen. Denk nur an diese wandelnde Katastrophe Paulus! Er verbreitete die Verbotene Nachricht mit derselben Leidenschaft, mit der er vorher die Christen verfolgt hatte. Die Apathischen dienen uns am besten. Wir lieben Unbeweglichkeit. Die, die nichts tun, tun unseren Willen!

Stell dir nur mal vor, wie zeitaufwändig es wäre, jedes einzelne menschliche Herz irrezuleiten! Darum brauchen wir die Medien. Durch Film und Fernsehen kontrollieren wir ihren Puls, betanken ihre Leidenschaften und verwandeln ihre Gehirne in einen Wackelpudding der kulturellen Anpassung. Mit betäubten Hirnen und stumpfen Sinnen werden sie unsere Knechte. Und dabei sind sie noch überzeugt davon, frei zu sein. Das Christentum steckt voller Zwänge und Verbote; das reden wir ihnen ein. Eigentlich lächerlich, dass sie darauf hereinfallen. Aber es funktioniert schon seit Jahrhunderten!

Vergifte den Fluss an seiner Quelle! Verpacke das Geschenk hübsch! Wenn sie dann erwartungsvoll die Schleife lösen, beißt sie eine Giftschlange und spritzt ihnen die tödliche Dosis. Und dann kommt der lustige Teil für uns: Wir dürfen zusehen, wie sie sich winden, zittern, schreien. An ihrer eigenen Kotze ersticken.

Besser kann es nicht sein!

Zum Schluss, Foulgrin, habe ich noch einen Vorschlag zu Daniel und Ian. Hast du dich schon mal als Geist eines verstorbenen Menschen ausgegeben? Das ist oft sehr effektiv. Andere Arten von Geistern erschrecken sie so leicht, die kleinen Feiglinge. Doch ein vertrauter Mensch flößt ihnen Zuversicht ein. Da wir über alle nötigen Informationen verfügen, kannst du dich leicht als Geist von Oma Else ausgeben. Du kannst Begebenheiten nacherzählen, kennst Spitznamen und Details, die „niemand wissen kann". Und natürlich würde ein verstorbenes Familienmitglied ihnen nichts Böses wollen, nicht wahr? Bald brauchst du dann nicht mal mehr das Brett, um mit deinem Opfer zu kommunizieren. Es hört dich dann ständig in seinem Kopf.

Bankrott über diese Generation!

Prinz Ishbane

## Kapitel 31
## 19. Mai, 14:27 Uhr

Nur noch drei Tage bis zu Brittanys Termin, und noch immer hatte Jillian keine Gelegenheit gefunden, mit ihr zu reden.

Vor der Schule war Brittany noch einmal schnell die Unterlagen für den Test in Geschichte durchgegangen. Nicht die richtige Zeit. Die große Pause war eindeutig zu kurz für so ein Gespräch. Und beim Mittagessen waren sie von viel zu vielen Leute umgeben gewesen. Nicht die richtige Zeit.

Nach der Schule gingen sie zusammen zum Parkplatz. Immer noch schien der Zeitpunkt nicht der richtige zu sein, aber andererseits wurde die Zeit immer knapper.

„Wir müssen über was reden, Britt. Komm, wir setzen uns in deinen Jeep, ja?"

„Okay. Was ist los?"

Bitte, Gott, gib mir die richtigen Worte!

„Hast du dir die .... die Sache noch mal durch den Kopf gehen lassen?"

„Du meinst die Abtreibung? Damit bin ich ganz klar. Wie deine bibelschwingenden Freunde sagen würden: Ich habe Frieden über der Sache."

„Woher kommt denn dieser Frieden?"

„Was soll denn die Frage? Alles drumherum bestätigt mir, dass es die richtige Entscheidung ist. Du hast mir versprochen, mich hinzufahren. Und das I-Ging hat mir auch gezeigt, dass es richtig ist."

„Ich hätte mich neulich schon klarer äußern sollen, Britt. Ich bin nämlich nicht der Meinung, dass du abtreiben solltest. Was du da in dir trägst, ist ein Baby, ein kleiner Mensch!"

Brittany zog ihre Augen zu Schlitzen zusammen. „Oh, preist den Herrn! Ich habe meinen persönlichen kleinen Schutzengel, der mich vor mir selbst und meinen bösen Plänen retten wird!"

„Meinst du, mir macht das Spaß?", fragte Jillian. „Ich würde doch am liebsten Ja und Amen zu allem sagen, das du vorhast – du kennst mich doch! Am liebsten würde ich dir bestätigen, dass eine Abtreibung das einzig Wahre ist und dass dann alles gut wird. Aber das wäre eine Lüge. Eine Lüge direkt aus der Hölle!"

„Als ob ich die ganze Sache nicht gründlich überlegt hätte!", sagte Brittany. „Ich habe sogar die Karten befragt. Und die haben es mir bestätigt!"

„Mit welcher Karte?"

„Die Todeskarte. Ich habe sofort gewusst, was das bedeutet – ich muss mein Leben selbst in die Hand nehmen. Ich kann es nicht einfach den Bach runtergehen lassen. Passivität ist jetzt ganz falsch. Und schließlich gehört mein Bauch wirklich mir. Es ist das Beste für alle!"

„Welche Ironie, dass es die Todeskarte war!", sagte Jillian. „Denn genau das bedeutet eine Abtreibung – den Tod eines unschuldigen Lebens!"

„Was hast du nur für ein Problem?", zischte Brittany.

Jillian wäre am liebsten weggelaufen. Ihr Magen verkrampfte sich und ihre Seele gleich mit. Doch dann stellte sie sich innerlich auf die Hinterbeine und sagte: „Weißt du noch, dass du nicht wusstest, was die kleinen embryoartigen Wesen auf der Todeskarte zu bedeuten hatten? Nun, vielleicht hat das ja etwas mit der Abtreibungssache zu tun! Der Teufel müsste doch Spaß daran haben, Kinder zu töten. Und es hat schon eine Menge Kulturen gegeben, die irgendwelchen Götzen ihre Kinder geopfert haben."

„Ich glaube aber nicht an Götzen! Und anbeten tu ich schon gar keinen!"

„Geld ist ein Götze. Erfolg auch. Persönliche Freiheit kann einer werden", sagte Jillian ganz ruhig. „Du bist doch so besorgt um deine Zukunft, deine Karriere. Du willst eine großartige Ärztin werden und einen Haufen Kohle machen. Ein Baby wäre da nur im Weg, nicht wahr? Also wäre diese Abtreibung nichts anderes, als dass du dein Kind auf dem Altar deiner eigenen Ziele opferst. Oder gar nur auf dem Altar deiner Bequemlichkeit."

„Du hast leicht reden – du bist ja schließlich nicht schwanger! Ich möchte doch nur eine Entscheidungsmöglichkeit, irgendeine Form von Kontrolle über mein Leben!"

„Du hast doch bereits eine Entscheidung getroffen, indem du mit Ian geschlafen hast. Ihr seid beide aufgeklärt und wusstet, dass man dabei schwanger werden kann. Ich hätte schon damals etwas dazu sagen sollen, aber ich war zu feige, und das bereue ich jetzt! Übrigens ist Kontrolle auch ein Götze. Darüber weiß gerade ich ganz gut Bescheid! Mit meiner Essstörung habe ich diesem Götzen viele Opfer gebracht, das kann ich dir sagen! Ist es nicht interessant, dass die Todeskarte beim Tarot diejenige ist, bei der es um Kontrolle geht? Tod, nicht Leben! Wer ist es wohl, der dir einreden will, dein Kind zu töten? Der Teufel höchstpersönlich!"

„Komm schon, ich glaube ja nicht mal an den Teufel", sagte Brittany.

„Das hat leider gar nichts zu sagen. Man muss nicht an ihn glauben, um ihm zu dienen. Tatsächlich ist es sogar leichter, wenn man nicht an ihn glaubt!" Jillian atmete tief durch. „Ich hab dir hier eine Bibelstelle abgeschrieben. Darf ich sie dir vorlesen?" Ihre Hand zitterte.

Brittany sah sie von der Seite an und rollte die Augen. „Mann, du hast dich da aber echt reingehängt!"

„Es ist aus Psalm 106. Darin geht es darum, dass sich Gottes Volk mit den anderen Völkern vermischt hat und ihre Bräuche angenommen hat. Sie nahmen ihre Söhne und Töchter und brachten sie den Dämonen als Opfer dar. Das Blut von Schuldlosen vergossen sie, das Blut ihrer eigenen Kinder, die für die Götzen Kanaans geschlachtet wurden; dadurch entweihten sie das Land. Sie selbst wurden unrein wie Huren durch ihr Treiben."

„So, so, du nennst mich also eine Hure!"

„Nein, ich lese dir nur vor, was Gott über Kindesopfer denkt. Es geht ja nicht nur um das Kind, es ist auch eine Form von Selbstzerstörung. Es verdirbt dich als Person. Du verwandelst dich in jemanden, der du gar nicht sein willst. Ich möchte nicht, dass du so jemand wirst, Britt!"

„Das kann ich ja echt brauchen!", sagte Brittany kalt und sehr laut. „Und ich dachte, du bist meine Freundin!"

„Eben weil ich das bin, kann ich dich das nicht einfach tun lassen."

Brittany atmete tief durch und presste ihren Rücken gegen den Sitz. „Ich habe mich sowieso schon gefragt, wann du wohl beschließt, dass dein Ruf als gutes Mädchen leidet, wenn du dich mit einer wie mir abgibst!"

„Ach Britt, das ist doch Unsinn. Freunde sagen sich gegenseitig die Wahrheit, oder? Und die Wahrheit lautet, dass es falsch ist, dein Kind abzutreiben. Es wird dich tief verletzen. Und ein Baby wird dabei sterben. Dein Baby!"

Brittany senkte die Stimme zu einem bösartigen Flüstern: „Also, ich bin ja so froh, dass du dich zu meinem Gewissen aufschwingst, Florence Nightingale! Aber ich glaube nicht, dass du schon mal in so einer Situation gesteckt hast, du Schlauberger! Es ist immer leicht, über jemanden zu urteilen, wenn man selbst nicht tief in der Scheiße sitzt!"

Jillian schluckte schwer. „Ich habe mit meiner Mutter gesprochen."

„Na, das passt ja! Warum sollte ich auch meiner besten Freundin ein Geheimnis anvertrauen? Sie wird es sowieso ausplaudern!"

„Sieh mal, Britt, meine Mutter mag dich unheimlich gern. Und sie hat mir erzählt, dass sie eine Abtreibung hat machen lassen, als sie in deinem Alter war. Sie hat es seitdem immer bereut."

Brittany starrte sie nur an. „Das ist eben ihr Problem. Ich werde es ganz bestimmt nicht bereuen!"

Jillian sah einen Moment lang eine gewisse Verletzlichkeit in Brittanys Gesicht, doch schnell stülpte sich wieder die Maske über ihre Züge.

„Also, wenn dein Gewissen dich plagt, entlasse ich dich hiermit in aller Form von jeder Verantwortung für mich und mein kleines Problem. Los, brich dein Versprechen, mich zur Klinik zu fahren. Vielleicht finde ich ja eine wahre Freundin, die es macht."

„Britt, bitte, ich ..."

„Steig aus! Raus!"

Jillian starrte sie an und sah den blanken Hass in ihren Augen. „Ich sagte, steig aus!", schrie Brittany so laut, dass Jillians Trommelfelle schmerzten.

Jillian öffnete die Autotür und stieg aus. Noch bevor sie die Tür zumachen konnte, fuhr Brittany bereits los und rief dabei aus dem Fenster: „Wenn du nicht zu mir stehen kannst, wenn ich dich am dringendsten brauche, dann ist das das Ende unserer Freundschaft! Geh und spiel mit deinen lieben Kirchenfreundinnen, ihr Heuchler verdient einander!"

Schotter spritzte in Jillians Gesicht, als Brittany davonraste.

*

„Deine Mutter würde uns beide umbringen, wenn sie das wüsste", sagte Ian, als sich die Zeiger der Uhr gegen Mitternacht näherten.

„Wenn du Schiss hast, können wir es auch lassen", sagte Daniel. „Nicht, dass du dir am Ende noch in die Hosen machst."

„Du wirst ja ganz schön frech, Kleiner! Okay, aber wenn du ein Wort ausplapperst, werde ich alles abstreiten. Dann bist du geliefert."

Sie stellten dem Brett ein paar harmlose Fragen zum Aufwärmen und erhielten Antworten.

„Heute scheint der Geist stärker auf dich zu reagieren", sagte Ian. „Sprich mit ihm!"

„Was soll ich denn sagen?"

„Frag ihn, wer er ist!"

„Vermutlich wieder FG, oder?"

„Das weißt du nicht. Frag ihn!"

„Geist, wer bist du?"

Die Planchette bewegte sich zum J, dann zum F.

„JF? Wer soll das sein?", fragte Daniel.

„Vielleicht kommt noch was. Oder das J war ein Fehler und es ist nur F für Foulgrin. Oder JFK, wie John F. Kennedy. Das wäre ja cool! Vielleicht hast du zu früh aufgehört. Frag ihn noch mal!"

Daniel legte die Finger auf die Planchette. „Wer bist du?"

Wieder bewegte sich die Planchette von J zu F und hielt dann an.

„Okay, dann ist es also definitiv JF", sagte Ian. „Wen kennen wir mit diesen Initialen? Teste mal, ob der Geist dich kennt. Stell ihm Fragen, die nur du beantworten könntest."

„Wann ist mein Geburtstag?"

Die Planchette wanderte zur Zahlenreihe und hielt erst auf der 5, dann auf der 1 und schließlich auf der 2.

„512?"

„Ich habe am fünften Dezember Geburtstag."

„Ach so, der 5.12.!", sagte Ian. „Schau mich nicht so an, ich habe nichts gemacht. Außerdem weiß ich gar nicht, wann dein Geburtstag ist. Frag ihn noch was!"

Während Daniel noch über eine Frage nachdachte, fing die Planchette an, sich zu bewegen. Jedes Mal, wenn sie auf einem Buchstaben pausierte, schrieb Ian ihn auf. Als sie fertig war, las er vor: „Du kannst jederzeit über das Brett mit mir Kontakt aufnehmen, Danner!"

Daniel wurde bleich.

„Danner? Was soll denn das sein?"

„Es ist ein Spitzname."

„Wer nennt dich denn so?"

„Jetzt niemand mehr ..."

„Wie meinst du das?"

Daniel starrte auf das Brett und schien Ian gar nicht zu hören. „Wer bist du?", fragte er noch einmal und nahm die Finger von der Planchette. Jetzt hatte nur noch Ian Kontakt dazu.

„Was geht ab?", fragte Ian.

„D ... A ... D!"

Ian glotzte Daniel an, dessen Gesicht nun endgültig alle Farbe verloren hatte. „Der ... der Geist ist dein Vater?"

## Brief 31

Mein fehlbarer Foulgrin,

was zur Hölle tut sich bei dir? Ohne Informationen sind mir die Klauen gebunden!

In deinem letzten Brief hat mich deine Schilderung von Jillians neu gewonnener Freude am Lobpreis sehr irritiert. Die meisten Jugendgruppen singen ja eher solche Wohlfühllieder, die ihnen ein gewisses Zusammengehörigkeitsgefühl vermitteln, aber nicht wirklich ihre Herzen auf den Feind ausrichten. Ich liebe es, ihre halbherzigen Singversuche zu beobachten! Sie sehen dabei aus, als müssten sie dringend aufs Klo, wissen aber, dass das noch mindestens eine Stunde nicht gehen wird ...

Doch die Dinge ändern sich. Einige Jungschädlinge verlieren sich wirklich im Lobpreis. Eine schlimme Vorstellung! Ihr Kreisen um sich selbst ist unser größter Vorteil! Das haben wir ihnen schon in der Wiege eingeimpft. Doch dann stehen sie da und singen Lieder, die sie selbst in den Hintergrund rücken und den Feind erheben! Und manche glauben auch noch wirklich, was sie da singen, und werden von den Worten in die Gegenwart des Feindes geführt. Das ist absolut unhaltbar, Foulgrin! Wenn sie Ihm wirklich begegnen, werden sie von innen her verändert und wir haben verloren.

Äußerliche Veränderungen können wir tolerieren. Ein bisschen Eigenreform, okay. Etwas Konformität mit den Standards einer christlichen Gruppe – gut und schön. Doch wenn sie sich auf den Feind konzentrieren und selbst einen Schritt zurücktreten, was dann? Was, wenn sie tiefe Freude an der Begegnung mit Ihm finden? Dann haben wir ein echtes Problem! Unsere Verführungsmöglichkeiten haben dann keine Wirkung mehr auf sie. Warum sich mit schlechten Imitaten abgeben, wenn man das Original haben kann?

All ihre Erfahrungen in der Gemeinde sind uns egal – bis auf eine: Wenn sie auf den Feind sehen, ihm persönlich begegnen, ihn anbeten und loben ... dann gibt es Grund zur Panik!

Desillusioniere Jillian und Rob, was die Kirche angeht. Überzeuge sie davon, dass eine Gemeinde dazu da sein sollte, ihre Bedürfnisse zu erfüllen, nicht, sie dazu auszurüsten, anderen zu helfen. Mach sie zu Gemeindependlern, die rastlos herumfahren und sich das Beste vom Büfett picken. Lass sie immer nach der besten Predigt, der besten Musik und den besten Programmen suchen. Eine negative Erfahrung sollte zur nächsten führen, bis sie professionelle Gemeindekritiker sind. Es darf ihnen nur nie dämmern, dass das Problem der Kirchen ganz einfach darin besteht, dass sie sich aus fehlerhaften Menschen zusammensetzt – Menschen wie sie selbst.

Rob und Jillian lesen ein Buch über christliche Märtyrer? Pfui! Völlig inakzeptabel! Wenn sie schon fromme Bücher lesen, dann versorge sie mit seichtem Gewäsch. Halte sie um jeden Preis fern von dem Verbotenen Buch und allen anderen, die sie ernsthaft ins Nachdenken bringen oder sie gar dazu verleiten, aus der Normalität auszubrechen. Junge Schädlinge sind da sehr gefährdet. Sie haben sich noch nicht ganz im materiellen Lebensstil eingerichtet, deshalb ist ein Richtungswechsel für sie noch leichter möglich.

Die Gewohnheiten, die sie jetzt annehmen, werden sie ihr ganzes Leben mit sich führen. Was, wenn sie ein Herz für die Evangelisation entwickeln? Weltmission? Gebet? Großzügigkeit? Am Ende werden diese abstoßenden Eigenschaften noch zur Gewohnheit und sie geben sie an ihre Kinder weiter – nicht auszudenken! Dabei könnten charakterstarke Jungschädlinge herauskommen, die dem Feind dienen. Möge der Meister es verhindern!

Obsmut hat mir eine Kopie deiner Arbeit über den Materialismus zukommen lassen. Ich stimme dir zu, alles hat mit Physik zu tun. Je mehr Dinge die Madenfütterer anhäufen, desto größer wird ihre Gesamtmasse. Je größer die Masse, desto stärker die Wirkung der Schwerkraft. Deshalb kreisen die Schädlinge auch bald nur noch um ihre Dinge. Und schließlich saugen ihr Geld und ihre Besitztümer sie einfach auf wie ein Schwarzes Loch. Letztlich bestehen sie nur noch aus den Dingen, die sie tun und besitzen, und dann kann man sie nicht mehr voneinander unterscheiden.

Die Kämpfe, die früher Helden hervorgebracht haben, sind vorbei. Heldentum entsteht nicht aus Bequemlichkeit und Erfolg. Doch da sie noch immer Helden brauchen, haben wir den Begriff neu definiert. Jetzt ist jemand ein Held, der einen Basketball dribbeln kann oder in ein Mikrofon singt oder vor einer Kamera einen auswendig gelernten Satz aufsagt.

Besonders die Jungschädlinge hungern nach Helden. Wir haben ihnen Stars gegeben, charakterlose Ersatzhelden. Wenn eine Generation niemanden mit Charakter hat, zu dem sie aufschauen kann, dann nimmt sie eben die mit Talent, Schönheit und Ruhm. Rob, Ian, Brittany und Jillian haben eins gemeinsam: Sie sehnen sich nach jemandem, an den sie glauben können. Deine Aufgabe ist es, dafür zu sorgen, dass der Zimmermann und seine Vertreter nicht zu diesem Jemand werden.

Jungschädlinge stehen nach wie vor ganz oben auf unserer Liste. Dreh sie jetzt um, und sie bleiben uns auf ewig erhalten. Gut, wenn die Bürden und Schwächen des Alters kommen, wenden sie sich vielleicht dem Feind zu, für den sie vorher nie Zeit hatten. Deswegen stationiert der Meister auch immer mehr Truppen in Seniorenheimen und Krankenhäusern. Aber selbst wenn er sie uns noch kurz vor ihrem Ende wegschnappt, haben sie doch ihr Leben hier auf der Erde verschwendet und uns gedient.

Das schlimmste Szenario ist, dass sie jung zum Feind finden und ihm dann ein Leben lang nachfolgen. Undenkbar, Foulgrin! Das darf nicht passieren!

Lass sie uns zu Fall bringen!

*Prinz Ishbane*

## Kapitel 32
## 20. Mai, 13:49 Uhr

Bald! Bald! Du musst es bald tun!

Das Pillenfläschchen schien aus der Dunkelheit der Schublade zu rufen, als wäre es lebendig. Manche Tage – gute Tage – waren ohne einen Gedanken an die Pillen, das Buch und den Plan vergangen. Doch inzwischen gab es keinen Tag, ja keine Stunde mehr ohne lebhafte Bilder von der Ausführung des Plans ... Die Gedanken kamen immer häufiger und ohne Vorwarnung. Sie waren so greifbar. Was früher undenkbar schien, rückte nun immer näher.

Bald! Bald! Du musst es bald tun!

*

Am Sonntagnachmittag machte ihre Mutter ein Mittagsschläfchen und Jillian saß mit Joey im Arm auf dem Sofa. Sie sah in die mandelförmigen Augen des Kleinen. Eine Träne tropfte aus ihren Augen auf seine Wange. Warum hatte sie nur immer das Gefühl, dass Joey intuitiv so vieles begriff, was sie nicht verstand? Dass er ihr irgendetwas sagen wollte? War es wirklich ihr kleiner Bruder, der da mit ihr kommunizierte, oder wollte vielleicht jemand anderer durch ihn zu ihr sprechen?

Als ihre Mutter wieder wach war und Joey übernahm, ging Jillian in ihr Zimmer. Sie legte sich aufs Bett; einen Moment lang dachte sie darüber nach, zum Computer zu gehen und ihre Gedanken und Gefühle niederzuschreiben. Nein. Das hier erforderte einen persönlicheren Touch. Sie nahm das edle grüne Briefpapier von ihrem Schreibtisch und begann, einen Brief zu schreiben. Dem Papier konnte sie ihr ganzes Herz ausschütten.

„Brittany“, schrieb sie, „zuerst möchte ich dir sagen, dass ich dich unheimlich lieb habe. Seit wir uns damals kennen gelernt haben, bist du die beste Freundin, die ich je hatte. Ich habe viel über das nachgedacht, was mir meine Mutter erzählt hat, und auch über deine Worte. Mir ist klar geworden, dass Mama Recht hat. Wahre Freunde sind bereit, notfalls auch zu riskieren, dass sie die Gefühle ihrer Freunde verletzen, wenn dies nötig sein sollte, um die Wahrheit zu vertreten. Ich habe mich dazu entschlossen, dieses Risiko einzugehen. Wenn du mich hasst, aber dafür das Richtige tust, was auch das Beste für dich ist, dann hat es sich gelohnt. Sicher kommt es dir nicht so vor, aber ich bringe ein Opfer, um mich wie eine wahre Freundin zu verhalten."

Sie machte eine Pause und betete, dass Gott durch sie sprechen möge. Dann schrieb sie weiter. Die Worte waren in ihrem Kopf, aber sie hatte das Gefühl, dass sie nicht ihren eigenen Gedanken entsprangen.

„Ich verurteile dich nicht und habe dich immer auch dann noch genauso lieb, wenn du eine Abtreibung machen lässt. Aber ich denke, dass du im Begriff bist, etwas Falsches zu tun, und noch ist es nicht zu spät, es zu verhindern! Natürlich kann ich dich nicht daran hindern, dein Leben zu ruinieren, aber zumindest möchte ich dir nicht dabei helfen! Ich möchte dir so gern den Schmerz ersparen, der für dich aus dieser Sache entstehen wird. Ein bisschen hoffe ich, dass du ins Nachdenken gekommen bist, weil ich dir gesagt habe, dass ich dich nicht in die Klinik fahren will. Wenn ich es schwieriger für dich gemacht habe ... na, dann ist das vielleicht ganz gut so! Ich hoffe, es wird alles so schwierig, dass du es doch nicht tust. Ich könnte einfach nicht mit dem Wissen leben, dass ich dir geholfen habe, dir und deinem Baby so etwas anzutun. Etwas so Finsteres und Böses."

Sie starrte auf die Worte und wollte sie zuerst wieder ausstreichen. So etwas konnte sie einfach nicht schreiben. Oder doch? Sie beschloss, alles so zu lassen. Schließlich stimmte es, und sie hatte es „in Liebe" gesagt, wie es im Epheserbrief stand.

„Weißt du noch, wie du mir immer gesagt hast, dass ich endlich meine Frau stehen und mich nicht mehr von anderen herumschubsen lassen soll? Na ja, jetzt stehe ich meine Frau, Britt. (Obwohl es dir vermutlich nicht gefällt, wenn es sich auf dich auswirkt!) Darum habe ich beschlossen, dass ich mich nicht von dir dazu drängen lassen will, dich in diese Klinik zu fahren. Hier spricht nicht mehr die alte, passive, Ich-mach-es-allen-recht-Jillian. Ich bin die neue Hab-den-Mut-das-Richtige-zu-tun-Jillian!

Jesus hat gesagt, dass wir an anderen so handeln sollen, wie wir von ihnen behandelt werden möchten. Also, ich möchte Freunde, die mir die Wahrheit sagen und bereit sind, Opfer zu bringen, um mir wirklich zu helfen. Deshalb bin ich entschlossen, auch so eine Freundin zu sein.

Heute Nachmittag habe ich auf Joey aufgepasst. Du weißt doch, manchmal hat er diesen Blick drauf, da meint man, er weiß einfach alles. Na ja, weißt du, in dir ist auch so ein kleiner Joey, ein kleines lebendiges Wunder, das dir sicher auch viel Freude bringen wird. Bitte, Britt, lass ihn oder sie leben! Wenn du dich dazu entschließt, kannst du auf meine Hilfe rechnen, wann immer du mich brauchst. Wenn du Geld brauchst, gehe ich arbeiten. Notfalls verkaufe ich mein Auto. Wenn du eine Schulter zum Anlehnen brauchst, bin ich da. Wenn du einen Babysitter brauchst, ruf mich an. Wenn du dich dazu entscheidest, das Kind zur Adoption freizugeben, mache ich den Papierkram mit dir, führe Telefonate oder was sonst nötig ist. Ich bin genau an deiner Seite und tue alles für dich!"

Außer der einen Sache, die du von mir willst.

Jillian schrieb noch ein bisschen mehr, dann steckte sie den Brief in einen Umschlag. Sie konnte Brittanys Zorn richtig spüren und wünschte, sie könnte ihn abmildern. Plötzlich hatte sie den Drang, den Brief in kleine Fetzen zu zerreißen.

Nein!

Sie schnappte sich ihre Autoschlüssel und fuhr den vertrauten Weg zu Brittanys Haus. Als sie die Klingel drückte, schien ihr der Briefumschlag in ihrer Hand plötzlich unheimlich groß zu sein. Und so schwer!

Du machst dich zum Idioten. Sie wird es sowieso durchziehen. Warum sorgst du noch dafür, dass sie dich auf ewig hasst?

Niemand öffnete. Jillian wandte sich zum Gehen, hielt dann aber inne. Sie ließ den Brief durch den Postschlitz ins Haus gleiten, dann ging sie zu ihrem Auto. Sie saß eine Weile im Wagen und wusste nicht, was sie tun sollte.

Hilf ihr, Herr, betete sie stumm. Bitte, Brittany braucht ganz dringend deine Hilfe!

*

„Wann kriege ich meinen Computer wieder?", fragte Daniel mit einem genervten Unterton.

„Ich sagte, einen Monat, bevor wir überhaupt nur darüber reden!", sagte Diane. „Auf jeden Fall wird dann ein Filter installiert, der die schlimmsten Seiten blockiert. Und das Ding wird im Wohnzimmer stehen, nicht mehr in deinem Zimmer, wo du dich damit einschließen kannst."

„Ich weiß, ich weiß, das hab ich jetzt schon hundertmal gehört!"

„So ist es am besten, Schatz", sagte Diane und legte ihm einen Arm um die Schultern. Daniel zog sich schnell zurück. „Was hast du denn eben die ganze Zeit allein in deinem Zimmer gemacht?"

Er zuckte die Achseln. „Hausaufgaben und Musik gehört."

„Warum verbringst du nicht auch mal ein bisschen Zeit mit uns?"

„Ich brauche den Computer."

„Wir reden in einer Woche darüber."

„Dad sagt, dass es okay ist!"

„Was?"

„Er sagt, es ist okay, wenn ich den Computer zurückbekomme."

„Dad sagt das? Dein Vater hat dir den Computer gekauft, meinst du das? Aber du weißt doch selbst, was er über die Seiten dachte, die du dir da ansiehst!"

„Vielleicht sieht er das jetzt nicht mehr so eng."

„Danny, wovon redest du? Dein Vater ist ..." Plötzlich fiel ihr etwas ein und sie sah auf die Uhr. „Ich muss los. Wir reden später darüber." Und weg war sie.

Daniel zog sich wieder in sein Zimmer zurück und machte das Licht aus.

*

Brittany stand am Wohnzimmerfenster und schaute durch die Lamellen des Rollos auf die Straße, wo Jillian immer noch in ihrem Auto saß. Wie konnte sie es wagen, immer noch so zu tun, als wären sie befreundet? Was tat sie da draußen? Wartete sie, dass Brittany die Tür aufmachte, damit sie sie wieder als Kindermörderin beschimpfen konnte? Was für ein Recht hatte sie überhaupt zu so etwas?

*Vergiss es, Mädel. Ich spreche kein Wort mehr mit dir, bis ich diese Sache hinter mich gebracht habe. Und vielleicht nicht mal danach!*

Sie ließ das Rollo los und ihr Blick fiel auf ein Foto von sich und Jillian, wie sie sich eng umschlungen hielten. Ihre Augen strahlten. Jillians blonde Locken waren offen und gaben ihr ein wildes Aussehen, und sie stand auf Zehenspitzen. Brittany lehnte sich nach vorn, das glatte dunkle Haar floss über ihre Schultern. Ihre Wangen hatten sie aneinander gedrückt. Sie sahen so unterschiedlich aus, dass es schon fast komisch war – doch die wirklichen Gegensätze waren in ihrem Inneren. Wie waren sie bloß jemals Freundinnen geworden?

Jillians Auto fuhr los und Brittanys Gedanken kehrten zur Realität zurück. Aus war's mit der Freundschaft. Sie hob den Umschlag auf, der vor der Tür lag. Es war dumm, aber sie hatte beinahe Angst davor, ihn zu öffnen. Sie ging in ihr Zimmer, warf den Brief ungeöffnet in den Mülleimer und legte sich ins Bett. Dann nahm sie die inzwischen schon ganz zerlesene Broschüre der Abtreibungsklinik vom Nachttisch. Sie kannte sie schon beinahe auswendig.

„Das Hauptgefühl, das Frauen nach dem Ende einer Problemschwangerschaft empfinden, ist Erleichterung."

*Morgen ist alles vorbei.*

Sie sah noch mal auf die Adresse und die Wegbeschreibung. In diesem Teil von Portland war sie noch nie gewesen. Hoffentlich fand sie das gleich. Beinahe verlor sie den Mut, aber das war dumm. Sie würde eben einfach zeitig losfahren und das Handy mitnehmen. Dann konnte sie in der Klinik anrufen, falls sie sich verfuhr.

Nachdem sie sich eine Stunde unruhig hin und her gewälzt hatte, stand sie auf und fischte den Brief wieder aus dem Müll. Bevor sie ihn aufmachte, schwor sie sich selbst, dass sie sich nicht von Jillians Geschreibsel beeinflussen lassen würde.

Nach dem Lesen ließ sie den Brief gleich wieder in den Abfalleimer flattern. Müll zu Müll, hieß es doch. Sie holte ihre Tarot-Karten und zog vier heraus. Sie drehte die erste herum – die Kaiser-Karte. Ein schneller Blick auf die Spielanleitung verriet ihr die Bedeutung der Karte: „Du musst der Meister deines Gebietes sein!"

*Genau! Mein Bauch gehört mir und sonst niemandem!*

Die nächste Karte war die Hohepriesterin. Brittany lächelte. Das war ihre Lieblingskarte. Eine totale Bestätigung. Sie musste auf dem Thron ihres Lebens sitzen bleiben und keine Umstände durften ihre Träume verderben.

Als Nächstes kam die Narrenkarte. *Ja, ich wäre auch wirklich schön blöd, wenn ich das nicht durchziehen würde. In drei Wochen ist Schulabschluss. Ich kann doch nicht schwanger zur Abschlussfeier gehen!*

Als letzte deckte sie die Todeskarte auf. Beim Anblick der Embryonen auf der Abbildung wand sie sich innerlich. Ja, die Bedeutung war schon klar. Kontrolle war alles; sie musste ihr Leben selbst in die Hand nehmen. Sie musste zusehen, dass sie diese Abtreibung machen ließ. Das war das Beste – für sie, für Ian, für ... alle. Sie griff nach dem Telefon.

„Skyla? Ich bin's, Brittany. Ich möchte dich um einen Gefallen bitten ..."

Sie unterhielten sich 20 Minuten, und Skyla versicherte ihr immer wieder, dass es die richtige Entscheidung war. Keine Frage. Skyla war eine wirkliche Freundin. Nicht wie Jillian, die sie nur beschimpft hatte.

*Es ist nur ein kurzer Eingriff. Dann ist es vorbei. Alles vorbei ...*

Brittany fiel wieder aufs Bett. Sie lag zitternd in der Dunkelheit, völlig ausgebrannt, und hatte das Gefühl, dass sich direkt neben ihr ein unendlicher Abgrund auftat.

## Brief 32

Mein überraschend dummer Faulgrin,

es gibt nicht Besseres, als Schande über den Namen des Feindes zu bringen, indem wir seine Kinder in unmoralische Taten verwickeln und dann in aller Öffentlichkeit ihre schmutzige Wäsche waschen. Sexskandale und Finanzaffären sind meine Lieblingsthemen. Wie viele Familien, Gemeinden, Leiter und Organisationen sind dadurch schon zu Fall gebracht worden?!

Doch es gibt noch eine andere Taktik, die ebenso befriedigend ist: Falsche Beschuldigungen. In Brittanys Kopf hat Jillian sie schrecklich beschimpft. Sie hat sie eine Kindermörderin genannt. Dabei stimmt das gar nicht; Jillian hat nichts dergleichen gesagt. Brittany ist trotzdem überzeugt davon. So überzeugt, dass sie vermutlich sogar einen Lügendetektortest bestehen würde.

Wenn ihr Gewissen ihnen sagt, dass sie etwas Falsches tun, stellen sie sich schnell vor, andere hätten sie angegriffen. Dabei ist es in Wirklichkeit ihr eigenes Unterbewusstsein, das mit dem Finger auf sie zeigt und sie beschimpft. Wir erleben den vollen Spaß, indem wir sie erst dazu treiben, Böses zu tun, und sie dann dazu bringen, sich deswegen schrecklich zu fühlen. Und das ist noch nicht alles – als Nächstes tricksen wir sie aus, indem wir sie dazu animieren, anderen die Schuld zuzuschieben. Damit entzweien wir sie von ihren Mitmenschen und verhindern außerdem noch, dass sie Vergebung finden. Denn so lange sie anderen die Schuld in die Schuhe schieben, können sie ihre Sünden nicht erkennen und schon gar nicht bereuen.

Christen sind durchaus in der Lage, mit einem Homosexuellen ein ruhiges Gespräch zu führen, in dem sie ihm Freundlichkeit und Interesse entgegenbringen, obwohl sie nicht mit ihm einer Meinung sind.

Doch trotzdem gelingt es uns beinahe immer, die anderen davon zu überzeugen, dass „die Christen" wieder mal schwulenfeindliche Dinge von sich gegeben haben – auch wenn das keineswegs der Fall war! Allerdings gibt es auch Christen, bei denen wir gar nichts verdrehen müssen, weil sie tatsächlich schwulenfeindlich sind – aber das ist ein anderes Thema.

Bis zu ihrem Abtreibungstermin musst du Brittany unbedingt in dem Glauben halten, dass ihre Freundin sie verraten und im Stich gelassen hat. Und den Rat eines Verräters kann schließlich niemand annehmen, nicht wahr?

Eines der gefährlichsten Geheimnisse im Verbotenen Buch – das die Jungschädlinge am besten nie in die Finger kriegen – ist die Tatsache, dass der Feind immer wieder sagt, dass sie ihm in ihrem eigenen Interesse gehorchen sollten. Wenn er ihren Gerechtigkeitssinn anspricht, ist das kaum bedrohlich, denn sie sind ja so wunderbar ungerecht. Doch sie triefen vor Eigeninteresse. Daher ist Vorsicht geboten!

Wenn wir die Spielregeln festlegen könnten, würden wir das einfach verbieten. Ist ja auch lächerlich! Sie sollen den Geboten des Feindes nicht nur gehorchen, weil das richtig ist, sondern auch, weil es schlau ist!

Wenn ein Jungschädling das aufschnappt, wird unsere Aufgabe sehr schwierig. Wenn Ian und Daniel tatsächlich kapieren würden, dass sie mit ihren okkulten Spielchen ihr Leben ruinieren, wäre es viel aufwändiger, sie bei der Stange zu halten, nicht wahr? Brittany denkt, sie muss zwischen einer Abtreibung und ihrem persönlichen Glück entscheiden. Was würde passieren, wenn sie einsehen würde, dass der Feind ebenfalls ihr Glück will? Und dass das, was er will, nicht nur für ihr Baby, für Ian, ihre Mutter und Freunde das Beste wäre, sondern vor allem für sie selbst?

Sie suchen doch alle nach Vergnügen und Glück, Foulgrin. Ganz egal, was sie dafür tun müssen. Eigentlich tun sie alles, was sie tun, nur als Reaktion auf ihre innere Sehnsucht. Ob es nun darum geht, dem Feind zu gefallen oder sich selbst einen momentanen Wunsch zu erfüllen – es geht immer um Sehnsüchte.

Der Feind ist der größte Hedonist, der ständig Freuden anbietet; er schmeißt Partys, richtet Bankette aus und ruft Festivals ins Leben. Darum müssen wir die Erde mit Lärm erfüllen, um die Festgeräusche von unseren Opfern fern zu halten. Fülle ihre kleinen Gehirne mit lauten Stimmen, damit sie die Musik aus seinem Festsaal nicht hören können.

Da sie mit so viel Leidenschaft nach Glück streben, müssen wir ihnen einreden, dass es ganz falsch ist. Oder dass Glück anderswo zu finden ist als beim Feind.

Ich ersehe aus deinem Bericht, dass jeder einzelne von unseren Nachwuchsschädlingen und sogar Diane Fletcher Schritte in Erwägung zieht, die sie alle auf die Schlachtbank bringen könnten. Verschließe ihre Augen vor den Warnungen des Feindes! Der Zimmermann hat sie gelehrt, ihm und seinen Worten zu glauben und wie ein weiser Mann zu sein, der sein Haus auf Fels baut, statt wie ein dummer Mann, der auf Sand baut. Für ihn ist weise gleich richtig, dumm gleich falsch. Das sollten die jungen Narren nicht begreifen, sonst würden sie das Leben radikal anders sehen.

Weisheit ist unser Feind. Wenn sie die Konsequenzen ihres Tuns vorher abwägten, würden sie Muffensausen bekommen. Sie würden vor Selbstmord, Abtreibung, sexuellen Eskapaden und vielen anderen Dingen zurückschrecken. Unser bestgehütetes Geheimnis ist, dass der Feind ihr Glück will. Und dass das Richtige immer das Klügste ist.

Überzeuge sie also stets davon, dass ihnen die Wege des Feindes allen Spaß verderben werden. Wir dagegen bringen Riesentrubel in ihr Leben. Es ist so eine Art Werbeversprechen. Wer erwartet schon wirklich, dass es gehalten wird?

Es lebe das Marketing!

Prinz Ishbane

## Kapitel 33
## 22. Mai, 7:34 Uhr

Brittany hatte beim Aufwachen das Gefühl, ein Bleigewicht liege auf ihr. Sie wollte nicht aus dem Bett ... doch sie fühlte sich gezwungen, ihre Entscheidung durchzuziehen und sich von nichts und niemandem davon abbringen zu lassen. Stöhnend hievte sie sich aus dem Bett.

Sie hatte schlecht geträumt, das wusste sie noch, konnte sich allerdings nicht an die Details erinnern. Irgendwie war sie eine Hohepriesterin gewesen, wie die auf der Tarotkarte. Dann träumte sie von den Kindern, die ihre Schwester nicht bekommen konnte, von der Kleinen von nebenan, bei der sie immer als Babysitter einsprang, und von Joey, der so süß war und den sie so lieb hatte. Selbst noch unter der Dusche gingen ihr dieselben Bilder im Kopf herum. Sie seifte sich immer wieder ein. Wenn sie von ihrem Termin zurückkam, dachte sie, würde sie noch einmal duschen, ganz lange und heiß. Das würde die Tränen und den Schmerz wegwaschen und sie würde sich wieder sauber fühlen.

Sie schaute auf ihren flachen Bauch und fragte sich, wie lange es wohl gedauert hätte, bis man etwas gesehen hätte. Egal. Diesen Sommer würde sie einen Bikini tragen können wie immer.

„Die ganze Prozedur dauert zehn Minuten und wird mir neun Monate Kummer ersparen“, redete sie sich selbst ein. Wie kann etwas so schrecklich sein, das nur zehn Minuten dauert? Mord und Vergewaltigung fielen ihr ein – das dauerte möglicherweise auch nicht länger –, doch sie schob diese Gedanken schnell beiseite und ärgerte sich über Jillian, die ihr diese blöden Schuldgefühle eingeredet hatte.

Sie trocknete sich ab und zog dann locker sitzende Kleidung an, wie ihr in der Broschüre geraten wurde. Obwohl es ein wolkenverhangener Morgen war, setzte sie eine dunkle Sonnenbrille auf.

„Tschüs, mein Schatz“, hörte sie ihre Mutter rufen, die zur Arbeit ging.

Es war gut, dass Skyla sie begleiten würde. Sonst wäre es eine einsame Fahrt geworden; viel zu viel Zeit zum Nachdenken. Wer weiß, am Ende hätte sie vielleicht noch Schiss gekriegt und einen Rückzieher gemacht.

Tja, da merkt man dann, wer die wahren Freunde sind!

Brittanys Blick fiel auf Jillians Brief im Mülleimer. Sie holte ihn so schnell heraus, dass es sie selbst überraschte. Anschließend zerriss sie ihn systematisch in kleine Fetzen, die sie zurück in den Eimer warf. Und dann trat sie noch mit dem Fuß dagegen.

Ich werde es Jillian zeigen! Falls ich jemals wieder mit ihr rede, werde ich ihr ganz locker erzählen, wie einfach es war und dass sie total Unrecht hatte.

Sie beruhigte sich selbst mit den Sätzen aus der Broschüre, wodurch sie tatsächlich ruhiger wurde. Sie ging nach unten und überlegte, ob sie wohl etwas trinken durfte oder total nüchtern sein musste. Schließlich ließ sie sich unschlüssig auf die Couch sinken. War es angemessen, früher da zu sein oder ganz genau pünktlich, wenn man sein Kind töten lassen wollte? Verflixt, wo war das denn wieder hergekommen? Sie verfluchte Jillian, deren miese Propaganda sie selbst jetzt noch verfolgte.

Die Uhr im Wohnzimmer ließ den Gong ertönen, und genau gleichzeitig fuhr Skylas Auto draußen vor.

Als sie in Skylas lächelndes Gesicht schaute, verschwanden sofort alle Zweifel. Brittany schluckte den Kloß in ihrem Hals runter und stieg ins Auto. Innerlich betete sie sich selbst immer wieder die Gründe vor, warum sie diese Schwangerschaft unmöglich weiter laufen lassen konnte. Mein Stipendium. Meine Zukunft. Mein Ruf. Meine Beliebtheit. Mein Aussehen. Ian. Alles!

Dann studierte sie schon mal ein, was sie später zu Jillian sagen würde: „Es ist alles super gelaufen. Es war ganz einfach. Kein Problem. Keine Reue."

„Ich habe hier die Adresse und die Wegbeschreibung", sagte sie schwach und gab Skyla den Zettel.

„Brauch ich nicht; ich weiß, wo es ist. Wenn es vorbei ist, lade ich dich auf ein Eis ein, okay?", sagte Skyla.

Ein Eis? Skyla schien total gut gelaunt zu sein. Sie plauderte fröhlich darüber, dass Brittany genau das Richtige tat und dass die Leute in der Klinik unheimlich nett seien und dass eine von den Schwestern dort eine prominente Wicca sei und, und, und. Brittany hörte nur mit halbem Ohr zu, um sich von den Stimmen in ihrem Kopf abzulenken – dem Hin und Her, das sie quälte.

Sie standen ewig an einer roten Ampel. Skyla hatte das Radio aufgedreht und sang laut mit. Brittany wäre jedoch am liebsten wieder ins Bett gekrochen und hätte gerne eine Woche lang nur noch geschlafen. Oder für immer. Schlafen ohne Träume. Ein vertrauter Gedanke stieg in ihr hoch. Warum nicht? Es hat ja beinahe geklappt, damals in der Garage. Diesmal würde sie es gleich richtig anpacken. Vielleicht sollte sie heute Abend mal wieder in dieses Buch hineinschauen. Da standen viele gute Tipps drin. Wenn der Tod die Lösung für ihr Baby war, warum dann nicht auch gleich für sie? Während sie sich der Klinik näherten, wurde Brittanys Atmung immer flacher. Sie hörte Skyla überhaupt nicht mehr zu.

Wenn sie selbst gefahren wäre, hätte sie jetzt gewendet und wäre nach Hause gerast. Doch sie saß nicht am Steuer, sondern jemand anderer.

Skyla bog in den Parkplatz ein. Das Gebäude war in einem kühlen Grau gehalten. Brittany fragte sich, was wohl in den Abfallcontainern war, die gerade geleert wurden. Sie stieg langsam aus und griff nach der Tüte, die sie laut Anweisung mitgebracht hatte. Zum Glück war keiner von diesen fanatischen Abtreibungsgegnern mit ihren Plakaten und Spruchbändern zu sehen. Sie hatte schon befürchtet, dass sie dort sein und sie am Ende von ihrem Entschluss abbringen würden. Doch die Dame am Telefon hatte ihr versichert, dass keine Verrückten da wären.

Mit Blick zum Boden ging Brittany hinter Skyla die Stufen zum Eingang hoch. Plötzlich blieb Skyla abrupt stehen und Brittany rannte in sie hinein. Sie sah auf und blickte in ein vertrautes Gesicht.

„Hey, Britt!"

Brittany fühlte, wie ihr das Blut ins Gesicht stieg, als sie in Jillians Augen sah. Sie hielt etwas im Arm – eine blaue Decke, aus der zwei mandelförmige Augen hinausschauten.

Brittany starrte Joey an, dann sank sie mit einem Stöhnen auf der Treppe in sich zusammen.

„Für wen hältst du dich eigentlich?", zischte Skyla.

„Für Brittanys Freundin", sagte Jillian schlicht.

„Komm, Britt", sagte Skyla. „Sie erwarten dich. In einer Stunde ist alles wieder in bester Ordnung."

„Es wird nie wieder etwas in bester Ordnung sein, wenn sie es tut", sagte Jillian.

Brittany sah von Skyla zu Jillian. Plötzlich ging die Tür auf und eine Frau von vielleicht Mitte dreißig kam heraus.

„Belästigt sie Sie?“, fragte die Frau Brittany mit einem missbilligenden Seitenblick auf Jillian.

„Allerdings, Marie!“, sagte Skyla.

„Lassen Sie sie in Ruhe“, herrschte die Frau Jillian an. „Und verschwinden Sie von unserem Gelände, sonst rufe ich die Polizei!“

Brittany sah, wie Jillian Joey an sich zog und ihn von dem wutverzerrten Gesicht der Frau abschirmte.

„Ich sehe es schon vor mir – die kleine Cheerleaderin wird verhaftet! Das wäre eine Show! Jetzt komm, Brittany. Es ist deine Entscheidung. Lass dich nicht von ihr manipulieren.“

Eine weitere Frau kam aus der Tür. „Lass dich nicht verwirren, Kleines“, sagte sie zu Brittany. „Komm mit mir und Marie. Wir kümmern uns um alles.“

„Kleines?“, fragte Jillian. „Sie kennen sie doch überhaupt nicht! Sie ist meine Freundin, und Sie wollen einfach nur Ihren Job machen und Ihr Geld einstreichen. Werden Sie auch in fünf Jahren für sie da sein, wenn sie Depressionen bekommt? Wohl kaum!“

„Komm, lass mich dir helfen“, sagte Marie und ergriff Brittanys Arm. „Wir bringen dich von dieser Fanatikerin weg.“ Die Frau rempelte Jillian hart an und Joey begann zu weinen.

Brittany schüttelte die Hand der Frau ab. „Lassen Sie mich los, ich komme nicht mit.“

„Sie können das Mädchen anzeigen, wenn Sie wollen“, sagte die andere Frau.

„Ich sage den Termin ab“, sagte Brittany nur.

„Aber das ist doch gar nicht nötig. Wir haben alles unter Kontrolle. Sie kann Ihnen überhaupt nichts anhaben.“

„Ich werde es nicht tun.“

„Dann müssen wir Ihnen aber eine Bearbeitungsgebühr berechnen.“

„Kein Problem“, sagte Brittany und stellte sich sehr aufrecht neben Jillian und Joey.

Jillian reichte ihr Joey. „Hier, halt ihn mal, bis wir am Auto sind.“

Brittany wandte Skyla, Marie und der anderen Frau den Rücken zu.

„Geh nicht, Britt“, flehte Skyla. „Du machst einen großen Fehler! Das wirst du noch bereuen!“

Jillian führte Brittany schweigend zu ihrem Auto, das an der Straße stand. Die stieg ein und verriegelte erst mal die Türen, bevor sie Joey in seinen Kindersitz verfrachtete. Dann fuhr sie schnell los.

Im Rückspiegel sah Brittany, wie Skyla mit den beiden Frauen sprach. Irgendwie kam es ihr so vor, als würden sie alle unter einer Decke stecken. Jillian fuhr erst einige Kilometer, dann hielt sie an und atmete tief durch.

„Interessant, wie leicht sie es einem machen, eine freie Wahl zu treffen – so lange es ihre Wahl ist!", sagte sie und wandte sich dann Brittany zu. „Ist alles okay?"

Brittany starrte geradeaus und begann plötzlich zu weinen. Jillian beugte sich zu ihr rüber und umarmte sie fest. Sie spürte, wie ihre Freundin zitterte.

„Beinahe hätte ich ...", schluchzte sie.

„Aber du hast nicht, Britt. Du hast es nicht getan!"

## Brief 33

*Mein inkompetenter Foulgrin,*

so, so, du hattest sie also schon so gut wie sicher, ja? Vollkommen in der Hand, hm? Und dann hast du es zugelassen, dass sie sie dir von der Schippe zerren? In dieser Klinik kommen drei von unseren Leuten auf einen von ihnen! Du hattest alle Chancen auf deiner Seite. Wie konnte das nur passieren?!?!

Es ist mir gleichgültig, dass an diesem Tag 23 andere Schädlingskinder abgetrieben wurden. Soll mir das etwa ein Trost sein?! Die Angreifer unterstanden nicht meiner Obhut; du schon!!!! Dies war ein wirklich übles Versagen, Kerl! Es ist ja nicht nur die Tatsache, dass das Baby noch lebt. Wer weiß, was der Feind nun in Brittany und Jillian bewirkt? Er webt immer vermeintlich unzusammenhängende Ereignisse zusammen, um seine subversiven Ziele zu erreichen. Wie stehen denn zum Beispiel jetzt noch die Chancen, dass Brittany jemals zu einem Arzt nach unserem Gusto wird – nachdem das passiert ist?

Wir haben das christliche Ungeziefer belästigt, gedemütigt, entmachtet und ihren Ruf ruiniert. Wir haben sie davon überzeugt, dass sie aufhören, vor den Kliniken zu protestieren. Wir haben sie sogar teilweise dazu überredet, dass es wirklich unpassend und zu verurteilen ist, wenn sie dagegen protestieren, dass Babys umgebracht werden. Sie müssen viel toleranter sein. Doch trotz alledem ist diese schwächliche Jillian Fletcher vor der Klinik aufgetaucht? Undenkbar!

Während du mit Brittany beschäftigt warst, hat sich der Geist Jillians bemächtigt. Du warst abgelenkt und schon warst du draußen. Wie fühlt es sich an, Foulgrin, von einem passiven, essgestörten Teenager und ihrem schwachsinnigen Bruder überlistet worden zu sein? Warte, bis sich die Geschichte herumspricht! Du wirst zum Gespött der Hölle. Doch ich kenne jemanden, der nicht lachen wird ... Beelzebub selbst! Deine Reservierung in der Besserungsanstalt ist bereits gebucht!

Du wirst für deine Unfähigkeit bezahlen. Doch so lange du mir unterstellt bist, werde ich dich wohl oder übel weiter unterweisen müssen. Noch ist nicht alles verloren.

Wende bei Jillian, Rob und Diane dieselbe Strategie an, die ich dir auch für Ungläubige empfohlen habe. Überzeuge sie, dass es zu ihrem Nachteil ist, wenn sie dem Feind gehorchen. Ihm nicht zu gehorchen wird ihnen allerdings den Rest geben! Beschwatze sie, dass der Feind ein totaler Spaßverderber ist. Verberge das Offensichtliche, nämlich dass der Feind derjenige ist, der Freude und Fröhlichkeit erfunden hat – zu ihrem Glück! Dass er es ist, der in ihnen auch die Sehnsucht nach diesen Gefühlen angelegt hat. Dass wir eigentlich die Partykiller sind und darin auch höchst erfolgreich!

Trotz der Lehren im Verbotenen Buch müssen sie glauben, dass der Feind ihnen keine Freude gönnt. Nur Marschbefehle, keinen Spaß. Nur Pflicht, keine Kür. Kultiviere in ihnen ein graues, zitronensaures Christentum, das uns so perfekt dient.

Stell sie vor die falsche Wahl: Entweder Spaß im Leben oder der Feind und seine Ansprüche. Das ist das Herz unseres Verführungsjobs! Während das Verbotene Buch davon spricht, dass der Feind für sie ist, reden wir ihnen das Gegenteil ein.

Um das alles noch zu toppen: Ich habe von Baalgore gehört, dass Kristi, diese lästige Frau des Jugendpastors, Jillian zur Taufe überreden will. Das ist die dickste Linie im Sand, die der Feind ziehen kann! Ich krümme mich noch heute, wenn ich daran denke, wie die ersten Christen – verflucht sei ihr Name! – bei ihren Taufen riefen: „Ich schwöre dir ab, Satan, und deinem Dienst und allen deinen Werken!" Dieser klare Bruch mit der Vergangenheit hat unsere Stützpunkte weggespült.

Zum Glück kommen sie heute zum Feind und lassen sich taufen, ohne dass ihnen jemand sagt, dass sie sich öffentlich von der Vergangenheit unter unserem Einfluss lossagen müssen. Manchmal gelingt es uns daher, über Generationen von Christen hinweg unseren Boden zu halten. Dadurch wurde die Taufe eines Teils ihrer Macht beraubt. Doch täusche dich nicht, Foulgrin! Sie bleibt immer noch ein erschreckender Akt der Aggression gegen uns! Deshalb ist sie dem Feind auch so wichtig. Durch diesen Ritus rüstet er sie dazu aus, in vielen anderen Bereichen ebenso fest und öffentlich zu ihm zu stehen.

Du hast in dieser letzten Episode kläglich versagt. Versuche deine Haut zu retten, indem du Jillian zumindest davon überzeugst, ihre Taufe noch zu verschieben. Zieh die Notbremse!

Immer noch entsetzt über dein Versagen,

*Prinz Ishbane*

## Kapitel 34
## 25. Mai, 10:14 Uhr

„Gibt es dazu noch Fragen?“, wollte Mrs. Turner wissen.

Keine Hand hob sich.

„Hat überhaupt jemand den Text gelesen?“

Keine Reaktion.

„Okay, dann fangen wir jetzt auf Seite 261 an. Wer nennt mir die Kernaussagen dieses Abschnitts?“

Jillian scannte schnell über die Seite. Eine Überschrift fiel ihr ins Auge: Fundamentalismus auf dem Vormarsch.

Jay, ein schlaksiger Junge mit übergroßen Hosen, schob seine Baseballkappe zurück und fragte: „Okay, vielleicht ist das ’ne blöde Frage, aber was genau ist eigentlich ein Fundamentalist?“

„Das ist eigentlich sogar eine ziemlich gute Frage, Jay. Kann die jemand beantworten?“

„Ein Fundamentalist ist ein religiöser Spinner“, sagte jemand.

„Nun ja“, sagte Mrs. Turner. „Wir benutzen den Ausdruck Fundamentalist für eine ganze Reihe von verschiedenen Menschen. Meist hat es tatsächlich etwas mit Glaubensdingen zu tun. In diesem Fall spielt unser Text auf eine Bewegung von Leuten an, die glauben, dass die Bibel wortwörtlich zu nehmen sei. Dass Gott die Erde in sechs Tagen erschaffen hat, dass es Adam und Eva gab, dass Noah die Arche baute ... sie glauben sogar, dass es die Jungfrauengeburt tatsächlich gab!“

Mehrere Schüler lachten, und die Lehrerin nickte grinsend.

„Sie glauben auch, dass Jesus der Sohn Gottes war und von den Toten auferstand. Einige von diesen Leuten sind harmlos und meinen es gut, aber natürlich können sich die meisten gebildeten Menschen mit diesem Unsinn nicht identifizieren.“

*Jetzt sollte wirklich mal jemand etwas sagen,* dachte Jillian.

Zwei Jungs aus ihrer Jugendgruppe saßen zwei Reihen vor ihr. Sie sah, wie sie nervöse Blicke miteinander austauschten. Auch Lisa wand sich in ihrem Stuhl. Dabei hatte sie im Gegensatz zu Jillian schon öfter etwas gesagt. Nächste Woche waren sie mit der Schule fertig. Wenn sie jetzt nicht den Mund aufmachte, würde Jillian vielleicht immer bereuen, dass sie nichts gesagt hatte. Warum hatte sie nur so viel Angst?

Sie hatte sich zu dem Missionseinsatz in Slowenien angemeldet. Wie sollte sie in einer anderen Kultur für Jesus einstehen, wenn sie sich nicht mal traute, in ihrer eigenen Klasse die Wahrheit auszusprechen? Am Sonntagabend würde sie getauft werden. Sie konnte einfach nicht länger die Klappe halten!

*Herr, ich weiß nicht, was ich sagen soll. Bitte hilf mir!*

Sie zwang sich, die Hand zu heben.

„Ja, Miss Fletcher? Sie haben etwas zur Diskussion beizutragen?“, fragte Mrs. Turner erstaunt. Kein Wunder; Jillian hatte sich noch nie zu Wort gemeldet.

„Ich glaube auch an die Bibel, und ich denke nicht, dass ich deswegen gleich ein Ignorant oder Dummkopf bin.“

„Nein, im Gegenteil – Sie sind eine hochintelligente junge Frau, Miss Fletcher. Zwar sagen Sie im Unterricht nicht viel, aber ich kenne ja Ihre Arbeiten. Ich möchte damit auch nicht sagen, dass die Bibel falsch wäre. Sie ist nur nicht historisch korrekt.“

Jetzt schoss Lisas Hand hoch. „Ich denke aber schon, dass die Bibel historisch korrekt ist!“

„Möchten Sie damit etwa sagen, auch Sie glauben daran, dass die Welt in sechs Tagen erschaffen wurde?“

„So sagt es die Bibel“, sagte Lisa. „Wenn ich an einen allmächtigen Gott glaube, warum sollte ich ihn dann nicht beim Wort nehmen? Übrigens hat mir mein Vater neulich ein Buch gegeben, das von Universitätsprofessoren geschrieben wurde. Darin wurde die Erkenntnis festgestellt, dass jede einzelne Zelle eine so hoch entwickelte Konstruktion aufweist, dass es eigentlich unmöglich ist, dass Pflanzen, Tiere oder gar Menschen durch Zufall und Mutation entstanden sein sollen. Möchten Sie das Buch vielleicht mal lesen? Es ist wirklich sehr interessant!“

*Jawohl, Lisa!*

„Also, tut mir Leid, aber in dieser Klasse sprechen wir über Fakten! Ihr könnt natürlich glauben, was ihr wollt, aber ihr müsst zugeben, dass man dafür einen starken Glauben braucht!“

*Gott, bitte gib Lisa jetzt die richtigen Worte!*

„Natürlich braucht man dazu Glauben“, sagte Lisa. „Aber man muss auch ein sehr großes Glaubenspotenzial aufbringen, um die Evolutionstheorie ernst nehmen zu können! Glauben hat immer mit Vertrauen zu tun. Man vertraut dem, was man gelernt hat. Jillian und ich vertrauen der Bibel. Als ich mich vorhin hingesetzt habe, musste ich darauf vertrauen, dass der Stuhl hält. Doch es gab viele Hinweise darauf, dass er es tun würde. Für den Glauben an Gott gibt es auch viele Hinweise. Eigentlich ist es kein gewagter Sprung, sondern ein ziemlich vernünftiger!“

„Ja, der Glaube ist eine gute Sache“, sagte die Lehrerin lahm.

„Aber es ist nicht gut, an die falschen Sachen zu glauben“, sagte Jillian, der eine Diskussion mit Rob eingefallen war. „Wenn ich von einer Brücke springe, weil ich glaube, das Gesetz der Schwerkraft würde für mich nicht gelten, ist es ziemlich egal, wie viel Glauben ich habe. Ich werde unten aufknallen. Es ist nicht grundsätzlich gut zu glauben; es ist nur ziemlich schlau, an die richtigen Dinge zu glauben! Darum sollte man sich die Beweislage für die verschiedenen Religionen und Philosophien schon sehr genau ansehen!“

„Ich bewundere eure Gedankengänge, Mädchen, aber im Augenblick glaube ich, dass wir das Kapitel nicht beenden werden können und dass der größte Teil der Klasse den Test nicht bestehen wird, wenn wir jetzt nicht weitermachen“, lachte Mrs. Turner. „Also bitte, zurück zum Text!“

„Soll ich Ihnen denn nun das Buch mal ausleihen?“, hakte Lisa nach. „Es ist von einem Biochemiker geschrieben und wirklich gut!“

„Ach, ich habe so viel zu lesen. Aber vielen Dank für das Angebot!“

Die Stunde ging weiter, und Jillian musste die ganze Zeit über leicht grinsen.

Als die Pausenglocke erklang, blieb sie zurück und ergriff Lisa am Arm. „Das war super! Ich bin bloß froh, dass du auch da warst! Mir wäre schnell nichts mehr eingefallen, was ich hätte sagen können!“

„Was? Du warst doch diejenige, die den Mut hatte, als Erste was zu sagen! Ich hätte mich vermutlich nicht getraut, wenn du nicht den Anfang gemacht hättest. Danke!“

Jillian lächelte. „Ich weiß auch nicht – irgendwie musste ich die Hand heben!“

Einer der Jungs aus der Jugendgruppe nickte ihnen im Vorbeigehen zu.

„Mrs. Turner hat wohl kein Interesse an meinem Buch, was?“, sagte Lisa. „Möchtest du es mal ausleihen?“

Jillian wollte schon Nein sagen, aber sie widerstand dem Impuls. „Klar, Rob findet das bestimmt auch interessant.“

Brittany kam ihnen entgegen.

„Hi, Brittany“, sagte Lisa. Brittany grunzte etwas, sah Lisa aber nicht an. „So, ich habe jetzt Physik. Bis dann!“, sagte Lisa.

„Was hast du eigentlich gegen Lisa?“, fragte Jillian, als sie zusammen in ihren Klassenraum gingen.

„Ach, die hält sich doch für was Besseres!“

„Hat sie irgendetwas gesagt, das dich so etwas denken lässt?“

„Nein, das muss sie gar nicht, das sehe ich schon an ihrem Blick!“

„Ach komm, Britt! Du siehst ihr doch nie in die Augen!“

Brittany hielt an ihrem Schließfach an. „Du wirst allmählich auch schon so, Jillian. Nur zu! Wenn du eine blöde Tussi werden willst – wer bin ich denn, dass ich dich aufhalten würde?!“

Jillian sah Brittany nur an. Irgendwie hatte sie gehofft, das das Erlebnis vor der Abtreibungsklinik alles verändert hätte. Das war wohl nichts!

*

Daniel Fletcher griff in die Schublade, in der hinter Disketten und Computerspielen in einem Plastikkästchen ein schwarzer Revolver lag, den sein Vater früher einmal gekauft hatte. Er nahm ihn heraus und zielte damit auf ein Poster an der Wand. Dann drehte und wendete er sich wie ein Polizist auf Gangsterjagd.

Er überlegte, ob er das Ding wohl mit in die Schule schmuggeln konnte. Einfach nur so, um zu sehen, ob es klappte. Ja, das würde er machen. Nur eine Trockenübung. Und wenn das klappte, dann konnte er ... seine Fantasie ging mit ihm durch.

## Brief 34
## Faulgrin, du Nervensäge!

Es beunruhigt mich sehr, dass Jillian und diese Lisa sich gegenseitig ermutigen, über ihren Glauben zu reden. Deine Unfähigkeit, Jillian von der Taufe abzuhalten, hat einen Domino-Effekt. Der Feind spendet ihr Kraft, und ihr Mut zieht andere mit. Das sind wirklich grauenvolle Neuigkeiten!

Es ist grässlich zu sehen, wie bedeutende Wissenschaftler sich vom Darwinismus abwenden. Ich wünschte, wir hätten die Zellforschung weiter dämpfen können. Doch zum Glück werden die meisten Schädlinge noch jahrzehntelang nichts davon mitkriegen. Denn in der breiten Masse merkt man noch nichts davon, dass in der Wissenschaft die Tendenz immer mehr zum Gedanken eines intelligenten Schöpfers hingeht. Natürlich nicht. Schließlich können die Institutionen schlecht zugeben, dass sie jahrzehntelang fröhlich das falsche Dogma vom blinden Zufall verbreitet haben. Wie demütigend, einen solchen Irrtum einzugestehen! Deshalb wird die Evolution schön da bleiben, wo sie ist: im Zentrum ihrer Weltsicht. Und irgendwann wird sich mit Sicherheit eine andere Theorie einschleichen, die keinen Glauben an einen unbequemen Gott erfordert. Vielleicht werden sie verbreiten, sie seien von Außerirdischen erschaffen worden. Genug Spinner, die das glauben, gibt es ja jetzt schon!

Sie bejubeln jede Theorie – außer der einzig wahren! Und das aus gutem Grund: Denn wenn der Feind ihr Schöpfer ist, ist er auch ihr Richter. Und was sie am meisten fürchten, ist moralische Verantwortung. Deshalb begrüßen sie jede Theorie, die sie von dem in ihnen ruhenden Gefühl freispricht, sich einmal für ihre Taten verantworten zu müssen. Fröhlich übersehen sie Fakten wie beispielsweise die immer noch fehlenden Verbindungsglieder zwischen den Arten – allen voran das berühmte „Missing Link" zwischen Affe und Mensch. Und davon gibt es Milliarden, die eigentlich existieren müssten, aber nicht vorhanden sind. Natürlich müssen diese noch entdeckt werden – nur zu gern akzeptieren sie jede noch so unlogische Erklärung dafür.

Das Allererste, das das Verbotene Buch ihnen sagt, ist: „Gott schuf". Wenn wir sie von diesem einen Anfangspunkt ablenken können, gerät auch alles andere ins Wanken. Jede Frage, die die Schädlinge sich jemals stellen, geht auf drei Grundfragen zurück: „Woher kommen wir? Wohin gehen wir? Wer sind wir?" Die Evolutionstheorie gibt da eine Antwort, die Bibel eine andere. Ein Mensch, der weiß, dass er von Gott geschaffen wurde und entweder die Ewigkeit im Himmel oder in der Hölle verbringen wird, der weiß, wer er ist. Dieses Wissen wird seine ganze Weltsicht durchdringen. Und genauso beeinflussend ist die Annahme, dass er selbst und seine Mitmenschen nur ein evolutionärer Zufall sind.

Wenn wir sie davon überzeugen können, dass ihre Welt ohne einen Schöpfer entstanden ist, dann bedeutet das, dass diese Welt nichts Besonderes ist. Und wenn die Makroevolution stattgefunden hat, dann sind auch die Menschen nur Zufälle. Und das hat wiederum andere Folgen: Warum soll man nicht einfach jemanden töten, der sowieso nur eine Mutation ist? Wenn es keinen Schöpfer gibt, gibt es für ihr Verhalten ebenfalls keinen moralischen Standard. Sie müssen sich nicht verantworten, denn zum Antworten braucht man ja erst mal einen, der fragt.

Entsprechend der Evolutionstheorie ist Mord und Diebstahl sogar gut und richtig, denn es fällt unter die von ihr verbreitete Prämisse: „Der Stärkere überlebt."

Und das bringt mich zu unserem kleinen Daniel. Rache, das ist es, was er will. Und alles, was er dafür tun muss, ist diese Waffe einzupacken. Die Kids leben heute einfach die allgegenwärtige geringe Wertschätzung für das menschliche Leben aus. Ist ja auch kein Wunder; in der Schule wird ihnen beigebracht, dass sie im Großen und Ganzen nichts anderes sind als Tiere. Warum regen sich also die Erwachsenen dann eigentlich darüber auf, wenn sich ihre Kids gegenseitig umbringen ... wie eben die Tiere? Sie fragen sich, warum ihre Kinder ihnen nicht zuhören. Dabei tun sie genau das – und das ist das Problem!

Es irritiert mich sehr, dass Jillian und Rob sich für diesen Missionseinsatz in Slowenien angemeldet haben. Auch ihre Gespräche über mehr Hingabe an den Feind sind sehr unerfreulich. Wenn sie anfangen, Schätze im Himmel zu sammeln, haben wir keinen Zugriff mehr auf sie. Wenn sie erst mal Aktien bei Ihm haben, verändern sich ihre Interessen. Wir wollen, dass sie auf der Erde investieren! Wenn sie sich aus den Klauen des Mammon lösen, kann der Feind mit ihnen machen, was er will. Dann helfe uns Beelzebub!

Daniels Übungen mit dem Revolver dagegen ermutigen mich sehr. Je mehr er damit herumfuchtelt, desto niedriger wird die Hemmschwelle, ihn auch zu benutzen. Es ist wunderbar, dass er das Ding mit in die Schule genommen hat. Zwar hat er es noch nicht hervorgezogen, aber beinahe war es schon so weit. Wenn jetzt noch mal ein paar seiner Feinde ihn dumm anmachen, wird er es tun. Letztes Mal hat er schon in den Rucksack gegriffen und den Revolver berührt. Gut! Er fühlte sich gleich viel stärker. Diese verführerische Macht – ich kann es kaum abwarten, ihn schießen zu sehen!

Lass uns die Gewalt feiern!

*Prinz Ishbane*

## Kapitel 35

## 26. Mai, 16:33 Uhr

„Da ist ja das Auto, das ich meine", sagte Jillian, als sie gerade aus einem Klamottenladen kamen. „Und der Angebertyp sitzt sogar drin!" Sie deutete auf einen silbernen Sportwagen, der gerade vom Parkplatz auf die Straße einbog.

Robs Kinnlade fiel herunter. „Oh Mann! Das ist das Auto, von dem du gesprochen hast? Das ist ein Porsche Carrera GT. Ich habe den bisher nur in Autozeitschriften gesehen. Weißt du, wie viel der wert ist? Der hat einen V-10-Einspritzmotor, sechs Gänge und ..."

„Hallo?"

„Von null auf hundert ist er in weniger als vier Sekunden!"

„Erde an Rob: Können Sie mich hören?"

„Der fährt über 280 Stundenkilometer!"

„Aber so schnell darf man doch sowieso nirgendwo fahren!"

„Doch, in Deutschland zum Beispiel. Das Ding muss so um die 300.000 Dollar kosten. Und ist er nicht wunderschön?"

„Na ja, ich weiß nicht. Du redest von dem Auto wie von einer Frau!"

Sie gingen weiter und Rob lenkte ein: „Wie geht es denn Brittany?"

„Nicht so toll."

„Hat sie es ihrer Mutter schon erzählt? Oder Ian?"

„Nein."

„Oh, das wird aber höchste Zeit."

„Ich weiß. Bald wird man es sehen. Spätestens dann muss sie Farbe bekennen."

„Lass uns für sie beten", sagte Rob und blieb mitten vor einer Buchhandlung stehen. Er senkte den Kopf. „Herr, bitte sprich du zu Brittany und Ian. Hilf Brittany, dass sie den Mut aufbringt, ihrer Mutter und Ian von der Schwangerschaft zu erzählen. Und hilf Ian, es wie ein Mann aufzunehmen! Du kannst diese ganze Sache dazu benutzen, sie näher zu dir zu ziehen, und ich bitte dich, dass du das tust. Es gibt nichts Wichtigeres auf dieser Welt, Herr. Ich möchte dir danken, dass du Jillian so viel Mut gegeben hast, so für das Kind einzutreten. Ich bin unheimlich stolz auf sie, und ich weiß, du bist es auch. Danke, dass du auch Joey eingesetzt hast. Du hast durch diesen kleinen Kerl gesprochen. Wir loben dich dafür, in Jesu Namen, Amen!"

Jillian murmelte „Amen" und sah dann Rob an. „Oh, übrigens, ich muss dir noch erzählen, was Lisa und mir neulich im Unterricht passiert ist!"

*

Brittany saß auf der Couch. Sie hatte beschlossen die erste Stunde zu schwänzen, und deshalb hatte sie plötzlich Zeit übrig. Sie blätterte durch eine Sportzeitschrift und stieß auf die vorsaisonalen Ergebnisse im College-Volleyball der Frauen. Das Team der Uni von San Diego war unter den Top 20. Brittany schmiss die Zeitschrift auf den Boden.

Die Schlafzimmertür ihrer Mutter ging auf und Sharon Powell ging im Pyjama in Richtung Küche. Brittany atmete tief durch.

„Hey, Mama – kann ich kurz mal mit dir reden?"

„Liebes, ich kann kein Wort aufnehmen, bevor ich nicht meinen Kaffee intus habe. Einen Moment bitte, ja?"

Ein paar Minuten später erfüllte der Duft von frisch gebrühtem Kaffee die Wohnung. Brittany hatte diesen Geruch immer geliebt – bis auf heute! Plötzlich hatte sie das Gefühl, sich jeden Moment übergeben zu müssen. Sie rannte ins Badezimmer und hängte den Kopf über die Kloschüssel. Kurze Zeit später klopfte es an der Tür.

„Schatz, ich bin spät dran. Bist du in Ordnung? Ich müsste mal ins Bad." Ihre Mutter kam herein und reichte ihr eine Pillenschachtel aus dem Medizinschränkchen. „Hier, die helfen."

„Mama, ich muss mit dir ..."

„Ehrlich, Britt, ich bin total in Eile. Sag's mir später, ja?"

Brittany verließ das Badezimmer und wartete im Flur darauf, dass das Schwindelgefühl verschwand. Nach ein paar Minuten ging es wieder und sie betrat die Küche.

Eine knappe Viertelstunde später eilte ihre Mutter fertig angezogen und geschminkt aus dem Bad, steckte sich vor dem Spiegel die Ohrringe an und griff nach ihrer Handtasche.

„Bevor du gehst, habe ich dir noch etwas zu sagen."

„Britt, ich muss weg!"

„Mama, ich bin schwanger!" Brittany sah, wie ihre Mutter blinzelte, als ob das Gesagte dadurch verschwinden würde.

„Was?"

„Schwanger. Du weißt schon, der Zustand, wenn man ein Kind bekommt!"

„Brittany!" Sie betonte den Namen so, wie es nur eine Mutter kann. „Meinst du nicht, dass du mir das etwas schonender hättest beibringen können?"

„Das habe ich ja versucht, aber du bist ja immer in Eile!"

„Ich dachte, dass du anständig verhütest!"

„Ich weiß, ich weiß, Mama. Spar mir die Vorlesung. Was meinst du, was ich mir schon für Vorwürfe gemacht habe!"

Ihre Mutter nagte an ihrer Oberlippe. „Möchtest du, dass ich dir helfe?"

„Inwiefern helfen?"

„Na, zum Beispiel indem ich eine Klinik anrufe und einen Termin ausmache?"

„Das habe ich schon getan."

„Gut. Das war sehr verantwortungsvoll von dir."

„Ich habe es nicht über mich gebracht. Ich werde das Kind austragen."

„Was? Ist dir klar, was das bedeutet, Schatz?"

„Es bedeutet, dass ich bald ein Kind bekomme, schätze ich."

„So einfach ist das nicht. Was ist mit deinem Stipendium? Bist du wirklich sicher, dass du das durchziehen willst?"

„Ja, ich bin sicher", sagte Brittany und hoffte, dass sie bestimmter klang, als sie sich fühlte.

„Lass uns später noch mal darüber reden, Liebes. Ich muss jetzt wirklich los und du musst ja auch in die Schule!" Sie nahm ihre Handtasche und ging zur Tür. Dann drehte sie sich noch einmal um. „Was auch immer du beschließt, ich werde dich dabei unterstützen, ja?"

Irgendwie bezweifelte Brittany, dass Ian auch so etwas sagen würde.

*

„Endlich frei!", rief Jillian und griff nach Brittanys Arm.

„Ja", sagte Brittany etwas lahm und strich ihren schwarzen Umhang glatt.

Jillian sah sie an, als sie sich in der Schlange vor dem Auditorium einreihten. „Was ist denn, Britt? Endlich sind wir mit der Schule fertig! Ich dachte, du wärst genauso happy darüber wie ich!"

„Ach weißt du, ich habe mich wesentlich mehr auf den Abschluss gefreut, als ich noch mein ganzes Leben vor mir hatte", sagte Brittany.

Jillian drückte ihren Arm. „Aber du hast doch immer noch dein ganzes Leben vor dir. Es wird halt nur ein bisschen anders aussehen."

„Das ist wohl die Untertreibung des Jahres! Hey, hat Rob dir heute nicht ein Dutzend rote Rosen geschenkt? Ian hat mir nicht mal ein paar Gänseblümchen gepflückt. Entschuldige also bitte, wenn ich vor Glück nicht gerade über dem Boden schwebe! Die Schule ist fertig, heute Abend ist die große Abschlussparty und danach gibt´s keine Ausreden mehr. Ich werde in San Diego an der Uni anrufen müssen und ihnen sagen, dass ich nicht komme. Dann muss ich mir überlegen, was ich in den nächsten vier Jahren tun werde. Und das ist noch der leichte Teil! Viel schlimmer wird es, mit Ian zu reden. Guck ihn dir doch an, da drüben. Er hat keine Probleme. Und ich bin diejenige, die seine kleine Seifenblase zum Platzen bringt!"

„Ich weiß, das wird hart", sagte Jillian ruhig. „Aber ich bin für dich da, denk dran. Sag mir einfach, wenn ich dir irgendwie helfen kann."

„Willst du mir jetzt wieder erzählen, dass du für mich betest?"

„Ach, das weißt du doch sowieso."

Als sie auf die Sitzreihen zugingen, hielt Brittany inne. „Kneif mich mal und sag mir, dass wir nie wieder in Mr. Weavers blöde Geschichtsstunden gehen müssen!"

„Keine Hausaufgaben mehr!"

„Keine dummen Witze mehr von Chandler!"

„Keine Schließfächer mehr, die klemmen!"

„Kein ekliges Cafeteria-Essen mehr von Helga!"

„Keine hässlichen Cheerleaderkostüme mehr!"

„Nie mehr im Flur von Mr. Butcher erwischt werden, wenn wir seinen Unterricht schwänzen!"

Sie lachten und fielen sich in die Arme.

„Komm, bringen wir das Ganze zu einem ehrenvollen Ende!"

Während „Pomp and Circumstance" aus den Lautsprechern erschallte, gingen sie Hand in Hand zu ihren Plätzen.

Der „motivierende Redner" bei diesem Anlass war ziemlich furchtbar. Ständig wiederholte er, wie außergewöhnlich wundervoll und gut sie seien (dabei kannte er niemanden von ihnen persönlich) und dass sie die Wirtschaft, die Universitäten und Sportstadien einnehmen würden.

„Also, ich eher nicht“, sagte Brittany trocken.

„Ihr wisst, was ihr gestern getan habt“, schrie der Typ und verschluckte dabei beinahe das Mikrofon. „Und was ihr heute tut. Aber was werdet ihr morgen tun?“

„Ausschlafen“, meinte Brittany und Jillian musste kichern.

„Ich sage euch, was ihr tun werdet – ihr werdet die Welt verändern!“, brüllte der Mann, und die Schüler applaudierten lahm.

„Okay, du veränderst die Welt – und ich wechsle Windeln“, sagte Brittany.

„Ach Britt, ich werde dir helfen“, sagte Jillian. „Allerdings nur, wenn du mir mit meinen Hausarbeiten vom College hilfst!“

Der Schulleiter bedankte sich herzlich für die „wundervolle Ansprache“ und sagte dann: „Und nun möchte ich Ihnen die Schülerin vorstellen, die heute von Seiten des Abschlussjahrgangs die Rede halten wird, Skyla Stokes!“

Alle klatschten, auch Brittany und Jillian.

Skyla hielt eine extrem phrasenreiche Rede, in der sie ständig davon sprach, wie toll sie alle waren und dass alle mit den kosmischen Kräften im Einklang stehen sollten.

„Denn wir schaffen es nicht allein“, schloss sie.

*Das wenigstens ist wahr,* dachte Jillian.

„Wir brauchen einander!“

*Nicht nur einander, sondern auch dich, Herr.*

„Zusammen können wir diese Welt zu einem wundervollen Ort machen, an dem es keine Armut und keine Verbrechen mehr gibt, nur noch Freude und Hoffnung!“

*Nur du kannst das tun, Herr. Bitte komm bald!*

## Brief 35

Mein ehrgeiziger Foulgrin,

ich liebe diese Reden bei Abschlussfeiern. Ich applaudiere der Selbstbeweihräucherung und dem Eigenlob. Kleine Miststücke ohne den Schimmer einer Ahnung, was Opfer bedeuten, bilden sich ein, besser zu sein als alle vorherigen Generationen! Denn sie sind ja die ersten wirklich toleranten Menschen auf dieser Welt! Zum Glück für uns gibt es keine Tugend ohne Opfer. Bestenfalls gute Vorsätze, mit denen bekanntlich der Weg zur Hölle gepflastert ist. Sie sind so erfüllt von sich selbst, dass sie für den Feind keinen Platz mehr haben. Wir können ihre guten Vorsätze ganz leicht für unsere Zwecke abfangen. Mal ganz davon abgesehen, dass die meisten sowieso verpuffen wie der Morgennebel.

Dankenswerterweise hat die vorhergehende Generation sie im Stich gelassen, indem sie es versäumte, ihnen eine Vision für die Zukunft zu vermitteln. Sie haben ihnen nicht das Staffelholz der Werte des Feindes übergeben. Schon ihre Eltern haben es nur sehr lose in der Hand gehalten, und sie werden es nun hoffentlich ganz fallen lassen.

Statt ihnen Vorbilder zu geben, denen sie nacheifern können, haben die Eltern von heute die Unreife regelrecht zelebriert. Moral haben sie zu einem guten Witz erklärt. Sie sind wie ewige Kinder, die von einem Spielzeug zum nächsten hüpfen. Als Ziel hatten sie, die „besten Freunde" ihrer Kids zu werden. Wie schön, dass sie nicht kapieren, dass ihre Kinder immer Freunde finden können, aber Eltern nur einmal. Die Eltern, die sich auf den Kopf stellen, um cool zu sein, werden es nie begreifen, Foulgrin. Ihre Kinder durchschauen sie sofort.

Sieh dir die Vorbilder an, die wir vor den Jungschädlingen aufmarschieren lassen! Politiker, die endlos über moralische Standards predigen und selbst eine Lüge leben. Kirchen voller Skandale und Heuchelei. Erwachsene ohne Integrität.

Tief im Inneren sehnen sich die Jungschädlinge nicht nach dummen Actionfilmen und Frauen mit großen Brüsten. Sie möchten Geschichten von tapferen Männern und heldenhaften Frauen. Ehrenhafte Menschen, die sich für höhere Ziele einsetzen. Männer und Frauen, die sich mutig gegen Korruption und Gleichgültigkeit erhoben haben. Doch was die Erwachsenen ihnen bieten, ist genau das Gegenteil.

Aber sei wachsam, Foulgrin! Diese Schüler des Feindes haben so etwas an sich ... manche von ihnen sind lieber gestorben, als die Wahrheit zu verraten. Sie haben ihre Häuser und ihre Habe verkauft, und das gern – nur um sich Schätze im Himmel zu erwerben. Und das junge Ungeziefer ahnt, dass es mehr im Leben gibt als das, was ihre Eltern ihnen gezeigt haben.

Lass sie nicht die Bücher entdecken und die Menschen kennen lernen, die für diese Dinge stehen. Umgib sie mit materialistisch gesonnenen Christen, denen die Bedürfnisse der anderen egal sind. Wenn sie keine Beispiele sehen, die sie hochziehen, werden die Schädlinge ihre Ansprüche senken und schließlich aufgeben. Und bald sehen sie auch ihren Dienst für den Feind nur noch als ihre Pflicht, bis auf ein paar Cents in den Klingelbeutel hier und da. Ein bisschen wie ein Trinkgeld für einen Kellner.

Wir möchten, dass sie sich selbst für die Besten halten. Viele dieser Trottel glauben das tatsächlich! Während der Feind ihre Liebe zu sich selbst als Problem betrachtet, suchen sie darin nach ihrer Lösung!

Statt die Latte hoch zu legen und ihre Nachkommen so zu trainieren, dass sie sie überspringen können, haben sie die Hürde so niedrig gemacht, dass jeder bequem darüber steigen kann. Und falls es doch jemand nicht schaffen sollte, wird sie eben noch niedriger gelegt. Anstatt mit Jugendlichen, die erwachsen werden wollen, ist diese Gesellschaft voller Erwachsener, die jugendlich sein wollen. Und statt dass die Jungen von den Alten lernen, eignen sich die Alten die Wege der Jungen an. Preis sei Beelzebub!

Mir sind die Ausnahmen schmerzlich bewusst: erwachsene Schädlinge, die ein Herz für die Jungen haben und sie anleiten. Zum Glück gibt es nur wenige!

Es ist schon spaßig, nicht wahr, Foulgrin? Diese Kids haben nichts, wofür es sich zu leben lohnt!

Wir sind die Besten!

Prinz Ishbane

## Kapitel 36
## 16. Juni, 13:49 Uhr

„Also, Mädel, dann sprich mal deine Gebete zu sämtlichen Heiligen, die du kennst!“, sagte Brittany am anderen Ende der Leitung und versuchte, sich Jillians Gesicht vorzustellen. „Ich treffe mich gleich mit Ian.“

„Ich bin froh, Britt. Es wird wirklich Zeit.“

„Na ja, spätestens wenn ich meinen Bauch in einem Einkaufswagen vor mir herschiebe, hätte er eh etwas gemerkt. Da kann ich ihn auch gleich jetzt schocken.“

„Was auch immer passiert, versprich mir eines ...“

„Was?“

„Denk immer daran, dass du das Richtige tust!“

„Es fühlt sich nur manchmal gar nicht richtig an. Zum Beispiel, dass ich gleich meinem Freund mitteilen werde, dass er Vater wird ...“

„Tja, aber erfahren muss er es nun mal. Denk nur dran, dass es gut und richtig ist, das Baby zu bekommen.“

„Ich weiß. Ich hoffe nur, Ian sieht das auch so!“

Als Brittany in ihren Jeep stieg, hatte sie zunächst das Gefühl, jemand anderer hätte den Sitz verstellt. Sie fuhr ihn ein Stückchen zurück, damit sie nicht so eingeklemmt war. Oh weh, es ging schon los mit dem Bauch!

Auf dem Weg zum Café Delirium sagte sie sich zum hundertsten Mal ihre kleine Rede vor. Sie klang wirklich gut – ruhig, rational, voller Selbstvertrauen. Hoffentlich konnte sie diese Haltung gleich auch noch vortäuschen, wenn es ernst wurde!

Als sie Ians Auto auf dem Parkplatz sah, wurde ihr ganz schwindelig. Sie atmete tief durch und ging dann ins Café. Ian sah sie und winkte ihr zu. Dieses Lächeln ... Brittany war selten nervös und das Gefühl passte ihr überhaupt nicht. Sie beschloss, sich wieder einzukriegen, doch trotzdem wurden ihre Hände feucht.

„Hey, du Schönheit“, sagte Ian. „Was kann ich dir bestellen?“

„Eine heiße Schokolade.“

Ian bestellte und wandte sich ihr dann wieder zu. Brittany starrte Löcher in die Luft und Ian sah sich irritiert um.

„Schön, dich mal wieder zu sehen", sagte Ian. „In letzter Zeit hast du dich ganz schön rar gemacht. Na ja, ich war auch beschäftigt – dieser Job im Lagerhaus ist echt hart. Aber so mach ich wenigstens ganz automatisch Sport. Nur, wir zwei waren schon lange nicht mehr miteinander allein, was? Meinst du, wir könnten uns wieder öfter sehen?" Er ergriff ihre Hand. „Meine Eltern sind übers Wochenende weg. Wie wär's, wenn wir ..."

„Ich bin schwanger, Ian."

Er zog seine Hand zurück und stieß dabei die heiße Schokolade um, die die Kellnerin eben gebracht hatte. Ian fluchte laut und sprang auf, wobei er auch noch seinen Stuhl umwarf. Hektisch schnappte er sich ein paar Servietten und wischte an seiner Hose herum. Dann putzte er Tisch und Stuhl ab und setzte sich schnell wieder. Die Kellnerin kam mit einem Handtuch und Ian wartete ungeduldig, bis sie wieder verschwand. Dann flüsterte er Brittany zu: „Wie war das eben?"

„Ich bin schwanger."

„Wirst du nicht mehr dazu sagen?"

Sie saß einfach nur da.

„Ich dachte, du ... hättest vorgesorgt, dass so etwas nicht passiert?", stammelte Ian. „Du hast doch versprochen, dass du dich um die Verhütung kümmerst. Hast du die blöde Pille vergessen oder was?"

„Ja, Ian, genau. Es ist alles meine Schuld", sagte sie. „Und dabei hatte ich doch das Gefühl, dass da noch jemand ziemlich intim mit im Spiel war. Oder hat dein Papa dir nie die Sache mit den Bienchen und den Blümchen erklärt?"

„Bist du sicher, dass es von mir ist?"

Sie starrte ihn an. „Ich kann nicht glauben, dass du das fragst!" Sie stand auf, doch da sprang Ian auch auf und hielt sie an beiden Händen fest.

„Jetzt hör mir mal zu", sagte er so laut, dass sich mehrere Leute zu ihnen umdrehten. „Hör zu", sagte er noch einmal leiser. „Was brauchst du? Wie viel?"

„Wie viel wofür?", stellte Brittany sich dumm.

„Um ... um das aus der Welt zu schaffen. Du hast dich doch sicher schon erkundigt, oder? Was kostet so was? Ein paar Hunderter?"

„Es ist mir herzlich egal, was eine Abtreibung kostet. Ich werde das Kind nicht töten. Ich behalte es."

„Du willst mir doch nicht erzählen, dass du das wirklich willst?!

Dazu bist du doch gar nicht bereit. Und wenn du es sein solltest, dann denk gefälligst nicht nur an dich!"

„Wieso, an dich denkst du doch schon ununterbrochen. Was ist dein Problem, Junge? Weißt du nicht, wie du deinen Eltern beibringen sollst, dass sie Oma und Opa werden?"

„Brittany, du bist mir wichtig, aber ..."

„Nein, Ian, dir ist nur einer wichtig, und das bist du selbst! Ich bin dir nicht wichtig, und schon gar nicht unser Baby!"

„Schhhhht!", machte Ian und lief knallrot an. Er sah sich panisch um, dann schaute er wieder Brittany an. „Lass uns irgendwo anders hingehen."

„Nein, lass mal. Ich war einen Moment lang so dumm zu glauben, dass du vielleicht Manns genug sein könntest, ein bisschen Verantwortung zu übernehmen. Betrachte dieses Gespräch als beendet." Sie stand auf und rauschte aus der Tür. Ian saß sprachlos da, während die Türglocke wie verrückt läutete, und sah zu, wie Brittany über die Straße rannte.

## Brief 36

### Mein hoch geschätzter Lord Ishbane,

du wirst dankbar sein zu hören, dass ich mit dem größten Teil deiner Einschätzung der heutigen Schädlingsjugend übereinstimme. Aus der Sicht eines erfahrenen Feldmarschalls kann ich allerdings noch ein paar weitergehende Beobachtungen beisteuern, die du vielleicht deinen Truppen weitergeben willst.

Diese Generation hat endlose Aktivitäten zur Verfügung, leidet aber an ständiger Langeweile. Das ist ein nützlicher Zustand, um sie zu Experimenten zu verleiten. Natürlich müssen wir aufpassen, dass sie nicht das Angebot des Feindes bemerken, das ihnen einen ewigen Lebenssinn gibt und damit alle Langeweile beendet.

Der Generationskonflikt ist immer schon da gewesen, doch inzwischen hat er ungeahnte Dimensionen angenommen. Es ist nicht nur so, dass sich Erwachsene und Kinder eines vollkommen unterschiedlichen Vokabulars bedienen. Nein, sie benutzen sogar dieselben Wörter mit völlig verschiedenen Bedeutungen!

Für die Eltern bedeutet Toleranz zum Beispiel, andere zu akzeptieren, ohne aber notwendigerweise ihre Glaubens- und Lebensentscheidungen gut zu finden. Für die Kids bedeutet Toleranz, dass jeder Glaube, jeder Lebensstil vollkommen gleich zu bewerten ist. Für die Eltern bedeuten Rechte, dass jeder vor dem Gesetz gerecht behandelt werden sollte. Für die Kids heißt es, dass jeder tun und lassen darf, was er für gut und richtig hält. Für die Eltern ist die Wahrheit ein objektiver Standard von Richtig und Falsch. Für die Kids ist die Wahrheit das, was jedem gerade als richtig erscheint.

Natürlich sind bereits auch eine Menge Eltern dem moralischen Relativismus verfallen. Und manche der Kids lehnen sich dagegen auf und stürzen sich auf die Wahrheit des Feindes. Aber der größte Teil ist ganz klar auf unserer Linie.

Das Einzige, was noch besser ist als ihre ständigen Konflikte, ist die Tatsache, dass sie gern Konflikte vermeiden, indem sie gar nicht mehr miteinander reden. Keine tiefen Diskussionen, keine Auseinandersetzung. Natürlich schiebt das die Streitereien nur auf und macht sie noch schlimmer. Der Feind spricht davon, dass er ihre Herzen einander zuwenden will. Unser Job ist es, sie voneinander abzuwenden!

Du scheinst die Feinheiten meiner Strategien nicht ganz zu verstehen. Vielleicht liegt das daran, dass du so viele Jahrhunderte in der Verwaltung verbracht hast, wo man wenig Praxis darin bekommt, den Schädlingen wirklich die Gurgel zuzuhalten.

Ich schlage vor, dass du dich einer genaueren Untersuchung des Wesens dieser Schnarchnasen widmest. Der Wissenschaftler muss seine Versuchskaninchen kennen, um größtmöglichen Nutzen aus ihnen zu ziehen. Letztendlich sind sie alle nur Rohmaterial, das gegen Ihn oder gegen uns benutzt werden kann. Für uns sind sie Nahrung – wir wollen sie als Sklaven. Er möchte sie als Söhne und Töchter adoptieren.

Wir sind Männerjäger, Frauenverführer, Kindesmissbraucher. Wir leben von der Angst. Wir knöpfen uns die Schwachen zuerst vor. Obwohl der Feind unseren Einflussbereich beschneidet, öffnen sie sich uns freiwillig auf tausend Arten, die sie gar nicht bemerken.

Es ist schon zu lange her, dass ich einen Schädling besessen habe. Doch bei Ian, Brittany und Daniel sehe ich Potenzial. Auch wenn wir das Ungeziefer nicht ohne Erlaubnis übernehmen dürfen, spielen sie uns doch in die Hand mit jedem von unseren Büchern, das sie lesen, jedem Gespräch in unserem Sinne, jedem Film und jedem Ritual, das unseren Vorgaben entspricht. Jedes Mal geht die Tür in unsere Richtung ein bisschen weiter auf.

Ich erinnere mich noch gern an meine letzte Besetzung. Ich spürte, wie sein Blut in unserem gemeinsamen Schädel rauschte, als er auf dem elektrischen Stuhl saß. Ich habe ihn benutzt, um die Hölle auf Erden zu schaffen, und dann habe ich ihn selbst in die wahre Hölle geleitet.

Raketwist und ich haben zusammen mit Brittany und Skyla einige Filme angesehen. Ich habe Daniel und Ian Dinge eingeflüstert. Lass das auf dich wirken, Lord Ishbane. Wenn wir das besitzen, was sie in sich hineinlassen, besitzen wir sie selbst!

Ich bin direkt hinter dir!

*Lord Foulgrin*

# Kapitel 37

## 18. Juni, 19:48 Uhr

„Denk an dein Stipendium“, sagte Ian und rückte näher an Brittany heran. Sie wandte sich ab.

„Bleib, wo du bist“, sagte sie. „Du hattest kein Recht, hierher zu kommen.“

„Britt, wenn du das Kind austrägst, bedeutet das keinen Volleyball, kein Stipendium, kein College und kein Kalifornien. Du kannst dich von all deinen Träumen verabschieden!“

Brittany presste die Lippen aufeinander. „Ich bin doch kein Idiot. Ich weiß, was das bedeutet. Du machst dir doch nur Gedanken darum, was es für dich für Konsequenzen hat!“

„Ach komm, Britt!“

„Weißt du, es gibt Leute, die betrachten Schwangere nicht als Abschaum der Gesellschaft. Anwesende Personen natürlich ausgeschlossen!“, zischte Brittany.

„Jetzt denk doch mal nicht nur an dich!“, rief Ian, und seine Stimme überschlug sich. „Die Leute können sich doch denken, dass das Kind von mir ist! Sollte ich nicht auch irgendwie was mitzureden haben?“

„Das hast du. Und du hast es auch schon gesagt. Was du aber wirklich tun solltest, ist, etwas Verantwortung zu übernehmen. Das Baby muss nicht für seine Existenz bestraft werden, sondern es braucht einen Vater. Ich will dein Geld nicht; ich will deine Unterstützung. Es ist ja nicht so, dass ein bewaffneter Einbrecher in dein Haus eindringt. Dies ist dein Kind. Unser Kind!“

„Halt mal! Sagtest du eben was von Eindringling? Das ist es! Das Ouija-Brett hat mich vor einem Eindringling gewarnt, der mein Leben ruinieren will. Aber ich sollte das nicht zulassen. Verstehst du, Britt, diese Schwangerschaft ist der Eindringling! Das Brett hat es gewusst!“

„Es ist mir völlig egal, was das blöde Brett wusste. Und es ist ein Baby, kein Eindringling!“

„Man kann überhaupt nicht mehr vernünftig mit dir reden.“

„Ach ja? Dann geh doch nach Hause und rede mit deinem Ouija-Brett. Vielleicht kannst du es ja auch gleich schwängern!“

Ian sprang auf und griff sie grob am Arm. Seine Kiefermuskeln waren angespannt. „Es ist bald Sommer, Britt. Dein kleiner rosa Bikini wird diesen Fehler nicht bedecken."

Brittany verpasste ihm eine saftige Ohrfeige. „Du bist der einzige Fehler, den ich je gemacht habe. Und jetzt verschwinde!"

Ian stolperte aus der Tür, stieg in seinen Wagen und fuhr weg.

Dein kleiner rosa Bikini wird diesen Fehler nicht bedecken, hallte es in Brittanys Kopf wider. Ihre Fingernägel bohrten sich in die Handflächen ihrer geballten Fäuste.

„Ich weiß einfach nicht mehr, was richtig ist", murmelte sie.

*

Jillian und Rob bogen eine halbe Stunde nach Beginn des Grillfestes auf den Parkplatz der Gemeinde ein.

„Hoffentlich ist noch was zu essen da", sagte Rob. „Meine Mutter erzählt mir seit Wochen, wie lecker das Barbecue ist!"

„Ich bin froh, dass du es noch geschafft hast. Meine Freunde hier aus der Gemeinde freuen sich immer, wenn du kommst."

Als sie sich der Schlange vor dem Grill näherten, sah Jillian ihre Mutter neben einem Mann stehen. Beide lachten. Irgendwie kam ihr der Typ bekannt vor. Wer war das noch gleich? Ihre Mutter tat jedenfalls so, als wären sie schon jahrlang die besten Freunde. Warum grinst sie den eigentlich so an, als wäre er James Bond? Ist das der Typ, der sie auch andauernd anruft?

„Hey, ihr beiden!" Jillian drehte sich um und sah Jodi, die Joey auf einem Arm hatte und mit der anderen Hand einen Teller balancierte.

„Hi, Jodi! Komm, ich nehme den Kleinen", sagte Jillian und streckte die Hände nach ihrem kleinen Bruder aus. „Dann kannst du in Ruhe essen. Warum hat Mama ihn denn dir aufs Auge gedrückt?"

„Weil sie auch was essen wollte. Ich hab ihr gesagt, dass ich auch mal mit diesem tollen Kind angeben will!" Sie lächelte und nahm Joey wieder zurück.

Jillian sah wieder zu ihrer Mutter herüber. „Jodi, wer ist denn der Mann, mit dem Mama da spricht?"

„Aha, dann hat sie ihn euch noch nicht vorgestellt, was? Er ist auch einer der Mitarbeiter in der Sonntagsschule. Wie hieß er noch gleich? Er hat einen irgendwie komischen Namen. Dudley? Nein, das ist es nicht. Aber so ähnlich."

„Kennst du ihn?“, fragte Jillian Rob. „Irgendwie kommt er mir bekannt vor.“

Rob sah genau hin. „Hm, ich weiß nicht ...“

Jillians Mutter hatte sie entdeckt und winkte sie heran. Sie legte den Arm um Jillian und grinste breit. „Jillian, ich möchte dir einen ganz besonders lieben Freund vorstellen. Das ist Donovan Swain.“

„Es ist mir ein Vergnügen, Sie kennen zu lernen“, sagte er und zeigte eine ganze Brigade strahlend weißer Zähne, die noch mehr hervorstachen, weil sein Teint so stark gebräunt war. „Ich habe schon viel von Ihnen gehört, Jillian!“

Jetzt erkannte Jillian seine Stimme. Sie hatte sie schon zweimal auf dem Anrufbeantworter gehört – tief und irgendwie klebrig. Angespannt sah sie zu ihrer Mutter.

Jillian stellte Rob vor und sah sich Donovan genau an, während sich die beiden unterhielten. Er musste so etwa Ende vierzig sein, vielleicht auch älter. Auf jeden Fall um einige Jahre älter als ihre Mutter. Sein schwarzes Haar hatte eine verdächtig ebenmäßige Farbe. Er war mittelgroß und trug Khaki-Shorts und ein weißes Polohemd von Ralph Lauren, das seine gebräunte Haut betonte. Seine Augen waren so blau, dass Jillian gefärbte Kontaktlinsen vermutete. Als Krönung seines „lässig-edlen“ Outfits hatte er sich noch einen marineblauen Pulli um die Schultern drapiert. Irgendwie sah er aus, als wäre er aus einem Eddie-Bauer-Katalog entsprungen.

Plötzlich fiel es ihr wie Schuppen von den Augen – nein! Das konnte doch nicht wahr sein! Es ist der Fahrer des silbernen Porsche. Mr. Midlife-Krise! Und der ist hinter meiner Mom her?

„Dieser Makkaronisalat ist unglaublich lecker“, sagte Donovan. „Wer hat den wohl gemacht?“

„Ich“, kicherte Diane.

„Also, da Liebe ja bekanntlich durch den Magen geht, haben Sie mich bereits um den kleinen Finger gewickelt, Diane!“, sagte Donovan und Jillian musste einen Würgereiz unterdrücken.

„Äh, es war toll, Sie kennen zu lernen, Mr. Swain“, sagte sie, „aber Rob und ich müssen uns jetzt mal anstellen, so lange noch etwas zu essen da ist.“

„Bitte, Jillian, nennen Sie mich Donovan. Es war mir eine Ehre, Sie beide kennen gelernt zu haben. Hoffentlich können wir unsere Bekanntschaft bald vertiefen!“ Er blinzelte Jillian zu und dann Diane, die ihn irgendwie weich gekocht ansah. „Wenn Sie wollen, nehme ich Sie mal in meinem Wagen mit. Ihre Mutter liebt ihn!“

„Bis bald, Liebes“, sagte Diane und sah dabei Donovan an.

„Wiedersehen“, murmelten Rob und Jillian.

Jillian schnappte sich Robs Arm und zerrte ihn weg. „Ich kann ihn nicht ausstehen!“, verkündete sie.

„Warum nicht?“

„Er ist so ... schleimig!“

„Was heißt denn das?“

„Na, sieh ihn dir doch an. Diese übertrieben gebräunte Gesichtsfarbe! Wir sind hier in Oregon, nicht in Kalifornien! Er sieht so stinkend reich aus, dass es mich nicht überraschen würde, wenn er jedes Wochenende mit seinem Privatjet nach Fidschi düst, um sich zu sonnen!“

„Hey, was ist denn mit dir los?“

„Ich wusste doch gleich, dass ich ihn schon mal gesehen habe! Ihm gehört dieser teure Porsche!“

„Was, der Carrera? Wow! Sagte er nicht eben etwas davon, dass er uns mal darin mitnehmen will?“

„Typisch Mann! Du denkst wohl gar nicht an meine Mutter!“

„Wieso? Ich will doch nur mal seinen Wagen fahren. Und denkst du denn an deine Mutter oder doch eher an dich selbst?“

Sie kamen ans Büfett und beluden ihre Teller mit köstlich aussehenden Salaten. Jillian senkte ihre Stimme: „Was macht er wohl, dass er so viel Kohle scheffelt? Ob er in der Mafia ist?“

Rob lachte. „Du müsstest dich mal hören!“

„Komm, Rob, du kannst mir nicht erzählen, dass du ihn sympathisch fandest!“

Rob lachte leise vor sich hin, während Jillian weiter Salate auswählte. In weniger als einem Monat würden sie zu dem Missionseinsatz aufbrechen. Was würde mit ihrer Mutter und diesem Typen geschehen, während sie weg war? Jillian sah zu den beiden hinüber. Ihre Mutter sah total happy aus. Warum nur fühlte sich Jillian so schrecklich?

*

Ian saß in seinem Wagen, zwei Häuser von Brittanys entfernt. Die Haustür öffnete sich und Brittany kam heraus. Er wollte sie nur sehen, nachschauen, ob es ihr gut ging. Sein Herz klopfte laut und er kam sich vor wie ein Idiot. Schnell wendete er und fuhr wieder nach Hause. Das laut aufgedrehte Radio spielte Heavy Metal, der ihm dabei half, seine Gedanken zu betäuben. Das war sein Problem: Er dachte zu viel nach. Das musste aufhören!

Zu Hause warf er sich auf sein Bett. Er war ganz gut darin geworden, seinen Kopf zu leeren, wenn er allein war. Doch irgendwie wollte es ihm in letzter Zeit nicht gelingen, Brittanys Bild aus seinen Gedanken zu verbannen. Warum wollte sie auch unbedingt ihrer beider Leben ruinieren?

„Oh Mann", sagte er. „Ich pack das nicht mehr!"

Er nahm den Telefonhörer zur Hand und wählte eine Nummer. „Hey, hier ist Ian. Wo, sagtest du, steigt die Party heute Abend?"

*

Brittany und Jillian hatten noch eine Stunde Zeit bis zum Feuerwerk und sahen sich derweil alte Fotoalben in Brittanys Zimmer an. Es gab viel zu lachen. Zwischendurch versuchte Jillian, Rob zu erreichen. Als sie zurückkam, hatte Brittany die Nase in ein Buch gesteckt.

„Geht immer noch niemand dran?"

„Nein. Was liest du denn da?"

„Ian hat mir das gegeben."

„Hui, sieht ja wild aus: Enfessle die Göttin in dir." Sie erinnerte sich daran, dass Rob ihr erzählt hatte, wie er Ians Bücher durchgegangen war. Sie wandte sich zum Regal. „Was ist denn das für eins? Teen-Hexen: Wicca für eine neue Generation."

„Das ist von Skyla."

„Britt ... nach der Sache in der Abtreibungsklinik hatte ich gehofft ..."

„Na ja, Skyla war danach eigentlich echt fair. Sie fand es zwar nicht so gut, dass ich es nicht gemacht habe, aber sie sagte, sie würde mich unterstützen, ganz egal, wie meine Entscheidung ausfällt. Ist doch nett." Ihr Gesicht hellte sich auf. „Hey, sie hat mich am 31. Oktober zu einer Halloween-Feier eingeladen. Das ist das Neujahrsfest der Wicca, ein heiliger Feiertag."

Jillian sah sie an. „Du weißt ja, was ich davon halte. Britt, du solltest dich lieber von diesen Sachen fern halten."

„Ach komm, ich hab ja nicht meine Seele verkauft oder so was. Klar, ich würde Kelly gern in einen Frosch verwandeln, aber andererseits würde das sowieso niemandem groß auffallen. Früher warst du viel offener! Jetzt bist du so eine richtige intolerante, verbohrte Christentussi geworden."

„Ach Britt, es macht mir ja nicht mal so viel Sorgen, was du tust, sondern mehr, was du verpasst! Ich hätte so gern, dass du Jesus kennen lernst. Und dass du in den Himmel kommst."

„Ich hab noch gar nicht vor zu sterben."

„Das passiert aber nun mal jedem irgendwann. Auch ungeplant."

„Rob ist ein süßer Typ, aber er vergiftet deinen Verstand, Mädel!"

„Das hat mit Rob gar nichts zu tun. Ich kann auch selber denken. Vielleicht solltest du einfach mal auf das eingehen, was ich sage, statt mir jedes Mal eine reinzuwürgen, wenn ich über meinen Glauben rede."

„Huch, jetzt werden wir aber aggressiv!"

„Das wolltest du doch immer – aber anscheinend nur zu deinen Bedingungen. Vertrete deine Meinung, so lange sie der von Brittany entspricht!"

„Mann, jetzt machen wir hier aber unser eigenes Feuerwerk, was? Ich wollte es dir eigentlich nicht sagen, aber vielleicht solltest du doch wissen, dass Skyla immer noch ziemlich sauer auf dich ist."

„Ich bin ein großes Mädchen. Damit kann ich leben."

„Das ist aber nicht alles. Sie hat sich mit ein paar Freundinnen zusammengetan und einen Fluch auf dich gelegt."

*

Der Sommer war schon halb vorbei. Daniel bereitete sich auf die Schule vor, als ob er in einem Trainingslager wäre. Er hatte an seiner Zimmerwand Fotos von Josh Waters und einigen anderen Typen aufgehängt, die ihn gequält hatten, und von einem Lehrer, den er hasste. Immer wieder zielte er mit der Waffe auf sie und stellte sich vor, wie er ihnen in den Kopf schoss. Er fühlte sich gut und mächtig.

Er hatte die Waffe zweimal mit in die Schule genommen. Was hätten sie wohl gedacht, wenn sie sie entdeckt hätten? Und was würden sie denken, wenn er sie im September auch benutzen würde?

Dieser Gedanke erfüllte ihn mit etwas, nach dem er sich verzweifelt sehnte: einem Gefühl der Macht.

## Brief 37

Mein ambitionierter Ishbane,

es gibt keinen Grund, mich zu beleidigen. Ich hatte angenommen, dass du meine wertvollen Einsichten etwas mehr zu schätzen wüsstest!

Ich tue, was ich kann, um Jillian von diesem elenden Missionseinsatz abzuhalten. Dabei macht es mir gar nicht mal so viel Kopfzerbrechen, was sie in Slowenien bewirkt, sondern vielmehr, was Slowenien in ihr bewirken wird. Ich möchte mir gar nicht vorstellen, was der Feind in einem Monat mit ihr und Rob anstellen kann. Viele Tausende hat er schon für immer verändert, wenn sie erst einmal ihre persönliche Bequemlichkeit hintangestellt hatten und sich in eine Situation begaben, in der sie ihm voll und ganz vertrauen mussten.

Angefügt findest du meinen kompletten Bericht zu Brittany. Man muss ihre Einstellung einfach lieben. Christen hasst sie, weil sie so intolerant sind. Welch ein wundervoller Widerspruch in sich!

Mögen unsere Einflussmöglichkeiten über diese Generation entfesselt werden! Ich möchte sie ganz Beelzebubs Autorität unterstellen.

Was diesen netten Fluch der kleinen Skyla angeht, so hat der ja leider keine Macht über die Kinder des Feindes, so lange sie sich auf ihn ausrichten. Der Feind weiß das, und wir wissen es – aber die gute Nachricht ist, dass es die kleinen Schädlinge nicht wissen! Und was ich nicht weiß, macht mich nicht heiß ...

Daniel macht schon Pläne für den Schulbeginn im Herbst. Die Grenze zwischen Computersimulation und Realität wird immer undeutlicher für ihn. Je öfter er mit der Waffe hantiert, desto natürlicher fühlt es sich an. Wie Stungoth bereits bemerkte, hat Daniel den Abzug so oft bedient, dass er schon vollkommen desensibilisiert ist.

Ich muss zugeben, dass ich mich schon längere Zeit nicht mehr mit Videospielen beschäftigt habe und nicht auf dem neuesten Stand unserer Entwicklungen auf diesem Gebiet bin. Es ist faszinierend, wie realistisch die Darstellungen sind, sodass die Grenzen zwischen Fantasie und Realität immer mehr verschwimmen. Die Waffen sind originalgetreu nachempfunden, Wunden tun sich in medizinisch korrekter Weise auf, die Schreie und Soundeffekte klingen vollkommen echt. Piloten lernen in Flugsimulatoren fliegen – und Jungen lernen in Mordsimulatoren morden! So einfach ist das.

Wir haben eine Gesellschaft geschaffen, in der die Hauptform des Spielens für Millionen von Jungschädlingen darin besteht, möglichst große Zahlen von Menschen zu töten! Unsere kleinen Trainingszentren für zukünftige Massenmörder! Nun ja, sicher, auf diese Weise kriegen wir sie nicht alle, aber auf jeden Fall kriegen wir mehr von ihnen, als wir sonst bekommen hätten! Diese unlogischen Erwachsenen würden ihre Kids niemals einem psychopathischen Babysitter überlassen – aber mit den verhaltenszerstörerischen Videospielen, Filmen und Internetseiten haben sie keine Probleme. Wie gesagt, man muss sie einfach lieben in all ihrer Kurzsichtigkeit.

„Warum töten Kinder Kinder?", rufen sie verzweifelt, als ob das so ein großes Geheimnis wäre. Ich muss dann immer lachen. Millionen von Erwachsenen töten jedes Jahr ihre ungeborenen Kinder, einfach weil ihnen danach ist. Woher haben da bloß die älteren Kids die Idee, dass es nicht so schlimm ist, Kinder zu töten?

Einige der Schädlinge, die in die Schießereien an den Schulen verwickelt waren, haben wohl angenommen, dass ihre Opfer wieder aufstehen, wenn das „Spiel" vorbei ist. Man schließt das Programm und alles ist wieder beim Alten. Tja – irgendwie scheinen die brutalen Spiele ihre Gehirne total betäubt zu haben. Sie denken, man kann einfach ein paar Leute umlegen, dann den Computer abschalten und Pizza essen gehen, ohne dass etwas nachkommt.

Jugendkriminalität gedeiht in einem moralischen Vakuum, Ishbane. Wenn die Jungschädlinge kein Wertesystem mehr haben, das zwischen Richtig und Falsch klar unterscheidet, was sollte sie dann davon abhalten, ihre Wut und Frustration durch Gewalt abzureagieren?

Die Waffe katapultiert den Schützen blitzartig auf die oberste Stufe der Nahrungskette. Sie verwandelt Opfer in Täter, Jäger in Beute. Macht. Kontrolle!

Ich bin immer noch davon überzeugt, dass wir mehr aus Daniel rausholen können als einen schlichten Selbstmord. Wenn Stungoth und ich zusammenarbeiten, wird das Spiel bald eskalieren und er wird viele andere Schädlinge mit sich in den Tod reißen. Und wenn er das tut, werden wir schon zu seiner Begrüßung bereitstehen!

Lass uns unsere Macht über sie feiern!

*Lord Foulgrin*

# Kapitel 38
## 12. Juli, 19:22 Uhr

„Mama, Telefon für dich – schon wieder!“, rief Jillian.

Daniel schob sie auf dem Weg zum Kühlschrank beiseite. „Du bist doch nur sauer, weil es nicht für dich ist.“

„Nein, ich bin angenervt, weil dieser Donovan Swain – wenn das sein richtiger Name ist – in den letzten zwei Tagen ungefähr tausendmal angerufen hat!“

„Okay, da bin ich deiner Meinung. Der Typ ist irgendwie ... total strange!“

„Auf jeden Fall ist er nicht der richtige Mann für Mama!“

Ein paar Minuten später kam Diane lächelnd in die Küche. Summte sie etwa noch dabei? Das ging eindeutig zu weit!

„Hey, Mama. Na, wer war es? Wieder Dudley?“

„Hm-hm“, sagte sie glücklich. „Er heißt Donovan.“

„Mama, ich finde wirklich nicht, dass ...“

„Jillian, Daniel“, sagte Diane überschwänglich, „kommt, setzt euch mal. Ich möchte euch was erzählen!“

Jillian gefror zu Eis.

„Ich weiß nicht, ob euch das aufgefallen ist“, sagte Diane, „aber Donovan und ich haben in letzter Zeit viel miteinander unternommen.“

„Nein, wirklich?“, ätzte Daniel.

„Ich denke, uns ist es aufgefallen“, sagte Jillian trocken.

Diane merkte nichts. Mit funkelnden Augen sagte sie: „Nun ja ... für Donnerstag hat Donovan mich zu einer Party in seinem Büro eingeladen.“

Jillian stellte sich ihre Mutter vor, wie sie mit lauter Mafiabossen schwatzte und lachte und dabei nichts mitkriegte, weil sie nur auf Donovans Sonnenstudio-Bräune guckte.

„Wo arbeitet er denn?“

„Er ist der Geschäftsführer einer christlichen Investmentfirma.“

Christlich, von wegen ... Ihre Mutter ging mit einem Gangster aus, der seinen Vollstrecker schicken würde, um ihr die Beine zu brechen, sollte sie ihn jemals versetzen.

„Wie lange kennst du diesen Typen eigentlich?"

„Mal sehen, er kommt seit Anfang Juni in unsere Gemeinde und ist mir natürlich gleich aufgefallen, aber offiziell kennen gelernt haben wir uns erst vor fünf Wochen", kicherte sie.

Jillian hob die Augenbrauen.

„Ich fühle mich wie ein Teenager", grinste Diane.

„Und du meinst, nach fünf Wochen kannst du beurteilen, wie er so ist?"

„Ach, Jillian, natürlich nicht. Ich will ihn ja auch nicht gleich heiraten, sondern nur mal mit ihm ausgehen. Ich denke schon eine ganze Weile darüber nach, ob ich mich wieder mit einem Mann verabreden soll oder nicht."

Jillian spürte etwas wie eine Faust in ihrem Brustkorb, und bevor sie es sich überlegen konnte, sagte sie: „Hast du mit diesen Überlegungen eine ganze Woche nach Daddys Tod gewartet oder war es nur ein Tag?"

Dianes Gesicht wurde erst rot, dann weiß, und ihre Augen füllten sich mit wütenden Tränen. „Wie kannst du so etwas sagen? Dein Vater war der erste Mann, den ich wirklich geliebt habe, und ich werde nie wieder jemanden so lieben. Ich dachte zuerst, ich will nie wieder jemanden kennen lernen – aber weißt du was? Ich bin einsam! Du und dein Bruder, ihr seid nicht die Einzigen, die Freunde brauchen. Wenn ich gestorben wäre, hätte ich auch gewollt, dass euer Vater nicht den Rest seines Lebens allein bleibt. Aber ich bin nicht gestorben, obwohl ich mir oft gewünscht habe, ich wäre es!"

Tränen strömten ihr die Wangen hinunter, aber es schien ihr ganz egal zu sein. Daniel ging hinaus und schloss sich in seinem Zimmer ein.

„Es tut mir Leid, Mama", sagte Jillian. „Es war falsch von mir, das zu sagen. Total fies. Bitte verzeih mir." Sie legte die Arme um ihre Mutter. „Ich weiß, dass du Daddy geliebt hast und dass es sehr hart für dich war. Ich ... ich glaube nur nicht, dass ... hm, ich fahre ja in einer Woche weg und ich hab einfach Angst, dass du verletzt wirst."

„Ich weiß deine Besorgnis zu schätzen, Jill, aber du kannst mir vertrauen. Du musst dir wirklich um nichts Sorgen machen. Donovan ist der perfekte Gentleman. Auch wenn es dir schwer fällt, das du glauben, aber er findet mich tatsächlich attraktiv!"

Diane wischte sich die Augen.

„Ich finde, dass du toll aussiehst, Mama. Ich wünsche mir nur, dass er dich gut behandelt."

Diane lächelte sie an. „Weißt du was, du hörst dich an, als wärst du meine Mutter!"

„Ja, aber das ist doch gar nicht so schlecht, oder?"

*

Das Telefon der Familie Gonzales klingelte und Rob ging ran. „Hey, Ian! Ja, okay ... Warte mal, das muss ich mir aufschreiben." Er sah sich um, doch wieder mal war kein Kuli in Sicht.

„Auf meinem Tisch liegt einer", sagte Rob zu Jillian. „Würdest du mir den bitte mal holen?"

Jillian ging in Robs Zimmer, in dem sie erst einmal gewesen war. Sie schlängelte sich um einige Kisten mit College-Zeug herum und musste grinsen, als sie das Stoffkamel sah, das sie ihm geschenkt hatte. Weit und breit kein Stift in Sicht. Sie zog die oberste Schreibtischschublade auf. Fotoalben! Vielleicht war Rob als Kind zu sehen? Sie holte die Alben raus. Dabei fiel eine orange Plastikflasche voller Pillen mit raus. Unter den Alben lag ein Buch. Jillian erkannte den Titel sofort.

Sie fühlte sich etwas schwach in den Knien, als sie hinausging. Rob lachte mit Ian am Telefon und griff nach dem Stift, den sie doch noch gefunden hatte. Sie hielt ihm die Pillendose und das Buch hin. Er erstarrte.

„Äh, Ian, ich rufe dich nachher zurück, okay?" Er legte auf und schaute sie schuldbewusst an, wie ein kleiner Junge, der beim Rauchen erwischt worden war.

„Rob, was hast du hiermit vor?"

Er öffnete den Mund, dann schien er es sich anders zu überlegen und zuckte nur die Achseln.

„Und woher hast du diese verschreibungspflichtigen Pillen? Wofür sind die?"

Er schüttelte den Kopf. „Die sind gegen Depressionen."

„Aber du nimmst sie nicht, sondern hebst sie nur auf? Zusammen mit diesem ... diesem Ding?" Sie wedelte mit dem Buch vor seiner Nase herum. „Ich kenne dieses Buch, Rob. Brittany hat es vor ihrem Selbstmordversuch auch gelesen. Was geht hier eigentlich ab?"

„Das ... das ist schwer zu erklären."

„Versuch's!"

Rob seufzte. „Lass uns nach draußen gehen, ich will nicht, dass uns jemand hört."

Sie setzten sich im Garten auf zwei morsche Stühle und Rob starrte auf den Gemüsegarten seiner Mutter. Es war warm, schön und friedlich. Genau das Gegenteil von Jillians Gefühlen.

„Seit ich ein Kind war", sagte Rob, „habe ich oft solche finsteren Momente gehabt. Nach dem Tod von Guillermo wurde es schlimmer. Und häufiger." Er hielt inne.

„Und?"

„Und manchmal wünsch ich mir, einfach alles beenden zu können."

„Du meinst, indem du dich umbringst?"

„Ich habe es nie wirklich versucht, aber ein paar Mal war ich nahe dran. Ich kann das echt nicht richtig erklären, aber es gibt Zeiten, da steckst du so tief drin, dass du denkst, du siehst nie wieder Licht. Es ist wie Ertrinken – man kann nicht atmen und es ist so qualvoll, dass es einfach nur vorbei sein soll."

Sie starrte ihn an und wünschte sich, das sei alles nur ein Traum.

„Ich habe dabei nicht nur an mich gedacht. Es ist ja auch nicht fair für meine Eltern, die mein ganzes Leben lang schon meine Launen ertragen müssen. Und für dich. Du solltest nicht mit jemandem zusammen sein, der solche Probleme hat. Wenn ich jemals verheiratet sein sollte und Kinder habe, könnten sie diese Veranlagung erben. Es ist einfach zu viel, Jillian. Manchmal denke ich, es wäre besser für alle Beteiligten, wenn ich nicht mehr da wäre. Und ich wäre ja schließlich dann im Himmel."

Jillian konnte ihre Tränen nicht mehr zurückhalten. Rob legte ihr einen Arm um die Schultern.

„Oh Mann, das hatte ich befürchtet. Ich wollte dir keine Angst machen. Tut mir Leid, dass du die Sachen gefunden hast!"

Sie sah ihn mit zornblitzenden Augen an. „Vielleicht habe ich sie gefunden, weil Gott das so wollte. Du redest doch die ganze Zeit von seiner Souveränität! Hast du das nicht auch von meiner Bulimie behauptet – dass es Gottes Plan war, dass meine Mutter sie entdeckt hat? Du hättest längst mit mir darüber reden sollen! Hast du aber nicht; also sei dankbar, dass du jetzt die Chance dazu hast!"

Rob nickte. „Du hast Recht. Manchmal ist es einfacher, bei anderen Leuten Gottes Wirken zu sehen als bei sich selbst." Sie saßen eine Weile schweigend da. „Du hast jetzt Angst, oder?"

„Natürlich hab ich Angst! Den totalen Horror! Und ich bin wütend auf dich. Gott kann dich in den Himmel holen, wenn er das will. Bei meinem Daddy hat er das gemacht. Aber es wäre total falsch, wenn du ihm die Entscheidung abnehmen würdest. Denk doch mal dran, was das deinen Eltern antun würde! Und mir! Es ist unheimlich egoistisch von dir, das auch nur in Erwägung zu ziehen."

„Ich weiß", sagte Rob und sah sie an wie ein geprügelter Hund. „Aber ich werde eh nie so sein, wie ich eigentlich sein sollte. Ich habe mit so vielen Versuchungen zu kämpfen!"

„Ach, und da meinst du, es ist die beste Lösung, der schlimmsten Versuchung von allen nachzugeben? Rob, du musst Gott die Gelegenheit geben, in dir zu wirken! Er hat dir so viele Talente gegeben, da ist es doch kein Wunder, dass der Teufel dich aus dem Weg räumen will. Du stehst ziemlich weit oben auf seiner Hitliste!"

„So ... so habe ich das noch gar nicht betrachtet."

„Vielleicht weil du noch nie mit jemand anderem über all das geredet hast, du Dummchen!"

„Aber wie hätte ich mit jemandem reden können? Das konnte ich doch nicht zugeben! Als guter Christ denkt man nicht an so was."

„Was wärst du denn wohl für ein gutes Beispiel, wenn du dich umbringen würdest? Über die Versuchungen zu reden und sie auf den Tisch zu bringen, das ist das Richtige. Weißt du noch, wie das bei meiner Bulimie war?"

„Ja, klar."

Jillian stand auf. „Bleib hier. Beweg dich nicht von der Stelle. Ich hole nur meine Bibel aus dem Auto." Sie sprintete zu ihrem Wagen, schnappte sich die Bibel und eilte zurück zu Rob.

„Okay", schnaufte sie. „du hast mir Bibelstellen vorgelesen, und jetzt lese ich dir welche vor. Das ist doch nur gerecht."

Rob nickte.

„Ich war heute Morgen spät dran und hätte beinahe die Stille Zeit ausfallen lassen", sagte Jillian. „Aber dann dachte ich, zehn Minuten mehr oder weniger sind jetzt auch egal. Also, heute war Johannes 8 dran. Gott hat mir echt was gezeigt und ich dachte, das passt voll auf Brittany, wenn sie mal wieder Selbstmordgedanken hat. Jetzt ist mir klar, warum Gott mich heute auf diese Stelle gestoßen hat! Sie war für dich!" Sie suchte die Seite ab. „Moment, ich hab's gleich ..."

„Jill, es tut mir Leid, dass ..."

„Sei einen Moment still, ja?"

„Jawohl, Madam!"

„Okay, hier ist es. Ich glaube, Jesus spricht hier mit den Pharisäern. In Vers 44 sagt er: ‚Ihr seid Kinder des Teufels, der ist euer Vater, und nach seinen Wünschen handelt ihr. Er ist von Anfang an ein Mörder gewesen und hat niemals etwas mit der Wahrheit zu tun gehabt, weil es in ihm keine Wahrheit gibt. Wenn er lügt, so entspricht das seinem Wesen; denn er ist ein Lügner, und alle Lüge stammt von ihm.' – Okay, Herr Bibelschüler, jetzt erklär mir mal, was das bedeutet!"

„Na ja, dass der Teufel verdammt gut im Lügen ist, weil es sozusagen seine Muttersprache ist."

„Genau. Er ist ein Lügner und Mörder. Das hängt doch zusammen, oder? Er kommt mit Lügen, um Morde zu rechtfertigen. Exakt mit der Methode wollte er Brittany dazu bringen, ihr Baby umzubringen. Und dich will er zum Selbstmord treiben. Denk doch mal, warum es wohl Selbstmord heißt? Du ermordest dich selbst. Das ist genauso falsch wie Mord!"

„Aber ich würde nie jemand anderem das Leben nehmen!"

„Ach, aber du hast das Recht, dein eigenes zu nehmen? Na, da hat wohl jemand die Bibelverse vergessen, die er mir selbst vorgelesen hat! Weißt du noch, unser Körper gehört nicht uns, sondern ist der Tempel des Heiligen Geistes, und so weiter? Hast du mir das nicht vorgepredigt, als wir uns über das Thema Sex unterhalten haben?"

„Ja. Das steht in 1. Korinther 6."

„Und würde Gott wollen, dass du diesen Tempel zerstörst?"

„Nein. Du hast Recht. Wenn ich das so höre, ist es auch völlig klar. Aber wenn diese düstere Stimmung über mich kommt, krieg ich es irgendwie nicht mehr mit. Dann denke ich ganz anders. Ich weiß, du bist auch manchmal launisch, aber hast du schon mal eine richtige Depression gehabt? Ich meine, so schlimm, dass du nicht mehr klar denken konntest?"

„Manchmal geht's mir echt mies, aber ich geb zu, ich habe noch nie an Selbstmord gedacht. Das ist mir einfach zu ... zu krass."

„Ha, so was Ähnliches habe ich damals auch über deine Bulimie gesagt. Wirst du mir jetzt auch nahe legen, einfach mit den Depressionen aufzuhören?"

„Nein", sagte Jillian. „Das ist echt nicht einfach, was? Was tust du denn, wenn diese Stimmung kommt?"

„Ich verkriech mich in meinem Zimmer, wenn ich kann."

„Vielleicht ist das ein Teil des Problems. Du müsstest vielleicht lieber jemanden anrufen. Jeff oder Steve. Oder Ryan. Oder mich! Warum hast du das nie probiert?"

„Ich wollte nicht, dass du mich so erlebst. Darum rufe ich dich auch manchmal nicht zurück. Ich kann nicht immer eine fröhliche Stimme auflegen."

„Meinst du denn, dass ich das will? Vielleicht bin ich ja gar nicht so schwach und zerbrechlich, wie du denkst!"

„Ich hab vermutlich gedacht, dass du es nicht so gut aufnimmst."

„Tja, da hast du mich wohl unterschätzt. Vielleicht solltest du mal darüber nachdenken, zu einem Therapeuten zu gehen. Ach nein, irgendwer hat dir ja schon dieses Medikament verschrieben. Warum nimmst du es denn eigentlich nicht?"

„Es kommt mir vor wie eine Krücke. Die Bibel und Gott sollten doch wohl genug sein!"

„Aha, und deshalb willst du die Medikamente nicht als Krücke benutzen, sondern als Mordwaffe. Sehr geistlich!"

„Wenn du es so ausdrückst ..."

„Wie soll man es denn sonst ausdrücken? Prima, lies in der Bibel und bete. Das schließt doch ein Einnehmen der Medikamente nicht aus! Es gibt ja nicht nur entweder – oder!"

„Es erscheint mir irgendwie nicht richtig ..."

„Meine Mutter nimmt auch Medikamente gegen ihre Schilddrüsenunterfunktion. Hältst du das für falsch?"

„Nein."

„Deine Schwester Seci ist Diabetikerin. Sie spritzt sich Insulin. Was wäre, wenn sie dir plötzlich verkünden würde, dass sie ab sofort kein Insulin mehr braucht, weil Beten und Bibellesen genügen muss? Was würdest du ihr sagen?"

„Äh, na ja ... dass beides gut und notwendig ist."

„Na also, dann befolge doch deinen eigenen Rat und lass dir einen Termin beim Doc geben. Wenn du dieses Medikament brauchst, möchte ich, dass du es auf den Missionseinsatz mitnimmst. Das bist du uns anderen einfach schuldig!"

„Ich schätze, es kommt mir einfach so vor, als wäre es etwas anderes. Ich meine, ein Medikament für ein körperliches Problem ist eine Sache; aber ein emotionales Ding so zu behandeln? Ich weiß nicht ..."

„Hast du in Bio geschlafen, als es darum ging, dass unsere Gefühle eine einzige Aneinanderreihung von chemischen Reaktionen sind?"

„Ich will einfach keine Pillen schlucken."

Sie starrte ihn an. „Es ist also eine Frage des Stolzes, Rob?"

Rob hielt inne. Dann schluckte er. „Weißt du, ich hätte viel eher mit dir reden sollen. Du hast mich genau erwischt. Ich halte mich manchmal nämlich für ganz besonders geistlich. Du hast Recht – es hat mit Stolz zu tun. Es hat was damit zu tun, dass man zugeben muss, alle Hilfe zu brauchen, die es gibt – von Freunden, Familie und Medizin! Und Gottes Botschafterin Jillian!"

Sie legte den Kopf schräg. „So hat mich noch nie jemand genannt."

Es begann leicht zu nieseln. Sie blieben einfach sitzen und wurden nass. Die reinigenden Tropfen fühlten sich gut an. Doch plötzlich wurde der Regen stärker und sie sprangen lachend auf. Schnell rannten sie zur Verandatür und ins Trockene.

Dann saßen sie im Wohnzimmer, die Gesichter immer noch nass, und hielten sich an den Händen. Jillians Blick wanderte zu einem Familienporträt der Gonzales'.

„Wirst du mir irgendwann erzählen, wie Guillermo gestorben ist?"

Rob starrte auf das Bild. „Lieber nicht."

„Okay", sagte Jillian.

„Er ... er hat Selbstmord begangen."

„Oh, Rob, es tut mir so Leid!" Sie umarmte ihn fest, während er weinte. Nach einer Weile ging er ins Bad, um sich das Gesicht zu waschen. Als er wiederkam, waren seine Augen rot.

„Bist du jetzt enttäuscht von mir?", fragte er zögernd.

„Ich bin besorgt, da kannst du sicher sein. Aber auf eine eigenartige Weise bin ich auch erleichtert."

„Erleichtert?"

„Ich habe gewusst, dass etwas nicht stimmt. Du bist immer wieder tagelang verschwunden und nicht erreichbar gewesen. Und dann standest du plötzlich vor meiner Tür und hast so getan, als wäre alles bestens. Jetzt weiß ich, was los war. Das ist schon viel besser, als mit einem mulmigen Gefühl im Dunkeln zu tappen. Und es verändert meinen Blickwinkel auf dich, und zwar nicht zum Schlechteren. Ich dachte immer, du würdest total über allem stehen. Du warst Mr. Obergeistlich, ohne größere Probleme außer vielleicht dem mit dem Sex. Ich hätte nie gedacht, dass ich dir mal geistlich das Wasser reichen könnte."

„Und ich habe mich so geschämt, es vor dir zuzugeben. Aber jetzt bin ich froh, dass du es rausgefunden hast. Klar, es ist mir auch peinlich. Aber du hast Recht; Gott wollte es so."

Sie deutete auf das Buch mit den Selbstmordtipps. „Was sollen wir damit machen? Und mit den Pillen?"

Rob sah sie an, dann ging er ins Bad und sie folgte ihm. Er nahm ein halbes Dutzend Pillen aus dem Fläschchen und legte sie beiseite. „Nur genug, um durchzukommen, ehe ich einen Termin beim Arzt bekomme." Den Rest, vielleicht 40 Tabletten, kippte er in die Toilette und zog ab.

Dann nahm er sich das Buch vor. Er zerriss es, wickelte die Teile dann in Zeitungspapier und warf sie in den Kamin. Dort zündete er das Ganze an und sie schauten zu, wie es verbrannte.

„Roberto!" Sie drehten sich um. „Was denkst du dir dabei, mitten im Juli ein Feuer anzumachen?"

„Ich verbrenne nur ein bisschen Müll, Mama", sagte er und deutete auf Jillian. „Sie ist schuld, sie macht mich ganz *loco*!"

„Immer sind die Frauen schuld", sagte Jillian grinsend.

„Mein Rob hat eine sehr schlaue Chica gefunden", sagte Mrs. Gonzales und umarmte Jillian lächelnd.

## Brief 38

Mein unangemessen stolzer Faulgrin,

Robs schmutziges kleines Geheimnis ist also ans Tageslicht gekommen? Ein weiterer in einer langen Linie von Misserfolgen für dich. Ich habe keine Lust mehr, sie zu verfolgen – Obsmut hat das übernommen. Sicher hat er daran ein besonderes Vergnügen, da deine liebenswerte Persönlichkeit ihn so begeistert.

Robs Stolz ist sein Stolperstein gewesen. Und genau deshalb wollten wir ihn vor ihm selbst geheim halten. Das zentrale Prinzip der Hölle lautet: „Ich gehöre mir!" Und ebenso die Schädlinge, so weit sie auch unter uns stehen, wollen Kontrolle. Eigenständigkeit. Ihr Kampfschrei lautet: „Ich will nicht dienen, ich will bedient werden!" Das bedeutet: „Ich lehne ab, zu sein, was ich bin – eine Kreatur. Stattdessen bestehe ich darauf, zu sein, was ich nicht bin – Gott."

Natürlich würde Rob so etwas nie sagen, sondern genau das Gegenteil. Was zählt, sind aber nicht ihre Worte, sondern ihre Herzen.

Ein demütiges Herz erkennt seine Unterlegenheit gegenüber Gott an. Es sieht seine Abhängigkeit vom großen Unabhängigen. In einem solchen Herzen können wir keine Wurzeln schlagen; wir finden keinen Halt.

Unser größter Feind ist die Demut. Zum Glück gibt es wenige wirklich demütige Schädlinge. Alles, was wir ihnen einreden können, hängt von ihrer Unabhängigkeitserklärung gegenüber dem Feind ab. Doch sobald sie ihm unterstellt sind, kommen wir nicht um ihn herum. Aber da sie zum Glück meist Widerstände gegen ihn hegen, können wir effektiv vorgehen.

Das ist auch das Problem beim Leid: Manchmal schicken wir es über sie, um sie zu schwächen. Doch ist es nur ein Quäntchen zu viel, schon wenden sie sich an den Feind. Eigentor! Dann übernimmt er und wir haben verloren. Was ist die Lösung? Leid von ihnen fern zu halten wäre sicher auch falsch. Ob wir es tun oder nicht – es ist gefährlich!

Stolz ist die Meistersünde. Der Brückenkopf für alle weiteren Sünden. Doch Stolz funktioniert am besten im Dunkeln. Du musst Robs Stolz wieder unter die Oberfläche seines Bewusstseins drücken. Wenn er ihn nicht erkennt, kann er ihn nicht bekennen und sich davon abwenden. So lange er stolz ist, ist es uns egal, wie gut er die Bibel kennt. Stolz bedeckt eine Menge geistlicher Disziplinen!

Unsere Nachforschungen haben ergeben, dass der Feind einige sehr spezielle Pläne mit Rob hat. Daher hat Baalgore besondere Mittel zur Verfügung gestellt bekommen. Er ist gut ausgerüstet für sein Ziel, Rob mit Depressionen und Selbstmordgedanken zu lähmen. Alle, die in der Öffentlichkeit vom Feind reden und Mission betreiben, sind uns hier in Erebus namentlich bekannt. Sie stehen ganz oben auf unserer Abschussliste. Oft finden wir vor ihnen heraus, was der Feind mit ihnen vorhat, und dann können wir das Unkraut ausreißen, bevor es Wurzeln schlägt.

Robs Selbstmord würde uns gute Dienste leisten. Er würde den Feind diskreditieren, Robs Eltern das Herz brechen und Jillian am Boden zerstören. Er würde diejenigen desillusionieren, denen er von seinem Glauben erzählt hat, allen voran Ian. Und natürlich würde er einen Kämpfer des Feindes vorzeitig abberufen, der noch viele Jahre vor sich hatte. Aber mach keinen Fehler – er könnte uns immer noch sehr gefährlich werden, jetzt, wo seine Sünden offen gelegt wurden. Und dass dies noch vor dem Missionseinsatz geschehen ist, macht mich besonders wütend.

Natürlich werden seine Depressionen ihn weiterhin quälen. Dafür sorgst du. Überzeuge ihn davon, dass er sich fröhlich geben muss, um „geistlich" zu wirken. Auch in Slowenien soll er seine lächelnde Maske aufbehalten. Seine innere Leere wird so noch größer werden. Lass ihn nicht die gefährliche Freude schmecken, die der Feind denen schenkt, die ihm von ganzem Herzen dienen. Rede ihm ein, dass das geistliche Leben keine Freude erfordert. Er kann isoliert in seiner Selbstmitleidsgrube sitzen und trotzdem Christ sein.

Aber pass auf, dass du die Macht der Depression nicht unterschätzt! Ich habe in deinem Lebenslauf gelesen, dass du zu dem Kader gehört hast, der auf Hudson Taylor angesetzt war. Obwohl ihr ihn jahrelang mit Zweifeln und Depressionen geplagt habt, ist er hartnäckig am Feind drangeblieben, nicht wahr? Er hat eine unserer besten Festungen durchdrungen. Halte Rob auf jeden Fall von seiner Biografie fern! Dieses Buch hat schon fast ebenso viel Schaden angerichtet wie seine Arbeit in China! Der Gedanke an all die Hauskirchen in diesem Land, das einst ganz unser war, macht mich richtig krank.

Beinahe so ärgerlich wie Robs aufgedeckter Stolz ist Jillians wachsender Mut. Warst du es nicht, der sie „duckmäuserisch", „passiv" und „angepasst" genannt hat? Nun, da hast du dich wohl getäuscht! Sie konfrontiert, sie riskiert das Missfallen anderer. Noch schlimmer, sie strebt nach der Anerkennung des Einen. Und jetzt fährt sie auch noch auf einen Missionseinsatz!

Du bewegst dich auf dünnem Eis, und es schmilzt tagtäglich immer mehr!

Die Temperatur steigt ...

*Prinz Ishbane*

## Kapitel 39
## 24. Juli, 20:17 Uhr

Jillian saß mit einer Decke auf dem Sofa und Nickerson hatte sich an sie gekuschelt.

„Früher haben sie mich Miss Perfekt genannt. Das war, bevor ich Kelly geschlagen habe."

„Ja", sagte Rob. „Das hat wohl einiges richtig gestellt."

„Na ja, von dir sollte man aber auch denken, dass du alles absolut unter Kontrolle hast."

„Vielleicht. Aber du kennst ja jetzt die Wahrheit. Ich bin so ein Looser, dass ich sogar an Selbstmord gedacht habe."

„Das hat ja nichts mit Loosersein zu tun. Es zeigt nur, dass du Hilfe brauchst. So wie wir alle. Essstörungen sind auch ein ernstes Problem, wie deine Depressionen. Willkommen im Kreis der fehlerhaften Menschen! Aber wir können uns beide darauf verlassen, dass Gott uns hilft und dass andere Menschen uns unterstützen."

„Jetzt klingst du wie ein Prediger!"

„Na und, es stimmt doch!" Sie lachten. „Egal, auf jeden Fall bin ich froh, dass du mit Jeff und Steve gesprochen hast. Und du nimmst diese Pillen, oder?"

„Ja. Eine täglich." Rob sah sich um. „Ist Daniel eigentlich zu Hause?"

„Wahrscheinlich hat er sich wieder in seinem Zimmer verkrochen. Er wird mit jedem Tag mehr zum Einzelgänger. Das macht mir echt Sorgen!"

„Was macht er denn wohl in seinem Zimmer – ohne den Computer?"

„Keine Ahnung! Schlafen, lesen?"

„Vielleicht solltest du das rausfinden."

„Tja. Er wird immer seltsamer. In der Schule wird er ziemlich gepiesackt. Die nennen ihn Freak und so."

„Wer ist ‚die'?"

„Die üblichen Verdächtigen. Josh Waters zum Beispiel. Ich hab Ian gebeten, seine Kumpels von ihm fern zu halten. Und die sind seitdem auch wirklich neutral geblieben."

„Wenn er die ganze Zeit allein in seinem Zimmer hockt, brütet er bestimmt die kränksten Sachen aus!"

„Stimmt. Das wird vom Alleinsein sicher nicht besser."

„Ja, das fürchte ich auch. – Du, ich muss unbedingt noch was für morgen packen!"

*

Drei Wochen später war das Missionsteam wieder auf dem Heimweg. Jillian saß vier Reihen vor Rob auf einem Fensterplatz. Lisa schlief neben ihr. Jillian legte das Tagebuch hin, das sie auf dem Hinflug nach Ljubljana begonnen hatte. Nur noch wenige Stunden bis nach Portland.

*

„In vieler Hinsicht waren das die besten drei Wochen meines Lebens. Es war nicht leicht, Herr. Du weißt, dass ich am Anfang Schiss hatte und krank war. Außerdem hat die Sprachbarriere mich ziemlich eingeschränkt. Manchmal war es mir peinlich, dass ich nicht wusste, was ich tun oder sagen kann. Es gab diese Spannungen im Team, wobei wir die meiste Zeit unheimlich gut miteinander ausgekommen sind. Danke, dass du dieses Gebet erhört hast, und danke für die Leute in der Gemeinde, die uns geholfen und beherbergt haben.

Lisa und ich hatten viel Spaß als Zimmergenossinnen. Und die anderen Mädels habe ich auch richtig lieb gewonnen. Wir sind alle auf dieselbe Schule gegangen, aber „dank" des blöden Kasten-Systems auf der Highschool habe ich sie nie kennen gelernt. Jetzt sind sie wie Schwestern für mich. Es war gut, dass wir mit den slowenischen Mädchen viel gearbeitet haben und unsere Jungs mit den Jungen. Dadurch haben Rob und ich zwar nicht so viel miteinander zu tun gehabt, aber es gab schließlich immer noch genug gemeinsame Events. Zum Beispiel dieses Tauziehen, das war super. Und der Trip mit Rob, Lisa und Megan nach Ljubljana, einfach klasse.

Was habe ich gelernt? Zuerst mal, dir, Herr, für alles dankbar zu sein, was du mir schon geschenkt hast. Eine super Mutter. Eine tolle Gemeinde. Geniale Freunde. Und vor allem dich selbst! Ich habe gelernt, mich wirklich auf dich zu verlassen und dir zu vertrauen. Ohne dich kann ich wirklich nichts tun, das ist mir hier klar geworden. Und vermutlich sollte ich noch hinzufügen, dass ich mir an deiner Gnade genügen lassen will, denn deine Kraft ist in den Schwachen mächtig!

Du weißt, dass es Zeiten gab, wo ich wirklich total schwach war. Diese Grippe in den ersten vier Tagen des Einsatzes. Der Jetlag. Am liebsten wollte ich nur noch nach Hause. Ich kam mir so überflüssig und nutzlos vor. Aber du hast mich trotzdem einsetzen können. Am besten war der Moment, als ich Branka das Evangelium erklären konnte. Du hast mir die richtigen Worte gegeben, sodass sie es verstehen und annehmen konnte. 30. Juli – den Tag werde ich nie vergessen! Es war so ein irres Gefühl, dabei zu sein, als Branka das erste Mal zu dir gebetet und dir ihr Leben anvertraut hat. Herr, ich wünsche mir, dass das nicht das letzte Mal war, dass ich so was erleben durfte!

Danke, dass du mir die Augen für das geöffnet hast, was du überall auf der ganzen Welt tust. Ich möchte mein Herz für die Weltmission immer offen halten! Bitte gib, dass ich mich nie mit weniger als deinem Besten zufrieden gebe!

Komisch, auf einmal scheint es mir gar nicht mehr wichtig, ob wir umziehen oder nicht. Ich brauche kein neues Haus. Diese Welt ist sowieso nicht unser Zuhause; was für ein befreiender Gedanke! Meine Zukunft liegt im Himmel, wo du schon einen Platz für mich vorbereitet hast.

Ich bin total aufgeregt wegen dem Collegebeginn nächste Woche. Es war die richtige Entscheidung, auf eine Bibelschule zu gehen.

Ich möchte von deiner Liebe überfließen, Herr! Hilf Rob und mir, für Brittany und Ian ein Beispiel zu sein, sodass sie dich in uns erkennen können. Ich wünsche mir so sehr, dass sie dir begegnen. Bitte tu, was immer dazu nötig ist.

Apropos Rob – Herr, du weißt, dass ich ihn liebe. Er bedeutet mir so viel! Auf diesem Missionseinsatz war er einfach toll; er hat sich wirklich für andere eingesetzt. Seine Depressionen waren wie weggeblasen, sagt er. Er hatte gar keine Zeit für solche Gedanken, weil er so sehr mit dir und deinen Plänen beschäftigt war. Ich weiß, der Feind wird ihn wieder angreifen, wenn die Zeit günstig ist. Bitte hilf uns, rein zu bleiben und uns ganz auf dich auszurichten!

Wenn es dein Wille ist, dass Rob und ich zusammen sind, würde mich das sehr glücklich machen. Aber ich weiß, dass du nur das Beste für mich willst. Du hast die Kontrolle, nicht ich. Zum ersten Mal in meinem Leben will ich genau das. Je mehr ich dich kennen lerne, desto mehr vertraue ich dir – und misstraue mir selbst!

Ich weiß, dass ich mich ganz auf dich verlassen kann. Nicht auf mich selbst, auf Rob oder sonst wen. Ich danke dir, dass du mich auserwählt hast, Herr. Danke! Ich liebe dich, Jesus!

Jillian

P.S. Bitte drück meinen Daddy ganz fest von mir!“

## Brief 39

Mein unguter Foulgrin,

pass auf, dass dir deine Taktiken nicht durcheinander geraten! Mach Rob depressiv, gut, aber tu, was du kannst, um Brittany und Ian glücklich zu machen. Ja, du hast richtig gehört. Diese ganze Schwangerschaftsgeschichte, die du als Sieg für uns gesehen hast, kann immer noch ein Instrument des Feindes werden. Wir wollen die Schädlinge mit minimalem Aufwand in die Hölle drängen. Unsere Taktik ist es, Köder auszulegen und ihnen diese dann wieder wegzuziehen, wenn sie anbeißen wollen. Lock sie mit falschen Versprechungen. Halte die Scharade bis zum letzten Moment durch. Gib ihnen nie einen Hinweis auf die ewigen Schrecken, die sie erwarten.

Wenn die Dinge so zu laufen scheinen, wie sie möchten, dann tendieren sie dazu, nur für den Augenblick zu leben. Probleme können sie dazu bringen, in größeren Dimensionen zu denken – möglicherweise sogar ans Jenseits. Da sei Beelzebub vor! Viel zu viele scheinbare Katastrophen haben sich schon als getarnte Gnadenakte des Feindes erwiesen!

Der Feind ist trickreich, Foulgrin. Und die Dinge sind nicht immer das, was sie zu sein scheinen.

Ich muss wohl nicht betonen, dass mir Jillians und Robs Erlebnisse in Slowenien zutiefst missfallen. Da haben wir mal ein ganzes Land komplett in Dunkelheit und Hoffnungslosigkeit gehüllt – und dann kommen diese nervtötenden Missionare und bringen die Verbotene Nachricht! Du hast es nicht geschafft, Jaltor und Talon zu neutralisieren, du Narr! Und schlimmer noch – der Feind hat größeren Einfluss auf Jillian und Rob gewonnen.

Warum nur überrascht mich das nicht?

Noch nicht einmal dein Plan, sie so miteinander zu beschäftigen, dass sie nichts anderes mehr mitbekommen, ist aufgegangen. Einer meiner anonymen Informanten hat mir berichtet, dass Jillian Robs suizidale Tendenzen entdeckt und ihn zur Rede gestellt hat. Er hat mit geistlichen Beratern offen darüber gesprochen und angefangen, seine Medikamente zu nehmen. Und wenn er wieder zu Hause ist, geht er in eine Selbsthilfegruppe. Widerlich!

Siehst du nicht, was hier geschieht? Als seine Gedanken aus der Dunkelheit ins Licht kamen, konnte er besser mit ihnen umgehen. Jillian hat gemerkt, dass Offenheit und Mut zu guten Ergebnissen führen. Ich habe sogar gehört, dass sie ein slowenisches Mädchen zum Zimmermann geführt hat. Soweit wir wissen, könnte diese Branka eine Schlüsselfigur in der Missionierung ihres ganzen Landes werden. Und da denkt man, es könnte nicht schlimmer werden ...

Während du und Baalgore mit Rob und Jillian auf Sightseeing-Tour wart, hat Raketwist bei Brittany gute Dienste geleistet. Pendrago und Stungoth sind mit Ian und Daniel ebenfalls bedeutend weitergekommen. Weiß Beelzebub, sie kommen besser ohne dich voran!

Es ist Zeit, Daniel und Ian tiefer in die Schatten des Okkulten zu ziehen. Wenn du mit dem Ouija-Brett, den Karten und Büchern arbeitest, vergiss nicht, hier und da hilfreiche Informationen und Inspirationen zu geben. Erst, wenn du sie fest am Haken hast, solltest du böse oder offensichtlich unmoralische Anweisungen geben. Sogar biblische Ausdrücke und Formulierungen kannst du verwenden, um ihnen „Richtigkeit" vorzugaukeln und sie tiefer an uns zu binden. Der Zweck heiligt eben alle Mittel! Selbst wenn das bedeutet, dass uns ab und zu eine wirkliche Wahrheit herausrutscht.

Mit Ian, Brittany und Daniel solltest du die Séance-Strategie verfolgen. Du weißt schon, das Spiel mit dem „guten" und dem „bösen" Geist, die natürlich beide von uns kommen. Sie sind dann so leicht dazu zu bringen, auf den „guten" zu hören ... ich liebe das! Sie sollen denken, dass das Ouija-Brett eine Quelle der Weisheit und guten Führung ist, ähnlich wie das Verbotene Buch – nur viel faszinierender. Und während die Bibel ihnen explizit verbietet, mit unseren Spielsachen zu experimentieren, ermutigen wir sie sogar dazu, die Bibel zu lesen. Alles andere würde unsere Ziele zu offensichtlich machen.

Versuch nie, einen Schädling dazu zu bringen, die Bibel zu verbrennen oder ähnliches. Sie dient uns viel besser, wenn sie im Regal verstaubt. Benutze das Brett oder auch ab und zu automatisches Schreiben dazu, ihnen Gefasel unterzujubeln wie: „Liebt euch gegenseitig" oder: „Tut niemandem etwas zu Leide." Solche Plattitüden beruhigen sie – wie ein Schwein, dem man vor der Schlachtbank noch eine Leckerei gibt. Nun ja, sicher, die Schädlinge sind noch dümmer und abstoßender als Schweine. Aber du verstehst schon, was ich meine.

Wenn du sie fest im Griff hast, kannst du ihre Köpfe mit den erschreckendsten Gedanken und Gefühlen zuschütten.

Einer der größten Vorteile des Okkulten ist, dass es sie dazu verleitet, unsere Macht entweder zu über- oder zu unterschätzen. Dann kommen sie freiwillig zu uns, ohne zu merken, dass sie den Kopf in die Schlinge stecken. Oder sie flüchten voller Angst vor unserem Einfluss. So oder so haben wir sie im Sack. Was sie über uns denken, spielt keine Rolle. Hauptsache, sie denken ständig an uns! Raste ihre Gedanken an uns ein. Oder an sonst was – nur nicht an IHN!

Ich lechze nach Blut,

*Prinz Ishbane*

## Kapitel 40

## 1. September, 10:56 Uhr

Es war Freitagabend. Das Ende des Sommers oder der Anfang des Herbstes, je nachdem, wie man es betrachten wollte. Im Moment war es Ian ehrlich gesagt total egal.

Er nahm sich ein Bier und ging durch die Schiebetür in den Garten. Keine Ahnung, wessen Haus das war; auch das war völlig egal. Die Leute kannte er größtenteils auch nicht. Ein rothaariges Mädchen gefiel Ian zwar ganz gut, aber wirklich interessieren konnte er sich nicht für sie. Er setzte sich allein auf einen Gartenstuhl und starrte in die dunklen Bäume. Der Bass von drinnen hämmerte in seiner Brust.

Ihm war klar, dass er schon zu viel intus hatte, aber trotzdem trank er den letzten Schluck noch aus. Er spürte in sich einen schrecklichen Durst. Das nächste Bier würde es bringen – endlich das Nirvana. Oder zumindest eine kleine Pause von dieser Hölle, die er in sich fühlte. Er musste sich unbedingt noch ein Bier holen.

Er stolperte an ein paar Typen vorbei, die sich gerade Ecstasy reinzogen. Das hatte er auch mal probiert. Vielleicht war es mal wieder an der Zeit? Später. Erstmal ging er zum Kühlschrank. Leer.

„Hey, Alter, wo ist das Bier?", fragte Ian niemand Speziellen.

„Hier drin, Mann."

Er ging ins Wohnzimmer hinüber, wo sich eine kleine Menschentraube um zwei Jungs gebildet hatte, die anscheinend ein Kampftrinken veranstalteten. Einer von ihnen hieß Bailey. Den anderen identifizierte Ian als einen Basketballstar von der Universität von Oregon. Wie hieß der noch mal? Warum fiel ihm der Name bloß nicht ein? Ah richtig – Tibbs. Ricky Tibbs. Klar. Ein super Spieler.

Und auch ein super Trinker, wie es aussah.

Bailey kippte sich eine Dose Bier in den Hals, wobei ihm einiges davon über Kinn und Hals lief. Dann zerdrückte er die Dose auf seinem Kopf und alle klatschten Beifall. Dann wandten sie sich an Ricky.

Der grinste breit, öffnete eine Dose und prostete seinem Publikum zu. Er leerte das Bier noch schneller als Bailey und warf dann die leere Dose zu den anderen auf den Haufen.

Plötzlich tauchte von irgendwoher eine Flasche Scotch auf und die Beifallsrufe wurden lauter. Ricky grinste noch breiter, als er zwei Gläser einschenkte. Seine Hand zitterte bereits ein wenig.

Beim fünften Glas hatte Bailey schon arg zu kämpfen. Beim achten gab er auf und taumelte ins Bad, um sich zu übergeben. Ricky leerte demonstrativ auch noch Baileys Glas, dann sein eigenes. Anschließend nahm er die Flasche und trank sie ebenfalls aus. Die Menge tobte.

Ian schaute auf den Haufen leerer Bierdosen und die Scotchflasche. Ricky musste um die 20 Drinks zu sich genommen haben und sie waren erst rund zwei Stunden dort. Er schüttelte den Kopf und lachte. Das lernt man also im College? Na toll!

Ein Gesicht kam ihm in den Sinn, aber nur einen Sekundenbruchteil: David Richards. Die Neujahrsparty. Der Anruf. Die Beerdigung. Schnell schüttelte er die Erinnerung ab. Ian fühlte sich unbesiegbar. Schließlich waren sie keine alten Säcke, die schon auf den Herzinfarkt warteten. Sie waren jung und stark und ihre Körper konnten einiges wegstecken. Sie waren unverletzlich.

Ian leerte seine Bierflasche. Er hatte die Nase voll vom Alleinsein. Es war an der Zeit, alles zu vergessen, was ihn herunterziehen wollte. Es war ihm egal, dass er seit Wochen nicht mit Brittany gesprochen hatte. Es machte ihm auch nichts aus, dass er für diese Party Rob versetzt hatte. Er wollte sowieso nichts mehr von Slopainien hören oder wie auch immer dieser gottverdammte Ort hieß.

Er ging zu der Ecke im Raum, wo der grüne Rauch am dichtesten war. Er rauchte nicht oft Gras, schon allein wegen dem Basketball. Aber bis zum nächsten Spiel war es noch lange hin und es war das letzte Wochenende des Sommers. Er wollte, dass es mit einem Knall zu Ende ging. Die Rothaarige hielt ihm einen Joint hin und er inhalierte tief.

Ian hörte einen dumpfen Knall hinter sich und drehte sich wie in Zeitlupe herum. Ricky war bewusstlos zusammengebrochen. Ganz am anderen Ende eines langen Tunnels hörte er Leute lachen. Er stimmte mit ein, nicht weil es so lustig war, sondern einfach weil er das Gefühl hatte, er sollte es. Wieder zog er an dem Joint. Warum war es eigentlich so spaßig, einen besoffenen Typen umfallen zu sehen? Oder den Gestank zu riechen, wenn sich jemand im Suff selbst bepisste oder bekotzte? Ian wusste nicht so richtig, was das Ganze noch lustiger machte. Er lachte ein wenig weiter vor sich hin.

Jetzt brauchte er dringend einen Drink. Vielleicht auch ein paar Chips. Er wanderte durch die Menge. Da war wieder die Rothaarige. Sie schmiegte sich an ihn. Später vielleicht. Nicht jetzt. Er stolperte über etwas am Boden – Ricky. Mann, sah der Typ friedlich aus, niemand wollte etwas von ihm. Keine Sorgen. Flucht. War es das, wonach sich Ian sehnte?

Er hörte Stimmengewirr um sich herum, aber er konnte kein Wort verstehen. Er bildete sich ein, Brittany wütend schimpfen zu hören. Und Rob, wie er ihn verdammte. Doch da war noch eine andere Stimme, sanft und hypnotisch. Die Rothaarige? Nein, die war nicht zu sehen. Die Stimme flüsterte immer und immer wieder dasselbe. Was war es? Ian konzentrierte sich.

*Schlaf, Ian. Schlaf!*

Ja, Schlaf war genau das, was er brauchte. Nur wenn er schlief, dachte er nicht an seine Probleme. Ein guter, traumloser Schlaf, das wäre es.

Wieder stolperte er über jemanden, der am Boden lag. Zeit, hier den Abgang zu machen. Ian suchte Bailey und fand ihn zusammengerollt vor dem Klo. Er fummelte den Autoschlüssel aus Baileys Jacke und ging nach draußen. Endlich fand er Baileys Karre und schaffte es, den Schlüssel ins Schloss zu stecken. Erst da fiel ihm auf, dass er total eingeparkt war.

Ian fluchte und trat gegen den Vorderreifen. Die Schlüssel fielen ihm aus der Hand und er bückte sich, um sie aufzuheben. Danach schaffte er es kaum, sich wieder aufzurichten. Alles drehte sich um ihn. Er wollte nur noch ins Bett und schlafen.

Zwei Typen rechts von ihm stiegen in ein Auto ein. „Hey“, rief Ian. „Könnt ihr mich mitnehmen?“

Sie schienen ihn nicht zu hören. Wer waren die überhaupt? Ach ja, Kyle und Jason, zwei Jungs aus Jillians komischer Gemeinde. Einer war eine Weile mit Lisa gegangen. *Scheißfromme Heuchler,* dachte Ian, als sie wegfuhren.

Er begann in Richtung Hauptstraße zu gehen. Vielleicht würde er dort per Anhalter weiterkommen. Schritt für Schritt zwang er seine bleischweren Füße dazu, ihn in Richtung Heimat, Bett und Schlaf zu tragen.

*Schlaf, Ian. Schlaf.*

Er wirbelte herum und fiel dabei beinahe auf die Nase. Ein Schauer lief ihm über den Rücken. Hatte da jemand seinen Namen gesagt? Nein. Er war total blau und stoned. Kein Wunder, dass er Stimmen hörte. Oder ...? Neben ihm begann der Waldrand und die Büsche schwangen so komisch zurück, als wäre da gerade eben jemand reingelaufen. Der Wald lockte ihn, ihn auch zu betreten. Warum nicht? Er hatte keine Angst. Er war unbesiegbar.

*Schlaf, Ian. Schlaf.*

Erstmal musste er pinkeln. Es schien ewig zu dauern. Er hörte Schritte vor sich. Irgendjemand musste da sein. Vielleicht die Rothaarige? Ja. Die Kleine wollte ihn, sie lockte ihn hinter sich her. Ein Spiel. Er sollte sie jagen. Ian stolperte weiter. Vor ihm war so ein Rauschen, und er rannte los.

Plötzlich merkte er, dass er fiel. Oder nicht? Er setzte sich hin und ließ die Beine baumeln. Baumeln? Über was? Wenn doch nur sein Gehirn richtig funktionieren würde!

Er sah nach unten, als der Mond durch die Wolken brach, und erkannte, dass er an der Abbruchkante eines Abgrunds saß. Sehr tief unter ihm glitzerte Wasser auf Felsen. Vielleicht sollte er einfach springen?

„Ich bin schwanger. Du denkst nur an dich! Der einzige Fehler, den ich gemacht habe, warst du!"

„Robert Banish, 1983–2002. Wie alt bist du? 19."

„Kryon ist ein liebevoller Geist."

„Lies die Bibel mit mir, Ian. Vielleicht findest du dort, was du suchst."

„Schlaf, Ian. Schlaf."

Er schloss die Augen. Er war es müde, immer wieder aufwachen zu müssen. Langsam lehnte er sich nach vorn. Nur noch wenige Zentimeter, und die Schwerkraft würde den Rest übernehmen. Dann würden die Stimmen endlich schweigen.

Ein Windstoß blies ihm ins Gesicht und er lehnte sich wieder zurück. Zitternd stand er auf und taumelte vom Rand des Abgrunds weg. Dann stolperte er in Richtung Wald zurück. Plötzlich fühlte er, wie sein Magen sich hob. Er erbrach sich in ein Gebüsch und versuchte danach vergeblich, sich mit Blättern zu säubern.

Jetzt waren es nur noch zwei Stimmen, die aus entgegengesetzten Richtungen kamen. Ian weinte leise vor sich hin, während er sich durch das Unterholz kämpfte. Er weinte, weil er nicht wusste, auf welche Stimme er hören sollte.

*

Ian saß am nächsten Morgen am Frühstückstisch und versuchte, die hämmernden Kopfschmerzen mit Aspirin und starkem Kaffee zu bekämpfen.

Seine Mutter hatte den Fernseher angelassen und plötzlich sah Ian ein vertrautes Gesicht auf dem Bildschirm. „Der bekannte Basketballspieler Ricky Tibbs ist heute in den frühen Morgenstunden im Haus eines Freundes tot aufgefunden worden. Tibbs starb an einer Alkoholvergiftung. Zeugen berichten, Tibbs habe an einem Kampftrinken teilgenommen und über 20 alkoholische Getränke innerhalb von weniger als einer Stunde zu sich genommen."

Das kann doch nicht wahr sein. Nicht schon wieder! Erst David und jetzt Ricky! Ian zitterte unkontrolliert.

*Du bist der Nächste.*

Ian wandte sich schnell um. Wer hatte das gesagt?

Doch es war niemand zu sehen.

## Brief 40

Mein unangemessen optimistischer Foulgrin,

ich bemerke in deinen Berichten eine gehäufte Verwendung des Wortes „beinahe". Du hast Jillian beinahe zum Beischlaf bewegt. Du hast Brittany beinahe zu einer Abtreibung motiviert. Du hast Jillian beinahe von dem Missionseinsatz fern gehalten. Und nun ist Ian beinahe von dieser Klippe gefallen.

Beinahe ist nicht genug!

Gut, du hast ihn erschreckt. Na und? Der Feind könnte das als Weckruf missbrauchen! Ian hat nun zwei Menschen an Alkoholvergiftung sterben sehen. Ich weiß, dass er ein Idiot ist, aber stell dir nur vor, er begreift es eines Tages!

Es ist sogar möglich, dass sich einige Eltern zu fragen beginnen, wo ihre Kids sich nachts herumtreiben. Die meisten interessiert das zum Glück nicht besonders, solange sie keine harten Drogen nehmen. Mama und Papa haben schließlich auch ein bisschen Gras geraucht, damals in ihrer Jugendzeit. Ihnen ist allerdings nicht klar, dass Gras heute zehnmal so stark ist wie damals.

Denk daran, jede Art von Droge dient uns, indem sie ihre Sinne und Gedanken betäubt. Ein betäubtes Gehirn kann nicht auf den Feind achten. Die Wahrheit ist seine beste Waffe, und Schädlinge, die high sind, haben keine Antenne für die Wahrheit.

Einer der hilfreichsten Auswüchse der Jugendkultur ist ihr Gefühl der Unverletzbarkeit. „Das kann mir nicht passieren. Okay, vielleicht sterben irgendwo irgendwelche Leute an Alkoholvergiftung, Drogen oder sexuell übertragbaren Krankheiten. Aber doch nicht ich oder meine Freunde!"

Halte Ian davon ab, über den Tod nachzudenken. Vor allem darüber, was ihn auf der anderen Seite erwartet. Blende ihn für die Tatsache, dass sein letztes Stündlein irgendwann kommen wird und er sich besser darauf vorbereiten sollte.

Du sagst, dass Rob nicht mehr im Verbotenen Buch liest? Sehr gut! Schließlich ist es kein magischer Talisman, der schon wirkt, indem man ihn nur irgendwo im Regal liegen hat. Die Bibel schadet uns nicht, so lange sie geschlossen bleibt!

Obwohl Jillian nicht in dramatische Sünden verwickelt ist, freut es mich zu hören, dass sie einige Male den Gottesdienst und die College-Gruppe verpasst hat. So vieles hat einfach nur mit Gewohnheit zu tun ...

In der Schlacht bringt man Soldaten um, indem man sie von den Versorgungslinien abschneidet. Wenn sie keine Nahrung bekommen, werden sie immer schwächer und verlieren an Boden. Das Verbotene Buch ist Nahrung, die Verbotene Gemeinschaft Stärkung und Erfrischung für sie. Halte Jillian von beidem fern! Ein einzelner, gestrandeter Soldat ist leicht zu überwältigen. Trenne sie von ihrer Einheit, und schon hast du sie!

Ansonsten sollten wir uns nicht zu viele Sorgen machen. Letztlich ist es ganz egal, wessen Uniform sie tragen, solange sie unseren Zwecken dienen. Deshalb hat es mich auch gefreut, dass Ian bei der Party diese beiden Jungs aus Jillians Gemeinde gesehen hat. Nichts dient uns besser als moralische Fehltritte der Soldaten des Feindes. Dies untergräbt die Bemühungen der wahren Christen und macht sie wertlos.

In einigen der Verbotenen Gemeinschaften haben wir bestimmte Übel salonfähig gemacht, sogar unter den Leitern. Dazu gehören zum Beispiel Materialismus, Egoismus, Darstellungssucht und Gefallsucht.

Wunderbare Abschreckungsmittel für mögliche interessierte Außenstehende!

Wir können sie zum Scheitern bringen, indem wir sie entweder von der Gemeinde fern halten oder sie in die falschen Kirchen locken. Das sollte doch nicht zu schwer sein!

Lass uns loslegen!

*Prinz Ichbane*

# Kapitel 41

## 3. September, 14:14 Uhr

„Toll, dass dir deine erste Woche am College so gut gefallen hat“, sagte Rob, während er sich eine Ladung Tortilla-Chips mit der sensationellen Salsa seiner Mutter in den Mund schob. „Ich könnte ja mal ein paar von deinen Seminaren besuchen, meine fangen erst in drei Wochen an. Theologie vielleicht.“

„Meine Ethik-Klasse würde dir gefallen. Allerdings gäbe es da nicht so viel Anlass zum Streit mit dem Lehrer. Er glaubt nämlich tatsächlich an die Bibel. Aber pass auf, am Ende willst du noch zu uns wechseln.“

Rob zuckte die Achseln. „Vielleicht. Wie geht es denn Brittany in Mount Hood?“

„Bisher recht gut. Sie hat ganz interessante Kurse: Ernährungswissenschaft, Anatomie, Chemie. Mal sehen, was sie in vier Wochen sagt. Es passt ihr natürlich immer noch nicht so richtig, auf ein staatliches College zu gehen. Na ja, und wenn das Baby da ist, könnte natürlich immer noch alles im Chaos enden. Aber bisher ist sie guten Mutes. Na, wir werden sehen. Sie weiß ja, dass ich für sie da bin.“

*

Daniel saß allein in seinem Zimmer. Seit einer Woche hatte die Schule wieder begonnen. Josh Waters und die anderen Idioten hatten schon wieder angefangen, ihn zu terrorisieren. Es war die Hölle – wie immer.

„Hallo“, sagte die Planchette.

„Bist du das, Dad?“

Die Planchette zeigte „Nein“ an.

„Wer dann?“

Keine Antwort.

„Bist du FG?“

Keine Antwort.

„Soll ich die Waffe mit in die Schule nehmen?“

Die Planchette bewegte sich. „Ja.“

„Soll ich sie auch benutzen?“

„Ja.“

„Gegen wen?“

Die Planchette bewegte sich von Buchstabe zu Buchstaben, und Daniels Herz begann zu rasen, als er den Namen erkannte. Dann fiel ihm etwas ein und er fragte: „In welchem Alter werde ich sterben?“

Die Planchette irrte über das Brett, vorbei an der vier, der fünf, der sechs, dann wieder zurück bis zur eins. Sie hielt kurz inne, rutschte dann zur fünf. 15.

Daniel erschauderte und wich zitternd zurück. In weniger als drei Monaten war sein sechzehnter Geburtstag ...

*

Ian folgte Rob in das kleine Campusgebäude. Er konnte gar nicht fassen, dass er sich von Rob hierzu überreden lassen hatte. Das Basketballtraining hatte wieder angefangen und er war ziemlich müde. Doch eins war klar: Rob akzeptierte kein Nein mehr. Ian hatte versucht, ihm aus dem Weg zu gehen, aber das war schwierig, weil sie mit vier anderen Jungs in einem Apartment wohnten. Also gingen sie jetzt zur Campusgemeinde. Schon der Name ließ Ian schaudern.

Sie kamen ein paar Minuten zu spät. Der Raum war voller schwatzender, lachender Studenten, die Chips aßen und Cola tranken. Rob führte Ian zu zwei Plätzen in der dritten Reihe. Ein Typ kam zu ihnen und stellte Rob irgendeine fromme Frage.

Drei Bekannte aus dem Basketballteam waren auch da, wie Ian feststellte. Er senkte den Kopf und betrachtete eingehend seine Schuhe. Diese Jungs waren in einer anderen Mannschaft und würden ihn vermutlich nicht erkennen, aber nur für den Fall ... Er sah zur Uhr und wünschte sich, die Zeiger würden sich schneller bewegen.

Ein Junge mit einer Gitarre trat auf die Bühne, dann folgte einer mit einem Bass, einer setzte sich ans Schlagzeug und ein Mädchen stellte sich hinter das Keyboard. Ian kannte die Songs nicht, die sie spielten, aber er war überrascht, wie gut sie waren. Irgendwie hatte er eine Orgel und alte Kirchenlieder erwartet. Das hier war schon eher sein Stil. Der Bassist war echt gut, beinahe wie ein Profi. Ian entspannte sich. Doch andererseits war der Prediger noch nicht aufgetaucht, also sollte er sich wohl nicht zu früh freuen. Er nahm sich vor, auf die Uhr zu sehen und die Zeit zu stoppen, die verging, bevor die Hölle und das Fegefeuer erwähnt wurden.

Der Gitarrist gab ein paar Infos über eine Freizeit von sich, die nächste Woche geplant war, und Ian schaltete innerlich ab. Die Predigt rückte bedrohlich näher. Er war darauf vorbereitet, dass sie entweder total langweilig oder abturnend sein würde, vermutlich sogar beides.

Die Bandmitglieder setzten sich hin, außer dem Bassisten. Er trat ans Mikro, nachdem er sich eine Bibel von einem Stuhl in der ersten Reihe geschnappt hatte. Anscheinend wollte er den Prediger ankündigen.

„Hey, Leute! Willkommen zum neuen Schuljahr und einem neuen Jahr bei uns hier in der Gemeinde. Toll, so viele von euch wieder zu sehen. Und ich freue mich auch über die vielen neuen Gesichter. Für diejenigen, die mich noch nicht kennen – mein Name ist Jeff und ich leite diesen Haufen hier ... oder ich versuche es zumindest!“

Der Bassist war der Prediger? Ian lehnte sich zu Rob und flüsterte: „Ist er denn kein Student?“

„Nein, er ist vor fünf Jahren fertig geworden. Sieht ziemlich jung aus, was?“

Ian nickte. Er hatte noch nie erlebt, dass jemand unter 50 eine Predigt hielt. Was jetzt wohl kam? Er merkte es bald: Kein Höllenfeuer, keine Show. Selbst die Frisur von diesem Jeff sah normal aus.

Jeff las ein paar Verse aus der Bibel vor. „Hier steht also, dass Jesus vom Himmel zu uns gesandt wurde und dass er voller Gnade und Wahrheit ist. Was bedeutet denn aber eigentlich Gnade genau? Und was Wahrheit? Ich möchte mit euch rausfinden, was diese Begriffe genau beinhalten.“

Der Typ klang eigentlich recht rational. Ian stimmte zwar nicht allem zu, was er sagte, aber das meiste machte Sinn. Statt gegen den Schlaf anzukämpfen wie die wenigen anderen Male, die er einen Gottesdienst besucht hatte, hörte Ian aufmerksam zu. Es war wirklich interessant. Er hatte sich mit sämtlichen Weltreligionen, mit Mystik und Metaphysik beschäftigt. Warum nicht auch mal über das Christentum nachdenken? Dieser Jeff war ihm sympathisch.

Nach etwa 20 Minuten brach Jeff abrupt ab und begann zu beten. Ian bemerkte, dass einige Leute um ihn herum ihre Baseballcaps abnahmen und die Köpfe senkten, und er tat es ihnen nach.

Jeffs Gebet war irgendwie komisch. Es klang, als würde er mit einer wirklichen Person sprechen. Es war keine auswendig gelernte Formel oder eine hastig vorgebrachte Bitte.

„Herr, ich möchte dich bitten, heute zu denen zu sprechen, die dich noch nicht kennen. Berühre sie ganz persönlich, und hilf ihnen zu erkennen, dass du es bist, nach dem sie suchen. Im Namen Jesu, Amen."

Nach dem Gottesdienst sagte Rob: „Komm, lass uns schnell zu Jeff gehen, bevor sich alle auf ihn stürzen." Damit zog er Ian hinter sich her.

„Hey, Rob!", sagte Jeff, als er sie sah.

„Hi!" Rob schüttelte ihm die Hand. „Das hier ist mein Freund Ian. Ich habe ihn so lange beschwatzt, bis er endlich mal mitgekommen ist."

„Hey, Ian! Super, dass du da bist."

„Wo hast du so genial Bass spielen gelernt?", fragte Ian.

„Ach, das kam so nach und nach. Und was machst du so, Ian?"

„Ich bin im ersten Semester. Hab ein Basketball-Stipendium. Das ist dann also wohl jetzt mein Leben: Basketball, Seminare, Hausaufgaben."

„Wow, ein Basketballer. Ich hab auch mal gespielt, damals."

„Warst du Profispieler?"

„Ich wollte einer werden, aber Gott hatte andere Pläne."

„O ... kay ..."

Jeff grinste. „Ich hatte mein Stipendium und alles, aber dann hab ich mir bei einem Spiel mit Kumpels im Hinterhof das Knie ruiniert. Musste geschraubt werden und alles. Mein Doktor hat gesagt, ich könnte froh sein, wenn ich wieder normal laufen könnte. Aber Basketball wäre definitiv nie mehr drin. Das war's dann. Allerdings ist mein Bein besser verheilt als gedacht und ich spiele ab und zu ein bisschen."

Rob lachte. „Ja, ja, ein bisschen! Ich erinnere mich noch lebhaft an die Freizeit letztes Jahr, wo du uns alle in Grund und Boden gespielt hast."

Ian grinste. „Schon gut. Also, Ian, wenn du keine Vorurteile gegen Senioren im Sport hast, können wir ja mal ein paar Bälle zusammen dribbeln, wenn du Zeit hast."

„Ja, klar, klingt gut", sagte Ian und meinte es tatsächlich so.

„Gib mir doch mal deine Telefonnummer, dann melde ich mich."

Sie unterhielten sich noch ein bisschen, dann machten sie sich auf den Heimweg. Ian sah auf die Uhr. Fast zwei Stunden waren vergangen, und die mittelalterliche Folterkammer, die er erwartet hatte, hatte sich als ganz nett entpuppt. Da hatte er wohl ein paar unberechtigte Vorurteile gehabt.

Das war schon alles ziemlich verrückt. Vor einem Monat noch hatte er sich jeden Abend besoffen und manchmal auch schon vormittags.

Doch seit diesem unheimlichen Erlebnis an der Klippe und Rickys Tod hatte er Schiss vor dem Trinken bekommen. Natürlich band er das Bailey nicht auf die Nase, aber es war so. Und um dem Ganzen die Krone aufzusetzen, war er jetzt auch noch in eine Bibelstunde gegangen. Die ihm sogar beinahe gut gefallen hatte!

Wirklich total verrückt ...

*

Daniel ging den Flur hinunter und spürte, wie ihn eine wahnsinnige Kraft durchströmte. Wie ein Kampfroboter in seinem Videospiel scannte er die Gesichter der Entgegenkommenden ab, die rechte Hand in der Manteltasche. Er sah schon vor sich, wie er Mr. McGowan erschoss. Dann Miss Harcourt, die blöde Kuh. Er sah Candy Freeman, die vor ihrem Schließfach stand. Sie hatte ihn vor ein paar Tagen wieder vor allen Leuten runtergeputzt. Ihr Problem. Dann erblickte er einen breiten Rücken in einer Baseball-Jacke. Ja, das war er. Daniel kam näher.

Der Junge drehte sich um. Josh Waters, der Daniel einmal zu viel herumgeschubst hatte. Josh Waters, der ihm nach dem heutigen Tag nie mehr zu nahe treten würde.

Josh starrte Daniel an und grinste. „Was willst du denn hier, du Bettvorleger?“ Er erhob seine Stimme, um die Aufmerksamkeit der anderen zu erregen. „Willst du mal wieder eine kleine Abreibung? Komm, ich nehme dich mit in die Toilette, als Zielscheibe.“ Sein fieses Lachen gab Daniel den Rest.

Unter einem riesigen Adrenalinschub zog er die glänzende schwarze Waffe aus der Tasche. Er streckte den Arm aus, genau wie im Video, und richtete die Mündung auf Joshs Stirn.

„Das war das letzte Mal, dass du mich dumm angemacht hast“, sagte er ruhig.

Josh wurde kalkweiß und blinzelte, blieb aber stocksteif stehen. Ein Mädchen kreischte, ein Junge rief etwas, und als Daniel sich umsah, wichen alle vor ihm zurück. Einige versteckten sich sogar hinter den Schließfächern. Aus dem Augenwinkel sah er einen Lehrer um die Ecke kommen. Doch die Stimmen klangen gedämpft. Daniel hatte das Gefühl, in einer Art Luftblase zu schweben.

„Nein!“, hörte er jemanden schreien.

Joshs Gesicht sah aus wie Pappmaché – blutleer und grau.

„Tu's nicht“, krächzte er und sah Daniel flehend an. Der Jäger war zur Beute geworden. Daniel gefiel diese Wendung außerordentlich gut.

Josh hatte Angst vor ihm. Daniel sah ihm in die Augen. „Du hättest mich nicht so behandeln sollen. Das wird dir noch Leid tun."

Ganz langsam und mit leerem Blick drückte Daniel ab.

## Brief 41

Mein beispielloser Prinz Ishbane,

ich halte sie vom Beten ab. Wenn sie unbedingt darauf bestehen, begrenze ich es auf ein paar Sätze zu einer festgelegten Tageszeit. Jillian ist aber glücklicherweise sowieso nicht so gut darin, ständig mit dem Feind im Gespräch zu sein.

Sie hat noch nicht kapiert, dass das Gebet das wahre Herz der Schlacht ist. Gebetslose Arbeit, Erziehung oder sogar Predigten stören mich nicht. Nur das Beten bringt sie in den Einflussbereich des Feindes. Deshalb minimiere ich diese Gefahr, wo es nur geht.

Der Feind hat Jaltor und einen anderen Krieger zu Ians Schutz abgestellt. Doch ich habe zwei weitere von unseren Leuten auf ihn angesetzt. Und keine Sorge, ich habe auch ein Auge auf Jillian.

Ians Leben im College hat Vor- und Nachteile für uns. Ein offensichtlicher Minuspunkt ist Robs Nähe. Ich hatte gehofft, dass er sich längst umgebracht hätte, doch das ist im Moment eher unwahrscheinlich. Besonders beunruhigend ist, dass Ian bei diesem Treffen war und wirklichen Christen begegnet ist. Dabei hatte ich ihm so meisterhafte Karikaturen vor Augen gemalt!

Nun ja, aber die Vorteile überwiegen dennoch. Ich mag diese Professoren, die es von ihrem persönlichen Gefühl abhängig machen, ob sie etwas für wahr oder falsch halten. Kein Wunder, dass viele Jungschädlinge entschieden dümmer vom College kommen, als sie hingegangen sind!

Schicke einen jungen Christen ohne entsprechende Vorbereitung auf die Uni, und wir werden ihn mit beinahe hundertprozentiger Sicherheit pflücken. Außerdem hat Ian als Ungläubiger schon gar keine Substanz, die ihn stützen könnte. Er ist ein toter Mann!

Wir bauen mit Daniel auf einen Dominoeffekt. Ein Familienmitglied reißt alle anderen mit um. Diane Fletcher wird von dem Benehmen ihres kleinen Lieblings entsetzt sein. Das treibt sie in die tröstenden Arme unseres lieben Donovan. Seine Akte ist wirklich beeindruckend! Und sie ist ein dankbares Opfer. Besonders hilfreich ist, dass sie ihn in der Gemeinde kennen gelernt hat. Das wiegt sie in Sicherheit, und seine Vergangenheit kennt sie ja nicht. Indem wir solche Männer von Kirche zu Kirche schicken, bringen wir viele ahnungslose Frauen zu Fall. Wenn die Verbotene Gemeinschaft nicht einschreitet, bleiben sie an Körper und Seele beschmutzt und verbittert zurück. Beides sehr erfreuliche Ergebnisse für uns!

Dummerweise ist Jillians Antenne für Doppelspiele viel sensibler als die ihrer Mutter. Ihre Generation ist nicht so vertrauensselig. Doch ich arbeite daran, ihre Sicht zu verschleiern.

Ach, ich verabscheue Frauen und Kinder. Je schwächer sie sind, desto mehr stoßen sie mich ab. Der Feind hat eine besondere Zuneigung zu ihnen – warum auch immer. Sein Anliegen, sie zu beschützen, stachelt uns nur noch mehr an.

Alles fügt sich zusammen: Brittany, Ian, Daniel und Diane. Mit etwas Glück können wir auch Jillian und Rob mit herunterziehen. Ich spüre, dass wir bald große Siege erringen werden. Dies ist meine Chance, mich bei Beelzebub zu beweisen. Und ich werde ihn nicht enttäuschen!

Ein Hoch auf ihren Untergang,

*Lord Foulgrin*

## Kapitel 42
## 6. Oktober, 11:13 Uhr

„Mrs. Fletcher?"

„Ja?"

„Hier ist Sam Chandler, der Direktor der Kennedy High School. Ich muss Sie bitten, sofort herzukommen."

„Warum? Ist was nicht in Ordnung?"

„Ja, leider. Daniel hat etwas ... sehr Schlimmes getan. Die Polizei hat ihn in Gewahrsam genommen."

„Die Polizei? Was hat er getan?" Ihre Stimme klang hohl.

„Kommen Sie einfach so schnell wie möglich her."

Diane sprang ins Auto und raste zur Schule. Auf dem Parkplatz erblickte sie fünf Polizeiwagen. Was um Himmels willen hatte Daniel bloß angestellt?

Sie ging auf wackligen Beinen durch die Tür. Alle, die sie kannten, sahen zur Seite. Mr. Chandler kam ihr entgegen und führte sie in ein leeres Büro. In seiner Hand hielt er etwas, das in ein Handtuch gewickelt war.

„Haben Sie die schon mal gesehen?", fragte er und packte eine Pistole aus.

Sie sah sich die Waffe genau an. „Ja, die gehörte meinem Mann."

„Wussten Sie, dass Daniel sie in die Schule mitgenommen hat?"

„Nein, natürlich nicht. Ich habe es ihm strengstens untersagt!"

„Keiner hier wird jemals vergessen, was heute geschehen ist. Wir können nur erahnen, was Josh Waters durchgemacht hat."

„Wovon reden Sie?"

„Daniel hat mit der Waffe auf Josh Waters gezielt und sogar abgedrückt!"

Sie konnte kaum noch atmen. „Wo ist Daniel?"

„In meinem Büro. In Polizeigewahrsam. Kommen Sie."

Sie stolperte hinter ihm her und versuchte, die Blicke zu ignorieren. Daniel sah zwischen den beiden Polizisten ziemlich klein aus.

Sie sah ihm ins Gesicht. „Du hast mit der Pistole auf diesen Josh Waters gezielt und abgedrückt?"

„Ja", sagte Daniel leise.

„Dann hast du jetzt ein sehr großes Problem", sagte Diane.

„Vielleicht ein größeres, als Sie denken, Mrs. Fletcher", sagte der eine Polizist. „Nach den Schulmassakern der letzten Zeit müssen wir dies hier sehr ernst nehmen. Er wird der Schule verwiesen und vermutlich auch vor Gericht gestellt werden. Sämtliche Eltern werden Amok laufen."

„Was ... was bedeutet das?", stammelte Diane.

„Wenn jemand von der Familie Waters ihn verklagt, kann er in Jugendhaft kommen."

„Würden sie denn so etwas tun?"

„Das kann man nie wissen."

„Was hast du dazu zu sagen?", wandte sich Diane an Daniel.

Er ließ den Kopf hängen. „Ich dachte nicht, dass es so schlimm ist. Sie war ja nicht mal geladen."

„Natürlich ist es schlimm! Hat jemand davon gewusst?"

„Nur Daniel 2. Er fand es eine coole Idee. Er kann Josh Waters auch nicht ausstehen."

„Dann hat er sich geirrt. Es war eine absolut schlechte Idee."

„Aber sie war nicht geladen!"

„Tja – du wusstest das. Aber Josh und die anderen wussten es nicht, richtig?"

„Ich ... ich hatte es einfach so satt, dass er mich immer herumgeschubst und gequält hat ... Ich habe nicht gedacht ..."

„Ja, das ist das Problem. Du hast nicht gedacht. Und jetzt haben wir die Bescherung!"

*

Als Jillian die Treppe hinunterkam, wäre sie beinahe vor Schreck hingefallen. Im Wohnzimmer saßen zwei Leute eng umschlungen auf dem Sofa. Ihre Mutter und dieser schmierige Donovan. Seine Hände streichelten ihr Haar, und Jillian drehte sich schnell um, bevor ihr schlecht wurde.

Sie ging zu Daniels Zimmer und klopfte an. Keine Reaktion. Sie klopfte noch einmal. Immer noch nichts.

„Daniel? Ich komme jetzt rein!"

Sie öffnete die Tür. Im Zimmer war es dunkel. Daniel lag reglos auf seinem Bett und starrte die Wand an.

„Wir müssen uns unterhalten, Danny."

Er rührte sich nicht.

„Ich weiß, dass du große Probleme hast. Aber darüber wollte ich nicht mit dir sprechen."

Keine Antwort.

„Ich wollte mich bei dir entschuldigen. Manchmal war ich richtig ätzend zu dir und das tut mir sehr Leid. Ich fahre auf Missionseinsätze und geh auf eine Bibelschule, und dabei bin ich fies zu meinem Bruder. Mir ist klar geworden, dass du einsam warst, genau wie ich. Ich hätte auf dich achten sollen, aber ich habe es nicht getan. Kannst du mir verzeihen und mir noch eine Chance geben?"

Daniel bewegte sich immer noch nicht.

„Ich habe das Gefühl, dass Gott mich wachgerüttelt hat", sagte Jillian. „Ich will, dass es anders wird zwischen uns. Ich möchte dir helfen und für dich da sein. Rob möchte das auch, wenn du es willst. Er hat selbst schon Ärger mit der Polizei gehabt und kann deine Situation gut verstehen. Daniel ... bitte vergib mir." Ihre Stimme brach.

Sie trat näher an sein Bett, setzte sich auf die Kante und legte Daniel vorsichtig eine Hand auf die Schulter. Dann betete sie: „Herr, du siehst uns hier, Daniel und mich. Du bist bei uns und beschützt uns mit deinen Engeln. Daniel hat Probleme und er ist sehr unglücklich. Bitte vergib mir, dass ich so egoistisch und gefühllos war. Ich habe Daniel lieb, Herr. Bitte hilf meinem Bruder. In Jesu Namen, Amen."

Sie saß ein paar Minuten da und wartete, dann sagte sie: „Ich werde dich jetzt in den Arm nehmen, Dan. Ich glaube nicht, dass ich das gemacht habe, seit Daddy ..." Sie brach in Tränen aus und schlug die Hände vors Gesicht.

Plötzlich spürte sie eine Bewegung auf dem Bett. Und dann schlang Daniel die Arme um sie und klammerte sich schluchzend an sie wie ein verängstigtes Hündchen.

## Brief 42

Mein umtriebiger Faulgrim,

ich habe meinen Agenten ein Memo geschickt, um sie darüber zu informieren, dass sie keinesfalls deine Anweisungen befolgen sollen. Du hast keinerlei Autorität über sie!

Dein Bericht von Daniels kleiner Episode war amüsant. Doch seine Aktion war natürlich nicht halb so befriedigend wie eine echte Highschool-Schießerei. Und es besteht wie immer die Gefahr, dass dies den üblichen Piesackern eine Warnung ist. Quälereien an schwachen Kids mit wenig Selbstbewusstsein sind eine wirklich hübsche Methode!

Obwohl Daniel für diese Sache vermutlich nicht hinter Gitter kommt, wird sie seinen Selbsthass vertiefen. Außerdem ist er nun in eine Schublade geraten, aus der er nie wieder herauskommen wird. Mach sie zum Zentrum seiner Identität! Mit etwas Anstrengung schaffst du es vielleicht, dass er das nächste Mal die Waffe lädt, bevor er sie in die Schule mitnimmt. Und in der Zwischenzeit redest du ihm weiter ein, dass sein Leben und das jedes anderen Menschen keinen Wert hat. Die Evolutionstheorie, die Legalisierung der Abtreibung und die Diskussion um die Sterbehilfe bestätigen diese Botschaft täglich neu.

Der Effekt des kleinen Fehltritts auf Daniels Mutter ist perfekt. Verzweiflung, Scham, Selbstvorwürfe ... besonders hat mich gefreut zu hören, dass sie sich in ihrer Not nicht an ihre Brüder und Schwestern im Feind gewandt hat, sondern an Donovan. Unser Mann! Er war gleich zur Stelle. Wunderbar, wenn ein Plan funktioniert!

Nachdem er ihr nun lange genug vorgegaukelt hat, was für ein wunderbar mitfühlender und zutiefst christlicher Mann er ist, sollte er sie innerhalb der nächsten vier Wochen flachlegen können. Sie ist mehr als bereit, sich von diesem wohlhabenden, gut aussehenden Burschen hinreißen zu lassen. Schließlich ist er genauso wie die Männer in ihren Lieblingsfilmen und -büchern. Wenn unsere Agenten getarnt als Diener des Feindes arbeiten, ist die Abwehr immer sehr gering.

Du hast kurz erwähnt, dass Jillian zu ihrem Bruder gegangen ist. Leider hast du nicht berichtet, über was sie gesprochen haben. Ich nehme an, sie hat ihn angeschrieen und beschuldigt? Ich will Details, Foulgrin! Es ist wichtig, dass die familiären Beziehungen auf ein Minimum an Interaktion beschränkt bleiben. Denn sonst gelingt es dem Feind wieder, Schönheit aus der Asche entstehen zu lassen. Dabei gefällt mir unser Motto „Asche zu Asche" viel besser!

Ach, wie schön, dass unser Lieblings-Feiertag bevorsteht: Halloween! Hast du schon gelesen? Die Schädlinge investieren in diesen

Tag beinahe genauso viel Geld wie in Weihnachten! Und dabei ist er ein ideales Einfallstor für uns. Zu süß, wie sich die Kleinen als Vampire und Untote verkleiden, nicht wahr? Uns ist es egal, wie wir gefeiert werden. Hauptsache, wir können uns in die Köpfe der Kinder einschleichen.

Nun ja, die meisten Schädlinge wissen nichts von den okkulten Wurzeln dieses Festes, das sich aus dem heidnischen Samhain-Tag entwickelt hat. Und wir haben dafür gesorgt, dass sie Halloween als harmlosen Spaß betrachten. Doch Halloween glorifiziert den Tod oder stellt ihn als lustig dar. Ha! Der Feind würde beides nie tun.

Wir haben diesen Feiertag zu einer effektiven Vorstellungsrunde für die dunkle Seite gemacht. Was wir in diesem lustigen Event versteckt haben, ist wie ein Rasiermesser in einem kandierten Apfel.

Fröhliches Halloween!

*Prinz Ishbane*

## Kapitel 43

## 15. Oktober, 18:17 Uhr

„Kann ich mal mit dir reden, Mama?“, sagte Jillian, als sie und Diane das Geschirr vom Abendessen abspülten.

„Natürlich. Allerdings kommt Donovan in einer Stunde vorbei.“

Sie gingen ins Wohnzimmer und setzten sich aufs Sofa. Diane sah ziemlich fertig aus, fand Jillian.

„Rob trifft sich morgen mit Daniel.“

„Das ist gut“, sagte Diane. „Und da er von der Schule geflogen ist und Hausarrest hat, dürfte er ja auch nichts anderes vorhaben.“

„Daniel und ich haben uns in letzter Zeit mehr unterhalten. Ich meine, seit ich ihn um Verzeihung gebeten habe.“

„Auch gut“, sagte Diane. „Und über was wolltest du mit mir reden?“

Jillian atmete tief durch. „Es geht um ... um Donovan.“

„Du kannst ihn immer noch nicht leiden, stimmt's?“

„Also, erst mal möchte ich mich für meine erste Reaktion auf ihn entschuldigen. Ich wollte wohl einfach keinen Ersatzvater.“

„Ach Jilly. Niemand könnte deinen Vater je ersetzen. Das würde ich auch nicht wollen.“

„Das weiß ich. Es ist dein Leben und ich wünsche dir wirklich, dass du glücklich bist, Mama. Ich finde übrigens, dass du eine wirklich tolle Frau bist. Gott hat bestimmt schon jemanden für dich im Sinn. Und wenn du eines Tages wieder heiraten solltest, würde ich unheimlich gern eine der Brautjungfern sein.“

„Das ist lieb von dir, Jilly“, schniefte Diane und wischte sich eine Träne aus dem Augenwinkel. „Eigentlich ist das das Netteste, was ich seit langem gehört habe. Donovan wird sich auch freuen!“

„Aber ... Moment mal, Mama. An Donovan habe ich jetzt eigentlich nicht gedacht, als ich das mit der Wiederheirat gesagt habe. Er ...“

„Warum denn nicht? Er ist ein sehr netter Mann, und übrigens hat er sich auch dir gegenüber viel freundlicher verhalten als andersherum!“

„Aber irgendetwas stimmt mit ihm nicht. Er ... er macht den Eindruck, dass er ständig eine Maske trägt. Als würde er immer nur ein Bild projizieren und nie echt sein.“

„Wie kannst du so etwas sagen? Du kennst ihn doch überhaupt nicht. Du hast ihm nie auch nur die geringste Chance gegeben."

„Rob war zuerst ganz unvoreingenommen und fand ihn recht nett, aber inzwischen ist er auch meiner Meinung."

„Was, ihr habt über Donovan geredet?"

„Natürlich. Du würdest doch auch mit deinem Partner über einen Jungen reden, mit dem ich ausgehe, oder? Rob hat immer wieder versucht, sich mit Donovan über geistliche Themen zu unterhalten, aber er weicht jedes Mal aus und bringt das Gespräch auf Geld, Kreuzfahrten und Reisen auf die Bahamas. Oder er gibt mit seinen vielen Angestellten an."

„Das ist nicht fair! Er hat Rob sogar seinen Wagen fahren lassen!"

„Rob *wollte* ihn mögen. Schon allein wegen dem Wagen", grinste Jillian. „Aber hier geht es nicht um materielle Dinge, sondern um Charakter und die Liebe zu Jesus."

„Donovan ist ein guter Christ."

„Weil er sonntags in die Kirche geht? Ach komm! Ich meine, sogar Nickerson knurrt ihn an!"

„Willst du damit sagen, dass selbst unser Hund etwas mitzureden hat? Soll ich Nickerson mal fragen, was er von Rob hält?"

„Okay, das war Quatsch, du hast Recht. Aber Mama ... ich ... ich möchte einfach nicht, dass du verletzt wirst. Ich bin deine Tochter und auch deine Schwester in Christus. Ich habe wegen dieser Sache viel gebetet und ich hab das Gefühl, dass Gott möchte, dass ich sie anspreche. Es ist so wie damals, als du mich gedrängt hast, mit Brittany zu reden. Es war richtig und wichtig, und ich habe jetzt dasselbe Gefühl. Ich hoffe wirklich, dass ich mich täusche und dass Donovan dich nicht ausnutzt. Aber ich denke, du solltest wachsam sein."

„Komisch – bin ich jetzt plötzlich das Kind und du die Mutter?"

„Nein, und ich möchte mich auch nicht in deine Privatangelegenheiten einmischen. Aber, Mama, sei doch realistisch – dieser reiche, gut aussehende Typ überschüttet dich mit Aufmerksamkeit. Halte einfach die Augen offen, okay?"

Diane stand auf. „Mein Mann ist tot, meine Tochter hat eine Essstörung, mein Sohn ist von der Schule geflogen. Ich fühle mich wie die schlechteste Mutter der Welt, und dann kommt ein Mann daher – ein wunderbarer Mann – und ist nett zu mir, während du dich in Ländern herumtreibst, deren Namen ich nicht mal kenne, oder deine ganze Freizeit mit Rob verbringst ... Und jetzt soll ich mich deswegen noch schuldig fühlen? Ich würde sagen, du lebst dein Leben und lässt mich meins leben – so unbedeutend und klein es auch sein mag!"

Jillian wollte ihre Mutter umarmen, doch Diane stürmte die Treppe hinauf. Aber dann hielt sie noch einmal inne und sah Jillian zornig an.

„Wenn dir noch was einfällt, weswegen ich mich schlecht fühlen sollte, oder eine kleine Freude, die du mir nehmen willst, dann lass es mich wissen!"

Sie rannte die Treppe hinauf und knallte die Tür zu ihrem Zimmer zu.

*

Rob und Ian saßen im Café Delirium und nippten an ihren Getränken.

„Ich sage immer noch, dass ich lieber mit den interessanten Leuten in der Hölle wäre statt im Himmel mit lauter Langweilern", meinte Ian. „Anwesende natürlich ausgeschlossen. Wenn ich einmal die Woche rüberkommen und mit dir was unternehmen könnte, wäre das okay. Aber irgendwie habe ich das Gefühl, dass der Himmel echt 'ne langweilige Angelegenheit sein wird."

„Wie kommst du denn darauf?"

Ian zuckte die Achseln. „Keine Ahnung."

„Also, nach dem, was in der Bibel steht, wird es im Himmel ziemlich cool sein. Dauernd Feten und Bankette und tolle Musik. Gott wird einen neuen Himmel und eine neue Erde erschaffen, die all die guten Dinge von dieser Welt ohne die schlechten haben werden. In dieser neuen Welt werden wir unter anderem auch viel mehr Spaß haben als in der jetzigen, weil sie nicht verschmutzt und kaputt sein wird."

„Das hab ich ja noch nie gehört", meinte Ian. „Ich hab mal als Kind meine Eltern gefragt, wie es im Himmel wohl ist. Sie haben nur geguckt wie Autos, total planlos. Dann sagten sie irgendwas von Geistern, die in den Wolken herumschweben und Harfe spielen. Ätzende Vorstellung! Ich würde sagen, das wird doch nach spätestens der ersten Million Jahre langweilig."

„Na, diese Vorstellung kommt aber nicht aus der Bibel. Könnte wieder so ein Trick des Teufels sein, um die Leute auf eine falsche Fährte zu locken. Ich hab da ein geniales Buch über den Himmel, das leihe ich dir mal."

„Immer her damit – du weißt ja, ich lese alles. Na gut, fast alles.

Übrigens habe ich mal gelesen, dass Mark Twain wegen der Atmosphäre in den Himmel wollte und in die Hölle wegen der Gesellschaft."

„Ich bin mir ziemlich sicher, dass er kurz nach seinem Ableben seine Meinung geändert hat ... Klar, ich weiß auch nicht wirklich, wie es in der Hölle sein wird, aber ich garantiere dir, dass es nicht in die Richtung geht: Nette Kerle sitzen an der Bar und erzählen lustige Geschichten, wenn sie nicht gerade rausgehen, um ein paar Bälle zu werfen. Die Hölle ist der Ort, an dem Gott nicht ist. Und da er alle Freude und Schönheit gemacht hat, wird es da nicht viel zu lachen geben. Alle guten Sachen sind im Himmel!"

„Trotzdem, Robbie, du musst zugeben, dass es einen Haufen Christen gibt, mit denen selbst du nicht unbedingt einen Nachmittag verbringen willst – ganz zu schweigen von der Ewigkeit!"

„Beim Christsein geht es aber nicht um die Leute, sondern um Jesus. Du hast Recht, in der Kirche gibt es jede Menge Spinner und Heuchler. Doch es geht eben nicht darum, was das Bodenpersonal so anstellt, sondern wer Jesus ist und was er sagt."

„Mit Jesus hab ich auch kein Problem", sagte Ian. „Ich respektiere ihn als großen Lehrer."

„Und glaubst du auch an ihn als Sohn Gottes, den einzigen Weg zu Gott?"

„Ach, diese Ausschließlichkeit, die ist genau das, was mich stört. Sicher, man kann Jesus in seiner Bedeutung neben Konfuzius und Mohammed stellen. Aber der einzige Weg? Ich denke nicht ..."

„Doch genau diesen Anspruch hat Jesus angemeldet. Er hat gesagt: *Ich bin der Weg, die Wahrheit und das Leben; niemand kommt zum Vater als nur durch mich.* Klarer geht's wohl kaum. Und das sind seine eigenen Worte, nicht meine."

„Für mich ist das zu engstirnig. Ich glaube ja durchaus an Gott – aber ich maße mir nicht an zu wissen, auf welchem Weg man zu ihm findet und auf welchem nicht. Wer kann das schon wissen? Eins weiß ich aber: Wenn es einen Gott gibt, ist er bestimmt nicht so vernagelt wie du!"

„Erinnerst du dich noch an Ryan, diesen Typen aus Jillians Gemeinde?"

„Ja, klar."

„Mit ihm hab ich mich erst neulich über genau dieses Thema unterhalten. Er hat gesagt, es gibt nur zwei Möglichkeiten: Entweder ist Jesus genau der, der er zu sein behauptete – der Sohn Gottes und der einzige Weg zu ihm. Oder er war ein armer Irrer, der für eine engstirnige Wahnvorstellung einen grausamen und völlig sinnlosen Tod gestorben ist. Eine andere Möglichkeit ist nicht drin."

„Ich sage dir doch, ich respektiere ihn als weisen Lehrer. Aber als Gott? Das ist ein bisschen heftig."

„Aber wenn er nicht Gottes Sohn war, war er auch nicht weise. Dann hat er einen Haufen Lügen erzählt und ist dann total durchgedreht, indem er sich hinrichten ließ."

Ian zuckte die Achseln.

„Denkst du, dass Jesus ein Lügner war?"

„Nein."

„Meinst du, er war verrückt?"

„Nein", sagte Ian und verzog das Gesicht. Sein Blick irrte durch den Raum, auf der Suche nach einem bekannten Gesicht, das ihn aus dieser dummen Lage befreite. Wie kam er jetzt bloß so schnell wie möglich aus dieser Sache raus?

„Dann ist ja nur noch eine Möglichkeit übrig, nicht wahr?", redete Rob ungerührt weiter. „Wenn Jesus kein Lügner oder Spinner war, dann hat er wohl die Wahrheit gesagt. Oder?"

„Ja, aber was ist dann mit den Buddhisten, Hindus und Moslems? Glauben die alle nur an Quatsch?"

„Ich denke, Jesus ist für die Sünde der ganzen Welt gestorben. So steht es in der Bibel. Aber du scheinst anzunehmen, dass jede Weltsicht einfach nur eine bunte Blume im großen Garten der Möglichkeiten ist. Das ist eine nette Sache, aber leider stimmt sie nicht mit der realen Welt überein. Zwei Dinge oder Überzeugungen, die sich widersprechen, können nicht beide wahr sein. Jesus widerspricht der Annahme, dass es viele Wege zu Gott gibt. Er sagt, er ist der einzige."

„Ich habe da so meine Probleme. Und viele Fragen."

„Immer raus damit. Ich habe jede Menge tolle Bücher für dich: *Sehnsucht nach dem unsichtbaren Gott, Der Fall Jesus, Glaube im Kreuzverhör* ... Vorschlag: Ich bringe einen Stapel Bücher mit, und du suchst zwei aus, die wir gemeinsam lesen. Wir kauen sie Kapitel für Kapitel durch. Ist das ein Deal?"

„Was habe ich davon?"

„Ich geb dir jede Woche einen Cappuccino aus. Außerdem biete ich dir eine inspirierende metaphysische Diskussion und das unbändige Vergnügen meiner Gesellschaft an. Na?"

Ian starrte in seine Tasse. „Na gut ... aber ich mach's nur wegen dem Cappuccino!"

*

Jillian kam aus ihrem Zimmer und sah ihre Mutter, die mit dem Ohr an Daniels Tür lauschte. Als sie Jillian sah, wich sie nicht zurück, als wäre sie ertappt worden, sondern winkte sie herbei.

„Mit wem redet er da?"

„Hör zu", flüsterte Diane.

Jillian lauschte ebenfalls.

„Bist du da, Dad?", hörte sie Daniel fragen. „Du hast gesagt, es ist okay, wenn ich das Geld nehme. Aber was, wenn sie mich erwischen? Bitte rede mit mir, Dad."

Diane stieß die Tür auf. Der Raum war finster, aber das Licht vom Flur drang hinein. Daniel saß in einem dicken Sweatshirt auf dem Boden und leuchtete mit einer Taschenlampe auf ein Ouija-Brett. Obwohl das Fenster zu war, war es in dem Raum eiskalt. Jillian roch etwas Unangenehmes. So etwas hatte sie noch nie empfunden. Sie sah Daniel an; seine Augen waren gerötet und standen voller Tränen. Jillian stand da wie angefroren, während ihre Mutter das Brett mit dem Fuß zur Seite kickte und Daniel in die Arme nahm.

„Was ist denn hier los?", fragte Jillian. „Ist alles okay, Daniel?"

Mit einem leisen Wimmern schüttelte Daniel den Kopf.

Diane rief Donovan an und sagte ihre Verabredung ab. Jillian stopfte das Ouija-Brett in die Mülltonne. Zwanzig Minuten später war Greg da, der Jugendpastor, und Daniel erzählte ihm seine Geschichte.

## Brief 43
## Faulgrin, du hoffnungsloser Fall!

Du behauptest immer noch, dass mit Diane alles klar geht. Dass sie sich von Jillian weit entfernt fühlt und wütend auf sie ist, weil sie sich gegen unseren guten Donovan ausgesprochen hat.

Doch das eigentlich Schlimme spielst du herunter – nämlich dass Jillian überhaupt den Mund aufgemacht hat! Unser Plan besagt, dass

Familienmitglieder stets wegsehen sollten. Sie haben zu beschäftigt, zu ängstlich oder zu unentschlossen zu sein, um sich einzumischen. Doch Jillian hat sich eingemischt. Ich frage dich einmal mehr: Was ist aus dem unauffälligen, angepassten Mädchen geworden, das wir für ungefährlich hielten?

Was die Sache noch schlimmer macht: Dein Trick mit der Stimme von Jordan Fletcher ist aufgeflogen! Alle wissen, was du mit Daniel angestellt hast. Das Ouija-Brett ist im Müll gelandet.

Ja, du hast immer noch Einflussmöglichkeiten. Du kannst immer noch zu Daniel sprechen. Doch deine Situation ist brenzlig. Pass auf, dass die betroffenen Parteien nicht zusammenkommen, um für Daniel zu beten. Auch nicht für Diane. Sie soll sich in Donovans Arme werfen, nicht in die des Feindes. Auf keinen Fall darf sie sich an die Verbotene Gemeinschaft wenden, sonst ist Donovan abgemeldet. Lass das nicht zu!

Es stört mich kolossal, dass dieser nervtötende Ryan sich zu Robs Mentor aufschwingt. Er hat ihm unseligerweise klargemacht, dass Jesus entweder tatsächlich Gottes Sohn war – oder ein armer Irrer. Kein „weiser Lehrer" à la Buddha. Zu dumm, dass Rob dies auch gleich Ian erzählen musste. Gut, Ian hat die Logik dieser Sache nicht an sich herangelassen. Aber man weiß nie, was für Früchte die Ideen des Feindes in einem menschlichen Geist hervorbringen.

Auch diese Bücher, die Rob Ian gegeben hat, sind Gift für unsere Sache. Ian liest gern. Baalgore hat das bisher zu unserem Vorteil ausgenutzt, und jetzt müsst ihr dafür sorgen, dass er das Material des Feindes nicht liest! Ich warne dich – es kann dich teuer zu stehen kommen!

Ich mag Ians agnostischen Standpunkt. Er hält sich für eine Art theologische Schweiz, in der geistliche Neutralität herrscht. Zum Glück hat der Zimmermann selbst gesagt: „Wer nicht für mich ist, ist gegen mich." Nette Worte über den Sohn des Feindes sind keine Bedrohung. Gebeugte Knie und offene Herzen sind es, die wir nicht tolerieren können.

Dein Versagen empört mich!

*Prinz Ishbane*

## Kapitel 44
## 27. Oktober, 12:23 Uhr

„Mama", rief Brittany in Richtung Wohnzimmer, „haben wir saure Gurken?"

„Oh, oh, so weit ist es also schon", sagte Sharon Powell, während sie auf einem Bein hüpfte und versuchte, ihren hochhackigen Schuh anzuziehen. „Gestern mussten es Cashewkerne sein, vorgestern Kiwis und am Montag Soleier."

„Tja, heute habe ich die Dillhappen-Phase."

Sharon sah auf ihre Uhr. „Ich habe einen dringenden Termin, Schatz. Ich muss schnell los. Zum Abendessen bin ich nicht zu Hause. Wenn du deine Gürkchen holst, bring dir also gleich für heute Abend etwas zu essen mit. Falls du jetzt schon weißt, auf was du dann Appetit haben wirst!"

Brittany seufzte und legte die Hände über ihren Bauch. Sie spürte einen Tritt. „Ich weiß, ich weiß – dir ist auch nach Gewürzgurken. Nachher, okay?" Sie setzte sich an den Küchentisch und blätterte ziellos durch die Zeitung. Eine Anzeige sprang ihr ins Auge: „Sind Sie schwanger und denken über die Freigabe zur Adoption nach?"

„Also, schwanger bin ich ziemlich sicher", grinste Brittany, die einen weiteren Tritt verpasst bekam. „Du bist ja gut drauf heute, was? Trainierst du schon für Olympia?"

Brittany dachte an all die Sportveranstaltungen, Ausflüge und Feiern, bei denen ihre Mutter gewesen war, um Brittany zuzujubeln. Doch eines Tages hatte sie wieder arbeiten müssen, und aus war's mit dem Zujubeln. Das war, als Brittanys Vater sie verlassen hatte. *Es ist nicht fair, mein Baby ohne Vater aufwachsen zu lassen. Das ist zu hart.*

Sie nahm das Telefon und ging ins Wohnzimmer. Zuerst wollte sie Ians Nummer zu Hause wählen, doch dann fiel ihr ein, dass er ja inzwischen im College sein würde. Die Nummer hatte sie nicht. Sicher konnte sie sie von Jillian bekommen, aber ... sie hatte sich immer gefragt, was Ians Eltern wohl jetzt über sie dachten, jetzt, wo sie schwanger war. Bestimmt gaben sie ihr die Schuld. Doch ein Teil von ihr wollte so gern die Stimme seiner Mutter hören.

„Hallo, Mrs. Stewart. Hier ist Brittany." *Wird sie mich jetzt umbringen?*

„Wie geht es dir, Liebes? Wir haben uns ja so lange nicht gesehen!"

„Äh, na ja", stammelte Brittany überrascht von ihrer Freundlichkeit. „Am Anfang war es ganz schön hart, aber inzwischen geht es mir ganz gut. Die ersten Wochen habe ich mich allerdings ständig nur übergeben."

„Oh Liebes, ich wusste ja gar nicht, dass du krank warst. Du armes Ding, das muss ja schlimm gewesen sein, wo du doch eigentlich trainieren müsstest, nicht wahr?"

„Trainieren?"

„Ja, deshalb bist du doch so früh ins College aufgebrochen, oder? Du bist doch auf der San Diego State, nicht wahr? Wie läuft es denn?"

Langsam dämmerte es Brittany. Dieser egoistische, verantwortungslose Mistkerl hatte ihnen keinen Ton gesagt!

„Äh, also, ich bin etwas in Eile. Lassen Sie uns doch ein anderes Mal weiterplaudern, ja? Ich wollte nur schnell Ians Telefonnummer haben, ich hab sie irgendwie verlegt."

Nachdem sie die Nummer und alle guten Wünsche für die Spielsaison von Ians Mutter entgegengenommen hatte, legte Brittany auf. Sie atmete tief durch und wählte dann Ians Nummer am College.

„Hallo?"

„Ian, hier ist Brittany." Schweigen. „Sieh mal, du musst gar nichts sagen – eigentlich will ich sogar, dass du den Mund hältst. Ich wollte dich nur wissen lassen, dass ich das Baby nicht zur Adoption freigeben werde. Ich behalte es." Sie schluckte schnell den Kloß im Hals runter. „Ich will von dir kein Geld, und ich werde nicht mal deinen Namen auf die Geburtsurkunde setzen lassen. Du musst also keinerlei Verantwortung für uns übernehmen."

„Britt ..."

„Wenn das Baby geboren ist, ziehe ich nach Kalifornien." *Falls ich vorher im Lotto gewinne*. „Das macht es einfacher für alle Beteiligten. Das Einzige, was ich noch von dir wissen muss, ist, ob ich dem Kind von seinem Vater erzählen soll oder nicht. Ich muss ja keine Namen nennen; du musst also nicht befürchten, dass es eines Tages bei dir an die Tür klopft."

„Du rufst einfach so mir nichts, dir nichts an und erwartest eine spontane Antwort auf so eine Frage?!"

„Nein, Ian. Darüber hättest du dir schon längst Gedanken machen sollen, und zwar jeden Tag der letzten sechs Monate, statt dir und allen anderen in die Tasche zu lügen."

„Du hast keine Ahnung, wie hart es für mich war. Ich ..."

„*Ich* habe keine Ahnung? Ich bin doch diejenige, die drei Monate ununterbrochen gekotzt hat. Ich sehe aus wie ein Walross, ich habe Wadenkrämpfe, ich bin ständig todmüde, heule wegen nichts und bin rundum ein Wrack. Während deine Mutter denkt, dass ich im Volleyballteam der San Diego State spiele, liege ich nachts wach und zermartere mir das Hirn, ob ich das Baby abgeben oder behalten soll. Soweit ich weiß, hast du nur mal gekotzt, wenn du dich auf einer Party hast voll laufen lassen. Wag es nicht, mir vorzuheulen, wie hart es für dich gewesen ist!"

Sie knallte den Hörer auf. Am liebsten hätte sie laut geschrien, doch stattdessen kamen nur erstickte Schluchzer aus ihrer Kehle.

*

Alle breiteten sich im Wohnzimmer der Fletchers aus, schlürften Tee, Kaffee und Wasser und knabberten Salzstangen. Jillian saß neben Jodi und ihrer Mutter auf dem Sofa, Greg und Kristi gegenüber auf den Sesseln und Ryan hockte auf dem Boden.

„Also, ich wünschte inzwischen, ich hätte diese ganzen ach so harmlosen Hexen-Filme nicht gesehen. Mich haben sie eher abgeschreckt, aber für Brittany waren sie wohl so eine Art Einstiegsdroge. Ich mache mir echt Sorgen um sie!"

„Und ich habe nie etwas gegen diese Art Filme gesagt", seufzte Diane. „Daniel hat mir gesagt, dass er aus diesen Kinderbüchern von Teddy Ruxpin das erste Mal etwas von einem Ouija-Brett gehört hat. Ich hab die Bücher selbst gelesen und mir nichts dabei gedacht. Was bin ich bloß für eine Mutter!"

„Ach Mama, mach dir keine Vorwürfe. Ich habe ihm *Harry Potter* zu Weihnachten geschenkt, was soll ich denn sagen?"

„Hm, das ist ja auch schwer zu beurteilen. Im Grunde sind diese Bücher ja harmlos. Aber letztlich führen sie doch zu einer gewissen Abstumpfung gegenüber Hexerei und so weiter", sagte Greg nachdenklich. „Die Protagonisten benutzen übernatürliche Kräfte, um Gutes zu bewirken, und der Gott der Bibel hat nichts damit zu tun. Was wiederum eigentlich gar nicht geht. Die Message ist subtil, aber sie ist da."

„Ich hatte immer Angst, dass Daniel mich hassen würde, wenn ich ihm den Computer wegnehme. Und als ich das mit dem Ouija-Brett entdeckt und euch angerufen habe, war ich ganz sicher, dass er mich hassen würde. Na ja, er ist auch wirklich stinksauer. Aber lieber soll er sauer sein, als dass er sich sein ganzes Leben verpfuscht. Ich hab versucht, ihm zu erklären, dass ich mich einmische, weil ich ihn lieb habe ..."

„Du bist seine Mutter – du *sollst* dich einmischen!", sagte Greg. „Viel zu viele Eltern in unserer Gemeinde lassen ihre Kids einfach sehen und machen, was sie wollen. Manche wollen gar nicht wissen, was die Kinder treiben."

„Die Jugendgruppe hat uns da wirklich die Augen geöffnet", bestätigte Kristi. „Meine Eltern wollten damals schon wissen, was ich mache, wer meine Freunde waren und was wir uns für Filme ansahen. Das war ganz selbstverständlich und sie haben sich nicht dafür entschuldigt. Doch die Kids dieser Generation – die haben Geld, Autos und Zeit zur freien Verfügung."

„Klingt schlimm, aber ich habe das Gefühl, dass viele Eltern ihre Kinder total aufgegeben haben", sagte Greg. „Sie überlassen sie einfach ihrem Schicksal – und damit dem Teufel."

„Ich habe damals den Film *Der Exorzist* im Kino gesehen", schauderte Jodi. „Danach hatte ich noch jahrelang Alpträume. Aber dann habe ich in der Bibel einen Vers gefunden, der besagt, dass Gott größer ist als der Fürst dieser Welt und dass wir uns nicht zu fürchten brauchen."

„Das hat Greg Daniel auch gesagt und es schien bei ihm anzukommen", sagte Diane. „Daniel war überzeugt davon, dass er noch vor seinem 16. Geburtstag sterben würde, weil das Ouija-Brett ihm das gesagt hat. Aber Greg konnte ihn überzeugen, dass nur Gott den Tag unseres Todes kennt und nicht die Dämonen. Sie versuchen nur, ihm Angst zu machen und er hat es zugelassen. Doch er muss sich immer noch unbedingt an Gott wenden."

„Weißt du, was Daniel wirklich beeindruckt hat?", sagte Ryan und sah dabei Diane an. „Das war, als du ihn um Vergebung gebeten hast, weil du nicht wirklich auf ihn eingegangen bist. Du hast gesagt, du hättest ihm vieles gegeben, was er wollte, aber nicht genug von dem, was er brauchte. Wie lange habt ihr eigentlich geredet?"

„Zwei Stunden – mehr, als wir im ganzen letzten Jahr miteinander geredet haben. Als ihm klar wurde, dass ich ihn wirklich verstehen will und nicht verurteilen, war es, als wäre ein Damm gebrochen. Er hat mir vieles erzählt, wovon ich keine Ahnung hatte. Manches war ganz schön hart. Doch ich habe das Gefühl, dass ich meinen Sohn wieder zurückbekommen habe. Jordan hatte ein viel besseres Verhältnis zu ihm als ich. Aber jetzt ..." Ihre Stimme brach. „Ich hoffe nur, dass es nicht zu spät ist."

„Es ist nie zu spät für Gottes Eingreifen", sagte Jodi. „Daniel steht ganz schön unter Beschuss. Aber wer weiß, vielleicht hat der Teufel es besonders auf ihn abgesehen, weil Gott etwas Großes mit ihm vorhat?"

„Nicht nur Daniel steht unter Beschuss", gestand Diane. „Ich habe mich mit Donovan eingelassen, weil ich einfach dachte, ich brauche die Aufmerksamkeit eines Mannes."

„Huch, heißt das, du bist fertig mit ihm?", fragte Jodi überrascht.

„Hm, nein. Aber Jillian hat mir einige unbequeme Dinge gesagt, über die ich nachdenken muss. Und so lange lasse ich es mit ihm erst mal langsam angehen."

„Das klingt vernünftig", sagte Jodi.

„Ach so, ich wollte euch noch was erzählen", sagte Jillian. „Brittany hat mir gesagt, dass Skyla einen Fluch über mich ausgesprochen hätte."

„Was?", fragte Jodi.

„Ach, das ist eine lange Geschichte. Skyla ist eine Hexe, oder zumindest hält sie sich für eine. Zuerst hatte ich ziemlich Angst, aber Kristi hat mir dann diese Bibelstellen gezeigt, die besagen, dass der Teufel mir nichts anhaben kann, wenn ich in Gottes Hand bin."

„Das hat dir wirklich geholfen?", fragte Greg.

„Total! Vor allem 1. Petrus 5,7: *Alle eure Sorgen werft auf ihn, denn er sorgt für euch*. Aber lasst uns jetzt für Daniel beten, ja?"

„Und für Ian und Brittany", sagte Ryan. „Sie sind noch lange nicht aus dem Gröbsten raus."

„Wir könnten auch für Skyla beten", sagte Jodi. „Sie weiß vermutlich nicht, auf was sie sich da eingelassen hat!

## *Brief 44*

*Mein intoleranter Foulgrin,*

pass auf, dass Ian nicht seine Abneigung gegen den Ausschließlichkeitsanspruch des Zimmermanns verliert. Solange sie den Zimmermann falsch verstehen, ist alles andere völlig unwichtig!

Diese Versammlung im Wohnzimmer war mir ein Gräuel. Ich kann es nicht ausstehen, wenn sie ihre widerlichen kleinen Köpfe gemeinsam neigen, aus dem Verbotenen Buch zitieren und all das. Der Feind hat sie so geschaffen, dass sie einander brauchen. Unser Ziel ist daher das Gegenteil: Reiße sie auseinander, isoliere sie, verfeinde sie miteinander. Die Tore der Hölle können Individuen widerstehen, aber nicht Gemeinschaften.

Ich freue mich über jede neue Hexen-Fernsehserie, jedes Magie-Buch und jeden Zauberkasten, die auf den Markt kommen. Lauter kleine Harmlosigkeiten, die unseren wahren Schlag vorbereiten. Wir beginnen mit subtilen Einflüssen und enden mit totaler Herrschaft.

Unsere Rache wird süß sein,

*Prinz Ishbane*

## Kapitel 45
## 31. Oktober, 19:08 Uhr

Ian saß auf seinem Bett in seiner Studentenbude und stützte den Kopf in die Hände. Brittanys Worte verfolgten ihn seit Tagen und raubten ihm den Schlaf.

Die Tür öffnete sich und Rob kam hereinspaziert, eine Bibel und ein weiteres Buch unter dem Arm.

„Fröhliches Halloween“, sagte er und reichte ihm das Buch *Der Fall Jesus*. „Ich weiß ja, dass das dein Lieblingsfest ist.“

Ian reagierte nicht.

„Was ist los, Amigo?“

„Brittany ist los, mal wieder.“

„Was ist mit ihr?“

„Sie ist immer noch schwanger.“

„Ach was! Soweit ich gehört habe, ist das eine Art 9-Monats-Geschichte.“

„Noch könnte man das Problem beseitigen. Die Möglichkeit gibt es.“

„Ja – genauso wie es die Möglichkeit gibt, einen Auftragskiller auf deine Eltern anzusetzen“, sagte Rob. „Aber das macht es ja nicht richtiger.“

„Sie wird das Kind nicht nur bekommen und dann zur Adoption freigeben“, sagte Ian. „Jetzt will sie es auch noch behalten! Ist das zu fassen?“

„Das ist doch nur natürlich. Ich kann sie gut verstehen.“

„Mann, ich hätte nie gedacht, dass du mal was Nettes über Brittany sagen würdest.“

„Warum? Ich bin doch voll auf ihrer Seite. Sie tut das einzig Richtige und ich habe Hochachtung vor ihrer Entscheidung.“

„Du hast Hochachtung vor Brittany? Das würde sie wohl selbst nicht glauben!“

„Habe ich mich ihr gegenüber wirklich so negativ verhalten?“

„Du hast es nie direkt ausgesprochen, aber es war nicht zu übersehen, dass sie dir nicht gepasst hat. Was mich und dich angeht, macht es mir nichts aus, wenn wir entgegengesetzter Meinung sind. Du kannst dich verhalten wie ein Arsch und ich kann damit leben. Brittany ist da anders."

„Hab ich mich wirklich wie ein Arsch verhalten?"

„An guten Tagen. Ansonsten bist du aber ganz okay."

„Aha. Na gut. Aber du bist auch nicht gerade ein Prinz gewesen. Sagen wir's mal so – es wäre nicht schlecht, wenn du Brittany ein paar Blumen und einen netten Brief schicken würdest. Sag ihr, dass du ein Idiot warst. Dass du sie in jeder Hinsicht unterstützen willst. Egal was."

„Was ich ihr zu sagen hätte, will sie nicht hören. Ich denke nämlich immer noch, dass sie es wegmachen lassen sollte."

„Das wird sie aber nicht tun, Gott sei Dank. Sie hat sich schon vor Monaten für das Kind entschieden. Sie ist im sechsten Monat. Verhalte dich endlich wie ein Mann, Ian!"

„Mann, wir können uns das nicht leisten. Wir haben unser ganzes Leben noch vor uns – die Schule, die Karriere. Sie wollte Chirurgin werden!"

„Weißt du noch, als wir uns über all die finsteren Sachen in deinem Zimmer unterhalten haben und ich dir lauter Bibelstellen zitiert hab? Damals hast du gesagt, du würdest ja schließlich keine Kinder opfern oder so ähnlich. Aber eigentlich willst du jetzt genau das: ein Kind deinen Plänen und deiner Bequemlichkeit opfern."

„Das meinst du doch nicht im Ernst!"

„Und ob. Und ganz tief in dir drin weißt du, dass es stimmt."

„Stopp, das reicht jetzt", sagte Ian und hielt eine Hand hoch.

„Es ist auch alles gesagt", stimmte Rob zu. „Eigentlich wollte ich dich sowieso nur zu diesem Bibelkreis bei Jeff heute Abend einladen. Hast du Lust mitzukommen?"

„Äh, na ja ... ich hab noch Hausaufgaben zu machen und so, weißt du ..."

„Wenn du es dir anders überlegst, ich bin noch eine Viertelstunde da."

„Ja, okay."

„Sieh mal, Ian, wo ich schon mal hier stehe – hast du was dagegen, wenn ich dir ein paar Bibelverse vorlese?"

„Das passt jetzt ehrlich gesagt nicht so gut."

„Aber wenn du heute Abend nicht mitkommst, wer weiß, wann die nächste Gelegenheit ist? Es dauert auch nur eine Minute."

Ian zuckte hilflos mit den Achseln und Rob schlug seine Bibel auf.

„Es ist aus Apostelgeschichte 19. Zuerst wird davon berichtet, wie die Apostel böse Geister austreiben. Dann versuchen es auch ein paar andere Leute, sieben Brüder, aber die wissen nicht, auf was sie sich da eingelassen haben. Sie plappern einfach so daher, doch der böse Geist ist viel stärker als sie, weil sie zwar den Namen Jesus benutzen, aber nicht mit seiner Vollmacht ausgestattet sind. Und jetzt kommt's: ‚Der Besessene fiel über sie her und schlug sie alle zu Boden. Blutend und halb nackt mussten sie aus dem Haus fliehen.'"

„Oh Mann, das war sicher schmerzhaft."

„Weißt du, was ich aus dieser Geschichte lerne, Ian?"

„Nein. Aber ich wette, du wirst es mir gleich verraten!"

„Man sollte mit der Geisterwelt nicht herumspielen. Diese sieben Jungs haben die Kraft der Dämonen unterschätzt und das geht jedem so, der mit den Geistern flirtet und sie in sein Leben hineinlässt. Man kann Geister nicht benutzen; man wird höchstens von ihnen benutzt."

„Das ist wohl deine Warnung an deinen heidnischen Freund Ian, was?"

„Ja, das ist es. Aber die Story geht noch weiter. Gleich danach passiert etwas Unglaubliches. Hier: ‚Die Geschichte wurde in ganz Ephesus bekannt. Juden wie Nichtjuden erschraken, und sie ehrten und priesen den Namen Jesu, des Herrn. Zahlreiche Christen gaben zu, dass sie früher Zauberkünste getrieben hatten. Viele von ihnen brachten ihre Zauberbücher und verbrannten sie öffentlich. Man schätzte, dass die verbrannten Bücher 50.000 Silberstücke wert waren. So erwies die Botschaft des Herrn ihre Macht und breitete sich immer weiter aus.'"

„So, sind wir jetzt fertig, Herr Pastor?"

„Fast. Weißt du, das war lange vor Gutenberg. Bücher gab es nur als Unikate, und sie waren extrem wertvoll. Diese 50.000 Silberstücke entsprachen einem Wert von heute fünf Millionen Dollar!"

„Warum würde jemand so viel Kohle verbrennen, wenn man die Bücher doch hätte verkaufen und mit dem Geld hätte Gutes tun können?"

„Weil es böse Bücher waren. Sie mussten zerstört werden, damit sie auf ihre Besitzer keinen Einfluss mehr hatten – und auch auf niemand anderen. Wenn jemand zu Christus kam, trennte er sich von all seinen alten Belastungen."

„Und was soll ich deiner Meinung nach jetzt machen? Mein Bücherregal abfackeln?"

„Also, ich würde die Bücher vielleicht rausbringen, aber im Grunde meine ich genau das, ja. Weißt du noch, wie ich dieses Buch über Selbstmord verbrannt habe?“

„Klar.“

„Du würdest nicht glauben, was das bewirkt hat! Seitdem fühle ich mich richtig befreit. Es hatte mich im Griff, und ich hab es nicht mal gemerkt!“

„Ich hege aber keine Selbstmordgedanken.“

„Aber du bist voll im Einflussbereich des Okkulten! Diese Bücher blenden dich. Weißt du, es findet die ganze Zeit ein Kampf um deine Seele statt, und die Bücher ziehen dich auf ihre Seite. Du solltest sie loswerden. Genau wie Daniel. Ich habe ihm angeboten, sein Ouija-Brett aus dem Müll zu holen und es gemeinsam zu verbrennen.“

„Und, was hat er gesagt?“

„Er ist noch nicht so weit. Aber ich bete dafür, dass er es bald ist, und so lange habe ich das Ding in Gewahrsam genommen. Und ich bete auch, dass du bald nichts mehr mit den Dingen zu tun haben willst, die der Teufel dir untergejubelt hat.“

„Wie wäre es, wenn wir mal was ganz Neues ausprobieren, Rob? Wenn ich Wert auf deine Meinung lege, sage ich es dir. Okay?“

„Sorry, Mann. Vielleicht war das ein blöder Zeitpunkt, und vielleicht habe ich es ungeschickt ausgedrückt. Aber ich musste es dir unbedingt sagen!“

„Vielleicht gibt es einfach keinen unblöden Zeitpunkt, so etwas zu sagen. Vielleicht solltest du einfach die Klappe halten. Ist dir dieser Gedanke schon mal gekommen?“

„Du bist mein Freund, und Freunde müssen einander die Wahrheit sagen. Jillian und ich versuchen das auch immer.“

„Schön für Jillian und dich. Geh doch und rede noch ein bisschen mehr mit ihr, wie wär’s damit?

Rob legte ihm die Hand auf die Schulter. „Tut mir Leid, Mann. Mein Fehler! Was geht sonst ab? Sehen wir uns morgen?“

Ian zuckte die Achseln. *Ich würde nicht drauf wetten.*

Kaum war Rob draußen, da kam Bailey hineinspaziert. „Hey, Alter, hast du gehört, dass die von der Verbindung Kappa Sigma eine Mörder-Halloween-Party schmeißen? In Jack Morleys Garten gleich neben dem Park. Komm schon, ich fahre!“

Einen Moment lang schoss der Gedanke an Ricky Tibbs und seine bangen Minuten am Rand eines Abgrundes durch Ians Kopf. Irgendetwas riet ihm, nicht zur Party zu gehen. Doch eine andere Stimme sagte, dass alles besser war als in seinem Zimmer allein herumzuhocken.

*

Das Nächste, was Ian wahrnahm, war eine Menge Leute und laute Musik in einem großen Garten.

„Ganz schön kalt hier“, sagte Ian. „Können wir nicht reingehen?“

„Nein“, meinte Bailey. „Morleys Eltern sind zwar weg, aber die würden das Bier und das Dope bestimmt riechen. Hey, Mann, du siehst unlocker aus. Weiberstress? Wer braucht die schon! Hol dir einen Drink, das wird dir helfen.“

Ian musste wieder an Brittany denken. Irgendwie hatten seine Eltern es rausgefunden. Sie meinten, dass Brittany keinen guten Einfluss auf ihn ausübte und dass er sich auf sein Stipendium konzentrieren solle. Vielleicht wäre diese Schwangerschaft sogar ein Trick, um ihn an sich zu binden, und er solle sich lieber von ihr fern halten.

*Ich brauche echt was, um meine Nerven zu beruhigen*, dachte Ian. *Aber heute besaufe ich mich auf keinen Fall. Das schwöre ich!*

Er holte sich ein Bier und sah, wie Bailey seinem anderen Mitbewohner Luke eine Papiertüte reichte. Luke spähte hinein und rief begeistert: „Hoho! Achtung! Alle mal herhören!“

Die Musik dröhnte so laut, dass nur ein paar Leute sich umdrehten. „Wenn irgendjemand das Bedürfnis hat, eine Dosis Marihuana zu sich zu nehmen, möge er sich bitte hier anstellen“, verkündete Luke. Alle lachten, und ein weiterer Typ überreichte Luke höchst zeremoniell die Pfeife.

Ian wandte sich ab. Ein paar Bierchen waren genug für ihn. Schließlich war er kein Junkie. Schnell nahm er sich das nächste Bier.

Drei Stunden später fragte sich Ian, wo die Zeit geblieben war. Eigentlich hatte er nicht viel getrunken, vielleicht sechs Bier. Trotzdem fühlte er sich schwach. Nebel war aufgestiegen und jetzt fing es auch noch an zu nieseln. Alle schimpften und jammerten, und als das Nieseln zu einem ausgewachsenen Regenguss wurde, rannten alle kreischend durcheinander.

„Ich mach mich vom Acker“, verkündete Bailey. „Kommst du mit?“

Ian nickte und quetschte sich neben Bailey in den Honda. Beinahe scheiterte er am Sicherheitsgurt, doch dann rastete er doch noch ein.

Einen Moment lang fragte sich Ian, ob Bailey zu besoffen war, um noch zu fahren, doch dann sagte er sich, dass er bisher schließlich auch immer in einem Stück zurückgekommen war. Außerdem war es ja nicht weit.

Bailey hatte die Wischer nicht eingeschaltet und auch die Scheinwerfer wirkten ziemlich schwach. Oder waren sie gar nicht an?

Bailey fuhr ziemlich schnell für die Wetterverhältnisse und nahm die Kurven wie ein Rennfahrer. Vor ihnen erblickte Ian drei Gestalten, die im Nebel und Regen undeutlich am Straßenrand zu erkennen waren. Er war erleichtert, als Bailey langsamer wurde. Er fuhr reichlich dicht an ihnen vorbei und Ian hörte sie fluchen.

Bailey schoss um eine Kurve, ignorierte ein Stoppschild und fuhr hart gegen den Randstein. Fluchend riss er den Wagen herum, und Ian sah einen Schatten genau vor ihnen. Wild kurbelnd versuchte Bailey auszuweichen, doch Ian hörte einen dumpfen Knall und dann rutschte etwas Grünes, Schweres über die Motorhaube und die Windschutzscheibe und verschwand nach hinten. Bailey verlor die Kontrolle über den Wagen, und er begann sich rasend schnell zu drehen. Das Letzte, was Ian vor dem Aufprall hörte, war sein eigener Schrei.

## Brief 45

Mein niederer Foulgrin,

schon wieder hast du mit „Lord" unterschrieben. Wirst du es denn nie lernen?

Wenn du noch ein As im Ärmel hast, ist jetzt die Zeit, es herauszuziehen. Ian ist dein ideales Opfer. Seine Warnantennen sind eingefahren, er ist faul und sorglos. Er hat sozusagen den Zündschlüssel seiner Seele stecken lassen und die Tür steht sperrangelweit offen. Nimm ihn!

Die Einmischung von Ryan, Jodi, Greg und Kristi ist im höchsten Maße störend. Unser höchster Wunsch ist es, dass die christlichen Erwachsenen sich nicht um die Jugendlichen scheren. Sie sollen sich lieber mit der Frage beschäftigen, ob der Gemeindeparkplatz gepflastert werden muss. Sie sollen sich schaudernd abwenden, wenn ein gepiercter Teenager in ihrer Gemeinde auftaucht. Das garantiert, dass dies nicht allzu oft passiert. Sie sollen für „so welche" keinen

Platz in ihrer Mitte haben. Gut so! Denn wir haben jede Menge Platz für sie!

Pass auf, dass die Erwachsenen nie nach einem gemeinsamen Nenner mit den Teens suchen. Sie dürfen nicht über Filme, Musik und Spiele der Jugendlichen Bescheid wissen und sie am Ende gar als Diskussionsgrundlage benutzen! Sie sollen immer reden, nie zuhören. Antworten geben und nie fragen. Ihre Meinung aufdrängen, bis das Gewinde der Schraube durchdreht und nicht mehr greift.

Statt Wärme und Ehrlichkeit sollen sie den Jungschädlingen das Gefühl vermitteln, dass sie fast unerträglich sind. Sie dürfen auf keinen Fall von ihren eigenen Fehlern, Kämpfen und Erfahrungen erzählen, und schon gar nicht darf durchsickern, dass auch sie immer noch versagen und lernen.

Ach, ich liebe das Fernsehen! Selbst wenn nur noch moralisch einwandfreie Programme laufen würden, würde es immer noch den Zweck erfüllen, die Schädlinge von der Kommunikation miteinander abzuhalten. Bedeutsame Gespräche erfordern immer Zeit. Aber Eltern und Teenager verbringen so gut wie nie einfach Zeit miteinander. Oder kennst du eine Familie, die oft zusammen spazieren geht oder so etwas? Wenn sie nicht vor der Glotze sitzen, gehen sie ihren eigenen Beschäftigungen nach. Das gemeinsame Abendessen ist wie eine Bushaltestelle. Gespräche beschränken sich auf das Nötigste. Eilig, oberflächlich. Perfekt!

Was tun wir nun aber im Hinblick auf diese unsägliche Jugendgruppe, die Greg und Kristi und ihre Kohorten leiten? Zuerst isoliere die Jungschädlinge von den Erwachsenen. Lass sie denken, dass die Gesamtgemeinde sie nichts angeht. Uninteressant. Überflüssig, dort rumzusitzen. Der Feind will die Kluft zwischen den Generationen in seiner Verbotenen Gemeinschaft überbrücken. Wir wollen sie erweitern.

Was den Jugendpastor angeht – er soll nur weiter Geschichten erzählen, Spiele machen, Pizza ausgeben und lauter lustige Dinge tun – Hauptsache, er lehrt sie nicht wirklich die Worte aus dem Verbotenen Buch.

Es freut mich zu hören, dass immerhin wenigstens Jillian seltener im Verbotenen Buch liest. Es sei denn, um sich für Tests vorzubereiten. Auch ihre Gespräche mit von uns fehlgeleiteten Mitstudenten sind ganz in unserem Sinne. Es ist viel effektiver, die Bibel falsch zu interpretieren, als sie zu verleugnen. Greif das Verbotene Buch niemals an, wenn du es zu unserem Vorteil einsetzen kannst!

Denk strategisch!

*Prinz Ishbane*

# Kapitel 46
## 31. Oktober, 22:58 Uhr

Baileys Auto krachte gegen einen Telefonmast. Ian wurde nach vorn geschleudert, wo ihn schon der Airbag in Empfang nahm. Er hustete und würgte. Dann öffnete er die Augen und meinte, Rauch zu sehen.

„Bailey! Wir müssen hier raus, Mann!"

Ian versuchte, die Tür zu öffnen. Während er nach dem Türöffner tastete, sah er, dass sich das, was er für Rauch gehalten hatte, als weiße Schicht auf den Wagen senkte. Kein Feuer. Er hörte Bailey fluchen und schaffte es, die Tür zu öffnen und seitlich ins Gebüsch zu kippen. Der Wagen hing mit der Nase in der Luft an dem Mast, der Motorblock total eingedrückt.

Der Unfall hatte einen ernüchternden Effekt auf Ian. Einen Moment lang dachte er, dass sie ein Riesenglück gehabt hatten. Wieder durchströmte ihn dieses Gefühl der Unbesiegbarkeit. Er hatte mal wieder überlebt. Das Adrenalin kreiste in seinem Körper und er fühlte sich großartig.

Dann fiel ihm der Aufprall und das grüne Ding auf der Motorhaube wieder ein.

Ian spähte nach hinten auf die Straße. Zwei Autos hatten angehalten und im Scheinwerferlicht sah er, wie sich kostümierte Gestalten über etwas beugten, das auf der Straße lag.

Langsam ging Ian auf die Gruppe zu und verrenkte sich fast den Hals, um zu sehen, was es war. Durch die Beine der Umstehenden konnte er einen grünen Wintermantel erkennen. Er spürte, wie sich sein Hals zusammenzog.

„Oh Gott ..."

Das Gesicht nass vom Regen, drängte sich Ian nun rücksichtslos durch die Umstehenden und kniete sich neben die Gestalt am Boden.

„Oh bitte nicht!" Er blinzelte und hoffte, dass seine Augen ihm einen Streich spielten. „Oh bitte, lass es nicht Rob sein!"

Doch er war es.

Aber wie? Logisch, er kam von seinem Bibelkreis. Aber warum zu Fuß?

Ians Blick ließ Robs Gesicht nicht los, während er schrie: „Schnell, ruft doch jemand den Notarzt!“ Eine Frau hatte bereits ihr Handy in der Hand und wählte die Nummer.

Rob bewegte sich leicht und stöhnte dabei auf. Sein Gesicht war schmerzverzerrt, sein Körper seltsam verdreht – der Winkel, in dem sein Unterleib zu seinem Oberkörper lag, war anatomisch völlig unmöglich.

„Halt durch, Rob“, krächze Ian. „Bitte halt durch.“

„Ian?“

„Ja, ich bin da. Dich hat es ziemlich böse erwischt. Beweg dich nicht, okay?“ Ian versuchte, den Kloß in seinem Hals herunterzuwürgen. Er zitterte wie Espenlaub. „Der Notarzt ist bestimmt gleich da. Ich bleibe bei dir!“

„Okay“, stieß Rob hervor. „So ist das also, Gott.“

„Was sagst du, Robbie? Hey, bleib bei mir, Kumpel!“

Rob sprach in abgehackten Sätzen. „Ich habe gebetet, dass Gott alles tut, was nötig ist, damit du ihn findest.“ Er hustete und aus seinem Mundwinkel lief etwas Blut.

„Halt durch, Mann“, flehte Ian ihn an. „Hilfe ist unterwegs.“

„Hör mir zu, Ian“, sagte Rob mit klarerer Stimme, in die er seine ganze Kraft zu legen schien. „Du bist leer. Du brauchst Jesus. Nichts anderes ist gut genug für dich.“ Sein Gesicht war leichenblass und seine Augen halb geöffnet. „Hörst du mich, Ian?“

„Ja, ich höre dich. Aber sag jetzt nichts mehr, ja? Ich höre schon die Sirenen. Sie kommen. Da sind sie schon!“

Rob sah über Ians Schulter. „Ja, ich sehe sie auch.“

Ian drehte sich um, doch hinter ihm war niemand. Als er sich wieder Rob zuwandte, sah er nur noch eine leere Hülle vor sich. Seine Augen blickten ins Leere. Wie ein verlassenes Haus, in dem keine Lichter brennen.

„Rob!“, schrie er. „Rob!!!!“

Ein Feuerwehrauto hielt neben ihnen, und gleich dahinter der Krankenwagen.

„Schnell!“, brüllte Ian. „Er stirbt!“

Hinter den Notärzten kamen zwei Polizisten. „Okay, bleiben Sie jetzt bitte zurück“, sagten sie zu Ian. „Sind Sie sein Freund?“

Der Notarzt fühlte Robs Puls.

„Ja, ich ... äh ...“

„Wie ist sein Name?"

„Rob. Rob Gonzales. Er ist doch nicht ... ist er?"

Die Ärzte zogen Rob eine Sauerstoffmaske über das Gesicht. „Puls wird schwächer. Hinein mit ihm." Sie hoben ihn auf eine Bahre und trugen ihn zum Krankenwagen.

*Wie ist das alles nur passiert? Warum in Gottes Namen ist er mitten in der Nacht auf der Straße rumgelaufen?*

„Was für einen Wagen fährt Mr. Gonzales?", wollte der Polizist wissen.

„Einen schwarzen Impala. Tiefer gelegt."

„Der steht ein paar Kilometer die Straße runter. Vermutlich liegen geblieben." Der Beamte deutete auf Baileys Wagen. „Sind Sie in diesem Auto gefahren?"

Ian nickte.

„Und dieser junge Mann war der Fahrer?"

Ian sah Bailey an, der an einem Baum lehnte und sich erbrach, während ein anderer Polizist wartend danebenstand. „Hm-hm."

Der Polizist leuchtete Ian mit der Taschenlampe ins Gesicht. „Haben Sie getrunken?"

„Nicht viel ... wird er durchkommen?", fragte Ian. „Ich dachte schon, er wäre tot. Aber der Arzt sagte gerade etwas von einem schwachen Puls. Dann lebt er doch noch, oder?" Ian hörte selbst, dass er lallte. Er zitterte am ganzen Körper.

„Sie tun alles für ihn, was menschenmöglich ist. Beantworten Sie mir jetzt meine Frage. Hat der Fahrer des Wagens getrunken?"

„Ja. Ja, hat er. Okay? Ich habe ihn nicht daran gehindert, ins Auto zu steigen. Es ist meine Schuld. Es ist alles meine Schuld."

„Wie viel hat er getrunken?"

„Ich weiß nicht, ich hab ja nicht mitgezählt." Er rannte zum Krankenwagen, stolpernd und keuchend. „Rob, es tut mir so Leid! Es tut mir so Leid! Ich hätte mit dir gehen sollen!" Die Tür schloss sich vor ihm und der Krankenwagen fuhr mit heulenden Sirenen los.

Ian saß am Straßenrand im Dreck und sah zu, wie Bailey durch sämtliche Alkoholtests fiel. Dann musste er in das berühmte Röhrchen blasen.

„Wohin bringen sie Rob?", fragte Ian den Polizisten.

„In die Notaufnahme der Portland-Klinik."

„Informiert jemand seine Eltern?"

„Ja, mein Partner hat die Nummer schon ausfindig gemacht und sie angerufen."

„Ich muss zu ihm!"

„Ich habe da noch ein paar Fragen offen, Junge. Aber die kann ich Ihnen auch auf dem Weg ins Krankenhaus stellen. Ich fahre Sie hin."

Monoton antwortete Ian auf alle Fragen und dachte die ganze Zeit daran, dass er gleich Robs Eltern ins Gesicht sehen musste. Und ... oh nein!

„Hey", sagte Ian. „Es müsste noch jemand informiert werden."

*

Jillian lehnte über dem Waschbecken und reinigte gerade ihr Gesicht mit einem Schaumgel. War das eben das Telefon? Schnell schnappte sie sich ein Handtuch und rannte zum Apparat.

Sie warf einen Blick auf die Uhr. Zehn vor zwölf. *Also wirklich, Britt. Halloween hin oder her – morgen müssen wir in die Uni!*

„Was gibt's denn so spät, Britt?"

„Hallo? Ist da Jillian Fletcher?"

„Ja, ich bin dran."

„Hier spricht Officer Joe Greenley von der Polizei Portland. Man hat mich gebeten, Sie zu informieren, dass es einen Unfall gegeben hat. Ihr Freund Rob Gonzales war darin verwickelt."

„Rob?"

„Ja. Er ist schwer verletzt, tut mir sehr Leid. Sie bringen ihn gerade in die Notaufnahme der Portland-Klinik. Sein Freund ... Ian Stewart ist hier bei mir."

„Ian auch? Ist er auch verletzt? Wird Rob durchkommen? Oh Gott, nein!"

„Fahren Sie nicht selbst, Miss. Und vor allem vorsichtig!"

*

Rob öffnete die Augen und sah zuerst nur verwischte Farben – Blau und Weiß. Er schien irgendwie zu schweben. Ständig beugten sich fremde Gesichter über ihn. Er hörte außerdem jede Menge Stimmen, konnte aber kein Wort verstehen.

Es war ein bisschen wie ein Film in Zeitlupe. Rob nahm an, dass alle fieberhaft arbeiteten, aber er nahm dennoch alle Bewegungen in einzelnen Abschnitten wahr. Der eine Arzt brüllte irgendeine Anweisung, und seine Stimme klang ganz verzerrt und eine Oktave tiefer als normal. Krankenschwestern schlossen ihn an diverse Beutel und Infusionen an.

Er fragte sich, warum niemand Notiz davon nahm, dass er bei Bewusstsein war. Warum fühlte er keinen Schmerz? Ein Betäubungsmittel? Er versuchte sich zu äußern, aber in seinem Hals steckte ein Intubator. Er hörte einen dringend klingenden Piepton. Die Stimmen wurden lauter. Ein Arzt hob den Arm, um sich die Stirn abzuwischen.

*Hallo? Kann mich mal jemand beachten? Was ist denn eigentlich mit mir?*

Das Piepen klang jetzt weniger aufgeregt. Oder lag das daran, dass andere Geräusche es unterdrückten? Er versuchte, sich auf die Worte des Arztes zu konzentrieren, aber die anderen Geräusche wurden lauter. Hatten die etwa das Radio an? Das war doch Musik, was er da hörte, oder? Ganz erstaunliche Musik ...

*Was ... ?*

Der Doktor schrie irgendetwas. Sie leuchteten ihm mit einer Lampe mitten ins Gesicht. Doch statt schwächer wurde das Licht immer heller und strahlender, dabei tat es komischerweise nicht in den Augen weh. Das mysteriöse Geräusch war jetzt so laut, dass er nichts anderes mehr hören konnte. Irgendwie war es ihm auch egal. Er wurde von etwas anderem gerufen!

Eine leuchtende Gestalt kam auf ihn zu, und er hörte, wie sie seinen Namen flüsterte. Plötzlich wurde ihm alles klar. *Ist das ... kann das sein ...?*

Die Gestalt streckte die Arme nach ihm aus. Aber was ist mit meinen Eltern? Meinen Schwestern? Mit Jillian?

Als er die Frage stellte, kannte er die Antwort bereits. Mit seinem ganzen Wesen wollte er hin zu Ihm, sich in seine Arme stürzen und das große Abenteuer endlich beginnen, das ihn schon seit seiner Kindheit faszinierte. Irgendwie fühlte er sich wieder wie damals als Kind. Keine Sorgen, keine Enttäuschung von sich selbst oder anderen. Nur ein absolutes, wunderbares Staunen und tiefe Vorfreude.

Die unglaubliche Musik hob ihn hoch und trug ihn mit sich. Sie bestand aus Hunderten von Melodien zugleich und war doch absolut harmonisch. Gleich, gleich würde es passieren. Er hätte alles dafür gegeben, dabei zu sein.

Die Musik schwoll immer noch an. Robs Augen waren auf die helle Gestalt gerichtet. Auf IHN. Auf Jesus, seinen Retter.

Er fühlte eine unerträgliche Sehnsucht in seinem Herzen, und wie ein Verdurstender streckte er sich zu ihm aus.

Die Welt begann hinter ihm zu verblassen. Jesus breitete wieder die Arme aus und lachte. Rob fühlte sich wie eine Stimmgabel, die in der Gegenwart des perfekten Klangs vibrierte. Er rannte los, mitten ins Licht, hinein in die ausgebreiteten Arme, und er ließ nichts zurück als nur seinen Körper.

Brief 46

Foulgrin,

ich erhielt soeben eine dringende Nachricht von Außenposten 96. Was ist da los? Einer deiner Schädlinge stirbt. So weit, so gut. Wer ist es? Ian? Brittany? Daniel? Oder hast du es doch noch geschafft, Rob in den Selbstmord zu treiben?

Mir ist jeder recht. Ich breche jetzt auf, um diesen Sieg zu feiern. Gut gemacht, Junge. Beelzebub wird hoch erfreut sein!

Ich bin beeindruckt!

Prinz Ishbane

## Kapitel 47
## 1. November, 0:17 Uhr

Brittanys Jeep raste die Autobahn hinunter.

„Halt durch, Mädel", sagte sie. „Gleich sind wir da!"

„Ich hab so gezittert, dass ich nicht fahren konnte", sagte Jillian. „Und Mama konnte ja Joey nicht allein lassen." Ihre Stimme bebte. „Ich hatte befürchtet, dass du mit Skyla auf diesem Dingsda-Fest bist."

„Das Esbat? Ach, das hast du mir gründlich vermiest. Und ich habe auch gewusst, dass ich unter dem Vollmond einen viel zu dicken Schatten werfe."

Jillian lachte, dann brach sie in Tränen aus.

„Rob hat mich heute Abend angerufen", sagte Brittany plötzlich.

„Was? Wann denn?"

„So um halb sieben oder so. Er hat mir gesagt, dass er Hochachtung vor mir empfindet, weil ich mich für das Baby entschieden habe. Er meinte, dass er mich bewundert und dass ich das Richtige tue. Ich sei mutig und er sei stolz auf mich. Dann hat er mir seine Hilfe angeboten. Ich war echt sprachlos. Und dann hat er was ganz Verrücktes gemacht."

„Was denn?"

„Er hat sich bei mir entschuldigt und mich um Verzeihung gebeten."

„Für was?"

„Dafür, dass er mich immer von oben herab behandelt hat. Dabei hätte er gewusst, dass ich viele gute Seiten habe. Er hat mir gedankt, dass ich dir in deiner Bulimie-Geschichte geholfen habe und dass ich immer auf deiner Seite war."

„Wow."

„Ja. So was ist mir auch noch nicht passiert. Außer vielleicht bei dir."

Jillian drückte Brittanys Hand, und dann waren sie endlich am Krankenhaus. Tausend Szenarien liefen vor Jillians innerem Auge ab. Zum Glück wollte Brittany sie begleiten. Sie parkten schnell und rannten in die Notaufnahme. Brittany stürzte an den Empfangstisch.

„Bitte, wir sind wegen Rob Gonzales hier." Brittany deutete auf Jillian. „Sie ist seine Verlobte."

Die Schwester gab irgendetwas in den Computer ein und Jillians Blick irrte durch den Warteraum. Keine Spur von Robs Eltern oder Ian. Vielleicht waren sie bei ihm und er erzählte ihnen gerade, wie ein Engel ihn bewahrt hatte?

„Nehmen Sie doch bitte kurz Platz, bis Mr. Gonzales' behandelnder Arzt Zeit für Sie hat", sagte die Schwester unverbindlich.

„Können wir zu ihm?"

„Nicht jetzt. Sprechen Sie erst mit dem Doktor. Hier, setzen Sie sich."

Brittany setzte sich hin, doch Jillian ging nervös auf und ab. „Ich muss zu ihm!"

„Setz dich, Jillian."

Jillian hatte wieder das Bild vor sich, wie der Polizist damals bei Daddys Tod zu ihnen gekommen war. Er hatte sie und Mama auch gebeten, sich erst mal hinzusetzen. „Nein! Ich kann jetzt nicht ruhig dasitzen!"

Nach ein paar Minuten öffnete sich die Tür und ein großer, recht jung aussehender Mann im weißen Kittel kam heraus. Er hatte ein Stethoskop um den Hals und ein Klemmbrett in der Hand. Neben ihm war ein Mann im grauen Anzug und Schlips.

Der Doktor räusperte sich. „Hallo, ich bin Dr. Moffat und dies ist Reverend Arnold. Sie sind wegen Rob Gonzales hier?"

„Ja, sie ist seine Verlobte", wiederholte Brittany.

„Bitte setzen Sie sich."

„Ich möchte mich nicht setzen. Ich will zu Rob", sage Jillian gepresst.

„Es wäre besser, wenn Sie sich hinsetzen."

„Sagen Sie mir endlich, was los ist!"

Dr. Moffat sah auf sein Klemmbrett. „Es tut mir wirklich sehr Leid, Ihnen das sagen zu müssen, aber Mr. Gonzales ist vor wenigen Minuten auf dem Operationstisch verstorben. Wir waren machtlos. Seine Verletzungen waren zu schwer."

Jillian fühlte dieselbe Welle des Schwindels wie vor anderthalb Jahren. Sie sank in sich zusammen und Brittany fing sie auf.

„Bitte, Gott, nicht schon wieder!" Die Luft war zum Schneiden dick. Sie hatte das Gefühl zu ersticken.

„Mr. Gonzales' Angehörige sind bei ihm. Wenn Sie möchten, können Sie jetzt auch zu ihm. Seine Mutter sagte, Sie gehören zur Familie."

Jillians innere Organe fühlten sich an wie ein Stein, und ein gewaltiges Schluchzen steckte in ihrer Kehle fest. Es fühlte sich an, als würde ein Messer in ihrer Brust stecken. Sie zog die Knie an und umklammerte sie mit ihren Armen. Wie konnte sie bloß diesem schrecklichen Schmerz entkommen? Gab es irgendeine Möglichkeit?

*

Rob fühlte sein Herz klopfen, während er rannte. Noch nie hatte er so einen Adrenalinstoß erlebt. Plötzlich fiel ihm auf, dass die Lichtgestalt nicht zu sehen war. Da war jemand anderer, jemand sehr Großes. Rob spürte, dass diese Person ihn zu seinem Bestimmungsort bringen sollte.

Diese Gestalt war riesengroß und sah aus wie ein Krieger. Ihre Blicke begegneten sich. Rob verspürte keine Angst, aber ein Gefühl des Wiedererkennens. Irgendwie kannte er diesen Hünen, als wären sie alte Freunde, zwischen denen es keine Geheimnisse gab.

Er sah ihm in die Augen und sah sich selbst als Kind. Er war sieben Jahre alt und spielte mit seinem Bruder Guillermo Fußball. Guillermo verschoss den Ball und er rollte auf die Straße.

Rob erinnerte sich an die nächste Szene. Er wollte dem Ball hinterherrennen, stolperte jedoch über etwas auf dem Seitenstreifen und fiel hin. Sekunden später rauschte ein Auto genau an der Stelle vorbei, an der er sonst gewesen wäre. Guillermo sagte ihm, wie viel Glück er gehabt hätte.

Doch diesmal sah er die Geschichte durch die Augen eines anderen. Er als kleiner Junge rannte dem Ball nach, doch der große Krieger packte unsichtbar seinen Fuß und verursachte den Sturz. Rob sah ihn ungläubig an. Er atmete tief durch, als zahllose andere Ereignisse vor seinem inneren Auge abliefen wie ein Film. Wie konnte er nur bei all diesen Szenen das Eingreifen des Kriegers nicht mitbekommen haben? Wie hatte er für die Realität so blind sein können?

„Wer bist du?“, flüsterte Rob.

„Ich bin Talon, Diener des Allerhöchsten.“

„Du ... du warst immer bei mir?“

Er nickte. „Ich war Zeuge deiner irdischen Geburt und habe dich seither nicht verlassen. Als du zum König kamst, habe ich größere Macht erhalten und die Erlaubnis, dich zu verteidigen. Und jetzt ist es Sein Wille, dass ich dich zu deiner wahren Geburt begleite.“

„Meine wahre Geburt?"

„Ja, dein Eintritt in die wirkliche Welt. Das Schattenreich der Erde war nur die Gebärmutter für dein eigentliches Leben, die Geburtswehen. Jetzt wirst du in eine Welt hineingeboren, von der du bisher nur träumen konntest. Du hast bisher erst kleine Blicke auf sie erhascht, manchmal einen schwachen Vorgeschmack. Bald wirst du erkennen, dass du das alte Leben nur deshalb geliebt hast, weil es dir ab und zu Hinweise auf dies hier gegeben hat!"

Rob sah sich um und entdeckte das Ende des Durchgangs. Oder war es der Anfang? Talon ging durch das Tor und Rob trat näher. Was mochte wohl das Protokoll für den Eintritt in die Ewigkeit sein? Bisher war er ja noch nie gestorben.

Er musste über sich selbst lachen, als er sich ein letztes Mal umsah. Dann ging er durch das Portal. Er musste durch eine Art Membran steigen, und dann war es, als würde ein Schleier von seinen Augen genommen. Alles war so hell und bunt. Im Vergleich war der sonnigste Tag auf der Erde dunkel wie die Nacht. Doch das Licht tat nicht in den Augen weh, sondern badete sie wie in Balsam.

Er sah Unmengen von Menschen, von denen er einige sogar erkannte. Er drehte sich um seine eigene Achse, betäubt von all der Schönheit. Als er endlich sprechen konnte, rief er: „Ja! Das ist es! Endlich daheim!"

Die Menschenmenge jubelte und Rob hatte das Gefühl, vor Freude platzen zu müssen. Nicht in seinen wildesten Träumen hatte er sich so etwas Wundervolles vorzustellen gewagt.

Die Menge teilte sich, und Robs Blick fiel auf den Einen, der auf ihn zukam. Er leuchtete nicht wie auf Bildern, die Rob gesehen hatte, denn das Licht kam nicht von ihm, sondern er *war* das Licht.

Wieder streckte er die Arme nach ihm aus und Rob bemerkte die Narben an seinen Handgelenken. Instinktiv wanderte sein Blick zu seinen Füßen. Sie waren entstellt, beinahe verkrüppelt, nicht nur mit unauffälligen kleinen Narben, sondern so, als wären sie zerfetzt und zerrissen worden – als hätten sie das Gewicht der ganzen Welt tragen müssen.

Mit einem Keuchen fiel Rob auf die Knie. Dies war Er, der den Kosmos mit einem Wort erschaffen hatte. Er, der das Kreuz auf diesen einsamen Hügel hinaufgetragen hatte, um für die zu sterben, die ihn hassten.

Rob spürte zwei starke Hände, die ihn aufhoben. Taumelnd kam er vor dem Herrn der Heerscharen zum Stehen. Er sah ihm – unmöglich! – in die Augen. Er fühlte sich unwürdig und geliebt und heil. Was auch immer gefehlt hatte, jetzt war es an Ort und Stelle, wie das allerletzte Puzzlestück.

„Endlich!", stöhnte er nur.

„Du bist mein, von mir und für mich erschaffen. Ich habe dir einen Platz vorbereitet. Und dich für diesen Platz!"

Er umarmte Rob innig, dann hob er ihn von den Füßen und drehte sich lachend mit ihm im Kreis.

„Ja, ich bin dein Gott und dies ist dein Zuhause. Das Ziel all deiner Sehnsüchte." Er stellte Rob wieder auf die Füße und legte einen Arm um ihn. „Es wird dir gefallen und viel mehr als das. Ich habe alles extra für dich gemacht. Und schließlich kenne ich mich mit so etwas aus – ich bin ja Zimmermann!"

Rob wollte etwas sagen, aber er konnte nicht sprechen. Wieder kniete er nieder und berührte mit der Stirn die vernarbten Hände seines Retters. Der lächelte und zog ihn wieder hoch.

„Gut gemacht, mein treuer Diener. Komm und tritt ein in die Freude deines Herrn!"

## Brief 47
## Foulgrin, du elender Wurm!

Ich lasse mich nicht vom fröhlichen Ton deiner Nachricht bezüglich des Todes von Rob Gonzales täuschen. Natürlich bin ich immer froh, einen Schädling weniger auf der Welt zu haben, aber jegliche Freude über sein Ableben wird uns durch seinen ewigen Verlust vermiest. Es ist schlimm genug, dass er zum Feind übergelaufen ist. Doch er hat auch noch seine Beziehungen in Ordnung gebracht und hat die Welt als treuer Sohn verlassen.

Wir wollten seinen Tod – doch zu unseren Bedingungen, nicht zu denen des Feindes! Ein Selbstmord, ja, das wäre ein Triumph gewesen. Dies hier war ein Fiasko. Du hast ihn verloren, du inkompetenter Idiot. Der Zimmermann hat gewonnen. Wieder einmal!

Dummerweise wird er sich nicht damit zufrieden geben, sondern sich an die Hinterbliebenen heranmachen. Der Tod eines Schädlings rüttelt oft andere wach, was gar nicht in unserem Sinne ist. Brittany, Ian und Daniel dürfen sich nicht bewusst werden, dass auch auf sie der Tod wartet. Jedenfalls nur in weiter Ferne. Diesen Unsterblichkeitskomplex können wir ausnutzen, indem wir sie dazu treiben, ohne Rücksicht auf Konsequenzen herumzuhuren, betrunken Auto zu fahren oder Drogen einzuwerfen. Doch dieser Schleier wird durch den Tod eines Nahestehenden allzu leicht zerrissen.

Ich habe selbst gesehen, wie Rob Talon begegnet ist. Ich hatte gehofft, es sei ein Selbstmord gewesen, doch ... Dieser Talon hat uns schon damals verraten, als er sich weigerte, bei der Rebellion mitzumachen. Und dann hat sich Rob an die vielen Male erinnert, wo er ihm seine wertlose Haut gerettet hat. Jetzt haben wir nie mehr Einfluss auf ihn. Das macht mich wirklich wütend!

Und weißt du, wer ihn als Erster dort begrüßt hat? Ein alter Freund von dir – Jordan Fletcher.

Natürlich schiebst du die Schuld auf Baalgore, aber du warst es, der Rob übereifrig unter seine Fittiche genommen hat. Du warst dir deiner Sache so sicher! Ich habe alles schriftlich, mein Freund!

Dieser Schädling war bereit für den Himmel. Denk nicht, dass mir seine letzten Worte an Ian entgangen sind. Baalgore hat alles gestanden.

Willst du mich damit trösten, dass du schreibst, er habe vor seinem Tod gelitten? Ich habe kein Heulen und Zähneknirschen gesehen! Und was würden uns auch flüchtige Momente des Schmerzes noch nützen? Wenn du ihn länger hier gehalten hättest, wäre er vielleicht untergegangen. Doch jetzt wird sein Andenken unbefleckt sein. Seine Freunde werden sich an seinen Glauben erinnern und an seine Liebe zum Feind. Widerlich!

Der Zimmermann wird versuchen, Jillians Charakter durch ihren Schmerz weiter zu festigen und zu vertiefen. Sie wird dann noch mehr Raum für die Freude in sich haben. Ich kann mich nicht an den Tränen von Jillian und Robs Angehörigen erfreuen, wenn ich fürchten muss, dass der Feind sie für seine Ziele benutzt. Und ich kann den Gedanken kaum ertragen, dass ihr Weinen sich bald in das Lachen ihrer Wiedervereinigung verwandeln wird!

Der Feind hat dich geschlagen, Foulgrin. Lass dich von diesem Gedanken durchbohren wie von tausend Schwertern. Dieser Schädling wird nie deinen Namen kennen lernen, nie deine Akte sehen.

Doch jetzt ist es an der Zeit, Schadensbegrenzung zu betreiben. Säe Bitterkeit unter den Hinterbliebenen. Da Jillian nun schon den zweiten wichtigen Mann in ihrem Leben verloren hat, sollte sie dein Hauptangriffsziel sein. Robs Eltern sind auch viel versprechende Kandidaten. Lass sie nicht die Versicherungen des Feindes hören oder glauben, dass er der Herr über Leben und Tod ist und dass niemand die Erde verlässt, dessen Ziel noch nicht erreicht ist. Sie sollen sich mit seinem Tod quälen, nicht sein Leben feiern. Überzeuge sie davon, dass der Feind kein Recht hatte, ihn ihnen wegzunehmen.

Ian, Brittany und Daniel sind jetzt in einem kritischen Zustand. Der Feind wird sich voll auf sie stürzen. Lass nicht zu, dass er noch eine Geisel nimmt. Baalgore wird dir assistieren, da er ja nun wieder zur Verfügung steht.

Ich habe gerade meinen Bericht fertig gestellt und weiß noch nicht, was gegen dich unternommen werden wird. Aber es wird unangenehm sein, da kannst du sicher sein.

Bis dahin schmore schön im eigenen Saft!

*Prinz Ishbane*

## Kapitel 48

## 1. November, 0:39 Uhr

Ian stand regungslos hinter dem Getränkeautomaten in der Empfangshalle des Krankenhauses. Er hatte die Mädchen hereinkommen sehen. Brittany sah irgendwie älter aus. Gereift. Sehr anziehend. Doch er hatte zu viel Angst, um sich zu zeigen.

Er sah, wie sie dem Arzt folgten. Ein Teil von ihm wollte mitgehen, doch größtenteils wünschte er sich weit weg auf einen anderen Planeten. Möglichst viele Galaxien entfernt ...

Was sollte er nur zu Jillian sagen? Wie konnte er ihr mitteilen, dass er in dem Auto gesessen hatte, das Rob getötet hatte? Warum hatte er sich nicht geweigert, mit seinem betrunkenen Freund zu fahren, oder ihn überredet, das Auto stehen zu lassen?

Als Robs Eltern herauskamen, schnappte er sich schnell eine Zeitschrift und versteckte sich dahinter. Mr. Gonzales stützte seine Frau, die, im Gegensatz zu sonst, ganz klein und schwach aussah. Die Augen von Robs Vater waren riesengroß und dunkel. Ian war oft bei ihnen zu Hause gewesen und fühlte sich noch schlechter, weil er nicht zu ihnen ging. Aber wie konnte er auch?

Ein paar Minuten später folgte Brittany, ganz langsam, und hielt Jillians Hand. Als sie auf die Ausgangstür zugingen, sah Brittany Ian. Ihre Augen trafen sich; Brittany griff sich an den Hals und begann zu weinen. Jillian hob den Kopf und sah nun ebenfalls Ian dort stehen.

„Es tut mir so Leid", flüsterte er und erkannte seine eigene Stimme kaum. Die Worte klangen leer. Er machte ein paar Schritte und nahm beide Mädchen fest in die Arme.

„Jillian ... ich muss dir etwas sagen."

Jillians Augen sahen seltsam aus, sie wirkte zerbrechlich und müde. Wenn Brittany sie losließ, würde sie garantiert einfach zu Boden fallen wie eine Stoffpuppe. Er führte sie behutsam zu einem Stuhl. Dann kniete er sich vor sie und schlug die Hände vors Gesicht.

„Du warst bei ihm, nicht wahr?", fragte Jillian. „Der Polizist erwähnte deinen Namen." Ihre Stimme war vollkommen leblos. „Sein Auto ist stehen geblieben und ihr seid zu Fuß gegangen, ja?"

Ian nickte und konnte ihr nicht in die Augen sehen.

„Warum ist er angefahren worden und du nicht?"

„Ich bin nicht mit ihm gegangen, Jill."

„Das ... das verstehe ich nicht."

„Rob wollte, dass ich mit zu diesem Bibelkreis gehe", erklärte Ian und sah von Jillian zu Brittany. „Ich hatte aber keinen Bock, und dann hat mir Bailey von dieser Halloween-Party erzählt. Ich hab mich nicht betrunken oder so ... das mache ich nicht mehr ... ich meine ..." Ian stockte und starrte unbewusst auf Brittanys beachtlichen Bauch. „Ich ... Bailey ist gefahren. Er war ziemlich zu. Oh Jill, es tut mir so unendlich Leid!"

Jillian versteifte sich. „Du warst in dem Auto, das Rob überfahren hat?"

„Ja. Ich wusste, dass Bailey blau war, und trotzdem hab ich ihn fahren lassen. Ich hab ihm nicht mal gesagt, dass das nicht okay ist. Warum nur? Oh Gott, ich wünschte, ich könnte die Zeit zurückdrehen und alles noch mal von vorne machen." Er weinte jetzt. „Ich wünschte, er hätte *mich* totgefahren!"

Jillian saß einfach nur still da, ungefähr die längste Minute in Ians Leben.

„Was willst du jetzt von mir?", sagte sie schließlich schneidend. „Soll ich meine Arme um dich werfen und dir alles großzügig vergeben? Das kann ich nicht. Du bist ein elender Feigling, Ian."

Er sah ihr in die Augen und erblickte nur Eis.

„Du wolltest, dass Brittany ihr Baby umbringt, weil du ein Feigling bist. Du hast sie einfach sitzen lassen, weil du Angst vor der Verantwortung hast. Du hast den ganzen Sommer durchgesoffen, weil du nicht Manns genug bist, deinen Problemen ins Auge zu sehen. Du hast Bailey nicht am Fahren gehindert, weil du Angst hattest, es könnte ihm missfallen. Du hattest sogar Schiss vor dem Bibelkreis, nicht wahr? Am Ende würde dort noch etwas mit dir geschehen, was dein feiges Leben verändern könnte. Und jetzt ist Rob tot, weil Ian Stewart ein Feigling ist!"

Sie stand auf. Brittany ergriff ihren Arm, doch sie schüttelte sie ab. Brittany sah Ian an, ihre Augen voller Mitleid und Traurigkeit. Es schien, als wollte sie etwas sagen. Doch sie tat es nicht, sondern folgte Jillian aus der Tür.

Die Uhr zeigte 2:10. Er war allein.

Ian saß schlaff auf dem Boden des Krankenhausflurs und schloss die Augen. Er sah Rob vor sich mit seinem verdrehten Körper und dem Blutrinnsal im Mundwinkel. Die Blinklichter der Polizeiwagen und der Feuerwehr reflektierten auf seinem blassen Gesicht.

Und er wusste, dass er nicht der Einzige war, der sich wünschte, tot zu sein.

*Brief 48*

*Foulgrin,*

nichts kann dein kolossales Versagen im Fall Rob Gonzales wieder gutmachen. Doch zumindest muss ich anerkennen, dass du das Beste aus der Sache machst, was Jillian angeht. Sie verletzt andere und zerstört sich selbst mit ihrem Hass. Die dummen Schädlinge kapieren nicht, dass sie sich mit ihrer Weigerung zu vergeben nur selbst wehtun. Aber überzeuge sie weiter davon, dass es leichter ist, mit dem Schmerz zu leben, wenn sie jemandem die Schuld geben kann. Ob es nun Ian ist oder der Feind selbst – vorzugsweise beide! –, sie wird nie Heilung erleben, wenn sie glaubt, dass sein Tod sinnlos war.

Die wunderbare Ironie der Bitterkeit ist, dass sie fast nie das bekommt, wonach sie sich sehnt – Rache. Nicht die Person leidet, die die böse Tat vollbracht hat, sondern die, die sich der Bitterkeit hingibt. Nun gut, in Ians Fall ist das anders – er leidet sehr wohl unter Jillians Bitterkeit. Doch das wird nachlassen; vielleicht kann er es sogar als Ausrede benutzen, um weiteren Kontakt zum Feind und zur Verbotenen Gemeinschaft zu vermeiden. Lass ihn denken, dass der Feind ebenso wenig vergebungsbereit ist wie seine Nachfolger.

Was Jillian angeht, ist es für den Feind extrem schwierig, sie vor ihrer Bitterkeit zu retten. Sie will nämlich gar nicht gerettet werden. Bitterkeit ist eine gemütliche kleine Ecke, in die man sich zurückziehen kann. Sicher, mit der Zeit wird es dort ziemlich kühl, aber zuerst fühlt es sich irgendwie warm an, anderen die Schuld zuzuweisen.

Jillian sollte der Ansicht sein, dass Ians Verbrechen im Vergleich zu ihren eigenen harmlosen kleinen Sünden monströs groß ist. Lass sie denken, dass sie dazu berechtigt ist, das endgültige Urteil über Ian zu fällen – wie Gott. Während der Feind sie mit Gnade überhäuft, soll sie Ian verurteilen und verdammen.

Auf keinen Fall darf sie auf die Idee kommen, für ihn zu beten. Wenn das geschieht, sieht sie ihn bald nicht mehr als Feind, sondern als Sünder, der Gnade braucht. Im Licht dieser Sonne schmelzen die kleinen Pfützen schnell dahin – da aber sei Beelzebub vor!

In der Bibel steht, dass alle Dinge denen zum Besten dienen müssen, die Gott lieben. Jillian soll jedoch davon ausgehen, dass Robs Tod nicht unter diese Aussage fällt, sondern sozusagen eine Art Versehen war.

Es amüsiert mich immer wieder neu, dass sie tatsächlich zu denken scheinen, der Kosmos würde so viel besser funktionieren, wenn sie das Sagen hätten! Dabei sind sie schon zu dumm, ihr eigenes kleines Leben zu managen, von größeren Dingen ganz zu schweigen!

Nun ja, die Strategie für Ian ist zumindest glasklar: Lass ihn von Schuldgefühlen aufgefressen werden. Raub ihm den Schlaf mit Bildern von dem Unfall. Doch Vorsicht! Wenn ihm Robs letzte Worte an ihn einfallen, schenk ihm schnell einen gnädigen Schlaf des Vergessens. Mit der Zeit wird er gegen den Schmerz abstumpfen und meinen, dass das Leben eben weitergehen muss. Nur darf er nicht mit seiner Schuld tun, was der Feind will – sie beichten, bereuen und seine Vergebung annehmen.

Leid ist das Megaphon des Feindes. Viel zu oft schafft er es, durch Tragödien zu den Herzen der Schädlinge durchzudringen. Betäube das Angebot, Gott kennen zu lernen, durch unser Angebot, Gott zu sein. Wen interessiert es schon, dass dieses Angebot nie erfüllt wird?

Hat Ian noch immer die Bücher, die Rob ihm gegeben hat? Sorg dafür, dass sie verschwinden. Wenn er sie jetzt lesen sollte ... nicht auszudenken! Jemand soll sie außer Sicht räumen; notfalls brenn die ganze WG ab! Mir ist es egal – Hauptsache, die Wahrheit sickert nicht durch!

Unsere Zeit ist nur noch begrenzt, Foulgrin. Unser einziger Trost besteht darin, noch so viele wie möglich zu zerstören, bevor wir endgültig zur Hölle fahren.

Foulgrin – fragst du dich manchmal, warum wir eigentlich diesen Ort aufgegeben haben, nach dem sich die Schädlinge so sehr sehnen? Ich weiß, ich weiß, ich kenne die Gründe. Aber manchmal frage ich mich, ob es ein Fehler war, den einzigen Ort zu verlassen, an dem wir Freude kannten.

Weißt du, dass sie in Charis niemals von uns sprechen? Sie lachen, sie freuen sich an der Gemeinschaft mit dem Feind und reden darüber, wie sehr sie es genießen, ihm immer näher zu sein. Aber nie, nie erwähnen sie unsere Bemühungen und ihre Angst vor uns. All das Leid auf der Erde ist nur noch eine schattenhafte Erinnerung, weit weg und verblasst. Es erinnert sie höchstens noch an die Größe und Güte des Feindes.

Das ist das Schlimmste, Foulgrin. Die Geräusche, das Lachen und die Musik verfolgen mich. Ich kann sie nicht ertragen. Und schon tänzeln die Pferde des Himmels in Vorfreude auf die letzte Schlacht. Das Schwert Michaels ist erhoben und wirft seinen Schatten auf Erebus. Wenn der Herr nickt, wird es auf uns niedergehen.

Erinnere dich daran, Foulgrin. Lass dich davon antreiben und inspirieren. Für die, die Rob Gonzales kannten, ist sein Tod nicht das Ende, sondern nur eine kleine Unterbrechung vor der Wiedervereinigung. Doch die findet nur statt, wenn sie dasselbe Ziel haben und beibehalten. Aber noch haben Ian, Brittany und Daniel ihre Reservierungen im Raucherabteil. Um keinen Preis darf der Feind sie von dort wegbewegen!

Dein ewig zweifelnder

*Prinz Ishbane*

## Kapitel 49

## 2. November, 20:24 Uhr

„Niemand versteht das", sagte Jillian, die reglos auf der Couch lag. „Sie sagen, dass sie es verstehen, aber niemand kann das."

„Niemand?", fragte ihre Mutter. „Ich habe den Mann verloren, mit dem ich 25 Jahre verheiratet war. Meinen besten Freund. Ich weiß, dass du Rob geliebt hast, aber ich habe deinen Vater viel länger geliebt. Ich weiß, wie das ist."

„Wahrscheinlich schon. Tut mir Leid. Aber ich habe sie *beide* verloren. Warum hat Gott mir die beiden Menschen weggenommen, von denen ich am meisten über ihn gelernt habe?"

„Ach, Jilly. Warum tut Gott dies oder das? Und nicht jenes, was ich will? Ich habe Jodi das auch gefragt und sie hat mir eine Stelle in Jesaja 55 gezeigt. Soll ich sie dir vorlesen?"

Jillian nickte. Ihre Mutter blätterte in der Bibel und las dann: „So hoch der Himmel über der Erde ist, so weit reichen meine Gedanken hinaus über alles, was ihr euch ausdenkt, und so weit übertreffen meine Möglichkeiten alles, was ihr für möglich haltet."

„Über diese Stelle haben Rob und ich uns auch schon unterhalten. Ich habe sie damals schon nicht verstanden und jetzt noch weniger. Rob hat gesagt, wenn wir Gott verstehen könnten, müsste er ein ziemlich kleiner Gott sein – klein genug, um in unsere beschränkten Gehirne reinzupassen."

„Das war weise von ihm", sagte Diane und nahm Jillians Hand. „Ich bin für dich da, Kleines. Außer mit Jodi habe ich mit kaum jemandem über deinen Dad gesprochen."

„Komisch, ich auch nicht."

„Dann sollten wir das wohl nachholen, was?"

Jillian nickte.

„Übrigens, du hast mir sehr geholfen, obwohl ich zuerst wütend auf dich war. Entschuldige bitte."

„Wegen Donovan?"

„Ich habe mich wirklich wie ein Schulmädchen aufgeführt! Und du wie eine Erwachsene. Ich werde es erst mal langsam angehen lassen mit ihm. – Weißt du was? Ich glaube, wir brauchen einander. Ich erteile dir hiermit offiziell die Erlaubnis, immer ganz ehrlich zu mir zu sein."

„Okay, das gilt auch andersherum", sagte Jillian.

„Danke, dass du deiner dummen alten Mutter den Kopf gewaschen hast!"

Sie umarmten sich. „Du bist nicht dumm, Mama. Du warst nur ein bisschen ... hormonell übersteuert. Und du hast mir auch schon so viel geholfen. Mit meiner Bulimie und in der Sache mit Brittany. Und auch jetzt. Du bist die beste Mutter, die ich habe. Und jetzt möchte ich dich um einen Gefallen bitten. Würdest du bitte bei ..." Ihre Stimme brach. „... bei Robs Beerdigung neben mir sitzen?"

*

Nachdem er einige Fotos aus Robs Leben gezeigt hatte, las Jeff seine Lieblings-Bibelstellen vor. Danach kam Steve, der Jugendpastor, mit einer kurzen Predigt. Jeff schloss den Gottesdienst mit einem Gebet ab:

„Herr, Rob war ein junger Mann, der dich sehr geliebt hat. Er war alles andere als perfekt, so wie wir alle, aber das Wichtigste hat bei ihm gestimmt: seine Liebe zu dir. Bitte hilf uns, daran zu denken, dass wir alle nur eine begrenzte Zeit hier auf Erden haben. Im Moment unseres Sterbens ist es zu spät, darüber nachzudenken, wie wir hätten leben sollen. Ich danke dir, dass Rob wusste, wohin er geht. Nur wenige Minuten vor seinem Tod hat er noch bei mir zu Hause mit dir gesprochen. Er hat dich dabei gebeten, alles zu tun, was nötig sei, um einen guten Freund von ihm auf dich hinzuweisen. Ich schließe mich diesem Gebet an, für alle hier, die noch immer nicht den Weg zu dir gefunden haben. Möge Robs Leben uns immer daran erinnern, was wirklich wichtig ist. Er fehlt mir jetzt schon, Herr. Und ich freue mich darauf, ihn bald wieder zu sehen."

Der Trauergottesdienst war vorüber und eine von Robs Lieblings-CDs wurde gespielt. Jillian, die zwischen ihrer Mutter und Brittany in der ersten Reihe gesessen hatte, stand auf. Brittany legte die Arme um sie und über ihre Schulter hinweg sah Jillian auf einmal Kelly auf sie zukommen.

*Was willst du denn hier? Du kanntest Rob doch nicht einmal,* dachte Jillian.

„Jillian?"

„Warum bist du hier, Kelly?", fragte sie ruhig.

„Ich wollte nur ... ich wollte dir sagen ... dass ... Na ja, also zuerst mal tut es mir unheimlich Leid um Rob. Es ist nicht dasselbe, aber ich weiß, wie es ist, den Jungen zu verlieren, den man liebt."

Jillian starrte auf ihre Schuhe und biss sich auf die Unterlippe.

„Ich muss es dir jetzt einfach sagen. Damals, als du zu mir nach Hause gekommen bist ... da habe ich gedacht, dass du spinnst."

„Danke!"

„Nein, warte, lass mich zu Ende reden. Ich dachte, du spinnst, weil du dir ja ausrechnen konntest, wie ich reagieren würde. Trotzdem hast du dich entschuldigt. Du hast das getan, weil du es für das Richtige gehalten hast. Dir war klar, dass du absolut nichts dabei gewinnen würdest, und trotzdem hast du an meine Tür geklopft. Damals dachte ich, es ist nur gerecht, dass du darunter leidest." Kelly atmete tief durch. „Heute sehe ich das anders. Ich finde, du bist die tapferste Person, die ich kenne. Es hat mir unheimlich viel bedeutet, dass du damals zu mir gekommen bist. Ich ... ich habe dir vergeben, Jillian, wirklich!"

Sie umarmten sich lange und fest, und beiden liefen die Tränen die Wangen hinunter.

„Und jetzt brauche ich deine Vergebung. Die Beziehung von Justin und mir war schon lange kaputt und total verworren, aber ich hab einfach dir die Schuld an allem in die Schuhe geschoben. Das war einfacher, als die Fehler bei mir selbst zu suchen. Ich habe viele hässliche Dinge zu dir gesagt und dir angetan, Jillian. Kannst du mir verzeihen?"

Jillian nahm sie wieder in die Arme. „Natürlich, Kelly. Mir ist so viel vergeben worden – wie könnte ich dir da nicht vergeben?" Über Kellys Schulter fiel Jillians Blick auf Ian, der mit Jeff in einer Ecke saß und noch genauso am Boden zerstört aussah wie in der Nacht im Krankenhaus.

Nachdem Kelly weg war, ging sie ins Bad und wusch sich das Gesicht. Sie wusste, was sie zu tun hatte. Sie marschierte direkt zu Ian und nahm ihn in die Arme. Er sah sie ungläubig an, dann umklammerte er sie wie ein Ertrinkender und brach in Tränen aus. Sie hielten sich lange umschlungen. Irgendwann kam Brittany dazu und legte ebenfalls die Arme um sie beide, was wegen ihres dicken Bauches gar nicht so einfach war.

*Brief 49*

*Mein Advocatus Diaboli Prinz Ishbane,*

ich sage dir doch, es war nicht meine Schuld! Dies ist der inkompetenteste Haufen von Versuchern, mit denen ich je arbeiten musste. Ich habe hart darum gerungen, Jillians Bitterkeit zu erhalten, und beinahe hätte ich es geschafft. Pendrago hat Ian ganz verloren. Es war schrecklich. Selbst Stungoth, auf den ich so große Hoffnungen gesetzt hatte, hat mit Daniel sehr zu kämpfen. Raketwist klammert sich noch an Brittany, doch nur noch mit letzter Kraft. Irgendwie ist alles aus dem Ruder gelaufen. Der Feind und seine Krieger haben uns überlistet. Das ist nicht fair! Ich habe alles richtig gemacht!

Leg ein gutes Wort für mich ein, Ishbane, ich bitte dich! Wenn ja, verspreche ich, dass ich deinen Vorgesetzten nichts von deinen zersetzenden Kommentaren über sie erzähle. Ich habe einige deiner Briefe behalten und hoffe, dass ich sie nicht gegen dich verwenden muss.

In deinem eigenen Interesse sollten wir uns einigen!

In diesem Sinne bis bald,

*Lord Foulgrin*

## Kapitel 50
## 31. Dezember, 21:48 Uhr

Jillian und Brittany saßen auf der abgewetzten braunen Couch im Jugendraum der Gemeinde. Aus den Lautsprechern dröhnte angesagte Musik. Überall standen Schalen mit Chips, Gläser und selbst gebackene Plätzchen herum. Kein Bier, kein Gras. Niemand, der sich in dunklen Ecken herumdrückte. Uno-Karten statt Tarot-Karten. Doch irgendwie schienen alle trotzdem ihren Spaß zu haben.

Jillian fühlte sich richtig wohl. Nach der gefühlsmäßigen Achterbahnfahrt der letzten zwei Monate war das mal eine angenehme Abwechslung. Eigentlich gab es keinen Ort, wo sie jetzt lieber gewesen wäre als hier neben Brittany auf dem Sofa. Zumindest nicht auf dieser Welt.

Sie grinste, als sie ihre Hand auf Brittanys jetzt sehr dicken Bauch legte. „Du solltest jetzt mal aufhören, Chips zu essen. Lange kannst du uns nicht mehr vormachen, dass du nicht einfach dick, sondern schwanger bist!"

„Du bist ganz schön frech", sagte Brittany und streckte ihre langen Beine aus. „Guck mal da!" Jillian folgte Brittanys Blick zu Ian und vier anderen Jungs aus dem Bibelkreis. „Irgendwie denke ich immer noch, er müsste sich für mich schämen, aber Pustekuchen. Er ist richtig stolz auf die Aussicht, bald Vater zu sein. Er redet dauernd nur von dem Baby. Total abgefahren!"

„Er ist eben Christ geworden", sagte Jillian. „Wenn man Gott, dem Schöpfer des Universums, persönlich begegnet, dann verändert man sich. Das ist ein Wunder, aber so ist es nun mal!"

„Na ja, also ich finde das schon echt verrückt. Erst dachte ich ja, das ist nur so eine Phase. Als er dann mit eurem Jugendpastor seine ganzen Bücher verbrannt hat, hatte ich fast das Gefühl, wir drehen unsere eigene Version von *Der Exorzist*. Ich hab mir gesagt, dass Robs Tod ihn total geschockt hat und dass das schon wieder vorübergehen wird. Aber jetzt sind es schon fast zwei Monate und er ist in seinem Glauben beinahe noch radikaler geworden, als Rob es war!"

„Da hast du Recht. Es ist echt erstaunlich. Das Irrste war, als er mit

Daniel gebetet hat. Es war fast so, als wären Daddy und Rob auch dagewesen ..." Sie musste ein bisschen weinen, und Brittany nahm sie in den Arm.

„Ich bin immer noch für dich da, Jill. Ich hab zwar nicht viel mehr anzubieten als Umstandsklamotten, aber du kannst alles von mir haben." Sie starrte wieder zu Ian hinüber. „Das ist echt nicht mehr derselbe Typ wie früher!"

„Ist das gut oder schlecht?"

„Na ja, eher gut. Hauptsächlich. Du weißt schon, was ich meine ..."

„Nein, sag's mir!"

„Oh Mann, du willst es aber immer ganz genau wissen!"

„Klar, schließlich bin ich deine beste Freundin, oder?"

„Also, gut ist, dass er viel netter geworden ist, viel einfühlsamer zu mir und nicht mehr so machomäßig. Außerdem gefällt mir diese Geschichte mit der sexuellen Reinheit. Na ja, okay, dafür ist es vielleicht ein bisschen spät ..." Sie tätschelte ihren Bauch. „Aber es gibt ja dieses Ding namens ‚zweite Jungfräulichkeit'. Kannst du dir das vorstellen – ich und Jungfräulichkeit in ein und demselben Atemzug? Hihi! Na ja, jedenfalls ist Ian total hinterher, dass ich mich gesund ernähre, er hält mir die Türen auf, kauft mir Blumen ... äh, erwähnte ich schon, dass es irgendwie abgefahren ist?"

„Moment mal, warst du nicht diejenige, die mir mal erzählt hat, wie blöd sie es findet, wenn Jungs ihr die Tür aufhalten? Dass du dir dann vorkamst, als würden sie dich für einen Schwächling halten?"

„Na, vielleicht hab ich ja meine Meinung geändert", gab Brittany zurück. „ist das ein Verbrechen?"

„Klar, das ist strafbar!", grinste Jillian.

„Also, wenn wir nachher zu mir fahren, musst du dir unbedingt den Riesenblumenstrauß ansehen, den er mir gestern geschenkt hat. Und die Karte, die er dazu geschrieben hat ... zum Wegschmelzen, sag ich dir!"

Jillian nickte, während Brittanys Gesicht vor ihren Augen verschwamm. Nur zwei Männer hatten ihr je Blumen geschenkt. Einer war ihr Dad gewesen, eine Woche vor seinem Tod. Und dann Rob, der nun auch tot war. Ja, natürlich, sie waren beide nicht wirklich tot, sondern im Himmel. Aber irgendwie konnte sie sich nicht vorstellen, wie der Himmel war und dass sie wirklich weiterlebten.

„Denkst du, dass Daddy und Rob sich begegnet sind?", hatte sie

Kristi gefragt. „Klar, bestimmt", hatte Kristi versichert. Jillian hoffte es. Sie würden sich bestimmt bestens verstehen. Vielleicht schauten die beiden ja jetzt auf sie herunter, wie sie da mit Britt auf dem Sofa saß? Jillian strich sich das Haare zurück und musste über sich selbst lachen.

Manchmal dachte sie, dass Dad und Rob einiges verpassten, weil sie nicht mehr hier waren. Aber meistens war sie eigentlich ziemlich sicher, dass sie diejenige war, die das Meiste verpasste! Wieder kamen ihr die Tränen und sie zog die allgegenwärtige Packung Taschentücher hervor.

„Was ist das eigentlich mit dir und den Sylvesterpartys? Bei der letzten hast du auch geheult", sagte Brittany. „Ich musste dich ins Bad schleifen und wieder herrichten, weißt du noch?"

„Ja, aber diese Tränen sind anders."

„Wie meinst du das?"

„Letztes Jahr fühlte ich mich einfach nur leer, als hätte ich etwas verloren, was ich nie mehr zurück bekommen kann. Dieses Jahr spüre ich natürlich auch einen Verlust, aber ich merke, dass er nur zeitlich begrenzt ist, nicht für immer. Es ist schon richtig, was Kristi sagt. Meine Beziehungen zu meinem Dad und zu Rob sind nicht vorbei, sondern nur unterbrochen worden. Eines Tages werde ich mit ihnen und mit Jesus vereint sein. Wahrscheinlich führen sie mich dann überall im Himmel herum und zeigen mir alles. Dann wird das eigentliche Abenteuer beginnen. Das sage ich mir jeden Tag und es hilft mir wirklich!"

„Uff, das ist mir zu heftig", sagte Brittany. „Aber ich finde wirklich, dass du dich auch unheimlich positiv verändert hast."

Sie wischte Jillian eine Träne von der Wange und dabei lief ihr selbst eine übers Gesicht.

„Wow", sagte Jillian. „Ich glaube, ich hab dich noch nie weinen sehen. Bist ganz schön soft geworden, was?"

„Das sind die Hormone!", lachte Brittany.

„Weißt du, dass du ganz toll aussiehst?"

Brittany rollte die Augen.

„Nein, wirklich, Britt. Du strahlst so richtig von innen her. Na gut, vielleicht würde man dich jetzt nicht gerade aufs Cover einer Teeniezeitschrift setzen, aber du siehst tausendmal besser aus als diese verhungerten Models."

„Warte mal – du sagst mir, dass ich niemals Covergirl werden kann und dass ich nicht aussehe wie ein Model, und das soll ein Kompliment sein?", grinste Brittany. Sie wölbte ihren Bauch noch weiter vor und sie mussten beide lachen und dann wieder weinen.

„Nächste Woche fängt der Geburtsvorbereitungskurs an. Ian will immer noch mitgehen", sagte Brittany dann. „Ich wollte ja lieber, dass du mitkommst, aber er besteht darauf. Ist es zu fassen? Ich bin im ersten Jahr am College und gehe demnächst mit einem Typen zum Geburtsvorbereitungskurs, der noch vor drei Monaten nichts mehr mit mir zu tun haben wollte!"

„Gott tut wirklich große Dinge, was?"

Brittany zuckte die Achseln. „Sieh dir all diese braven Christenkids an. Die müssen doch denken: Guckt euch diese Schlampe an, was macht sie bloß hier?"

„Ach Britt, du weißt doch selbst, dass das Quatsch ist. Was soll denn das? Die Leutchen hier waren doch wirklich immer nur nett zu dir. Ein halbes Dutzend Frauen haben dir schon angeboten, das Baby zu hüten. Lisa hat dir die Wiege geschenkt. Du beschuldigst sie, dich zu verurteilen, und dabei bist du diejenige, die sie verurteilt!"

„Ja ja, schon gut. Reg dich ab, du hast ja Recht. Ich bin echt überrascht ... na, sagen wir, beeindruckt davon, wie die mich hier behandelt haben. Lisa war eine sehr positive Überraschung und auch einige andere. Und die, von denen ich eigentlich dachte, sie wären meine Freunde, haben sich irgendwie in Luft aufgelöst. Meine Volleyball-Teammitglieder zum Beispiel. Na gut, wer will auch schon mit einem Nilpferd gesichtet werden?"

Jillian schubste sie grinsend in die Seite. „Also ehrlich! Mann, guck mal da – mein kleiner Bruder." Sie deutete auf Daniel, der mit drei anderen Kids Tischtennis spielte. „Vor ein paar Wochen war er noch ziemlich fertig mit der Welt. Aber irgendwie hat er die Kurve gekriegt und die anderen hier akzeptieren ihn voll. Dabei hatte ich echt schon Angst, er landet im Jugendstrafvollzug oder so. Ian hat sich absolut super verhalten, was Daniel angeht. Und ein Familienvater aus der Gemeinde hat Daniel gefragt, ob er mit ihm auf das Vater-Sohn-Wochenende fahren will."

„Brrr. Irgendwie war alles viel einfacher, als ich mir noch einreden konnte, dass die Christen eh alle nur Heuchler sind. Dann muss man sich nämlich auch nicht mit dem auseinandersetzen, was sie glauben."

„Na, jetzt wirst *du* aber tiefsinnig! Wo stehst du denn jetzt eigentlich – so glaubensmäßig?"

„Puh!", seufzte Brittany. „Vielleicht bin ich vom Atheisten zum Theisten geworden. Immerhin. Ist das ein Fortschritt? Vielleicht geht es auch noch etwas weiter. Ian liest mir ständig aus der Bibel vor. Erst hat mich das genervt, aber dann hab ich mir gesagt, wenn er so nett zu mir ist und mir Blumen schenkt, kann ich mir auch ein paar Bibelverse anhören. Aber mal ganz ehrlich, eigentlich ist es echt interessant! Du weißt ja – er will mich erst bekehren und dann heiraten."

„Ich könnte mir was Schlimmeres vorstellen!", sagte Jillian.

„Ja, das mit dem Heiraten finde ich inzwischen auch gar nicht mehr so schlecht. Obwohl es komisch ist – da bin ich gerade mal 19 und will schon unter die Haube? Und was dieses wiedergeborene Zeug angeht ... anscheinend ist das ein Sammelpack und Ian will mich nur heiraten, wenn ich vorher Christ werde."

„Das ist ja auch logisch, wenn er seinen Glauben selbst so ernst nimmt. Wenn du das ganz anders siehst, kann so eine Ehe doch schlecht funktionieren."

„Oho, da kommt der stolze zukünftige Papa!", grinste Brittany.

„Hey, Jill", sagte Ian. „Passt du gut auf meine Herzensdame auf?"

„Ich versuch's. Aber wie ich hörte, machst du den Job schon ziemlich gut. Sie kriegt sich ja gar nicht mehr ein über dich!"

Brittany lief rot an. Jillian konnte sich nicht erinnern, diesen Anblick schon einmal genossen zu haben,

„Ich liebe diese Gemeinde einfach", sagte Ian unvermittelt. „Sie ist echt wie ein Zuhause für mich."

„Ja", sagte Jillian überrascht. „So geht's mir auch."

Die drei unterhielten sich angeregt über das letzte Jahr, Rob und die Zukunft. Plötzlich hörten sie, wie die anderen den Countdown abwärts zu zählen begannen:

„Zehn, neun, acht ..."

Ian zwängte sich zwischen die Mädchen auf die Couch und ergriff Brittanys Hand.

„Sieben, sechs, fünf ..."

Ian und Brittany sahen sich tief in die Augen und Jillian schloss ihre. Sie dachte an Rob und ihren Vater. Dann versuchte sie sich Jesus vorzustellen, den Zimmermann aus Nazareth, ihren Bräutigam, der einen wunderschönen Platz für sie vorbereitet hatte und versprochen hatte, sie zur Hochzeit abzuholen.

„Vier, drei, zwei ..."

Jillian öffnete die Augen und sah, wie Ian Brittany sanft auf die Wange küsste. In Brittanys Augen standen Tränen. *Sie kann nicht glauben, dass Ian sie wirklich so liebt ...*

„EINS!"

Jillian hörte kaum die Rufe und Pfiffe. Sie flüsterte: „Danke, mein bester Freund!" *Was immer das nächste Jahr bringen wird, hilf mir, deine Perspektive zu bewahren. Und sag Daddy und Rob einen herzlichen Gruß von mir, ja? Vielleicht können sie mich ja hier sehen? Sag ihnen, dass ich bald auch komme – aber so lange werde ich für dich leben. Gib mir die Kraft dazu, Herr. Bitte steh mir bei!*

Plötzlich fühlte sie, wie Ian und Brittany sie beide fest umarmten. In der Wärme ihrer Umarmung sehnte sich Jillian nach dem großen Fest, das einmal kommen würde. Die große Wiedervereinigung. Die Hochzeit des Lammes ...

## Über die Autoren

*Angela Alcorn*
Angela ist 22 Jahre alt und frisch examinierte Krankenschwester. Seit Juli 2001 ist sie mit Dan Stump verheiratet, der in der Ausbildung zum Pastor ist.

*Karina Alcorn*
Karina ist 24 und hat ihren Abschluss vom Bibelcollege in Santa Clarita in Kalifornien schon in der Tasche. Sie ist mit dem Jugendpastor Dan Franklin verheiratet und arbeitet selbst als Jugendleiterin in einer Gemeinde.

*Randy Alcorn*
Randy war viele Jahre lang als Pastor tätig und hat an verschiedenen Bibelschulen gelehrt. Bisher hat er 14 Bücher geschrieben, diverse Artikel in Zeitschriften verfasst und hatte Gastauftritte in über 350 Radio- und Fernsehsendungen. Seine Frau Nanci und er leben mit ihrem Dalmatiner Moses in Gresham, Oregon, und betreuen die Organisation „Eternal Perspektive Ministries".

Wenn du einem der Autoren schreiben möchtest, schick deinen Kommentar zum Buch an folgende Adresse (bitte in Englisch):

Eternal Perspektive Ministries
2229 East Burnside Road
Gresham, Oregon 97030
U.S.A.

oder per E-Mail an ralcorn@epm.org

Die Website von EPM findest du unter www.epm.org im Internet!

## INSPIRATIONEN FÜR EIN RADIKALES CHRISTSEIN

dc Talk und Die Stimme der Märtyrer:

**JESUS FREAKS**

Berichte von Menschen, die bereit waren, für ihren Glauben bis zum Äußersten zu gehen.
Mit einem Vorwort von Mirko Sander!

*„Denkt an die Gefangenen, als ob ihr selbst mit ihnen im Gefängnis wärt! Denkt an die Misshandelten, als ob ihr die Misshandlungen am eigenen Leib spüren würdet!"*
(Hebräer 13, 3)

Es gibt heutzutage mehr Märtyrer als zu Zeiten der Christenverfolgung im Römischen Reich. Allein im Jahr 2000 wurden weltweit über 160.000 Christen wegen ihres Glaubens gefoltert und ermordet, und 2001 werden es vermutlich noch mehr sein. Viele von ihnen sind Jugendliche oder sogar noch Kinder.

In diesem Buch sind die Geschichten von einigen dieser mutigen Christen niedergeschrieben, denen ihr Glaube an Jesus Christus wichtiger war als ihre Bequemlichkeit, ihre Sicherheit und sogar ihr Leben. Für uns ist es schwer vorstellbar, dass Christen auch heutzutage tatsächlich für ihren Glauben leiden oder gar sterben müssen. Umso wichtiger ist es, dass wir ihre Geschichten hören, damit sie nicht in Vergessenheit geraten und damit wir von ihnen zu einem radikalen Christsein inspiriert werden. Denn eigentlich sind sie die wahren „Jesus Freaks" – und wir können von ihnen lernen, worauf es im Leben wirklich ankommt!

Taschenbuch, 320 Seiten, Bestell-Nr. 815 717